A.O.C.

LE BOLOC'H & MARCHESSEAU

A.O.C.

Assassinats d'Origine Contrôlée

Michel Lafon Poche

S'agissant d'une fiction, toute ressemblance avec des personnages existant ou ayant existé ne pourrait être que pure coïncidence.

118, avenue Achille-Peretti – CS 70024
92521 Neuilly-sur-Seine Cedex
www.michel-lafon.com

« Qui sait déguster ne boit plus jamais de vin, mais goûte des secrets. »

Salvador Dalí

PROLOGUE

Je l'attendais depuis à peine plus de cinq minutes. Ce matin, il avait paru intrigué par ma demande. Il était habitué à ce genre de choses, mais venant de moi, c'était la première fois. Je pense qu'il avait vu dans mon regard que l'affaire était d'importance et malgré un agenda bien fourni, il m'avait accordé une heure entre 16 et 17 heures. À l'annonce de notre rendez-vous, j'avais été un peu nerveux. Je m'y étais préparé et pourtant... Perdu dans mes pensées, je ne m'étais pas rendu compte qu'il venait de s'asseoir de l'autre côté. Je regardai machinalement ma montre : il était 16 h 04. J'entendais sa respiration saccadée. Après quelques secondes, le rideau s'ouvrit. Je l'apercevais dans la pénombre. Ses mains étaient jointes à hauteur de son front, le dos légèrement voûté. Je l'entendais vaguement murmurer. Bientôt, au monologue succéda une période de silence. Ces quelques secondes me parurent une éternité. Enfin, le cardinal fit un signe de croix et brisa la sérénité des lieux.

– Je vous écoute. Racontez-moi cette horreur.

Je suis prêt, tout est clair et ordonné dans ma tête.

– C'est une longue histoire...

– Dimanche 17 juin –

En ce troisième dimanche de juin, la confrérie des Chevaliers du Pressoir est réunie chez son membre le plus éminent, madame de Vauxmort. Comme le veut la tradition, elle a ouvert le ban en portant un toast à saint Valery, saint patron des vignerons de Saint-Émilion. Depuis quatre ans, elle a eu le temps de se former à ce rituel ancestral. Avant elle, Edmond de Vauxmort, son mari, avait présidé à la destinée des Chevaliers et avait su marquer de son empreinte l'illustre confrérie. C'est Robert de Coulanges, comte de Pomerol et compagnon de Philippe Auguste, qui avait fondé l'ordre avec quelques seigneurs rescapés des croisades. Il avait pu mesurer la fragilité de l'existence en Terre sainte, alors, comme par défi, tous s'étaient promis de se retrouver autour d'une confrérie où la vie serait à l'honneur. Le symbole devait en être leur cher vin. Leur devise : « *Nunc est bibendum* », autrement dit « Trinquons maintenant ». Des trente qui firent le serment devant les murs de Saint-Jean-d'Acre, seuls treize purent l'exaucer. Le roi lui-même avait présidé la première tenue, le 14 mars 1194, en l'église monolithe de Saint-Émilion et ordonné le premier Chevalier : Robert de Coulanges. Plus de huit cents ans après, la tradition perdure et Élisabeth de Vauxmort porte avec fierté le titre de Grand Sarment depuis qu'elle a été désignée par ses pairs, les treize du directoire. L'habit traditionnel est parfaitement décrit dans la charte originelle : costume sombre ou robe pourpre, petite toque assortie avec revers en hermine. L'habit est recouvert d'une cape noire frappée d'une croix de Jérusalem brodée. Tous les Chevaliers portent à la ceinture une dague à pommeau d'argent. Une petite chaîne entoure leur cou ; au bout de celle-ci pend un taste-vin. Si la confrérie ne compte pas moins de cent cinquante membres à travers le monde, seul le directoire est réuni ce soir. Manquent à l'appel monsieur et madame Ponson-Terrail, ainsi que lord Kinsley. Dans les caves troglodytes du Grand Sarment, à la lueur des bougies, les convives sont réunis autour d'un buffet. Sur la table, au milieu des fricandeaux, galantines et autres terrines de gibier, se dressent fièrement une douzaine de bouteilles de vin. Sur l'étiquette est inscrit « Château FABRE-CHANEY 2003 ». Les dix dégustent cérémonieusement le prometteur millésime. Les superlatifs vont bon train. Le sénateur Fabre et le professeur Chaney, les nouveaux et heureux propriétaires, semblent satisfaits. Au cours des ans, la confrérie a su dépasser le côté épicurien de ses créateurs pour exercer un véritable rôle économique et social. En outre, elle coopte les vins régionaux pour les appellations grands crus et premiers grands crus. Sans son assentiment, pas de précieux sésame possible. Après l'élitisme de ses débuts, le directoire a su s'adapter à son temps puisqu'il est maintenant composé de façon hétérogène. En effet, si l'habit confère une sorte d'égalité parmi ceux que l'on appelle Chevaliers, dans la vie quotidienne, on retrouve des personnes aux fortunes diverses : propriétaires terriens, sénateur, curé, pharmaciens, garagiste, maire, hôtelier… La Collégiale sonne 23 heures quand les invités prennent congé de leur hôtesse les uns après les autres. La nuit est encore très douce et agréable. La cité aux mille crus, entourée de ses murailles protectrices, s'apprête à passer une nuit paisible… Comme d'habitude. Un retardataire sort sur le parvis légèrement éclairé de l'hôtel particulier. En bon convive, il remercie une dernière fois son hôtesse. À peine les talons tournés, la lumière du pas-de-porte de la maison Vauxmort s'éteint. La demeure retrouve sa quiétude pour la nuit. L'homme descend doucement la rue de la Porte-Saint-Martin, puis tourne à gauche et s'apprête à remonter le tertre des Vaillants, une ruelle sombre. À l'angle des deux rues, il est comme essoufflé et ressent le besoin de marquer une pause. Il appuie sa main gauche sur le mur et pose le bréviaire qu'il tient dans sa main droite sur le muret adjacent. Au bout d'une minute, revigoré, il saisit son ouvrage et reprend son chemin. Sa silhouette est trapue, sa démarche un peu lourde. Soudain, alors qu'il chemine d'un pas prudent dans la ruelle pavée et pentue, une ombre surgissant de nulle part le poignarde violemment en bas du dos. Un coup, un seul ! Sans même un cri de douleur, l'homme s'affaisse sur le sol, laissant choir son livre. Sa toque roule sur le pavé et vient terminer sa course contre un mur. Il gît face contre terre, enroulé dans sa cape. Une main gantée retourne le corps. À la lueur de la lune, on distingue la tête de la victime : un visage rond et ridé, une calvitie entourée d'une couronne de cheveux blancs. Les yeux ouverts vers le ciel, l'homme paraît paisible. Un filet de sang coule maintenant aux commissures de ses lèvres. Sur le revers de sa veste, une petite croix argentée vient refléter la faible lumière. Avec calme, la silhouette replace délicatement le bréviaire sous la main droite de son propriétaire et lui rabat les paupières, comme pour mettre en scène une nature morte. Le père Anicet n'est plus, il a rejoint son Créateur, paix à son âme.

– Lundi 18 juin –

Une Renault 21 rouge à larges bandes blanches roule à vive allure en direction de Saint-Émilion. La route vallonnée se faufile entre les propriétés viticoles. Le paysage est admirable : à perte de vue, des pieds de vigne feuillus géométriquement alignés, taillés avec soin génération après génération. Tout est calme et ordonné. Les grappes de raisin se gorgent du doux soleil de juin. Ici, l'homme semble avoir apprivoisé la nature pour fabriquer son nectar. La tranquillité environnante est perturbée par le *Highway to Hell* d'AC/DC. Dans sa voiture, toutes fenêtres ouvertes, le conducteur hurle le refrain en balançant sa tête de haut en bas. C'est un homme brun de trente-neuf ans, le cheveu en bataille, vêtu d'une veste en cuir. Au dernier couplet, il rajuste ses « Aviator » sur le bout de son nez. Soudain, la Renault fait une embardée. Le chauffeur s'arrête en urgence sur le bas-côté, coupe la radio et sort du véhicule. Une brève inspection lui donne l'explication : son pneu arrière droit est sur la jante. Dépité, il ouvre son coffre d'où il extrait le cric et la roue de secours. Bientôt, le bolide se soulève au rythme de ses coups de manivelle répétés. Une sonnerie de portable, « 7e de cavalerie », interrompt l'apprenti mécano. Il décroche.

– Hutch à P.C.,… Salut Madjer… *Yes*, j'y vais, mais là je suis en pleine pampa, j'ai crevé et c'est la galère… O.K., on se *phone* plus tard.

Il raccroche et reprend son ouvrage.

*

* *

Un homme d'une petite quarantaine au visage émacié, vêtu d'une impeccable soutane noire, traverse précipitamment la cour pavée de l'évêché de Bordeaux, un journal à la main. Il s'immobilise devant une porte, frappe à deux reprises et, sans attendre la réponse, pénètre dans une vaste pièce baignée de lumière. Sur la droite, une immense bibliothèque recouvre le mur du sol au plafond. Deux fauteuils clubs en cuir brun, disposés autour d'un guéridon en marbre, invitent à la lecture. Monseigneur Leroux, archevêque de Bordeaux, est assis derrière son bureau. Près du téléphone, dans un cadre en cuir au ton crème, trône une photo du pape Benoît XVI. Juste derrière lui, à hauteur d'épaule, le portrait de Jean-Paul II semble poser un regard bienveillant sur le prélat. Il garde une tendresse toute particulière pour celui qui l'avait ordonné évêque en 1983, alors qu'il n'avait que quarante-neuf ans. Il avait même fait partie du cabinet du Saint-Père de 1992 à 1996, avant d'être nommé primat d'Aquitaine. Malgré ses soixante-douze ans, il met un point d'honneur à se lever dès 5 heures du matin et à répondre lui-même aux courriers qui lui sont adressés. Le visage légèrement penché, il rédige une lettre. Ouvert devant lui, le parapheur regorge de missives en tout genre. Elles sont classées en trois grandes catégories : les invitations, les remerciements, les demandes de grâce ou d'intervention.

– Je suis à vous tout de suite.

Après quelques instants, il pose son stylo-plume et relève la tête. Le père Clément, son vicaire général, lui tend le *Sud-Ouest* du jour. Le vieil homme s'en saisit en ajustant ses lunettes.

– Anicet ?

Monseigneur Leroux semble bouleversé par la une du journal qui montre une photo du curé avec l'accroche : « *Crime odieux à Saint-Émilion* ». Sans mot dire, l'archevêque ouvre le quotidien en page deux. Un encart intitulé « Dernière minute » relate l'assassinat de la nuit.

Il prend connaissance de l'article en oubliant d'inviter le père Clément à s'asseoir. De temps en temps, il opine du chef.

– C'est affreux… Je le connaissais depuis plus de quarante ans. Nous avions fait notre séminaire ensemble. À la fin de l'année dernière, nous fêtions encore son anniversaire…

– Je m'en souviens très bien, monseigneur.

Le haut dignitaire se remémore les merveilleux moments qu'il a connus et partagés avec Anicet depuis près d'un demi-siècle. Les larmes lui emplissent les yeux, il prend un mouchoir en coton dans sa poche.

Il n'a jamais aimé laisser paraître ses émotions, mais là, le coup est trop rude.

Clément ne dit rien et préfère respecter la douleur de l'archevêque. Après un court silence, le septuagénaire se redresse dans son fauteuil. Aux souvenirs émus succède le retour à la rude réalité.

– Comment une chose pareille a-t-elle pu arriver ?

– Le journal ne donne pas beaucoup de détails, monseigneur.

– Il était là depuis près de vingt ans maintenant. Il aimait tellement sa paroisse qu'il avait refusé les postes plus prestigieux que je lui avais proposés… Et voilà comment ça finit…

Le vieil homme exécute un signe de croix en regardant le Christ majestueux accroché sur le mur de droite. Choqué par la terrible nouvelle, il ressent le besoin d'être seul. Le père Clément s'apprête à sortir, quand l'archevêque l'interpelle.

– Téléphonez à mon ami Poiret, je veux des précisions.

– Je m'en occupe, monseigneur.

Une bonne heure vient de s'écouler lorsque le vicaire général regagne le bureau de Son Excellence. Il semble encore accuser le coup.

– Comme vous me l'avez demandé, j'ai téléphoné au procureur Poiret.

– Ont-ils arrêté le coupable ?

– Non, pas encore. Ils n'ont que peu d'informations et viennent de dépêcher sur place un enquêteur de Bordeaux… Un dénommé Cuche.

– J'ai prié le Seigneur pour l'âme de notre pauvre

ami. Je n'arrive pas à comprendre : comment peut-on vouloir du mal à un homme comme lui ?

– Voulez-vous que je me charge de l'organisation des funérailles ? Vous n'aurez pas la tête à ça.

– Ce serait bien, en effet.

Le téléphone sonne, le prélat décroche :

– Oui… Ah non, aucune interview !

Il raccroche sèchement. L'atmosphère est pesante. L'archevêque regrette déjà son ton emporté ; après tout, ce journaliste ne fait que son travail…

– À cet égard, monseigneur, compte tenu de la gravité de la situation et de sa médiatisation, il serait peut-être judicieux de se rendre à Saint-Émilion pour mener une petite enquête, en attendant que vous nommiez le remplaçant du père Anicet.

Leroux se bat contre l'uniformité. Dans sa fonction, elle lui est certes nécessaire, mais le pluralisme est de mise pour tout ce qui est de l'ordre de la consultation, même si la décision finale reste sienne. L'une de ses grandes qualités est de savoir bien s'entourer. Ses collaborateurs, il les choisit lui-même. Clément fait partie de ceux-là. C'est une sorte de Premier ministre du diocèse, et malgré son jeune âge, il exerce sa fonction avec zèle et autorité. À ce titre, Leroux l'apprécie au plus haut point. Ses remarques sont souvent pertinentes et clairvoyantes. Le primat d'Aquitaine réfléchit un instant. « Ma charge est lourde, et malgré l'affection que je porte à mon vieil ami, il m'est impossible de me rendre sur place. Qui envoyer, alors ? » Pour une mission de ce type, il lui faut un homme de confiance. En relevant la tête vers son vicaire, la solution lui apparaît comme une évidence.

– Accepteriez-vous d'occuper momentanément la place laissée vacante par le père Anicet et de mener cette enquête discrète dont nous parlions ?

– Vous voulez déjà vous débarrasser de moi, monseigneur ?

Pour la première fois de la matinée, il discerne un léger sourire sur le visage du haut dignitaire. Clément est d'un naturel gai et enjoué. Il manie fréquemment l'humour, et ne se laisse pas aller aux états d'âme. L'archevêque recherche cette fraîcheur d'esprit.

– Non, bien sûr, mais je pense que vous me serez plus utile là-bas. J'ai parfaitement confiance en vous et il s'agit d'une mission de courte durée. Toutefois, je ne veux rien vous imposer, vous êtes libre de refuser. On ne sait pas exactement ce qui s'est passé, et la charge peut s'avérer dangereuse tant que le criminel n'est pas sous les verrous.

Clément réfléchit un instant et reprend :

– Excellence, plus vite cette affaire sera résolue, plus vite vous ferez votre deuil. J'accepte donc cette proposition. Sur place, je pourrai recueillir des informations plus facilement qu'un policier.

L'archevêque semble maintenant soulagé. La solution qu'il vient de trouver et que son vicaire a acceptée va lui simplifier considérablement la tâche.

– Clément, faites bien attention de rester dans le périmètre de votre charge.

– Très bien, monseigneur.

– Je viendrai moi-même célébrer l'absoute de notre regretté Anicet.

Après avoir réglé les derniers détails de sa mission,

le vicaire prend congé, alors que monseigneur Leroux s'apprête à prévenir Poiret de la situation.

*
* *

La Renault 21 rouge entre en ville par la porte sud. Elle laisse derrière elle la jolie place Bouqueyre plantée de tilleuls, et s'engouffre dans l'étroite rue du même nom. De temps à autre, des piétons se plaquent contre les murs pour laisser passer le véhicule. Les gros pavés inégaux font cahoter le conducteur sur son siège. Entre deux bâtisses, il aperçoit furtivement l'imposant donjon de la tour du Roy. Ce quadrilatère de pierre, dont chaque façade mesure près de quinze mètres, ne présente des ouvertures que sur la face tournée vers la cité. Bâti en 1237 en hommage à Louis VIII, le bâtiment a abrité la mairie jusqu'en 1608. C'est aujourd'hui une curiosité locale prisée des touristes. À vitesse réduite, la Renault 21 poursuit sa progression et passe devant un lavoir qu'un groupe de Japonais immortalise. Il n'y a pourtant pas de quoi, tant il a été restauré sans goût. La voiture, qui se trouve rue de la Grande-Fontaine, tourne désormais à droite et débouche sur la place de l'église monolithe. Le véhicule se gare devant l'imposant portail gothique du XIVe siècle. Tout de jean vêtu, les lunettes bien vissées sur le nez, l'homme s'en extirpe une santiag après l'autre, encore fatigué du remontage de sa roue de secours. Les mains sales, il prend garde de verrouiller la portière sans toucher la carrosserie. Se retournant, il détaille la place sur trois cent soixante degrés. Son regard est attiré par la très belle représentation du portail. La voussure supérieure est ornementée de feuillages, d'anges et d'apôtres. Au milieu du tympan, le Christ est entouré de la Vierge et de saint Jean. Sur le linteau est représentée une scène de résurrection des morts et du Jugement dernier. L'homme termine son panoramique par un magnifique panneau « Interdiction de stationner » qui ne semble pas l'émouvoir. Reprenant ses observations, il ajuste rapidement sa cible dans son collimateur : la fontaine près de l'église. Les mains lavées, il se dirige maintenant vers le petit café-hôtel de la place, *La Barrique*. Il s'apprête à s'asseoir en terrasse, où quelques tables sont encore libres, mais extrait d'abord son paquet de cigarettes de sa poche. Au milieu de ce paysage de carte postale est dressée une estrade en bois sur laquelle un groupe d'adolescents massacre *Knockin' on Heaven's Door*. Bob Dylan aurait bien du mal à reconnaître sa mélodie, mais la fête de la Musique est dans trois jours, et les approximations sont encore acceptables. Après quelques instants, un homme grand et corpulent vient à sa rencontre, portant un tablier beige clair impeccable. Il aurait fière allure si la mention « C'est moi le taulier » n'y était pas inscrite en gras. Christophe Blachard, quarante-six ans, est l'hôtelier de *La Barrique* et il le porte sur lui. Ce n'est pas sans dérider le célèbre capitaine Thierry Cuche de la Direction interrégionale de la police judiciaire de Bordeaux, qui tire frénétiquement sur sa cigarette. Il avait à plusieurs reprises fait la une des quotidiens locaux. Ses supérieurs, qui n'appréciaient ni son côté décalé ni ses méthodes, avaient dû s'incliner face au succès. La presse avait fait du capitaine un flic efficace et attachant. Pourtant, à cause de l'intolérance quotidienne de sa hiérarchie et surtout de projets plus personnels, il avait demandé sa mutation à Paris, au 36, quai des Orfèvres. Il souhaitait que cette nouvelle enquête soit la dernière dans la région et savait qu'elle n'allait pas être facile. Là, il était en présence d'un homicide volontaire, et les pistes étaient souvent ténues.

– Bonjour. Il a choisi ?

Ce doit être une maladie de bistrot, ces personnes qui n'osent pas tutoyer et qui estiment qu'ils sont trop vieux pour vouvoyer. Alors, ils disent « il ». C'est comme un nouveau jeu : après le ni « oui » ni « non » qui fit la gloire des *Jeux de 20 heures*, voici le ni « tu » ni « vous », et notre « taulier » est un champion. Cela ne semble pas perturber Cuche.

– Un Coca sans glace, *please*.

Au retour du cafetier, le policier engage la conversation.

– Vous connaissez un bon garagiste ?

Par bon, il faut aussi entendre pas trop cher. Les émoluments d'un fonctionnaire de police ne permettent pas toutes les folies.

– Je lui conseille le garage Barbosa, à la sortie de la ville sur la droite, direction Libourne. Je me demandais : il est journaliste ?

Le capitaine ne dément pas, et répond par un grommellement en buvant son Coca.

– Ah… Il vient pour l'assassinat du père Anicet. Vous savez, cet homme était aimé de tous, d'ailleurs il connaissait tout le monde. C'est lui qui a enterré ma femme… Alors, sa mort me touche d'autant plus.

S'il était aimé de tous ici, pourquoi a-t-il été tué ? Le flic est perplexe. Il y a peut-être eu erreur sur la personne, après tout, il l'a déjà vu dans sa carrière. En plus, tout paraît ici calme, serein, comme intouchable. La fête de la Musique a peut-être attiré un afflux de personnes extérieures à la ville. Tout est possible, il n'a pas d'idées préconçues.

Cuche regarde sa montre, bientôt dix heures et demie. Il interpelle l'hôtelier.

– Excusez-le, il va devoir y aller. Il lui doit combien ?

Cuche aime pratiquer l'insolence, il excelle même dans ce sport. Sa force : sa faculté à rester impassible quand il assène une goguenardise.

*

* *

Sur le parvis de la mairie, une femme à la chevelure blond cendré, portant lunettes, frisant la cinquantaine, fait les cent pas. Elle examine régulièrement sa montre. Avec dix minutes de retard, c'est un Cuche décontracté, les pouces dans les poches, qui s'arrête devant la grille de la rue Guadet. La plaque de la mairie indique qu'il s'agit d'un bâtiment de la fin du XVIIIe siècle. Le capitaine prend le temps d'admirer l'architecture, il a toujours aimé ça. La femme, impatiente, assiste à son manège sous les yeux des statues de Bacchus et de saint Émilion qui ornent le jardin municipal. Contemplation achevée, le policier pénètre tranquillement dans l'enceinte de la mairie, agrémentée d'un charmant jardin à la française. L'odeur de la pelouse fraîchement tondue et la douceur de la matinée contribuent à sa bonne humeur. Tout sourire, il se dirige vers le perron en prenant soin d'éviter les jets rotatifs des arroseurs automatiques. À la façon d'un quadrille, il saute à intervalles réguliers, jusqu'à parvenir sur le parvis de l'hôtel de ville.

– Bonjour… Madame le maire ?

– Vous êtes en retard, et en plus on dit mairesse, et c'est mademoiselle.

Le ton est des plus agacés. Cuche sort sa carte de police sans tenir compte de l'humeur de son interlocutrice.

– Capitaine Cuche, police judiciaire, mademoiselle la mairesse.

– Allons sur place, nous avons perdu assez de temps comme ça !

En à peine trois minutes, ils se retrouvent sur le théâtre du meurtre d'Anicet. Cette partie ouest de la cité semble abandonnée, tant il est rare de croiser âme qui vive. Pour Cuche, c'est une chance qu'on ait découvert le corps aussi vite. Le tertre des Vaillants est une ruelle très pentue, au pavé inégal, qui fait un angle droit en son milieu. Elle est uniquement accessible à pied, étant barrée à l'une de ses extrémités par une sorte de plot en béton et, de l'autre, par quatre marches. Cuche fait ses premières observations, deux lanternes seulement pour une ruelle d'environ cent mètres. Il est presque 11 heures, et toutes les traces du drame de la veille ont complètement disparu, à l'exception d'une quinzaine de bouquets déposés près d'une porte cochère.

– Quel âge avait Anicet ?

– Soixante-dix ans, je crois.

– C'est le trajet normal pour retourner chez lui ?

– C'est le plus direct.

– Vous pouvez me montrer où se trouve le presbytère ?

– Il se trouve à côté de la mairie, mais faisons vite, j'ai un rendez-vous qui m'attend.

– Je vous suis.

Chemin faisant, Cuche et la mairesse échangent quelques propos. L'un commence ses investigations, l'autre joue les guides touristiques.

– Ici vous êtes place Meyrat, et là, c'est la maison du vin. Vous pouvez y suivre une initiation à la dégustation des vins de notre région… Les meilleurs crus au monde !

À l'évocation de sa ville, la mairesse semble beaucoup plus ouverte. Cuche la trouverait presque agréable.

– Dès que j'aurais un peu de temps libre… Et pour notre affaire, aucun témoin, bien sûr ?

– Non, aucun, enfin d'après vos collègues de cette nuit. Vous savez capitaine, il y a quarante ans, il y avait quatre mille habitants ici. Aujourd'hui, il en reste à peine deux mille cinq cents. Certes, l'été nous amène un flot de touristes important, mais vous verrez que le soir, les rues de ce quartier sont vides.

– Je comprends. Mais on peut toujours en trouver, des témoins. Parfois, on a l'impression de ne rien savoir et puis un élément, qui paraît anodin, peut aider à résoudre une énigme. Il sortait d'une soirée, m'a-t-on dit ?

– Tout à fait, j'y étais d'ailleurs, chez madame de Vauxmort, à deux pas d'ici.

– Bien, il va falloir interroger tout le monde… Faudra me libérer une salle à la mairie…

À ces mots, la mairesse stoppe net sa progression et se retourne vers le policier.

– C'est que nous sommes déjà à l'étroit !

– Allons, allons, je suis sûr que vous allez me trouver une petite place.

Jusqu'à leur arrivée devant le presbytère, la mairesse ne lâche plus le moindre mot. La présence du policier ne l'enchante guère. Un homme qui fouille dans une petite ville finit toujours par trouver quelque chose. Avant ce drame, la cité a su combler ses premières ambitions politiques. Mais Saint-Émilion reste une étape, comme le lui rappelle souvent son mentor, le sénateur Fabre. À quelques mois des élections, un homicide peut influencer les suffrages…

Profitant du silence qui s'est installé entre la mairesse et lui, Cuche observe tout ce qu'il croise et reste attentif aux bribes de conversations qu'il peut saisir. Il n'est pas de ceux qui confondent rapidité et précipitation. On lui reproche souvent sa lenteur d'investigation, mais c'est sa technique, et elle est souvent payante. En 2003, dans l'affaire Manzini, il avait pu rassembler toutes les pièces du puzzle après une heure de réflexion intensive… Robert Manzini était décédé dans un accident de voiture, sa veuve avait touché une grosse prime d'assurance, et Cuche avait lancé son nouveau lieutenant sur cette affaire, qui devait être classée aussi vite qu'elle était arrivée. La jeune femme avait pris cette enquête à cœur, sans savoir que son patron la lui avait attribuée pour se faire les dents. Au bout de quinze jours, elle lui avait fait part de ses doutes. Pour elle, la veuve jouait un rôle, ce n'était pas un banal accident comme tout le monde voulait bien le croire. Cuche avait envoyé un de ses hommes à Bassens pour complément d'information. Le fonctionnaire de police se souviendra longtemps de ce trajet : il perdit le contrôle du véhicule et heurta un camion. La brigade avait été prévenue que le capitaine Cuche avait été transféré au C.H.U. de Bordeaux suite à un accident de la circulation. C'était bien sa voiture, mais ce n'était pas lui au volant. Cuche avait fait les cent pas en attendant des nouvelles du médecin, et cette heure d'attente lui avait ouvert les yeux. Et si Manzini n'avait pas non plus été au volant de sa voiture ? Il mit la veuve en filature, et le pot aux roses fut découvert quelques semaines plus tard sur les bords du lac Léman : Manzini et sa femme coulaient des jours heureux avec la prime d'assurance. C'était une vulgaire escroquerie dans laquelle un pauvre auto-stoppeur hollandais avait joué le mauvais rôle. La lenteur de Cuche, ses doutes et ceux de son équipe, qui avaient exaspéré sa hiérarchie, avaient permis de confondre les coupables.

*

* *

Cuche a installé provisoirement son Q.G. à la terrasse de *La Barrique*. Il est bien planté sur sa chaise en fer forgé, jolie, mais pas très confortable, *L'Équipe* grand ouvert sur la table. Les Girondins ont joué hier et il n'a pas pu voir le match. C'est un passionné de ballon rond et de sport en général. Il sait que les jours à venir vont être tendus et qu'il n'aura plus guère le temps de suivre l'actualité sportive, alors il en profite. Armée d'un calepin et d'un stylo, une jeune blonde pulpeuse de vingt-quatre ans, vêtue d'une petite robe d'été aux bretelles fines, vient prendre la commande.

– Bonjour, vous avez fait votre choix ?

– Le plat du jour me conviendra très bien avec un Coca, s'il vous plaît.

– Le Coca, avec sa rondelle ?

– Toujours, *of course* !

Cuche replie son journal, prend un petit carnet dans sa poche intérieure et commence à noter quelques éléments pour son enquête. Quelle n'est pas sa déception de se voir servir son magret par le beaucoup moins sexy Christophe Blachard !

– Alors, il écrit pour quel canard ?

Cuche, décidé à s'inscrire en faux, est arrêté dans son élan par le carillon du « 7e de cavalerie ». Blachard s'éloigne, il reviendra à la charge plus tard.

– Hutch à P.C. Oui, je suis dans un café, *La Barrique*… Sur la place de l'église, tu verras Général Lee… Non, on ne peut pas la rater… Et puis, si tu es perdue, suis les Japonais… À tout de suite.

Cuche est frappé de voir autant de touristes nippons dans la ville. Ce doit être courant, puisque la carte du bistrot est traduite dans leur langue. La serveuse revient avec le Coca.

– V'là le Coca… Avec sa rondelle. Je peux vous proposer autre chose ?

– Non, ça ira, merci mademoiselle.

Elle se retourne et reprend son service sous l'œil expert du flic. Il sait reconnaître les belles filles, et là, il n'y a rien à redire. La blonde aux cheveux longs a toujours été son type de femme. En plus, celle-là a une sorte d'insouciance qui ne la rend que plus attirante. Cuche a une réputation qu'il entretient. À la brigade, on l'appelle Don Juan, et il laisse faire. Il trouve ça plutôt flatteur, même s'il ne mérite pas ce surnom. Quelques instants plus tard, une voiture de police se gare à côté de Général Lee, surnom donné par son propriétaire à ce qui lui sert de véhicule, en hommage à une série américaine des années quatre-vingt. Les clients assis en terrasse ont les yeux rivés sur la demoiselle qui sort de la 307 aux couleurs de la République. Le lieutenant Nadya Madjer, une charmante jeune femme de vingt-huit ans d'origine marocaine, un mètre soixante-cinq, les cheveux noirs, longs et bouclés, a repéré *La Barrique*. Derrière ses Ray-Ban, Cuche la regarde se diriger vers lui. Il a toujours aimé sa démarche féline, presque sensuelle. Aujourd'hui, elle est vêtue d'un jean et d'une veste courte en daim, cintrée très près du corps. Elle tient une grande enveloppe kraft à la main.

– Salut, *boss* !

– *Hello*, Madjer.

– Alors, tu étais où hier ? Je t'ai appelé toute la soirée. Tu as oublié notre toile ?

– Ouais, je sais, j'ai merdé, je n'avais plus de batterie et ça m'est sorti de la tête.

Les deux flics, qui sont célibataires, se voient en dehors de leurs enquêtes. Bordeaux est une ville dynamique et les activités ne manquent pas pour qui a du temps libre. Ils partagent un certain nombre de hobbies, à commencer par le 7e Art. Le capitaine affectionne les séries télé et le cinéma des années quarante. Le lieutenant préfère les films noirs des *fifties* avec Bogart et Cagney, comme son père. Son film culte reste *Témoin à charge* de Billy Wilder. Dans son métier, elle garde toujours à l'esprit que les choses ne sont pas aussi limpides qu'elles le paraissent parfois. Son supérieur est également un adepte de cette doctrine, et c'est avec un réel plaisir qu'ils redécouvrent ensemble tous ces bijoux que les besoins de l'audimat ont chassés du petit écran. C'est peut-être pour toutes ces raisons que les deux flics s'entendent si bien.

– Bon, ce sera pour la prochaine fois.

Elle pose l'enveloppe sur la table.

– Tiens, voici le rapport des collègues qui ont fait les premières constatations et les clichés correspondants.

Nadya s'assoit tandis que Cuche ouvre l'enveloppe, extrayant une première photo sans se rendre compte que les conversations ont considérablement baissé autour d'eux. Le cliché, qui montre la victime en plan américain, est des plus explicites. Elle est allongée à terre, sur les pavés, la tête légèrement tournée vers la gauche. Ses yeux sont fermés, une marque rouge sombre apparaît au coin gauche de ses lèvres, probablement du sang coagulé. Cuche est dans ses pensées, mais s'exprime à voix haute.

– Qui t'a fait ça, mon vieux ? Donne-moi une piste.

– Les morts ne parlent pas, *boss* !

– Il a une tête de brave type, tu ne trouves pas ?

– Je t'avoue que je n'ai pas prêté attention à ça.

Tous les yeux des consommateurs sont tournés vers les deux policiers. Cuche, perdu dans sa bulle, examine une seconde photo et ne s'en aperçoit pas.

– Tu as vu, Nadya, il a l'air de dormir. Ça m'a toujours surpris de voir comment la mort peut rendre un visage paisible.

Madjer, remarquant l'intérêt général, donne un petit coup de genou à Cuche. Se retournant vers les trois hommes qui occupent la table d'à côté, il aperçoit à leurs pieds une caméra Beta numérique.

– Je vois que la presse est déjà là.

Tout en prononçant ces mots, il remet la photo dans son enveloppe.

– Vous avez du nouveau, capitaine ?

Étienne Ducasse, un des journalistes locaux pour les affaires de crimes, est attablé avec l'équipe de France 3 Régions. C'est un petit bonhomme mince à l'œil vif. Il porte une fine moustache et une barbe de deux jours. Le cheveu châtain, il doit avoir quarante ans tout au plus. Il est arrivé à Bordeaux en 1994. Auparavant, il a sévi pour un magazine de faits divers à la déontologie douteuse qui a fait du scandale son fonds de commerce. La direction de *Sud-Ouest* l'a engagé en lui demandant de ne pas faire de sensationnel ; le lectorat est différent, les sources doivent être recoupées. Il continue cependant de rédiger quelques articles sous pseudonyme pour son précédent employeur. Cuche l'a déjà croisé à plusieurs reprises au cours de ces dernières années.

– Rien dans l'immédiat, monsieur Ducasse. Et vous, des pistes ?

– Tout sera dans le journal de demain, capitaine.

– Je serai un de vos fidèles lecteurs, comme toujours.

Le policier brandit le journal du jour tandis que les trois journalistes se lèvent.

– À bientôt, messieurs.

Cuche se retourne vers Madjer.

– Tu as lu la presse du matin ?

– Oui, j'ai tout épluché. On va des hypothèses pédophiles au règlement de comptes, en passant par le crime de rôdeur. Je t'ai glissé une rapide revue de presse dans l'enveloppe, mais la nouvelle est tombée assez tard et il y aura sûrement plus de choses dans les éditions de demain. On a aussi trois gardiens qui procèdent en ce moment même à l'enquête de proximité. Si on a de la chance, l'affaire est pliée dans la journée.

– Je te trouve très optimiste, mais c'est du bon boulot. Tu prends quoi ?

– Oh, un petit caoua.

Cuche interpelle Blachard et lui commande un café.

– Tu as vu quelque chose d'intéressant sur les photos ?

– Non, rien de transcendant, *boss*. Et toi, tu as des *news* ?

– Rien dans l'immédiat. Je ne suis là que depuis deux heures. J'ai rencontré la mairesse… Tu savais qu'on dit mairesse ?

Leur conversation est bientôt interrompue par les beuglements d'un homme passablement éméché.

– V'là enfin un peu d'animation dans ce trou ! Faut qu'un cureton se fasse planter pour que ça bouge, ici !

Ange Dutour sort du bar en titubant. Le mécano de vingt-huit ans a encore trop bu. De taille raisonnable, châtain clair aux yeux verts, il aurait tout du gendre modèle si ses abus alcoolisés ne ternissaient sa réputation. Il gagne sa vie comme mécanicien et tente d'oublier, à ses heures perdues, les tourments de l'existence. Aujourd'hui, c'est son jour de repos et les réparations n'auront pas à subir les approximations dues à son état d'ébriété. Toutes les conversations de la terrasse ont cessé. Choqué par les propos du pochetron, Blachard intervient.

– Rentre chez toi, tu as trop bu.

– Te prends pas pour un autre, t'es qu'un larbin.

Un œil clos, il vise Blachard avec son doigt vaguement pointé dans sa direction. Voyant la tournure des événements, Nadya s'apprête à intervenir. Cuche la retient discrètement.

– Laisse faire, ça peut être intéressant.

L'hôtelier regarde Cuche.

– Le voilà, votre grand garagiste. Surtout, quand vous irez le voir, adressez-vous au patron, pas à sa clé à molette.

– Tu peux fanfaronner, l'aubergiste, mais tout ça c'est qu'un début.

– Tu veux vraiment pas que je m'en occupe, *boss* ?

– Non, laisse faire, on n'est pas là pour ça.

Ange quitte la place en bredouillant et grimpe, non sans difficulté, dans une dépanneuse jaune. Sur la portière, on peut lire distinctement « Garage Barbosa : toujours là quand ça ne va pas ». Les conversations reprennent. Le patron, un peu gêné, s'adresse aux deux policiers.

– Ah ben, alors… Je croyais qu'il était journaliste…

– Faut pas toujours se fier aux apparences, monsieur…

– Christophe Blachard, enchanté, et figurez-vous que c'est exactement ce que j'allais vous dire. Le petit Dutour, c'est pas sa faute. Il a connu des coups durs… Vous savez ce que c'est !

– Si vous le dites !

Nadya, agacée par la situation, lui fait la leçon.

– Vous savez que vous ne devez pas servir de boisson alcoolisée à un homme dans cet état ?

– Justement, Ange ne sait pas s'arrêter, et c'est parce que j'ai refusé de le servir qu'il s'est mis dans cette furie.

– Alors, c'est parfait, n'en parlons plus.

Interpellé par des clients, l'hôtelier s'éloigne. Cuche sort son carnet et note un nom : « DUTOUR ».

– Nadya, tu vas aller à Libourne et m'activer le légiste. De mon côté, je vais organiser les auditions. Je t'appelle pour le planning.

– O.K., *boss*. Demain, tu as besoin de toute l'équipe ?

– Non, seulement toi, on appellera la cavalerie le moment venu.

Nadya se lève et adresse un clin d'œil complice à son supérieur. Il la regarde s'éloigner et se dit qu'il a beaucoup de chance. Ça fait trois ans qu'ils travaillent ensemble. Elle a bien évolué depuis ses premiers pas à la brigade. Maintenant, ils se connaissent par cœur. Il y a un grand respect et une grande complicité entre ces deux-là. Tous leurs collègues sont persuadés qu'il y a quelque chose entre eux. Il n'en est rien, mais des deux côtés, on laisse faire. Pour Nadya, qui se fiche du qu'en-dira-t-on, c'est un moyen de mettre une barrière avec d'autres collègues empressés ; pour Cuche, c'est une façon de la protéger et de lui témoigner l'attention d'un grand frère. La 307 démarre et son départ tire le flic de ses pensées. Il se signale à Blachard et mime une signature, langage universel pour demander l'addition.

– Voilà, commissaire.

– Capitaine, ça ira bien.

– Ça vous fera treize euros trente, capitaine. Une petite fiche ?

Manifestement, le vouvoiement est redevenu de rigueur.

– Eh oui, c'est à la charge du contribuable.

Alors que des essais de sono ont repris, Cuche sort de sa poche un billet de vingt euros.

– Vous auriez une chambre de libre ?

– Oui, ma fille Pamela va s'occuper de vous.

*
* *

La chambre est propre et lumineuse, le mobilier un peu désuet. Pamela lui fait l'article. Elle ouvre grand la fenêtre qui donne sur la place de l'église, et lui fait remarquer que la vue est magnifique. En plus, il a une place de choix pour assister au concert de jeudi.

– Vous aimez la musique ?

– Ça dépend qui la joue.

Cuche fait référence au seul groupe qu'il a entendu depuis qu'il est arrivé. La chambre sera sûrement bruyante jusqu'à jeudi soir, mais elle offre une vue privilégiée sur la place et l'entrée du bar. Sur le plan stratégique, il ne pouvait espérer mieux.

– Je vous ai mis un peu plus de serviettes.

– Merci, c'est très gentil.

– Vous comptez rester quelques jours chez nous ?

– On verra, ça dépendra de mon enquête.

– Je me doutais que vous étiez policier. C'est pour Anicet, n'est-ce pas ?

– Bingo.

– En tout cas, moi, ça me rassure d'avoir un policier chez nous… Vous verrez, la literie est excellente. Je suis très à cheval sur le confort de mes clients. Si vous avez le moindre problème durant la nuit, j'habite à l'étage du dessus avec mon père. La porte de ma chambre est juste en face de l'escalier.

Thierry Cuche est un peu dérouté par son côté provocateur.

– Je saurai m'en souvenir, c'est promis.

– À plus tard, inspecteur.

– Capitaine.

Pamela referme la porte derrière elle. Cuche expire longuement, presque soulagé que cet échange ait pris fin : les serviettes, la literie, le cheval, forcément les idées vous viennent ! Il pose son sac de sport estampillé du logo des Girondins de Bordeaux sur le lit, installe son ordinateur portable sur une petite table près de la fenêtre, puis se saisit du rapport confié par Madjer et des photos de la victime. Il sort de la Patafix de sa sacoche, arrache de petits morceaux qu'il fait rouler sous son doigt et répète ce rituel une douzaine de fois avant de coller la série de photos sur le mur. Il les examine une à une, tout en faisant les cent pas. Il doit y avoir un indice, une piste… Au moment où il s'apprête à s'allonger sur le lit, il se retourne brusquement vers les clichés. Son visage, mais oui, son visage, il se souvenait de sa remarque faite à Nadya… « Il a l'air de dormir… » C'est ça qui le turlupinait : ses yeux n'étaient pas ouverts. Qui lui avait baissé les paupières ? Un rôdeur, ça frappe, ça fouille et ça détale, mais ça ne prend pas le temps de rabattre les paupières de sa victime…

– Mardi 19 juin –

Ce matin, Saint-Émilion est en effervescence, c'est une vraie fourmilière. Assis en terrasse, un journal à la main, Cuche prend des notes. Il a lu les articles de presse confiés par Nadya, et rien de bien concret n'en est ressorti. Devant lui, les quotidiens du jour vont être passés au crible. Il puise souvent les premiers indices de ses enquêtes dans la presse locale. Certains journalistes font un travail d'investigation remarquable. Leur statut leur permet de recueillir des confidences plus facilement qu'un policier. Il le sait parfaitement et entretient des rapports privilégiés avec certains d'entre eux… Avec ses « sources », comme il aime à dire, c'est du donnant-donnant ; un tuyau, une exclusivité, et la vérité finit presque toujours par émerger. Plongé dans le *Sud-Ouest* du jour, le policier est déconcentré par un groupe de scouts qui chahute près de la fontaine. Ils sont environ une trentaine, et doivent avoir entre treize et quatorze ans. Tous sont habillés d'un short en toile beige, d'une chemise jaune tournesol et du traditionnel foulard torsadé bicolore. Ici, on a du bleu et de l'orange que l'on retrouve en haut du staff planté au milieu des sacs à dos, gamelles et autres bonames. Le fanion est en forme de flamme dont la pointe est arrondie en ogive. De temps à autre, la brise laisse entrevoir la représentation de l'animal, symbole de la troupe : un castor. Sur la gauche du camp de fortune, un jeune chef donne des instructions à ses assistants. Le policier regarde la scène d'un œil amusé… Il a l'impression de se revoir à l'adolescence. À dix-sept ans, après quatre ans de bons et loyaux services, il avait quitté le scoutisme, plus préoccupé alors par les charmes des jeunes filles que par la doctrine de Baden-Powell. Avec le recul, il ne regrette pas son choix.

En tournant la tête de quelques degrés, il aperçoit des touristes, précédés d'un guide, qui s'engagent dans une ruelle fléchée par un panneau indiquant « Catacombes ». La ville est connue dans le monde entier pour le florilège de ses crus, mais aussi pour son étonnante tradition troglodyte. Son église souterraine en est le symbole. Elle a été construite sur les galeries dans lesquelles le moine Emilianus, dont la cité tire son nom, aurait installé son ermitage. Unique au monde, l'église a été creusée dans le calcaire entre le IXᵉ et le XIIᵉ siècle. Près de quinze mille mètres cubes de roche ont été extraits pour bâtir ce lieu saint… Curieux et passionné de vieilles pierres, Cuche se promet d'en faire la visite guidée à la première occasion.

*

* *

Une Clio grise se gare prudemment le long de la Collégiale. Le père Clément se saisit de deux grosses valises marron et referme son coffre. Il fait partie de ces prêtres qui prônent le retour à une Église plus proche de ses traditions, tout en gardant leurs distances avec les doctrines défendues par les jansénistes de Saint-Nicolas-du-Chardonnet. Quand quelqu'un évoque sa tenue, il cite en référence le concile de Trente : « Même si l'habit ne fait pas le moine, il est néanmoins nécessaire que les clercs portent toujours un habit conforme à leur état, le clerc ne peut être assis entre deux chaises, partagé à la fois entre les choses divines et mondaines. » Clément est de cet avis. Le premier signe d'appartenance à l'Église, c'est l'habit. Les prêtres vivent parmi les laïcs et ne peuvent échapper à leur temps. Dans une société où l'apparence a pris le pas sur des qualités plus fondamentales, il trouve normal de rappeler à tous sa vocation et son affiliation à l'Église de Rome. Pour ces raisons, et depuis sa sortie du séminaire, il porte la soutane noire. Un christ en argent pend autour de son cou, seule fantaisie dans sa tenue.

Tel un juillettiste armé de ses encombrants bagages, il se dirige vers une vaste maison à deux étages. Sur la droite, une plaque en laiton indique « Presbytère ». Il cogne à trois reprises le heurtoir du marteau en bronze. Après un court instant, la porte s'ouvre et laisse apparaître une petite femme à la constitution apoplectique. À quatre-vingt-un ans, Louise Rapeau effectue sa quinzième année au service de la cure. Depuis son veuvage, elle ne quitte plus son ensemble noir qui contraste avec sa chevelure ivoire. Son chignon est toujours parfait, retenu par deux petites barrettes argentées. D'apoplectique, elle n'en a que l'apparence, puisque la vie lui a offert une santé plutôt gaillarde. Le ciel l'a jusqu'à présent préservée de tous les déboires de la vieillesse : arthrose, maladies d'Alzheimer et de Parkinson. Rien que pour cela, ce qui est beaucoup passé un certain âge, elle remercie Dieu trois fois par jour.

– Madame Rapeau, je suppose ?

– Vous êtes le nouveau prêtre ?

– En effet, je suis le père Clément.

– Bonjour, monsieur le curé. Je vous attendais, l'archevêché m'a téléphoné ce matin pour me prévenir de votre arrivée, soyez le bienvenu.

– Merci beaucoup.

– Entrez donc, restez pas là comme un étranger, vous êtes chez vous.

Ils empruntent un couloir un peu sombre. La maison est fraîche, avec une légère odeur de renfermé. Côté rue, les fenêtres sont obstruées par de lourds rideaux rouges en velours. Au sol, la tomette est inégale, mais ne dépareille pas. Louise marche d'un pas ferme et assuré qui contraste avec son allure physique. Sans même se retourner, elle pointe son index vers le haut, juste au-dessus de son épaule, dans un léger mouvement de va-et-vient.

– Attention à votre tête, la poutre est basse.

Le vicaire général, qui est de bonne taille, doit se baisser pour ne pas se cogner. Du haut de son mètre soixante-trois, la dévote est passée sans encombre.

Ils arrivent dans un salon assez spacieux et plus lumineux. La pièce est à l'image du reste, austère et modestement meublée. L'inventaire peut se dresser ainsi : un vieux buffet en noyer sculpté, une table de ferme ancestrale, deux vieux bancs branlants, et enfin, clou de la collection, un fauteuil Empire élimé aux accoudoirs qui perd de la paille sous son assise. Si l'ensemble peut faire le bonheur d'un antiquaire, il est loin de présenter tous les aspects du confort moderne. Devant l'imposante cheminée, des braises encore fumantes dégagent l'odeur agréable de sarments qui se consument. Ce doux fumet réveille les papilles du vicaire et le souvenir d'un bon repas dans l'une des petites rues pavées du quartier Saint-Pierre, à Bordeaux. Il avait mangé une entrecôte à la bordelaise cuite sur des sarments, accompagnée d'un émincé d'échalotes et d'une persillade.

Ici, le temps s'est arrêté comme semble en témoigner l'horloge franc-comtoise dont le balancier affiche un immobilisme désespérant.

– Mettez-vous à l'aise. J'ai préparé du café, en voulez-vous ?

– Très volontiers.

Clément en profite pour poser ses deux valises, alors que Louise passe à la cuisine attenante. Elle a remarqué les volumineux bagages du prêtre et se dit qu'elle risque d'avoir beaucoup plus de repassage qu'avec son prédécesseur. Elle ne rechigne pas à l'effort, mais au cours de ces années passées avec Anicet s'était installée une sorte de routine confortable.

– Quelle terrible histoire, quand même. Dans notre

cité, qui est d'habitude si tranquille. Tenez, depuis la guerre il n'y avait pas eu de drame !

Louise Rapeau revient dans le salon, un plateau dans les mains, porté à la façon d'une offrande. Elle le pose devant Clément sur le coin de la table rustique, puis sert le prêtre.

– Asseyez-vous, vous êtes chez vous.

– Merci, madame Rapeau.

– Du sucre mon père ?

– Non merci.

– Ah… Comme le père Anicet… Vous savez, il était aimé ici, il connaissait tout le monde. C'est lui qui a enterré mon Émile.

– Émile ?

– Oui, Émile, mon mari. Un homme robuste comme un chêne emporté par le cancer en trois semaines… Maintenant, ils sont tous les deux au ciel près de Notre-Seigneur. Enfin, je vais pas vous embêter avec mes petites histoires !

La vieille femme conclut sa phrase par un reniflement disgracieux et un signe de croix.

– Non, non, vous ne m'embêtez pas, on a tous besoin de se confier.

Louise s'assoit à côté du vicaire, une tasse à la main.

– Ça sent bien bon, madame Rapeau.

– Oh ! C'est une tisane à la réglisse, je la prends au marché, chez Suzanne, elle cueille ses herbes elle-même. Vous en voulez ?

– La prochaine fois… Aujourd'hui je vais me contenter de mon café… Parfait d'ailleurs !

Sous les papilles, l'excellence du café disparaît pour

laisser place à une amère substance. Manifestement, Louise pratique le surdosage. Clément ne veut pas tracasser la vieille femme avec des questions culinaires, il s'en accommodera bien quelques jours. Après quelques instants, l'octogénaire rompt le silence.

– Vous connaissez un peu notre pays ?

– Bien qu'étant né à Bordeaux, je connais mal le Saint-Émilionnais. J'aurais bien sûr préféré le découvrir dans d'autres circonstances…

– En tout cas, vous m'êtes très sympathique. Vous plairez certainement aux gens du pays.

– Malheureusement, madame Rapeau, je ne suis là que provisoirement, monseigneur Leroux m'a chargé d'organiser les funérailles en attendant qu'un nouveau prêtre soit nommé.

– Oh là, quelle terrible histoire !

Elle exécute un rapide signe de croix et prend une gorgée de sa décoction.

Ses petites manies font sourire le prêtre. Son accent du terroir et sa façon de rouler les « r » sont délicieux.

– Sûr qu'y en aura, du monde, à l'enterrement du bon père Anicet. C'est dommage de faire connaissance dans ces conditions. Quand c'est que vous célébrez la messe ?

– La date n'est pas fixée pour le moment, et c'est monseigneur Leroux qui s'occupera de la célébration des obsèques.

– Oh ben, va y avoir drôlement de monde, alors !

À l'instant où elle fait un nouveau signe de croix, on frappe à la porte du presbytère. Louise se lève en soufflant.

– Pour sûr que c'est encore un journaliste, ça arrête pas depuis hier. Mais moi, j'ai rien à dire, je donne pas d'« intervіouve ».

À la manière d'une gamine de dix ans, elle entre dans le couloir en traînant les pieds. Clément la regarde s'éloigner en souriant. Il éprouve pour elle une certaine compassion, voire une certaine tendresse, comme celle que l'on éprouve pour sa grand-mère. Elle avait coutume de ce genre de monologue et le père Anicet lui en avait fait plusieurs fois la remarque, plus par taquinerie que par reproche. Elle rétorquait qu'elle parlait toujours à haute voix, « des fois qu'Émile l'entende ! » Pour sa part, Clément ne trouve pas ça choquant, après tout, ne s'adresse-t-il pas à Dieu dans les mêmes circonstances ? Si Émile Rapeau n'était pas Dieu, il avait quand même été l'élu de Louise pendant près de quarante-cinq ans !

La vieille femme entrouvre la porte et observe son visiteur d'un œil méfiant.

– C'est pourquoi ?

Cuche affiche un large sourire.

– Madame Rapeau ?

– Oui, mais je donne pas d'« intervіouve », je l'ai déjà dit à vos collègues.

Le flic présente sa carte tricolore.

– C'est la police, madame, c'est votre mairesse qui m'a donné votre nom.

– Oui… Je vois… Je vois… C'est une vraie au moins ?

Cuche cligne des paupières d'un air rassurant.

– J'ai quelques questions à vous poser, je n'en ai pas pour longtemps.

– Restez pas dehors, on pourrait jaser.

Elle ôte la chaînette et laisse entrer le policier. Avant de refermer la porte, elle se penche dans la rue et regarde de gauche à droite pour s'assurer que personne ne l'a vu entrer.

– C'est au fond…

D'un pas dynamique, Cuche se dirige vers la lumière qui baigne la pièce au bout du couloir. À contre-jour, il n'aperçoit pas la poutre basse qu'il heurte violemment.

– *Bullshit!*

Le père Clément accourt pour l'aider, Louise se précipite à son tour en faisant son énième signe de croix de la journée.

– Oh mon Dieu ! Vous vous êtes pas fait mal, au moins ? J'ai oublié de vous prévenir.

– Non, ça va, j'ai juste une fracture du crâne ! Je pourrais presque prendre ça pour une entrave à enquête de police.

Le flic se frotte énergiquement le front.

– Faut dire que je ne pense pas toujours à la signaler ; étant petite, je passe sans me cogner. Eh bien, je vous présente le père… Oh, votre nom m'échappe mon père, tout ça, ça me perturbe…

– C'est Clément. Le Seigneur vous met à l'épreuve dans sa propre maison, mon fils.

– C'est un point de vue qui se défend et…

Madame Rapeau, qui vient de reprendre ses esprits, coupe le policier.

– C'est le remplaçant de feu le père Anicet.

– Enchanté, Cuche Thierry, capitaine, police judiciaire.

– Enchanté, Clément, vicaire général, diocèse de Bordeaux.

Cuche, qui aime l'humour, est content de tomber sur un client. Le vicaire lui tend une main énergique.

– Venez vous asseoir là, qu'on examine cette tête.

– Oh ! Vous savez, on a la tête dure dans la police.

Alors que le prêtre fait office d'infirmier, Cuche commence ses investigations.

– Madame Rapeau, désolé d'entrer dans le vif du sujet, mais...

– Capitaine, je peux vous laisser si vous le souhaitez ?

– Non, vous pouvez rester, mon père, au contraire. Donc, est-ce qu'à votre connaissance, le père Anicet avait des ennemis ? Avez-vous remarqué des choses anormales ces derniers temps ?

Louise Rapeau cherche le regard approbateur du père Clément.

– Allez-y, madame, dites tout ce que vous savez à notre ami policier.

– J'ai beau réfléchir, je ne vois pas de choses anormales. Quelle terrible histoire ! Le père Anicet était ici depuis vingt ans, il était aimé de tout le monde, alors que dire... C'est sûrement une erreur, vous savez, un peu comme dans *Derrick*, dans cet épisode où l'inspecteur retrouve une femme dans le canal...

– Euh... Vous savez, les séries allemandes, c'est pas trop mon truc. Vous pouvez me montrer sa chambre ?

Du regard, Louise Rapeau demande de nouveau la permission au père Clément.

– Ben allons-y, et en plus ce sera la vôtre, mon père. Je dois encore débarrasser quelques affaires, jusqu'à présent, j'avais pas la tête à ça.

Elle ouvre une porte au fond du salon et les deux hommes découvrent un vestibule qui distribue cinq portes. La dévote fait le guide.

– Cette porte-là permet d'accéder directement à la sacristie, et là aussi, il y a une poutre basse, alors attention ! Ici, c'est la porte des toilettes, là celle qui permet de monter à l'étage, je vous ferai visiter plus tard si vous le voulez bien… Tenez, ici c'est votre chambre… Entrez.

– Et cette porte-là ?

– Ça, mon père, c'est la porte qui mène aux souterrains.

– Aux catacombes.

Cuche, fraîchement renseigné sur la question, joue les érudits. Madame Rapeau enchaîne.

– C'est que la Collégiale est très ancienne, et dessous c'est un vrai gruyère, comme y disait mon Émile.

– Émile, dites-vous ?

– Oui, le regretté mari de madame Rapeau, mon cher capitaine.

– C'est comme vous dites ! Et mon Émile connaissait bien tous ces souterrains, c'est là que se cachait la Résistance… Les Boches les auraient jamais trouvés, s'ils avaient pas été dénoncés, comme y disait Émile.

La veuve fait un nouveau signe de croix.

– Il y a des dizaines de kilomètres, là-dessous.

Saint-Émilion n'avait pas défrayé la chronique durant la Seconde Guerre mondiale, mais avait bien joué un rôle. Sa situation géographique, la proximité de la ligne de démarcation, ses kilomètres de galeries souterraines, avaient fait de la bourgade une plaque tournante de la Résistance. Les catacombes avaient été un lieu de passage en zone libre, jusqu'à la disparition de la zone « nono » en novembre 1942. À partir de février 1943, les carrières s'étaient transformées en « résidences » pour tous ceux qui fuyaient le S.T.O. Émile Rapeau, commandant du réseau Cohors-Asturies pour le Saint-Émilionnais, avait été dénoncé en mai 1943. La plus grande partie des membres de son réseau avait été massacrée sur place. Émile, alors en mission, avait pu échapper à la Gestapo. Dans les semaines qui avaient suivi le drame, il s'était terré dans les caves de Saint-Émilion. C'est là que Louise l'avait ravitaillé dans l'insouciance de ses dix-sept ans. Personne n'a jamais su le nom de la taupe qui avait dénoncé le réseau. En 1947, le héros s'était marié avec Louise, qui avait dix ans de moins que lui. Ils s'étaient aimés pendant quarante-cinq ans et n'avaient jamais quitté la cité.

Les trois protagonistes entrent dans une chambre surprenante, à l'opposé du reste de la maison. De beaux rideaux de lampas rouge ornent de part et d'autre la large porte-fenêtre. Passé le seuil, le pied est accueilli par un tapis d'Aubusson dont les teintes sont assorties aux rideaux. À droite, on distingue un imposant lit à baldaquin surmonté d'une couette épaisse. Le rappel de l'institution se manifeste par la présence d'un christ suspendu au-dessus du lit. De chaque côté, deux bibliothèques débordent d'ouvrages. Sur les étagères les plus hautes sont disposées les œuvres complètes d'Hugo, de Balzac et de Zola, entièrement reliées en cuir. Lamartine se trouve en bonne place entre Fénelon et Montesquieu. Il doit y avoir là quelque huit cents ouvrages classiques. À gauche se trouve un cabinet de toilette en noyer, avec dessus en marbre et vasque en émail. Enfin, une grosse armoire en merisier aux côtés galbés finit de donner une impression d'opulence que l'on ne s'attend pas à trouver ici. Cuche est surpris, mais n'en montre rien.

– C'est de bien jolis meubles que vous avez là, madame Rapeau.

– Oh, ce sont ceux du père Anicet. Des meubles de famille, comme y disait.

Elle ouvre la porte-fenêtre.

– Voyez ce calme…

Elle montre le jardin.

– On croirait pas qu'il y a eu un drame. Le père Anicet passait des heures ici à méditer… C'était son petit paradis, comme y disait.

Cuche et Clément sont sous le charme du site. Entièrement clos de murs en pierre de trois mètres de haut, le jardin est d'environ deux cents mètres carrés. Dans l'un des angles, le cadre mériterait d'être immortalisé tant il est harmonieux. Le magnifique buis n'est taillé que le dimanche des Rameaux. À cette occasion, les branches sont arrosées d'eau bénite, puis distribuées à la sortie de la messe. Devant l'angle, une jolie treille est dévorée par une vigne abondante et doit procurer une fraîcheur bienfaisante lors des chaudes journées d'été. Le rituel veut que chaque année aux vendanges, les grappes de raisin du jardin soient coupées par le viticulteur qui a produit le plus d'hectolitres l'année précédente. Selon la légende, l'aumônier des Chevaliers du Pressoir préparerait son vin de messe avec. Comme souvent, la réalité est tout autre, puisque le raisin est dégusté tel quel par le curé et ses amis.

L'endroit est paisible et n'a pas dû changer depuis des siècles. Même la petite porte sous la voûte de pierre semble provenir de l'Ancien Régime. Le fer forgé finement ouvragé est encore en bon état, mais nécessiterait un rafraîchissement de peinture antirouille. Une statue de la Vierge trône au milieu de ce havre de paix.

– Et cette porte là-bas ?

Cuche désigne le fond du jardin d'un mouvement de tête.

– C'est un accès à la rue, le père Anicet avait la clé sur son bureau. Personne ne passe jamais par là.

– Tous ses effets sont encore dans sa chambre ?

– J'ai rien touché, je me serais pas permis, je préférais attendre les instructions du père Clément.

– Je vous en remercie madame Rapeau, je vous enverrai un officier de police qui viendra examiner tout ça.

Se tournant vers Clément, il ajoute :

– On peut se voir un instant ?

– Certainement.

Ils retournent tous les trois dans la chambre.

– Vous pouvez fermer la porte, madame Rapeau ?

– Pour sûr, commissaire.

Madame Rapeau ferme la porte et se retourne vers Cuche et Clément.

– Non… Vous n'avez pas bien compris. Vous sortez et vous fermez la porte derrière vous.

– Bon, bon ! Si je peux vous être utile, vous m'appelez.

L'air déçu, Louise s'exécute, laissant seuls les deux hommes. Le capitaine, tout en parlant, se dirige vers l'une des bibliothèques et prend un livre. Le cuir est en très bon état. Il l'ouvre délicatement. La troisième page laisse apparaître le nom de l'auteur et le titre : Renati Des Cartes, *Principia Philosophiæ*. La page suivante révèle la date par la mention : « *Achevé d'imprimer le 10 juillet 1644* ».

– Compte tenu de la nature de l'homicide, ma hiérarchie m'a demandé de vous tenir régulièrement informé de l'évolution de l'enquête. Je n'y vois aucun inconvénient, mais de votre côté, je vous demande de me répercuter toutes les informations qui seraient susceptibles d'éclaircir cette affaire.

– Dans la limite de ce qui m'est autorisé par ma charge, vous pourrez compter sur ma totale collaboration.

– Vous savez en quelle année est mort Descartes ?

– Je vous demande pardon ?

– Descartes, le philosophe.

– Eh bien 1650, je crois, mais j'ai peur de ne pas vous suivre.

– Combien peut valoir l'édition originale d'un des plus grands intellectuels du XVIIe siècle ?

Il tend l'ouvrage à Clément.

– Je ne sais pas, mais probablement assez cher.

– C'est aussi mon avis. Vous connaissiez le défunt ?

Le capitaine reprend le volume que lui tend le prêtre et le remet à sa place dans la bibliothèque. Il en attrape un autre : *L'Histoire des vins de Bordeaux*, de Puchet-Veignan. Là encore, il feuillette le livre.

– Pas plus que ça, je l'avais rencontré une fois ou deux lorsqu'il était venu voir monseigneur Leroux à Bordeaux. Vous savez, ils se connaissaient bien, ils avaient fait leurs études ensemble. C'était une amitié de plus de quarante ans. Monseigneur a été particulièrement touché par ce crime. C'est pour cette raison qu'il m'a délégué ici, pour aider et faire avancer l'enquête dans la mesure de mes faibles moyens…

Un grincement se fait entendre. Tout en s'approchant de la porte, Cuche fait signe à l'abbé de continuer de parler. D'un geste brusque, il ouvre et tombe nez à nez avec Louise Rapeau, agenouillée devant l'œilleton de la serrure.

– Madame Rapeau, puisque vous êtes là, entrez donc !

Le policier adresse un sourire complice au prêtre. Louise se redresse, un peu gênée.

– Oui, commissaire Cluche.

– Cuche, madame Rapeau. Cuche sans L. Et capitaine, pas commissaire, enfin pas encore ! Dites-moi, il avait une belle bibliothèque, le père Anicet… Il s'intéressait beaucoup à la littérature et aux vins, d'après ce que je vois.

– Je crois bien, et même plus que ça… C'était un passionné, il faisait partie des Chevaliers du Pressoir, et d'ailleurs le soir de sa disparition, ils étaient tous réunis.

– C’est quoi ça ?
– Les Chevaliers du Pressoir ?
– Oui.
– C’est l’association de viticulture.
– De viticulteurs, vous voulez dire ?
– C’est comme vous dites.
– C’est bien noté ; vous avez autre chose à me dire ?
– Ah non, je sais rien d’autre, moi.

Cuche fouille dans la poche intérieure de sa veste, en extrait son portefeuille et attrape une carte de visite qu’il tend à l’abbé.

– Bien, je n’ai pas d’autres questions pour le moment, voici ma carte avec mon numéro de portable. Comme votre Seigneur, je suis joignable vingt-quatre heures sur vingt-quatre. Je suis descendu à *La Barrique*.

*
* *

Le capitaine Cuche quitte le presbytère, tourne à droite, puis encore à droite, et se retrouve rue Madame-Bouquey. La cité de Saint-Émilion est marquée par l’Histoire et cette femme en fait partie, elle qui, sous la Révolution, a soustrait sept Girondins à la Terreur montagnarde. Pendant huit mois, les proscrits se cachèrent dans le puits de leur hôtesse. Dénoncée, arrêtée, jugée, elle partagea le sort des conjurés et fut guillotinée le 2 thermidor de l’an II. Sa bravoure est aujourd’hui immortalisée par cette rue étroite où le temps ne semble pas avoir prise.

Cuche arrive à destination et s’immobilise devant

une porte en métal. C'est l'accès arrière du presbytère. Tout semble normal et pourtant, une chose l'intrigue. Comment une porte qui n'est jamais utilisée peut-elle avoir des gonds parfaitement graissés et une serrure quasi neuve ? Il saisit la poignée torsadée qu'il fait pivoter, mais la porte est verrouillée. Perplexe, il poursuit sa visite. Le flic fait partie de cette catégorie d'individus qui, pour réfléchir, ont besoin de marcher. Il déambule dans les petites rues escarpées de Saint-Émilion, absorbé, sans prêter attention au couple d'Anglais qui photographie la vieille halle au tertre de la Tente. Ses pérégrinations l'emmènent jusqu'à la place Bouqueyre. C'est jour de marché, la place est encombrée. L'anarchie est totale. Les piles de cageots témoignent du dynamisme du commerce local. Les odeurs se mélangent et cohabitent avec plus ou moins de bonheur : melons, tomates, fraises, fromages fermiers. La palme revient au marchand de poulets rôtis dont les senteurs de volaille au thym ouvriraient l'appétit de n'importe quel homme sur les coups de midi moins le quart. Les commerçants haranguent les clients. Cuche déambule au milieu des étals, goûtant une gariguette qu'on vient de lui tendre, lorsque *Yankee Doodle* vient rompre le fil de ses pensées. Il prend son téléphone portable. C'est un S.M.S. : « Passez me voir à la mairie, je suis là jusqu'à midi – J. Tourneau. » Il regarde sa montre, il est déjà 11 h 50. Il ne lui faut pas plus de cinq minutes pour remonter vers l'hôtel de ville.

Derrière le bureau d'accueil, un homme est affairé à remplir des formulaires. Marius Pouliot est un grand bonhomme sec au teint jaune presque bilieux. À trente-huit ans, ses cheveux tournent au poivre et sel. La tête légèrement penchée, il s'applique dans les déliés, puis repose soigneusement son stylo sur le côté de la pile de papiers. Son regard est clair, sa voix douce a l'accent du Sud-Ouest.

– Bonjour, je suis le capitaine Cuche, madame la mairesse m'attend.

– Un instant, je vois si elle peut vous recevoir.

Il attrape le téléphone, tout en dévisageant le policier, et échange quelques mots du type « oui », « bien », « très bien madame la mairesse ». Dans un geste précis, il repose le combiné.

– En haut à droite, la porte au fond du couloir.

– Très bien, merci.

Cuche monte l'escalier et arrive devant une double porte en bois. Sur la droite, il avise une sonnette en laiton. Il s'apprête à enfoncer le bouton quand il perçoit des voix au travers des battants. Il interrompt son geste et, par pur réflexe professionnel, colle son oreille à la porte pour écouter.

– Arrête, Michelle, tu deviens complètement parano !

– Non, non, j'ai des raisons de m'inquiéter : un flic c'est par définition un fouille-merde, il va poser des questions.

– Et alors, qu'est-ce que cela prouve ? Personne ne peut savoir, on a été discrètes.

– Si tu le penses. Bon, je vais te laisser puisqu'on ne peut pas être tranquilles cinq minutes. On se revoit plus tard. Bonne chance avec ton flicaillon.

Cuche s'écarte de la porte au moment où elle s'ouvre. Une femme d'une quarantaine d'années le toise. La pommette saillante, la lèvre bien ourlée et une poitrine généreuse retenue par un fragile bouton de nacre : Michelle Montlor, seule pharmacienne de la commune, a encore de beaux restes.

– Elle vous attend.

Le ton sec, pincé et peu aimable, est accompagné d'un geste du menton.

– Merci madame…

Elle poursuit son chemin sans répondre, ni même accorder un regard au policier qui détaille son agréable silhouette. Du fond du bureau, une voix l'invite à entrer. Il s'exécute.

– Vous m'avez appelé, j'accours !

– Oui, capitaine, comme vous l'exigiez, je vous ai fait aménager un local.

*

* *

Thierry Cuche et Jacqueline Tourneau descendent l'escalier de la mairie.

– Tout se passe bien, vous êtes correctement installé ?

– Oui, j'ai pris une chambre à *La Barrique*, comme vous me l'aviez conseillé. Très sympathique, le patron.

– La famille Blachard a le sens de l'hospitalité.

– Je m'en suis rendu compte…

L'élue ouvre une porte et présente une salle avec tout l'équipement moderne, téléphone, Internet, placard sécurisé. Dans le fond, quelques portants proposent des brochures touristiques vantant les attraits de la commune et de ses environs.

– C'est une salle annexe du syndicat d'initiative.

– Ce sera parfait pour moi.

La mairesse désigne ensuite une porte donnant directement place Pioceau : le policier pourra aller et venir à sa guise, même si la mairie est fermée.

– Formidable, vous êtes particulièrement efficace.

– Avais-je le choix ? Et puis tout cela n'est pas bon pour le tourisme et pour notre cité. Nous sommes tout de même inscrits au patrimoine mondial de l'U.N.E.S.C.O. depuis 1999…

– Ah ben, dites donc !

Le policier est faussement complaisant. Le ton de l'élue est suffisant. Elle incarne tout ce qu'il n'aime pas, pour lui c'est l'anti-femme par excellence. Même le vernis fuchsia qui recouvre les ongles de ses doigts de pied provoque chez lui un rejet catégorique. Ironie et dédain sont les seuls sentiments qu'elle semble capable d'afficher.

– Enfin, vous n'êtes pas là pour l'aspect culturel de notre ville… N'est-ce pas ?

– Mais pas du tout, ça m'intéresse au plus haut point. Comme je vous l'ai déjà dit, les petits détails peuvent donner un sens à mon enquête…

– À ce propos, vous avez du nouveau ?

– Non, rien de précis pour le moment… Mais pendant que je vous tiens, vous pouvez me parler des Chevaliers du Pressoir ?

– Ah ! Eh bien, vous vous adressez à l'un de ses membres.

Cuche entrevoit une pointe de fierté à l'évocation du sujet. Immédiatement, elle se déride et un demi-sourire se dessine sur son visage.

– C'est une confrérie qui a pour fonction de promouvoir certains crus. Aujourd'hui, elle exerce un vrai pouvoir sur le plan local et régional. Sous l'impulsion d'Élisabeth de Vauxmort, les Chevaliers du Pressoir organisent régulièrement des manifestations caritatives.

Cuche note à la volée quelques informations dans son carnet.

– Vous pouvez me communiquer l'adresse de cette personne ?

– Au vu des circonstances, évidemment. Souhaitez-vous que je la prévienne ?

– Surtout pas, j'adore les surprises !

Jacqueline Tourneau reprend son visage autoritaire et griffonne quelques mots sur une feuille de papier qu'elle tend au policier.

– Voici ses coordonnées.

– 7, rue de la Porte-Saint-Martin…

– Oui, mais attention capitaine, à cette heure-ci, Élisabeth peut être sur son domaine.

– Son domaine ?

– La famille de Vauxmort possède, depuis 1643, l'un des treize châteaux bénéficiant de la prestigieuse appellation premier grand cru classé.

– Ça ne date pas d'aujourd'hui, dites-moi.

– Notre cité est pleine d'histoire, mais ça, je vous

laisse le soin de le découvrir par vous-même… Tenez, voici la clé du local, en double exemplaire.

Elle lui tend un porte-clés et tourne les talons.

– Merci et à tout à l'heure, sans doute.

*

* *

Le policier gravit les trois marches du perron et frappe à deux reprises sur la porte bleu roi. Mettant à profit son attente, il observe la maison. C'est une bâtisse en pierre calcaire trois fois séculaire. À l'étage, cinq grandes fenêtres sont surmontées de petits chapiteaux. De part et d'autre de la porte d'entrée, deux autres fenêtres aux volets mi-clos lui donnent un aspect symétrique. À première vue, il semble qu'il n'y ait âme qui vive… Il frappe à nouveau plus énergiquement, puis se retourne et admire l'autre versant de Saint-Émilion. Les toitures sont recouvertes de tuiles canal qui donnent à la filleule de Bordeaux un air paisible. Soudain, alors qu'il n'y croyait plus, la porte s'ouvre. Une femme de cinquante-cinq ans, blonde presque rousse, au regard clair, le harponne. Agrippé par le bras, Cuche est contraint de suivre le mouvement.

– Ah, je vous attendais ! Entrez vite.

– J'ai l'impression qu'il y a eu une fuite.

– Vous ne croyez pas si bien dire ! Suivez-moi.

Cuche lève un sourcil étonné et pénètre dans la maison. Son hôtesse est de taille moyenne. Outre son énergie, elle dégage un certain charme, renforcé par une classe naturelle. Sa bouche est fine, son nez mutin et son regard chaleureux. Les taches de rousseur lui vont bien. Elle est vêtue simplement : pantalon beige à pinces, chemisier blanc, petits mocassins bicolores assortis.

– C'est arrivé l'autre soir, lors d'une réception avec quelques amis.

– Oui, je suis au courant. C'est tragique.

– N'exagérons rien, ce n'est pas si grave.

Cuche fait une moue dubitative.

– Vous étiez proche ?

– Non, pas vraiment. C'est Ninette, ma gouvernante, qui m'a prévenue. Elle était juste à côté quand c'est arrivé.

– Mais on ne m'a pas averti. C'est très important !

– Je ne pensais pas... Sinon j'aurais prévenu vos collègues.

– Ça change tout.

– Attendez de voir... Tenez, le voilà !

La maîtresse de maison pointe du doigt un splendide lave-vaisselle de marque allemande.

– Je ne sais pas ce qui lui arrive...

– Ah, là je crois qu'il y a erreur sur la personne. Je ne fais pas dans le lave-vaisselle.

– Mais pourtant, Ninette leur avait dit au S.A.V.

Cuche présente sa carte de police.

– Je ne fais pas du tout dans l'électroménager... Je fais plus dans la volaille.

– Oh, pardon ! J'attends le dépanneur depuis ce matin. Je suis navrée de cette méprise, monsieur...

– Capitaine Cuche. C'est marqué dessus.

– Vous êtes venu pour ce pauvre Anicet, je suppose ?

– Effectivement, je crois savoir qu'il sortait de chez vous le soir du meurtre.

– Oui, c'est bien triste tout ça. Passons au salon, voulez-vous ?

C'est une pièce très spacieuse qui donne sur la rue. Des rideaux de brocart vert et or, joliment arrangés, lui donnent une atmosphère Empire. Le plafond est mouluré, orné en son centre d'un imposant lustre en verre de Murano. Un mur entier est recouvert de photos, il doit bien y en avoir une centaine. Un autre abrite une cheminée avec linteau en noyer, jambages et corbeaux chanfreinés. Au-dessus de l'âtre, un tableau de scène de chasse donne à la pièce encore plus de profondeur. Sur le côté droit de la cheminée sont disposés une commode girondine joufflue et un petit pressoir en châtaignier qui rappelle, à qui l'aurait oublié, que c'est ici le pays du vin. Enfin, le long du mur de gauche, on aperçoit une longue table en teck, façon table de ferme, de trois mètres de long sur deux de large. Le repose-chat fait son office puisqu'un matou blanc à moitié endormi y a pris place. Le dessus du plateau accueille, outre un ordinateur portable, une multitude de livres. On pourrait se croire au rayon « littérature viticole » de la librairie Mollat, tant il y en a. Cuche, en amateur de brocante, est sensible à cette décoration qu'il trouve parfaitement à son goût. Le policier et la maîtresse de maison se font face, chacun assis dans un moelleux canapé, séparés par une table basse qui n'est autre qu'un panneau de parquet carré astucieusement monté.

Cuche se prépare à prendre des notes et écoute avec attention les propos de la quinquagénaire.

– Ce soir-là, j'organisais la soirée dans mes caves, la tenue était la dégustation d'un cru pour sa réhabilitation.

– Vous pouvez me parler de votre… ?

– Son nom est la confrérie des Chevaliers du Pressoir. Mais je vois que vous ne connaissez pas notre ordre, je vais vous éclairer.

– Volontiers, c'est un peu flou pour moi.

Madame de Vauxmort se lève.

– Je vous sers quelque chose ?

– Ah, un petit Coca, je ne dis pas non.

– Un Coca… Cola ? Mais je n'ai rien de tel ! En pétillant, ici, je n'ai que du champagne. Voulez-vous une coupe ?

– Non, je vous remercie, je vais prendre un verre d'eau.

– Une eau minérale plate ou pétillante ?

– L'eau municipale m'ira très bien.

Une femme boulotte d'une trentaine d'années passe dans le couloir, les bras chargés de commissions.

– Ah, Ninette, vous tombez bien ! Vous servirez un verre d'eau du robinet à l'inspecteur Cuche.

– Capitaine Cuche.

– Oui… Au capitaine.

– Bien, madame.

– Vous alliez me parler de votre confrérie…

– Oui, pardon, je reprends… La confrérie des Chevaliers du Pressoir a été créée en 1194 par…

– Merci pour le cours d'histoire, mais je voudrais en connaître le fonctionnement actuel. Pour l'historique, nous prendrons un peu plus de temps la prochaine fois.

Élisabeth de Vauxmort semble déçue de ne pas faire le récit de ce qu'elle maîtrise si bien.

– Vous savez, l'histoire permet de comprendre le présent. Mais soit ! La confrérie comporte aujourd'hui quelque cent cinquante adhérents à travers le monde. Le directoire est composé de treize membres, qu'on appelle Chevaliers. Je suis le Grand Sarment, ou si vous préférez la présidente. Les membres permanents sont associés à des membres honoraires. Il faut savoir que depuis toujours, le curé de Saint-Émilion est l'aumônier de la confrérie.

– De quelle façon sont-ils recrutés ? Est-on membre à vie ?

– Le recrutement se fait tout simplement par cooptation, et oui, sauf pour de rares exceptions, vous faites partie de l'ordre à vie.

À l'évocation de sa confrérie, le Grand Sarment est un peu emporté par son lyrisme. Cuche laisse faire, il sait que lorsqu'on oublie qu'on a un flic en face de soi, on parle plus facilement. C'est instinctif, même si les gens n'ont rien à se reprocher… Sans doute la peur du gendarme.

– Vous savez, l'ordre c'est un peu une philosophie de vie, vous êtes prédestiné à en être. Nous organisons la vie de la société sans jamais apparaître, les sujets les plus divers y sont abordés. Les Chevaliers sont souvent des acteurs importants sur les plans économique, politique et social…

– … Et viticole, non ?

– Cela s'entend. Son premier rôle est même de promouvoir les grands crus de la juridiction à travers le monde. Nous sommes les ambassadeurs de la cité et de ses traditions millénaires. Pour ce faire, nous intronisons des personnalités françaises et étrangères. Saviez-vous par exemple qu'un Président américain faisait partie de notre ordre ?

– Non !

– Eh bien si ! Figurez-vous que Theodore Roosevelt en était… À la Maison Blanche, le château Vauxmort 1896 était son millésime préféré… Fruité, intense et boisé…

– Chère madame, pourriez-vous me parler plutôt des vivants que des morts, s'il vous plaît ?

La maîtresse de maison, quelque peu crispée par un tel désintérêt, est piquée au vif.

– Très bien, posez vos questions, j'y répondrai.

– Avez-vous une liste de vos membres, et plus particulièrement celle des convives présents lors de cette fameuse soirée ?

– Oui, bien sûr. Je vais vous l'imprimer.

Elle se dirige vers son ordinateur portable ; après quelques clics, l'imprimante se met en marche.

– Attention, monsieur Cuche…

– Capitaine Cuche, c'est aussi important dans notre confrérie.

– Pardon, CAPITAINE… Je compte sur vous pour ne pas faire circuler cette liste. Certains sont des personnalités importantes, et vous avez sur ces pages leurs adresses et numéros de téléphone personnels.

Elle attrape six feuilles sur son imprimante.

– Voici la liste complète de nos membres, je coche en rouge tous les Chevaliers présents dimanche soir…

*
* *

Au même moment, au presbytère, Louise Rapeau fait place nette. Elle range avec soin les effets du père Anicet. Une grosse malle, gueule ouverte, engloutit à jamais le passé du défunt curé. Chaque geste est accompagné d'un commentaire du type : « *C'est sa chemise du dimanche. C'est moi qui la lui avais offerte pour ses soixante-dix ans.* » Toutes ses phrases sont ponctuées tantôt d'un gémissement, tantôt d'un reniflement. Elle fait remarquer que toutes ses chemises étaient en coton, car le prêtre avait la peau délicate. Le père Clément écoute sa litanie tout en regardant les livres de la bibliothèque de son prédécesseur. Louise décroche les quelques photos fixées au mur, là encore les commentaires vont bon train. « *Le voilà avec ce bon monsieur Edmond, maintenant il l'a rejoint.* » Les reniflements et les signes de croix s'enchaînent. Le vicaire consulte un ouvrage sans cesser d'écouter la dévote qui achève de mettre les derniers effets de l'abbé dans la malle. Désormais, l'armoire est vide.

– Vous savez, mon père, je m'occupe de tout ici. Le père Anicet, il disait toujours que j'étais son gouvernement.

Clément sourit en entendant sa nouvelle aide aux prêtres.

– Tous les lundis, je prends le linge et je vous le rends dans la semaine, lavé et repassé. Je vous remets tout sur votre lit. Je fais le ménage le mercredi après-midi et le marché le vendredi matin. Est-ce que cela vous convient ?

– Oui, c'est très bien, ne changez rien à vos habitudes.

– Voilà ! Tout est rangé.

L'octogénaire se dirige vers le bureau. Dessus sont posées une boîte en métal portant l'inscription « Biscuiterie Seznec » et quelques pochettes de couleur. Sur l'une d'elles est écrit « Correspondances ».

– Je vais vous débarrasser de tout ça aussi, monsieur le curé.

Louise s'apprête à saisir la boîte.

– Non, laissez, je les mettrai moi-même dans la malle, vous pouvez vaquer à vos occupations, je vais déballer mes affaires. Vous me disiez que l'accès à la sacristie, c'est la porte de gauche dans le couloir ?

– Oui, c'est bien ça, mais je vais vous accompagner.

– Non, c'est inutile, je vais découvrir cela par moi-même.

– Très bien, alors j'y vais. Je repasserai vous voir avant le souper.

– À tout à l'heure, madame Rapeau et merci pour tout.

Aussitôt la vieille femme sortie, le père Clément ouvre la pochette « Correspondances » et entreprend une lecture attentive. Il peut enfin commencer son enquête. Des assassinats de prêtres, il y en a toutes les morts de pape, et le primat d'Aquitaine reste dans l'attente de la vérité.

*

* *

Chez madame de Vauxmort, le tête-à-tête continue.

– Je croyais qu'il y avait treize membres dans votre directoire ?

– Oui, c'est exact.

– Mais sur votre liste, je ne vois que dix noms cochés, où sont les autres ?

– C'est très juste, les Ponson-Terrail, qui ont acquis des vignobles en Californie, partagent leur temps entre la France et les États-Unis. Ils ne reviendront qu'en septembre. De la même façon, lord Kinsley vit dans le Devon une partie de l'année. Il devrait maintenant arriver d'un jour à l'autre.

– Très bien... Encore une chose...

– Je vous écoute...

– À quelle heure est parti le père Anicet ?

– Vers 23 h 45, je crois. Ça m'a presque fait de la peine de le voir partir si tard avec son bréviaire sous le bras.

– Il vous a quittée parmi les premiers ?

– Non, le dernier. Au moment où il s'apprêtait à partir avec les autres convives, nous avons eu une petite conversation à propos de la réhabilitation de notre nouveau cru et de sa bénédiction prochaine.

– Je ne comprends pas bien.

– Vous savez capitaine, ici la vigne et la religion vont de pair. Pour obtenir une bonne récolte, la bénédiction divine est primordiale, et ce nouveau cru doit être béni avant les prochaines vendanges.

– Je comprends... Rien d'autre qui pourrait éclairer mon enquête ?

– Non, je ne vois rien d'autre à vous dire.

– Bon, je vous demande de ne pas quitter la ville sans me prévenir… Je suis descendu à *La Barrique*.

Il lui tend sa carte.

– C'est une bonne adresse, et vous êtes chez l'un de nos membres.

Madame de Vauxmort le raccompagne.

– Oui, j'ai vu ça sur votre liste.

– Christophe Blachard est notre Grand Vinetier.

– Grand… ?

– Vinetier, il gère pour nous les caves de notre confrérie. Son palais n'a que peu d'égal dans la région.

– Eh bien, en vingt-quatre heures, je connais déjà trois d'entre vous…

– Qui est le troisième ?

– Votre mairesse.

– Jacqueline est une personne remarquable. Elle nous a rejoints depuis trois ou quatre ans, maintenant. Elle est Chevalier clerc adjoint, c'est en quelque sorte notre secrétaire général.

Elle ouvre la porte en grand.

– Je suis à votre disposition capitaine, si vous avez besoin d'un renseignement…

– Je pense vous revoir dès demain, je vais convoquer toutes les personnes présentes lors de la soirée.

Cuche aperçoit la voiture d'un dépanneur se garer au coin de la rue.

– Pour votre fuite, je crois que ça va s'arranger.

*

* *

Le père Clément finit d'installer sa chambre, il regarde sa montre mécanique et décide de se rendre à la Collégiale. C'est un adepte du remontoir. Chaque soir avant d'éteindre la lumière, il se saisit de la couronne de sa montre et la tourne lentement dans le sens des aiguilles. Ce petit geste quotidien ponctue toutes ses fins de journée. Il n'aime ni les piles ni l'idée de n'être pas maître de son temps et de son destin. C'est à l'image de sa vie, il est acteur et non spectateur de son existence. « Aide-toi et le ciel t'aidera » est l'une de ses devises favorites.

Il ouvre une des portes du couloir menant à la sacristie et pense à se baisser pour ne pas se cogner dans la traverse en bois. La sacristie est une petite pièce carrée. En son centre, une table en pin supporte quelques imprimés et une dizaine de paniers en osier. Face à elle, quatre vestiaires en métal sont disposés côte à côte. Il ouvre le premier et range méticuleusement ses habits sacerdotaux dans la penderie qui semble prévue à cet effet. Une fois ce cérémonial terminé, il ouvre et passe la poterne permettant d'accéder à l'église. Il fait quelques pas et s'arrête à la croisée du transept. La tête levée, il observe les contrastes de l'Histoire. Ici cohabitent en harmonie le style dépouillé du roman et le flamboyant du gothique. Au fil des siècles, la Collégiale a évolué au gré du génie bâtisseur des hommes. Sur la droite un orgue majestueux, sur la gauche une chaire surplombant les travées de bancs. Il est seul, et se délecte de cet instant privilégié. Après quelques minutes, il s'agenouille sur un prie-Dieu face à l'autel. Le silence est subitement troublé par la *Toccata* de

Jean-Sébastien Bach qui résonne dans la Collégiale. Le père Clément plonge sa main dans sa poche et saisit son mobile.

– Allô… Bonjour monseigneur… Oui, je suis bien arrivé… Non… Je ne sais pas, mais je vais poser la question au policier dont j'ai fait la connaissance ce matin… Oui, il a très bien compris l'importance, pour nous, de résoudre cette affaire rapidement… Merci monseigneur, je vous rappelle dès que j'ai des nouvelles.

Le père Clément raccroche et glisse son téléphone dans la poche de sa soutane. Il poursuit sa découverte de l'église. Derrière la chaire trône une statue en bois polychrome et dorée, haute de quatre-vingts centimètres. C'est une splendide sainte Rita, vêtue d'une robe plissée, qui tient une bible ouverte dans ses mains. Il a toujours eu une dévotion particulière pour cette sainte qui fut béatifiée par Urbain VIII et canonisée par le pape Léon XIII en 1900.

Le vicaire fouille à nouveau dans sa poche et cherche de la menue monnaie. Il ne trouve qu'une pièce d'un euro. Les cierges coûtent deux euros cinquante, les lumignons, un. Le prêtre a toujours préféré le cierge au photophore. Et puis, les cierges sont fabriqués depuis plus de cinq cents ans par les maîtres ciriers. Il y a deux ans, il a visité une de ces manufactures. La fabrication est dite « à la plongée », une technique qui permet d'obtenir les fameuses formes coniques, fin du côté de la flamme et évasé à sa base. Les mèches de coton sont préalablement fixées sur des baguettes, et toutes sont plongées simultanément dans de la cire chaude.

L'artisan décide du nombre de bains en fonction du diamètre souhaité.

Ne disposant pas de la somme requise et refusant de vivre à crédit, le prêtre glisse son obole dans la fente du tronc et se saisit d'un lumignon. La petite flamme vacille. Elle semble si fragile dans cette immensité. Clément met un genou à terre et prie en regardant la chandelle. Pour certains, dès que la mèche de la bougie s'enflamme, une âme se libère et remonte vers Dieu. Pour lui, c'est le moment de penser aux êtres qui lui sont chers. Dès qu'il entre dans une chapelle, une église, une primatiale ou une cathédrale qu'il ne connaît pas, il a pour habitude d'honorer les siens. Il estime que sa participation n'est pas obligatoire, mais juste indispensable.

*
* *

Chambre numéro 7, Cuche est allongé sur l'excellente literie dont les mérites ont été largement vantés par Pamela. Il observe le manège incessant d'une mouche. Son regard suit l'insecte, mais sa pensée est ailleurs. Il est dans son enquête, celle que la presse vient de baptiser « l'affaire Anicet ». Il éprouve une sorte d'angoisse et d'excitation, presque d'énervement. Par où commencer ? Nadya est très optimiste, mais lui se fie à son sixième sens. Et ce dernier lui dit que ça va être long. Il doit déterminer quel est l'entourage de la victime, quelles sont ses habitudes et quelles sont ses fréquentations.

Pour un meurtre sur la voie publique, il y a souvent des témoins. Ici, l'enquête de voisinage est claire : rien ! Personne n'a rien vu ni entendu. Pas le moindre fil à tirer, pas la plus petite piste à explorer. Aucun indice, le désert total. Cuche enchaîne les questions : le prêtre était-il réellement visé ? Était-il passé par là au mauvais moment ? Était-ce le crime d'un alcoolique ou d'un junky ? Non, il n'avait même pas été dépouillé… Cette piste paraissait peu probable… À moins… À moins que le tueur n'ait été dérangé, ce qui expliquerait que le portefeuille n'ait pas été dérobé. Bernadette Moutier, qui avait découvert le corps, était peut-être arrivée trop tôt… Ou trop tard !

Le capitaine se redresse et se dirige vers le bureau, face à la fenêtre restée ouverte. Il se penche, l'air est un peu chaud, sans être désagréable. Il ferme les yeux, le bruit de la fontaine l'apaise. Il se ressaisit, repousse les battants et attrape quelques feuilles sur la sacoche de son ordinateur. C'est la liste remise par Élisabeth de Vauxmort. La première piste est peut-être là, dans cette confrérie anachronique. Il commence à étudier les noms inscrits et prend quelques notes. Son portable sonne, il se relève.

– Allô… Oui, mon père… Non, je ne sais pas quand on pourra récupérer la dépouille de l'abbé. Oui… J'attends des nouvelles du médecin légiste… Je vous tiens informé… Je ne sais pas, quand vous voulez… Demain soir… Parfait. Alors à demain, au presbytère.

*

* *

Le père Clément est désormais près de l'autel. À gauche et à droite, deux rangées de huit stalles semblent taillées dans la même pièce de bois. Tous les sièges sont relevés, et laissent apparaître leurs miséricordes. L'assise, à demi repliée, fait penser à une sorte de strapontin avant-gardiste. Chacun de ces seize fauteuils de couleur acajou est finement décoré de figurines sculptées dans la matière. Le vicaire se plaît à les détailler. Il admire des oiseaux enlacés, des sirènes, une licorne, des dragons, des anges, des têtes humaines… Devant le quatrième siège de la deuxième rangée de droite, il rabat l'assise et s'assoit quelques instants avant de reprendre sa pérégrination. Alors qu'il fait une très légère génuflexion et qu'il se signe en passant devant le Christ au milieu du chœur, un bruit se fait entendre. Un visiteur vient d'entrer dans l'église par l'entrée nord. Le curé aperçoit une femme qui vient à sa rencontre.

– Bonjour mon père. Vous remplacez le père Anicet ?

– Oui, madame, en quoi puis-je vous aider ?

– Je suis Monique Barbosa, l'organiste de la paroisse et la directrice de chorale.

C'est une femme d'environ cinquante ans, au visage bourbonien, le menton fuyant. Son teint légèrement hâlé et son air aimable attirent immédiatement la sympathie. Sur le plan vestimentaire, on sent l'effort de s'habiller décemment pour se rendre à l'église. Le tailleur est gris souris, la jupe droite tombe à mi-mollet. Elle est un peu étriquée, ce qui laisse supposer que son habit est ancien, et qu'il doit lui rappeler à chaque fois qu'elle l'enfile le poids des années qui passent. Enfin, la tenue est complétée par des mocassins noirs impeccablement cirés.

– Je voulais vous voir pour l'enterrement du père Anicet. Pourrait-on prendre quelques instants pour définir ensemble les chants que vous souhaitez ?

– Je ne peux pas vous répondre pour le moment, c'est l'archevêque de Bordeaux qui célébrera la messe. Il faut donc que je lui demande... Peut-on se revoir demain ?

– Bien sûr mon père, à quelle heure ?

– Vers 14 heures, si vous voulez bien.

– Je vais me débrouiller avec mon mari pour qu'il fasse l'ouverture du garage... Il est le garagiste ici.

– Si vous pouvez vous arranger, ce sera parfait.

*
* *

En ce début de soirée, le capitaine Cuche sirote un petit Coca rondelle dans la salle de *La Barrique*. Blachard est derrière le zinc. Tel un chef d'orchestre, il veille à ce que les verres ne restent pas vides trop longtemps. Quelques habitués sont encore là. Cuche, tout en parcourant *L'Équipe*, écoute discrètement les conversations. Marcel Mariette s'exprime avec faconde. C'est un célibataire de cinquante-six ans, le visage buriné et creusé par des rides profondes. Sa tignasse est frisée, sans la moindre trace de cheveux blancs. Le nez légèrement vérolé, rougi et enflé, les veines à fleur de peau, il n'a rien du parfait Apollon. Sa face couperosée témoigne d'une trop grande dépendance à l'alcool. Le flic se rend compte que c'est le meneur du comptoir. Il dirige les débats avec suffisamment de verve pour qu'il ne perde pas une seule miette de ses propos.

– Patron, tu remets ça... C'est ma tournée.

– Profitons-en ! Pour une fois que tu en offres une.

– Fernando, je te rappelle que c'est toujours les perdants qui paient leur coup.

– Marcel, fais pas le fanfaron parce que t'as eu du bol.

– C'est pas du bol, c'est du talent, un don inné pour le jeu de boules, monsieur le réparateur de voitures. La pétanque, c'est comme les femmes, le plus dur c'est de conclure !

Les rires fusent autour du comptoir. Comme le rappelle Mariette, Fernando Barbosa est le garagiste de Saint-Émilion. D'origine portugaise, il a su monter une affaire florissante. Du haut de ses cinquante-quatre ans, le visage rond et les cheveux noirs clairsemés, il cache encore un petit accent qui trahit ses origines. Son épaisse moustache à la Clemenceau abrite une lèvre épaisse. Ses dents sont inégales, mais d'une belle blancheur. Comme toujours lorsqu'il quitte le garage, il arbore la salopette estampillée à ses couleurs. « C'est le marketing », comme il dit. Malgré les efforts de son épouse pour lui trouver le produit miracle, ses ongles restent noircis par sa besogne quotidienne.

– Et l'apothicaire est monté en puissance. Ah, je vous le dis, la doublette Mariette-Montlor va faire des ravages, cette saison ! Il ne va pas falloir venir nous chatouiller, d'autant que le Montlor a beaucoup progressé en tir !

– C'est pas avec sa femme qu'il a dû s'entraîner. Avec elle, il a plutôt tendance à pointer…

La remarque du garagiste fait aussitôt réagir les consommateurs, et un rire gras se généralise.

– En tout cas, moi, cette année, je change de partenaire. Ange, je me le coltine déjà toute la journée au garage, c'est pas pour jouer les prolongations à la pétanque.

– Ah ça y est, une défaite et monsieur ne veut plus de sa clé à molette ? T'en penses quoi, Blache ?

L'hôtelier remplit les verres dès que la cote d'alerte est atteinte. Les bouteilles de pastis et de vin rouge vont bientôt rendre l'âme.

– Marcel, ne parle pas de cet individu, s'il te plaît !

– Pourquoi ça ?

– Parce qu'hier, le Dutour avait un coup dans le cornet, il m'a foutu encore un de ces ramdams, que tu n'imagines pas.

– Tu sais bien que l'Ange, il a ses jours. Dis-lui toi, Fernando !

– Ouais, mais moi, j'en ai ma claque de sa sinistrose perpétuelle, il va finir par me faire perdre de la clientèle, avec sa grande gueule.

– C'est pareil pour moi. Ici, on est dans un établissement respectable, une clientèle internationale, un menu en trois langues, trente couverts en intérieur, vingt en terrasse… Alors ses sautes d'humeur, c'est pas bon pour le chiffre d'affaires et encore moins pour la réputation.

– Allons, allons, écoutez-le, l'aubergiste, y se prend pour Bacchus, y veut son étoile au Michelin…

– Arrête tes conneries, Mariette. En plus, c'est Bocuse, espèce d'ignare, et venir casser du curé après le drame de dimanche, je trouve ça inadmissible.

– Adjudant Mariette, s'il te plaît.

– Ça fait quatre ans que t'es plus adjudant, alors Mariette tout court.

– Eh bien, Mariette tout court, il peut te dire que s'il était en charge de l'enquête, il y a longtemps que le coupable serait derrière les barreaux.

L'ancien gendarme boit son canon… Et reprend de plus belle.

– Évidemment, on a décidé de mettre les vieux à la retraite et de donner leur chance à de jeunes blancs-becs en culottes courtes, alors forcément, on n'est pas près de lui mettre le grappin dessus, au coupable…

– Parce que tu as déjà résolu une affaire, toi ? Il a du bon ton pinard, mon vieux Blache, on boit un coup avec le commissaire Maigret et on ne le savait pas. Faudra que je le dise à Monique.

– En tout cas, si t'as des idées, j'en connais un ici qui serait intéressé.

Blachard fait un petit signe de tête vers le fond de la salle, désignant la table du policier bordelais.

– Je vous présente le capitaine Cuche, le… « Blanc-bec » en charge de l'enquête.

– Oh, c'est fin…

Mariette se retourne vers Cuche.

– J'ai rien contre vous, collègue, mais faut bien…

– Collègue ?

– Oui, j'étais gendarme, je dirigeais la brigade de Saint-Émilion, et il y a cinq ans, ils ont décidé de tout restructurer... Manque de moyens, qu'ils disaient. Alors le résultat, on le voit aujourd'hui, les pauvres gens se font assassiner en pleine rue. Ils le savent, les voyous, que la poigne de fer qui maintenait l'ordre de la cité a tiré sa révérence. Alors ils auraient tort de se gêner !

– Votre avis m'intéresse au plus haut point... Collègue !

L'adjudant Mariette prend son ballon et se dirige vers la table de Cuche...

– Vous permettez ?

– Bien sûr, asseyez-vous ! Je suis content de trouver quelqu'un du métier. Alors comme ça, vous avez une hypothèse sur ce qui s'est passé ?

– Vous savez, c'est une petite ville tranquille ici, et les mauvais garçons, on les connaît bien.

– Développez, ça m'intéresse...

L'adjudant se retourne pour s'assurer que personne ne l'écoute et baisse la voix.

– Je ne veux incriminer personne, mais le petit Dutour, il est sûrement pas blanc blanc. Vous avez vu *Les Choristes*, le film ?

– Oui, je l'ai vu.

– Action, réaction ! Comme dans le film.

L'ancien gendarme mime sa pensée : une première main tendue en l'air bouge les doigts pour simuler une mauvaise action, alors que la seconde saisit vigoureusement la première au niveau du poignet.

– Vous voyez ce que je veux dire ?

Pamela s'approche de la table.

– Alors, encore en train de cancaner...

– Pas du tout, j'expose les faits à un collègue... Et puis ça ne te regarde pas, c'est une affaire entre gens du métier, entre professionnels.

Il se lève et prend son verre.

– On en causera une autre fois, ici les murs ont des oreilles.

– Oui, c'est ça, va faire un tour au zinc... Vous dînez ici, capitaine ?

– Faut voir, vous proposez quoi ?

– Ce soir, on a du poulet avec sa purée maison...

– Si c'est du poulet, je ne peux pas refuser !

*
* *

Dans l'obscurité, une silhouette monte un escalier. Chacun de ses pas provoque un grincement semblable à un gémissement qui se diffuse dans toute l'habitation. Elle s'immobilise sur le palier et écoute... Rien. Le faisceau de sa torche illumine une porte, elle pose sa main gantée sur la poignée et la tourne, l'ouvrant dans un petit cliquetis... La lampe éclaire une pièce qui devait être un salon. Ici, les pendules sont arrêtées, les meubles sont recouverts de draps, tels des fantômes difformes et figés. La vie a quitté cette demeure depuis longtemps. Comme un phare au milieu de la nuit, le faisceau balaye la pièce. À gauche, une grande bibliothèque remplie de livres et de bibelots ; en face, devant une fenêtre, une chaise et un bureau ; à droite, près d'une autre porte, un fauteuil recouvert de son linceul blanc. La silhouette se dirige vers la bibliothèque, ouvre un tiroir. Elle se saisit d'un petit trousseau de clés quand brusquement, des rires viennent rompre le silence… Elle éteint la torche et s'immobilise, les voix se rapprochent. Elle se dirige vers la fenêtre et regarde au travers des persiennes. Un couple d'amoureux s'éloigne, englouti par l'obscurité. La silhouette se dirige vers le bureau, tire la chaise. Le faisceau lumineux révèle une serrure. Avec assurance, elle introduit la clé dans le tiroir de droite. La serrure fonctionne… À l'intérieur se trouvent de nombreux papiers. Elle s'en saisit et commence à les parcourir un à un. Sur une enveloppe est inscrit un nom : Régine Cadoret.

– Mercredi 20 juin –

Les lettres blanches se détachent parfaitement sur la devanture vert anglais. Le nom de l'établissement est illustré par une enseigne significative : une barrique bordelaise.

De la rue, le restaurant est divisé en deux zones séparées par une porte qui donne accès à la partie hôtelière de *La Barrique*. La salle de droite, assez vaste, est la moins fréquentée. Le patron la loue uniquement sur réservation, sauf du 15 juillet au 1er septembre où il double la salle de restaurant. Elle peut recevoir une trentaine de couverts pour des conventions et autres séminaires. Hormis en période estivale, son activité se limite à héberger un bon vieux Bonzini B60 opposant les rouges et les bleus. Pour un euro, le baby-foot délivre vingt balles en liège. L'autre salle est le centre stratégique de l'établissement. Tout de suite après l'entrée, juste derrière la vitrine, une table ronde peut accueillir six couverts : c'est la table du patron. Blachard les fait fabriquer lui-même avec des étampes des grands crus de la région : haut-médoc, côtes-de-blaye, pomerol, saint-émilion… De même fabrication, six autres tables de quatre couverts sont éparpillées avant d'arriver au bar.

L'air de rien, Blachard aime son affaire. Elle lui procure ce dont il a besoin : sa fille et son vin. Sur l'étagère, derrière le comptoir, il présente des bouteilles originales de petits producteurs qui gagneraient à être connus. Ici, des millésimes prestigieux côtoient des vins plus anonymes qui réservent souvent de bonnes surprises. À gauche du comptoir, deux tables obstruent l'accès au petit jardin ombragé. En face, un couloir étroit mène à la seconde salle.

La Barrique est une affaire florissante. Une carte des vins sérieuse, un accueil chaleureux et une sainte horreur des convenances ont fait la réputation de l'établissement. Blachard n'arrive pas à comprendre des gens comme Parker qui, sous prétexte de noter le vin, font la pluie et le beau temps dans le monde viticole. On aura tout vu, un buveur de Coca qui note nos grands crus, est-ce que l'on note leurs hamburgers, nous ? Pour lui, c'est un système plein de vices et de perversité, où le copinage règne en maître.

Ce matin, le zinc est abandonné et il essuie des verres, passe en cuisine, sifflote en rangeant sa vaisselle. Tout est en ordre. À table, Thierry Cuche termine son petit déjeuner. Face à lui, assise en amazone, Pamela prend un déca. Ils parlent doucement. À son grand désarroi, Blachard père n'arrive pas à entendre la conversation…

– Mariette n'est pas un mauvais bougre, il boit un peu pour oublier. Il vit seul, il n'a jamais été marié…

Le flic acquiesce en s'essuyant la bouche. C'est

précisément dans ce genre de conversation qu'on apprend des choses intéressantes.

– Ses seuls copains sont ses partenaires de boules et ses collègues de zinc.

Cuche extirpe deux cigarettes d'un paquet souple.

– Vous fumez ?

– Oui, surtout celles des autres, j'ai arrêté depuis deux ans. Je n'en achète plus, alors quand on m'en offre une, je la fume.

Elle saisit la cigarette.

– En plus, c'est une blonde.

Elle attrape le Zippo Harley-Davidson du flic.

– Je vous allume ?

– Vous êtes sur la bonne voie… Non, je plaisante ! Alors, vous me disiez qu'il était solitaire…

– Oui, quand il y a trois ou quatre ans, ils ont décidé de fermer la gendarmerie, il a préféré partir à la retraite. Aujourd'hui, il est agent préleveur.

– *Quèsaco ?*

– Chez nous, les grands crus sont contrôlés deux fois par an. Des agents viennent dans les propriétés et prélèvent des échantillons, normalement deux litres. Mais le système s'est un peu perverti et Mariette a la réputation de prélever aussi pour sa cave personnelle… C'est le château Mariette, si vous voyez ce que je veux dire.

– Très bien !

– Notre famille est dans le vin depuis un peu plus d'un siècle. À la mort de maman, papa a dû vendre à cause des droits de succession…

Sur ces entrefaites, le père Blachard s'approche.

– C'est tout à fait ça, on remplace peu à peu les gens

du terroir par les gens du « terroir-caisse » : les fonds de pension américains rachètent les vignobles à tour de bras.

– Je comprends.

– Enfin, j'ai encore quelques belles bouteilles en dessous. D'ailleurs, un de ces jours, il faudra que je vous fasse visiter l'envers du décor. Allez, je vous offre quelque chose, c'est ma tournée.

– Non merci. Il est déjà tard et mon équipe m'attend.

– Vous ne voulez pas goûter un vin recommandé par le Grand Vinetier des Chevaliers du Pressoir ?

– À 9 heures du mat', je ne prends que du café. Une autre fois avec plaisir, si vous le voulez bien.

– Alors le rendez-vous est pris.

L'hôtelier s'en retourne.

– Qu'est-ce que vous pourriez me dire sur la confrérie ? Elle a l'air importante ici.

– Vous savez, tout le monde veut en faire partie, mais il y a peu d'élus…

– J'ai pourtant déjà rencontré trois de ses membres depuis lundi.

– À part mon père, qui d'autre ?

– Madame le maire… Enfin mairesse, puisque c'est comme ça qu'on doit dire.

– Pas commode, celle-là !

– Elle n'a pas l'air, en effet. Mais je vois que vous avez plein de choses à m'apprendre…

Pamela prend sa voix la plus suave.

– On pourra en reparler en tête à tête…

Cuche, gêné, sourit. Le flic est plus habitué à draguer qu'à l'être.

– Et qui d'autre, alors ?

– Madame de Vauxmort, et je ne compte pas votre ancien prélat qui a rejoint son patron.

Pamela lève l'auriculaire de sa main droite et joue les snobs.

– Oh, la Vauxmort, ce n'est pas ma tasse de thé non plus. Elle joue les grandes bourgeoises parce qu'elle est à la tête de la confrérie, mais moi je ne suis pas dupe.

– Qu'est-ce que vous voulez dire par là ?

– Simplement que c'est une femme comme une autre. On dit qu'elle a un homme dans le coin, c'est la « Veuve joyeuse » comme dit Mariette.

*

* *

Dix heures n'ont pas encore sonné quand la voiture de Nadya Madjer se gare devant la mairie. Elle ouvre son coffre et attrape une petite mallette, puis gravit les marches du perron. Arrivée devant Marius Pouliot, elle lui présente sa carte de police.

– Bonjour, lieutenant Madjer, je viens voir le capitaine Cuche.

– Bonjour madame, c'est la première à droite.

– Merci, bonne journée.

Elle frappe à la porte de l'annexe et entre sans attendre de réponse.

– C'est ici le nouveau commissariat ?

– Salut Starsky.

– *Hello boss*. Belle installation !

– Ça n'a pas été facile.

– Si je peux te citer : « Seul le résultat compte »…

– Tu peux citer les grands auteurs.
– Tu as passé tes invitations ?
– Ouais, hier après-midi… On en a trois ce matin.
– Et on commence par quel grand criminel ?
– Le professeur Antoine Chaney…
– Et il fait quoi, notre Tryphon régional ?
– Patience, il va nous le dire.
– Et tu en as convoqué combien en tout ?
– Six pour l'instant.
– Ça promet, moi qui n'aime pas la paperasse, je vais être gâtée.

Nadya branche son ordinateur portable tandis que Cuche prend un ton didactique.

– Mon petit Starsky, le métier de policier demande des sacrifices et…

Un coup frappé à la porte clôt l'argumentation du flic.

– Lieutenant, le bal est ouvert !

L'homme paraît soixante ans. Ses cheveux épars sont grisonnants, sans tirer encore vers le blanc. Son œil est vif, sa moustache finement taillée et ses sourcils broussailleux. Son nez pointu supporte une fine paire de lunettes à monture dorée. Il porte une veste en lin écru, sur l'un des revers est plantée une rose aux teintes orangées. Ses pieds sont chaussés d'une confortable paire de chaussures de randonnée marron. Tout, dans son allure, indique le gentleman.

– Bonjour, je cherche le capitaine Cuche.
– Ne cherchez plus, il est devant vous… Vous êtes monsieur Chaney, je présume ?
– Oui, Antoine Chaney, exactement.
– Entrez et installez-vous.

Le policier désigne une chaise devant le bureau où Nadya officie.

– Je vous présente le lieutenant Madjer, qui va enregistrer votre déposition.

– Nous vous entendons ce matin dans le cadre de l'homicide volontaire sur la personne du père Anicet le 17 courant.

– Alors, les formalités d'usage. Nom, prénom, profession, âge, adresse et situation familiale.

– Antoine Chaney, soixante-sept ans, veuf, chirurgien à la retraite.

Tout en tapant, Nadya se dit qu'il ne fait pas son âge. Sa voix et sa façon de s'exprimer sont en harmonie avec son apparence. Aucune crainte n'est perceptible, le ton est posé, il s'exprime avec verve.

– Et votre adresse, s'il vous plaît.

– Oui, pardon… 5, rue du Prince-Féry, à Saint-Émilion.

– Vous connaissiez bien la victime ?

– Ma foi oui, je connaissais l'abbé Anicet depuis environ cinq ans. Nous nous voyions régulièrement au sein de la confrérie dont il était l'aumônier. C'était un homme cultivé, avec qui je prenais plaisir à discuter. Il était ouvert à tous les sujets et fermé à la bêtise. En outre, nous avions une passion commune : le vin.

– Pouvez-vous m'en dire plus ? J'ai vu de nombreux ouvrages chez lui à ce sujet.

– C'était un passionné, un homme de culture. Il rejetait l'ignorance, tant pour les autres que pour lui-même. Quand il s'intéressait à un sujet, il n'en parlait qu'après en avoir fait le tour. Il aimait lire, et m'empruntait souvent des livres. Avec le temps, il avait acquis une vraie compétence d'œnologue, et son avis faisait autorité dans toute la région. Il nous arrivait, à la confrérie, d'organiser de petits concours entre lui et Christophe Blachard, notre maître à tous en la matière. Et je peux vous assurer qu'il était loin d'être ridicule. Par ailleurs, et à titre plus confidentiel, je le voyais en consultation. Je lui prescrivais des ordonnances de temps à autre, Saint-Émilion n'ayant plus de médecin pour le moment.

– Mais vous n'exercez plus ?

– Non, je suis chirurgien à la retraite. J'ai exercé à Nantes et Bordeaux, où je suis resté trente-cinq ans. Avant d'être chirurgien, je suis médecin et à ce titre, je peux faire des prescriptions… Je ne perçois bien sûr aucun honoraire.

Cuche acquiesce, tandis que Nadya remplit son rôle de dactylo avec une grande dextérité.

– Oui, je vois. Mais revenons à la confrérie, comment y êtes-vous entré ?

– J'ai connu les Chevaliers du Pressoir par le biais de mon amie Élisabeth de Vauxmort, notre présidente. Je la connais depuis une quinzaine d'années. Lorsque j'étais chef de service à l'hôpital Pellegrin de Bordeaux, j'ai eu l'occasion de me lier d'amitié avec elle et son mari. En 2001, je leur ai dit que je comptais me retirer dans la région pour ma retraite. Ils m'ont alors parlé de Saint-Émilion, de la confrérie… Et me voilà.

– Je vois. Et ce fameux dimanche ?

– C'était une soirée qu'organisait Élisabeth. Il s'agissait de la dégustation d'un cru que j'ai acquis en 2002 avec le sénateur Fabre.

– Continuez.

– Cette tenue était très importante pour nous. Nous soumettions pour la première fois cette cuvée au directoire.

– Vous pouvez me dire qui était présent ?

– J'imagine que si vous m'avez convoqué, vous en avez une petite idée.

– Bonne déduction, mais j'aimerais quand même avoir votre version.

– Attendez que je me souvienne, il y avait quasiment tous les membres : le sénateur Fabre bien sûr, Fernando et Monique Barbosa, Christophe Blachard, Élisabeth de Vauxmort évidemment, Hervé et Michelle Montlor, Jacqueline Tourneau, et ce regretté Anicet.

– Lord Kinsley n'était pas là ?

– Non, il est en Angleterre, mais vous pourriez demander confirmation à notre présidente.

– Il n'y a jamais d'invités dans vos cérémonies ?

– Si, bien sûr ! Mais là, c'était une tenue à huis clos pour une dégustation officieuse.

– Pourquoi officieuse ?

– Parce que pour l'agrément d'un cru, seul le directoire est présent. Vous savez, notre confrérie a des usages centenaires, celui-ci en est un.

– Et alors ? Il est habilité ?

– Ce n'est pas si simple ! Un comité restreint se prononcera dans le mois qui vient. Bien évidemment, le sénateur et moi-même n'en faisons pas partie.

– Et cette habilitation vous donne droit à quoi ?

– C'est d'abord la reconnaissance d'un travail de qualité respectant le terroir et ses vignes. L'année a été plantureuse, mais sans l'aval de la confrérie, la cuvée peut rester confidentielle et les incidences sur le plan économique sont importantes.

– Continuez.

– Notre nouveau cru pourrait rejoindre les cinquante-cinq grands crus classés.

– Je vois, c'est très intéressant… Pas d'événements particuliers au cours de cette soirée ?

– Non, rien de spécial.

Nadya ne relâche pas son rythme. C'est pourtant plus une femme de terrain que de bureau. Élevée avec ses deux frères, elle a reçu la même éducation. Après des études de droit et de psychologie, elle a passé le concours de la police à l'école des officiers de Cannes-Écluse. Elle a fini troisième de sa promotion et en est très fière. Lors du choix de son affectation au grand tableau, elle a décidé de rejoindre la D.I.P.J. de Bordeaux. Trois ans après, elle est devenue le bras droit du capitaine. Cette étape de l'enquête, qu'elle sait indispensable, n'est pas sa préférée. Elle dit souvent qu'elle n'est pas entrée dans la police pour être gratte-papier, mais elle a été sensibilisée, à l'école, aux vices de forme qui peuvent anéantir des semaines d'investigations et d'efforts. Les avocats sont rompus à dénicher la moindre faille d'un rapport d'enquête. Elle met donc un point d'honneur à prendre correctement la déposition du professeur Chaney.

Soudain, le téléphone émet la musique du générique de *Starsky et Hutch*. Elle lance un regard complice à Cuche…

– Messieurs, je vous demande un instant.

– Vas-y, on t'attend.

Elle ouvre la porte, sort dans le couloir et décroche enfin.

– Allô… Salut Doc… Tu as fini, c'est top !… Tu peux tout m'envoyer sur mon adresse mail habituelle ? Super… Merci.

Nadya raccroche et revient dans la pièce.

– Celleprin nous envoie ses constatations.

– Pas trop tôt !

Cuche se retourne vers le professeur Chaney.

– Bon, c'est pas mal pour un premier entretien, non ? Je vais donc vous libérer, façon de parler… Vous connaissez la procédure, on ne quitte pas la région sans me prévenir et si quelque chose vous revient… Voici ma carte.

– Je n'y manquerai pas.

Il se lève et se dirige vers la sortie.

– Ah, j'oubliais, si vous aviez besoin de moi sur un plan médical, n'hésitez pas, je suis à votre disposition.

– C'est bien noté, docteur.

Chaney referme la porte…

– Alors, lieutenant, tu en penses quoi ?

– Je pense que c'est le professeur Chaney, dans la véranda, avec le chandelier. Na !

– Je vois que le métier commence à rentrer.

– Plus sérieusement, je ne le sens pas dans la peau d'un tueur de soutanes.

Cuche n'a pas le temps de répondre qu'un signal se fait entendre.

– C'est sûrement le mail du légiste.

Madjer consulte sa boîte de réception.

– Gagné !

– Vas-y, je t'écoute.
– *A priori*, il y a un fichier texte et cinq photos.
– Ouvre le texte d'abord.
– *Sir, yes sir!* Voilà le topo :
Le document contient six catégories.

1 – ***Informations générales*** **:** Anicet Lestrain de Lésignan, 71 ans [...] Décédé le dimanche 17 juin entre 23 h 15 et 0 h 30 [...] Identification faite *in situ* par Bernadette Moutier qui connaissait la victime depuis vingt ans.

2 – ***Cause immédiate du décès*** [...] Perforation du rein droit et du poumon droit [...]

3 – ***Examen externe*** [...] La victime est vêtue d'une cape noire, d'un pantalon noir, d'une chemise blanche et de chaussures noires. Tous les vêtements sont tachés de sang [...] Le corps est de bonne corpulence, mesurant 1 m 65 et pesant 75 kg [...] Les yeux sont fermés, les iris sont bleus. Les cornées sont claires [...] La nuque et le cou présentent des traces de ripage. Les membres supérieurs et inférieurs sont égaux et symétriquement développés [...] Le corps a été retrouvé décubitus dorsal. Les lividités cadavériques sont concentrées sur la nuque et sur la partie postérieure du tronc [...]

4 – ***Traces de blessures*** **:** la face ne présente aucune trace de lutte [...] Sur le cou et la nuque, des stries ecchymotiques laissent supposer que la victime a été saisie par-derrière [...] Aucune plaie de défense n'est visible sur les membres supérieurs ou inférieurs. La région lombaire présente

une plaie d'environ cinq centimètres. Les bords sont nets et réguliers. La plaie et la pénétration sont obliques en forme de boutonnière. [...]

5 – *Examen interne* [...] L'ouverture de la cavité thoraco-abdominale a permis de mettre en évidence la présence de sang dans la cavité pleurale droite, et dans la cavité lombaire droite. Ce sang est en rapport avec un trajet lésionnel dû à la pénétration d'une lame entre la quatrième et la cinquième vertèbre lombaire, perforant le rein droit et la base du poumon droit.

La blessure a été faite par un instrument piquant et tranchant vulnérant de type dague.

6 – *Divers* : le cœur de 350 grammes est hypertrophié et présente des lésions d'artériosclérose. [...] Système nerveux central : RAS. Le pancréas est normal. L'estomac contient des traces de viande rouge, de pain, de vin, de tomate. Le duodénum contient des aliments en cours de digestion [...] Examen fait par le docteur Éric Celleprin le 19 juin 2006 à 14 h 45 en présence du lieutenant N'Guyen, officier de police judiciaire de la D.I.P.J. de Bordeaux.

– Bon, on l'a pris pour une baudruche, quoi !

– C'est un peu ça, *boss*.

– Et les photos, ça donne quoi ?

– Attends, attends, ce n'est pas tout ! Il y a une analyse de sang et c'est plutôt intéressant... Il était condamné, notre curé.

– Qu'est-ce que tu me racontes ?

– Écoute un peu la suite...

Anomalies constatées :

Présence contradictoire de molécules de Cisapride, de la classe thérapeutique des stimulants de la motilité gastrique et de molécules d'Amiodarone, de la classe thérapeutique des antiarythmiques.

Un examen anatomopathologique est en cours.

La pathologie cardiaque constatée sur le mort et la présence de ces molécules auraient provoqué un œdème aigu des poumons dans les six heures.

– Explique-toi, c'est du chinois ton truc !

– Apparemment, il avait avalé des médicaments qu'il était en train de digérer. Le légiste estime qu'il serait probablement mort dans la nuit.

Cuche lit le mail par-dessus l'épaule de Nadya.

– Alors là, c'est énorme ! Notre affaire se complique drôlement… Si je comprends bien, il serait mort quoi qu'il arrive ?

– C'est exactement ça ! À ce stade de l'enquête, on peut envisager plusieurs hypothèses : double homicide par empoisonnement et par arme blanche, ou meurtre et suicide…

– Élémentaire, mon cher Watson !

– Si on retient ta première théorie, notre assassin amateur de lame devait ignorer le coup des médocs, sans quoi il aurait laissé faire la nature, non ?

– Parfaite déduction.

– C'est ce qui me fait dire que contrairement à ce que tout le monde me chante, il n'était pas aimé de tous, l'abbé.

– Demain, on devrait recevoir le rapport complémentaire…

– Il faut donc se résigner à attendre… Et les photos, ça donne quoi ?

Nadya lance un diaporama sur son ordinateur.

– Rien d'autre par rapport à ce que je t'ai donné l'autre matin.

Les photos défilent les unes après les autres sous le regard perplexe du directeur d'enquête.

– Mouais, les mêmes. Tiens, tu vois ce que je te disais, ses yeux sont fermés.

– Effectivement.

– C'est ce qui me fait penser que ce n'est pas un hasard. Il ne se trompe pas souvent, celui-là…

Avec son index, Cuche montre son nez.

– C'est bien le curé qu'on voulait supprimer. Mais il y a encore un truc qui me turlupine…

Il se retourne face au mur où est fixé un plan de la cité.

– Pourquoi le prêtre est-il rentré par le tertre des Vaillants, plutôt que de prendre plus haut la rue des Écoles ?

– Il préférait sans doute la difficulté.

– Là, ce n'est plus de la difficulté, c'est de l'alpinisme.

*

* *

Son regard est inquiet, presque fuyant. Il doit avoir une quarantaine bien tassée. Une allure résolument chétive lui donne un air presque sournois. Sa notabilité se devine dans le port de son costume trois-pièces de couleur noire. Les coudes sont légèrement feutrés, sans que cela soit encore trop prononcé. Sans bruit, il referme la porte derrière lui et vient prendre place devant ses inquisiteurs. Hervé Montlor n'a jamais été très à l'aise dans ce genre de situation. C'est un émotif, un timide. Il avait échoué à son oral de commentaire d'ordonnance en cinquième année, pris qu'il était par les nausées. Le jury avait été indulgent, et son professeur de pharmacologie avait appuyé de tout son poids la décision de repêchage. Aujourd'hui, il retrouve ses tourments d'étudiant lorsque l'interrogatoire commence.

– Montlor, Hervé, quarante-six ans, né le 1er juillet 1959 à Libourne, demeurant 19, place du Chapitre-et-des-Jacobins à Saint-Émilion…

– Votre profession ?

– Pharmacien.

Nadya remarque ses mains posées sur ses cuisses. À intervalles réguliers, ses doigts se crispent. Ses ongles sont rongés, son index droit est jauni par la nicotine.

– Le lieutenant et moi vous avons convoqué pour que vous nous parliez de votre dernière soirée chez madame de Vauxmort.

– Oui, bien sûr, que voulez-vous savoir ?

– Tout… C'est le lieutenant qui va mener votre audition.

– Audition… ?

– Parfaitement ! Le capitaine dit audition et ça ne veut pas dire coupable.

– Oui, bien sûr… Bien sûr.

– Pour commencer, à quelle heure êtes-vous arrivé dimanche ?

Les minutes lui paraissent si longues, l'audition

s'éternise. Le pharmacien aux mains moites essuie régulièrement ses paumes sur son pantalon.

Le lieutenant Madjer, qui a perçu son malaise, a sciemment organisé sa multitude de questions.

– À part tout ça, rien à nous signaler d'anormal ce soir-là ?

– Je peux ajouter que nous avons assisté à l'éternel face-à-face entre la mairesse et l'abbé.

– C'est-à-dire… ?

– Leurs joutes étaient monnaie courante. Les esprits se sont échauffés un peu plus que d'habitude, mais rien de grave.

– Soyez plus précis.

– Anicet a demandé à la mairesse si elle comptait débloquer des fonds pour la réparation du toit de la chapelle de la Trinité. C'est un oratoire du XIIIe siècle, unique à double titre : d'abord pour ses peintures d'époque représentant, entre autres, une crucifixion, d'autre part pour sa voûte à clé. L'ensemble s'est fortement dégradé et il faut intervenir sans tarder pour ne pas perdre ce patrimoine. Madame Tourneau lui a répondu qu'elle nous en parlerait lors du conseil municipal de rentrée.

– Vous êtes conseiller municipal ?

– Oui, je suis troisième adjoint chargé de l'urbanisme et du patrimoine, mais sans étiquette.

– Je vois, continuez.

– Anicet a senti qu'elle ne ferait rien, et le ton a monté. Voyant la tournure de la conversation, madame de Vauxmort leur a tendu deux verres. À ce moment-là, deux tonnelets sont tombés dans le fond de la galerie. Je suis allé les ramasser et je n'ai pas entendu la fin de leur échange. Ensuite, l'incident s'est dissipé. Madame de Vauxmort a intelligemment fait diversion en proposant un toast à saint Valery.

– Merci pour ces précisions. Encore une chose, et là je m'adresse au pharmacien, savez-vous si le père Anicet suivait un traitement médical ?

– Oui, en effet, il souffrait d'arythmie et prenait régulièrement son traitement… Mais pourquoi cette question ?

– Simple curiosité pour le moment, j'aime bien connaître le pedigree de mes clients.

*
* *

Un Montlor en chassant un autre, c'est au tour de Michelle de relater les tristes événements du 17 juin. À l'inverse de son mari, son caractère est plus affirmé. Cuche s'est absenté et a laissé le soin à Nadya de lancer l'audition.

– Vous êtes donc pharmacienne, comme votre mari ?

– Pas du tout, lieutenant, je suis DOCTEUR en pharmacie !

Michelle et Hervé s'étaient connus sur les bancs de la faculté. Il était préparateur dans une officine bordelaise et avait décidé de tenter le concours pour devenir pharmacien, un aboutissement pour celui qui avait fait jusqu'alors des études laborieuses. À l'engouement des premières semaines succéda une certaine paresse. Au bout de quelques mois, il sentait déjà sa motivation décliner, l'abandon était proche. Michelle Festou était alors entrée dans sa vie. Il la trouvait dynamique et très à son goût, elle allait lui donner l'allant nécessaire pour poursuivre ses études. Quatre mois après leur rencontre, elle prenait l'initiative de l'embrasser, sous les yeux de Richard Gere et de Lauren Hutton qui jouaient leur *American Gigolo*. C'était en 1980. Comme dit Mariette, sur mille hommes, il y a un meneur d'hommes, et neuf cent quatre-vingt-dix-neuf suiveurs de femmes. Hervé faisait partie de cette dernière catégorie. Trois ans après, ils se mariaient. Michelle décrochait magistralement sa thèse et faisait la fierté de son père. On parlait désormais du docteur Michelle Montlor, alors qu'Hervé restait à l'étage du dessous avec le simple titre de pharmacien. Le papa de Michelle pouvait donc transmettre son officine aux tourtereaux…

Du « trésor » par-ci au « minou » par-là, et bientôt la monotonie s'installa. Puis arrivèrent l'étape de la lassitude, et enfin celle du désintérêt. Mais Hervé était heureux et ne voyait pas venir son inéluctable remplaçant.

– Revenons donc à cette fameuse soirée, voulez-vous !

– Nous étions tous réunis chez madame de Vauxmort…

À ce moment, la porte s'ouvre et le capitaine Cuche entre dans la pièce. Il reconnaît immédiatement la femme au frêle bouton de nacre croisée la veille.

– … Allez-y, continuez.

Cuche se positionne dans le fond de la salle. Sur sa droite se trouve un présentoir sur lequel sont disposés quelques fascicules. Il attrape le guide du tourisme de la juridiction de Saint-Émilion, et commence à le feuilleter négligemment tout en écoutant la déposition.

– Reprenons, je vous prie.

– Au cours de cette soirée, nous devions goûter un nouveau cru…

À la page huit, à côté de l'article relatant l'esprit des pierres, Cuche tombe sur la photo d'Élisabeth de Vauxmort en habit de Grand Sarment. Un court article historique détaille la tenue. Il s'arrête alors sur le mot « dague »…

– Excusez-moi de vous interrompre, mais ce fameux soir, vous portiez tous votre costume de gala ?

– Traditionnel… Je préfère. Oui, absolument.

Madjer ne saisit pas immédiatement l'intérêt de cette intervention. Cuche se dirige vers elle et lui montre la photo, le doigt pointé sur la dague. Elle comprend où veut en venir son supérieur.

– Tout le monde portait sa dague, ce soir-là ?

– Je n'ai pas fait attention, mais je pense que oui.

– Vous êtes tous partis en même temps ?

– J'ai quitté la réception dans les premières avec notre mairesse. Il devait être 23 heures. Elle ne se sentait pas très bien.

– D'après sa déposition, votre mari n'est pas reparti en même temps que vous.

– Oui, c'est exact, j'étais fatiguée, et il discutait avec monsieur André…

– Qui est ce monsieur André ?

Madjer attrape la liste de madame de Vauxmort.

– C'est le maître de chai du professeur Chaney.

– Je ne l'ai pas sur la liste ce monsieur, il fait quoi exactement ?

– C'est une sorte de chef d'orchestre, celui qui organise, accompagne et surveille toutes les phases du cycle de production, de la vendange à la mise en bouteilles.

– Je vois… Et ce… André, il est membre de votre confrérie, alors ?

– Non, pas du tout, mais c'est toujours un maître de chai qui fait le service. S'agissant d'un cru du professeur, il était le plus à même de faire la dégustation.

– C'est étonnant, personne ne m'a parlé de lui. Bon, on verra ça plus tard. À part les membres et ce monsieur André, y avait-il quelqu'un d'autre ?

– Non… Ah si, Ninette était là, bien sûr !

L'ordinateur de Nadya émet une alerte sonore qui vient interrompre la déposition…

– Un mail de l'I.J.[1], *boss* !

– O.K., on voit dans cinq minutes, continue.

– Qui est Ninette ?

Cuche devance la réponse de Michelle Montlor.

– C'est la femme de ménage de madame de Vauxmort, n'est-ce pas ?

– C'est tout à fait exact.

– On nous a rapporté une altercation entre la mairesse et le défunt.

– Il n'y a pas eu d'altercation, c'est une escarmouche classique entre le laïc et le religieux. Jacqueline est agnostique et il me paraît normal de ne pas tout mélanger, non ? Elle assiste déjà à certaines messes

1. Identité judiciaire.

conformément aux us de la confrérie, mais il ne faut pas lui en demander trop non plus.

Cuche, impatient d'examiner le mail, décide de mettre fin à l'entretien.

– Si vous le dites… Rien d'autre à nous signaler ?

– Non, je crois que je vous ai tout dit, capitaine…

– On ne va pas vous retenir davantage.

Après lui avoir fait signer sa déposition, Cuche raccompagne la pharmacienne jusqu'à la porte et referme derrière elle.

– Bien, et ce mail de l'I.J., lieutenant ?

Madjer consulte le courriel.

– J'ai la liste de ce qu'il avait sur lui ce soir-là… Un porte-monnaie avec seize euros. Un portefeuille avec quelques photos de famille et sa carte d'identité. Une croix en argent. Un chapelet, une chevalière avec armoiries et un trousseau de clés.

– C'est tout ? Attends un peu !

Soucieux, Cuche extrait son carnet, tourne quelques pages et commence à relire les notes prises chez Élisabeth de Vauxmort.

– Tu penses à quelque chose en particulier ?

– Oui, attends, attends, voilà j'y suis : « *Il m'a presque fait de la peine de partir si tard avec son bréviaire sous le bras.* » Il est où, ce bréviaire ?

– Alors là, mystère, *boss*, le rapport est clair, pas de bréviaire !

– Bon, il faut creuser ça.

– Sinon, j'ai la liste de ce qu'on a relevé chez lui, et il n'y a aucune mention d'une dague… Par contre, on a retrouvé tout un tas de médicaments dans une boîte en métal : Cordarone, Lexomil et Vastarel.

– Appelle le doc pour savoir si on lui a transmis cette liste de médicaments. Dis-lui qu'apparemment, l'abbé souffrait d'arythmie. Demande s'il confirme.

– C'est comme si c'était fait !

– Tu t'occupes de mon aubergiste à 14 heures, moi j'ai une petite visite à faire.

*

* *

Madame de Vauxmort est dans un petit salon de son hôtel particulier.

– Et puis, il y a ce policier qui fouille partout…

– Il n'est pas venu me voir pour le moment, mais ne t'inquiète pas, je ne ferai pas de gaffes.

– Il vaudrait mieux pour nous.

– Ne t'inquiète pas Élisabeth, il n'a aucun moyen de savoir.

– Et Ninette, elle pourrait parler, j'ai l'impression qu'elle a des doutes en ce moment.

– Tu veux que je m'en occupe ?

– Non, surtout pas, ça ne ferait qu'éveiller ses soupçons.

On frappe à la porte.

– C'est Ninette, madame.

Madame de Vauxmort met son doigt sur ses lèvres et lance à voix basse.

– Chut…

D'une voix haute et intelligible, elle enchaîne.

– Qu'est-ce que c'est ?

– Il y a ce policier qui voudrait vous voir, madame.

– Bien, faites-le entrer au grand salon, j'arrive dans un instant.

Reprenant le ton de la confidence :

– Qu'est-ce qu'il me veut encore ? Attends cinq minutes et sors par-derrière.

*

* *

Thierry Cuche retrouve la grande pièce qui lui est maintenant familière. Près d'une fenêtre, il détaille le pêle-mêle de photos où se côtoient des portraits de la confrérie, des vues de vignobles, et des clichés plus personnels qui semblent appartenir à la vie familiale de son hôtesse. Au-dessus de la commode girondine trône une représentation de la fierté de la maison : le *Château de Vauxmort*, dessiné au fusain. Le flic le regarde avec intérêt lorsque Élisabeth fait irruption dans la pièce.

– C'est un dessin d'Ingres de 1817. C'est celui qui orne toutes les bouteilles de notre domaine.

– Il est magnifique.

– Merci, commissaire. Je peux vous offrir quelque chose ?

– Vous n'avez toujours pas de Coca ?

– Non, mais je vais y penser.

– Un petit café, alors.

– Très bien.

Elle se dirige vers la porte.

– Ninette, deux cafés, je vous prie.

Elle referme la porte et s'assoit dans son canapé. Cuche reste debout près de la fenêtre. Tout en admirant la flèche de l'église monolithe, il questionne le Grand Sarment.

– Dites-moi, chère madame, dans la liste des personnes présentes lors de la soirée, vous n'avez oublié personne ?

– Écoutez, je n'ai plus la liste en tête, mais à qui pensez-vous en particulier ?

– Ninette, par exemple…

– Oui, en effet, ça ne m'a pas semblé important.

Toujours devant la fenêtre, Cuche remarque un homme qui sort discrètement de l'hôtel particulier. Ses épaules sont larges, sa démarche assurée, mais il distingue assez mal son visage.

– Vous voyez quelqu'un d'autre que vous auriez oublié ?

– Non, je ne crois pas.

– On m'a parlé d'un certain monsieur André.

Par la fenêtre, le capitaine voit l'homme tourner tertre des Vaillants.

– Ah oui ! Un homme de grande qualité… En effet, il était présent.

Ninette frappe à la porte et entre, un plateau à la main. Elle le pose et ressort.

– Voilà, ça nous fait deux nouveaux suspects. Il faudra que je m'entretienne avec Ninette, tout à l'heure.

– Faites donc, je vous en prie.

– Savez-vous comment a été tué le père Anicet ?

– Ma foi non, il a été poignardé, d'après la presse…

Cuche lui montre une photo de cérémonie au mur.

– … Oui, avec une dague, un peu comme celle-ci.

– Qu'est-ce que vous voulez dire par là ?

– Que le meurtrier du père Anicet fait peut-être partie de votre ordre.

– C'est tout à fait impossible, je connais personnellement chacun de nos membres.

– Est-ce que toutes vos dagues sont identiques ?

– Oui, depuis plus de cent ans, elles sont fabriquées exclusivement pour nous dans un atelier de Tolède, en Espagne. Mais je ne vais pas vous embêter avec ça.

– Écoutez, pour en avoir le cœur net, voulez-vous me remettre la vôtre, que je puisse la faire analyser par notre service scientifique ?

– Cela va de soi.

– Nous n'avons par ailleurs pas trouvé de dague dans les effets du père Anicet.

– C'est tout à fait normal, l'aumônier de la confrérie n'en porte pas… C'est un homme d'Église.

– Tout s'explique ! Encore une chose… Lors de notre dernier entretien, vous m'avez dit que le père Anicet portait un bréviaire.

– C'est exact, je m'en souviens très bien.

– Vous en êtes certaine ?

– Absolument.

– Je voulais avoir votre confirmation. Maintenant, si vous n'y voyez pas d'inconvénient, j'aimerais voir le lieu de vos réunions.

– Certainement, c'est sous la maison.

– Parfait, mais avant, je vais m'entretenir en particulier avec Ninette.

– Très bien et pendant ce temps, je vais aller vous

chercher la dague. Vous n'aurez qu'à me prévenir lorsque vous aurez terminé.

*
* *

Ninette fait une entrée timide dans la pièce. Elle se tient debout, les mains jointes sur son étroit tablier, face au policier. Brune, les traits épais, elle semble mal à l'aise. De son vrai nom Bernadette Moutier, elle est la deuxième génération de sa famille à travailler au service des Vauxmort. Elle fait partie de cette catégorie de femmes à qui l'on ne donne pas d'âge. Mesurant un mètre soixante-cinq, la hanche lourde, les mollets sans galbe, elle doit le sobriquet de Ninette à un défaut de prononciation qu'elle a pourtant corrigé à l'adolescence.

– Vous souhaitiez me voir, monsieur ?

– Oui, je voulais vous poser des questions au sujet de la soirée de dimanche dernier. Mais je vous en prie, asseyez-vous.

– Non merci, je préfère rester debout.

– Comme vous voudrez.

– Si je peux vous être utile… Vous savez, j'aimais beaucoup le père Anicet, c'était un homme bon et ça m'a fait un choc de le voir comme ça, étendu dans la rue.

– Quand vous l'avez découvert, vous n'avez rien remarqué d'anormal ? Vous n'avez croisé personne ?

– Euh non, non, personne. C'est ce que j'ai dit la nuit de ma déposition.

– Je sais bien, j'ai lu le rapport, évidemment. Mais parfois, de petits détails peuvent vous revenir en tête.

– Non, j'ai vu son corps et j'ai tout de suite appelé la police.

– Vous vous souvenez si ses yeux étaient ouverts ?

– Non, ils étaient fermés, j'en suis sûre.

– Bien. Le père Anicet avait son bréviaire avec lui, l'avez-vous vu à côté du corps ?

– Ça non, je n'en ai pas le souvenir.

– Réfléchissez…

– Non, j'en suis absolument certaine.

– Revenons à la soirée elle-même, avez-vous remarqué quelque chose d'inhabituel ?

– Non, c'était comme d'habitude.

– Vous souvenez-vous des conversations du père Anicet ?

– Vous savez, dans ces réceptions, tout le monde discute avec tout le monde et moi, je fais mon service. Je reste à ma place.

– Vous pouvez me parler de monsieur André ?

– C'est un homme discret, qui parle peu. Je crois qu'il est depuis longtemps au service du professeur Chaney, mais…

Ninette baisse la voix.

– Je dois vous avouer que parfois, il me fait peur.

– Pourquoi ça ?

– Je ne sais pas… L'intuition féminine, sûrement.

À ces mots, elle se frotte les mains nerveusement.

– Hum… Bien… Ah ! Une dernière chose, je viens de voir sortir votre réparateur de machine à laver… Tout est en ordre maintenant.

– Oui tout va bien, mais c'est hier qu'il est venu.

– Ah, j'ai dû me tromper… Encore un dernier point, cette entrée-là…

Cuche désigne, à travers la fenêtre, la porte blanche située à gauche de l'accès principal d'où est sorti l'inconnu.

– Elle donne où ?

Ninette regarde par la fenêtre.

– Elle donne directement accès au petit salon privé de madame de Vauxmort.

– Vous ne voyez donc pas qui entre par là ?

– Non, mais je crois que personne ne vient jamais par là.

– Si vous le dites… Je vous remercie de votre précieuse collaboration…

*

* *

Cuche et son hôtesse arrivent dans la cave troglodyte. L'air est frais, presque humide. Le Grand Sarment allume et révèle une salle irrégulière, creusée dans la pierre, d'environ cent mètres carrés. Dans un recoin, des javelles de sarments torsadées par des quenouilles sont entreposées près d'un monticule de bûches. Au pied de l'escalier trône un if qui, à la façon d'un porc-épic, supporte une trentaine de bouteilles vides. Le décor fait étrangement penser aux Compagnons de Jéhu et aux réunions du conseil à la chartreuse de Seillon. Deux imposants candélabres en argent couverts de cire fondue sont posés sur une table. Une vieille charrette débordant de foin renforce la sensation d'un temps ancien. Dans le fond, trois galeries semblent disparaître sous terre, dans le noir le plus complet.

– C'est donc là que vous vous réunissez ?

– Oui. Historiquement, la première tenue a eu lieu dans un chai voisin, et pour perpétuer la tradition, sauf impossibilité, nous nous retrouvons dans une cave. Soit la mienne, soit celle du professeur Chaney, parfois aussi celle du sénateur.

Dans le fond, des fûts de chêne sont empilés les uns sur les autres. Ce petit côté fête foraine plaît au flic. Il a toujours aimé lancer les boules en mousse sur les boîtes de conserve et à ce petit jeu, il est plutôt adroit. Sur le côté, une trentaine de tonnelets imitent la disposition architecturale de leurs grands frères.

– Tous ces tonneaux sont pleins ?

– Non, ils sont vides, c'est uniquement pour l'ambiance. Vous savez, quand une futaille contient du vin pendant deux ou trois ans, le chêne a donné tout ce qu'il a.

– Ils sont à la retraite, quoi.

– C'est un peu ça, en effet.

– Ils sont gigantesques !

– Il y a toutes les tailles, mais les plus gros, ceux de 225 litres, peuvent contenir un homme. Savez-vous que pendant la guerre, deux aviateurs anglais ont été cachés dans ces caves, avant d'être emmenés en Espagne dans des fûts similaires ?

– On pourrait en faire un film. Vous permettez ?

– Je vous en prie.

Le flic s'approche d'une lanterne en métal à quatre

faces posée dans une niche taillée à même le mur. Il attrape son Zippo, enflamme la bougie, empoigne la source lumineuse et s'approche de l'entrée de la première galerie. Le sol est gluant et les santiags du flic s'enfoncent comme dans du beurre.

– Voulez-vous que je vous prête des bottes ? Il y a des infiltrations et une rivière souterraine par ici.

– Non, ça ira, je vous remercie, je n'en ai pas pour longtemps.

– Vous cherchez quoi, exactement ?

– J'inspecte, conscience professionnelle.

– Vous savez, personne ne vient ici.

Cuche fait maintenant face à la deuxième galerie, près des tonnelets. La lueur de la lanterne lui permet de voir distinctement des empreintes.

– Et ça, c'est quoi ?

– Des traces de pas, me semble-t-il.

– Je croyais que personne ne passait jamais par ici ?

– Lors de notre dernière réunion, deux quartauts sont tombés et Hervé Montlor est allé gentiment les remettre en place.

– Il m'en a parlé, effectivement.

*

* *

Le Grand Sarment a été obligé d'abréger son entretien avec le flic. Toutes ses pensées sont tournées vers la confrérie. Il est presque 14 h 30 lorsqu'elle arrive devant le presbytère. Louise Rapeau entrebâille la porte.

– Qu'est-ce que c'est ?

– J'aimerais m'entretenir avec le remplaçant du père Anicet.

– Je ne sais pas si le père Clément peut vous recevoir…

– Dites-lui que c'est pour une affaire de la plus haute importance.

– Bien ! Entrez… Suivez-moi.

Elles arrivent dans le salon du presbytère.

– C'est pour vous mon père, madame de Vauxmort, elle dit que c'est important.

Le père Clément pose son journal et vient à la rencontre de sa paroissienne. Il lui tend la main. Louise s'éclipse.

– Bonjour madame. En quoi puis-je vous être utile ?

– Mon nom est Élisabeth de Vauxmort. Je me permets de vous déranger, mais vous n'êtes pas sans savoir que le père Anicet était l'aumônier des Chevaliers du Pressoir dont je suis la présidente.

– Oui, j'ai appris ça.

– Les vendanges vertes approchant à grands pas, je viens vous demander si vous voulez bien poursuivre la tradition et nous honorer de votre présence vendredi prochain, à notre réunion préparatoire.

– Les vendanges vertes ?

– Ah, je vois que vous n'êtes pas de la région, mon père. En ma qualité de Grand Sarment de la confrérie, je vous dois donc quelques précisions.

Le père Clément n'a pas le temps de placer un mot que madame de Vauxmort se lance dans une volubile explication, à la vitesse du T.G.V. Paris-Bordeaux. D'un geste poli, le prêtre lui fait signe de s'asseoir.

– En réalité, la vigne est une sorte de liane. Elle pousse de manière anarchique et pour en obtenir le meilleur, l'homme doit la dompter. Tout au long des saisons, le vigneron regarde son trésor, il en prend soin, vous comprenez...

– C'est très clair.

– Mon père, je vais vous révéler un secret... Tous les récoltants, les vignerons, les maîtres de chai ont une maîtresse : la vigne. Pour son bien, ils sont prêts à tout... Ils vont jusqu'à la faire pleurer.

– Je l'ignorais.

– Avec le printemps, la sève remonte. Les larmes apparaissent sur les cicatrices provoquées par les sécateurs. Le cycle recommence, la dormance hivernale s'achève. Les premiers bourgeons apparaissent. La floraison arrive quelques semaines plus tard, puis les fleurs butinées sont fécondées.

Clément écoute avec intérêt la Pasionaria de la viticulture. Élisabeth s'aperçoit qu'elle vient de parler de la nature sans faire référence à Dieu.

– Dieu régit bien la nature, n'est-ce pas mon père ? Où en étais-je ?

– Vous parliez de la fécondité.

– Ah oui, la fleur fécondée se transforme en fruit. C'est ce qu'on appelle ici la nouaison. Edmond, mon mari, avait l'habitude de dire : « *La nouaison, c'est la joie des vignerons.* » Le squelette de la future grappe apparaît alors. Les petites boules vertes grossissent, profitent du soleil et deviennent peu à peu de jolies baies. C'est un peu le premier miracle de la vigne. À la véraison, les raisins prennent de la couleur, les sarments verts brunissent. Ce moment est capital dans le processus. Le vigneron doit écouter la nature pour respecter l'équilibre fragile entre le soleil, le fruit et sa terre nourricière.

– Je vois, c'est très intéressant.

– Afin d'optimiser le taux de sucre dans le grain, le récoltant sacrifie des grappes, coupe des feuilles. Comme on éclaircit un pommier pour que les fruits soient plus beaux. Ici, on fait les vendanges vertes pour que les raisins s'emplissent d'arômes. Cette limitation minutieuse du nombre de grappes par cep et cette réduction foliaire confèrent à nos vins une réputation internationale. La cité est connue dans le monde entier grâce à ces ambassadeurs.

Le prêtre admire l'éloquence de madame de Vauxmort. Elle ferait une formidable lectrice pour la messe, sans aucun doute. Il se l'imagine, lisant l'Évangile selon saint Jean derrière le pupitre, face aux fidèles. Cet évangile au ton très solennel a besoin d'une telle verve, d'une telle fougue pour prendre toute sa dimension.

Le vicaire coupe le léger silence qui vient de s'installer.

– Je vous remercie pour cette très belle explication, mais je ne suis pas officiellement le curé de la paroisse, il n'a pas encore été désigné. Vous devez aussi savoir que le père Anicet n'est pas encore en terre, et que j'ai beaucoup de travail pour préparer ses funérailles. Ne pensez-vous pas que c'est un peu prématuré ?

– Oui… Oui, sûrement ! Je suis désolée. La confrérie est tellement importante à mes yeux, que j'en oublie les usages. Veuillez m'excuser pour cette maladresse, je suis confuse…

– Je tiens cependant à vous dire que si mon successeur tardait à être nommé, vous pourriez compter sur moi. J'assumerais la charge.

– Merci mon père… Vendredi soir, les Chevaliers du Pressoir rendront un dernier hommage au père Anicet. Pourriez-vous nous honorer de votre présence ?

– Je viendrai.

Élisabeth de Vauxmort se lève, gênée, en réalisant le caractère peu opportun de sa démarche.

– Merci de votre compréhension. Je vous laisse à vos préparatifs, je reviendrai vous voir lorsque les choses seront rentrées dans l'ordre.

*

* *

Cuche entre dans le bureau de l'annexe. Nadya Madjer compulse quelques documents.

– Alors Starsky, ces auditions ?

– Blachard a confirmé la dispute entre la mairesse et le curé. Ils s'engueulaient souvent, apparemment…

– On est en plein *Don Camillo* !

– Par contre, madame Barbosa a vu un type traîner ce soir-là près de leur dépanneuse.

– Intéressant, tu as des précisions ?

– Elle a aperçu une silhouette assez grande, d'un mètre quatre-vingt-cinq environ, portant une casquette… C'est assez vague… En plus, tout ce joli petit monde avait un peu forcé sur la dose.

– Bon, le garagiste aura peut-être d'autres précisions… Autre chose ?

– Non, c'est tout. Et toi, *boss* ?

– Elle m'a confirmé qu'Anicet avait bien un bréviaire quand il a quitté la soirée. J'ai fait le trajet en rentrant, et aucune trace du bouquin.

– S'il n'a pas été retrouvé, c'est que l'assassin l'a pris.

– Peut-être, mais pourquoi ? Ce dont je suis sûr maintenant, c'est que ce n'est pas une méprise, on a voulu le liquider le cureton. Et deux fois plutôt qu'une !

– On va mettre les bouchées doubles et on va bientôt savoir pourquoi.

– J'ai visité la cave où ils se réunissent tous.

– Et alors ?

– Dans le fond, il y a des traces de pas qui donnent dans une galerie, mais Vauxmort m'assure que personne ne passe jamais par là. Le pharmacien nous a dit qu'il avait ramassé des tonneaux, ce qu'elle confirme.

– Alors pas de problème !

– Si justement, il est là le problème : il y a deux types d'empreintes. Tu vas envoyer une équipe faire un relevé.

– O.K.

– Je ne sais pas pour l'instant, mais j'ai une drôle d'impression avec la Vauxmort. Sous ses airs de fofolle, je crois qu'elle est plus finaude que nous le pensons.

Elle recevait un type chez elle tout à l'heure, et j'ai le sentiment qu'elle ne voulait pas que je le voie.

Cuche tend un sac plastique à Madjer.

– J'ai récupéré sa dague, tu vas la confier au légiste, je veux qu'il la compare avec la blessure d'Anicet.

*
* *

Entre chien et loup, le capitaine arrive au presbytère. Il a apporté une bouteille de whisky et du Coca. C'est le vicaire qui ouvre. Après un salut à l'église et un bonsoir à la police donnant le ton de la soirée, les deux hommes se dirigent vers le salon, sans omettre de se prosterner au passage de la poutre. Cuche se déleste de ses offrandes sur le guéridon.

– Il ne fallait pas !

– Vous venez d'arriver et je ne suis pas sûr que la cave de votre prédécesseur soit aussi fournie que sa bibliothèque.

– Pour le vin, je n'en sais rien. Il doit bien y en avoir pour la messe !

Cuche et Clément éclatent de rire.

– Vous aimez le rosbif ?

– Dans l'assiette, uniquement !

– Madame Rapeau nous en a préparé un avec des haricots verts.

– Magnifique. C'est Byzance.

– N'exagérons pas.

– J'ai une petite question indiscrète, si vous permettez.

– Posez-la ! C'est votre métier.

– Vous avez quel âge ?

– Ma foi, trente-neuf ans, et vous ?

Clément prend deux verres et les pose sur la table.

– Trente-neuf aussi. Ça nous fait un point commun.

Le flic ouvre la bouteille de whisky sous prétexte de trinquer à leur quarantaine approchante.

– Vous progressez dans votre enquête ?

– Oui, à petits pas pour l'instant.

Cuche fait le service. Il n'y va pas de main morte.

– Et vous, dans votre ministère ?

– Pas trop, merci… Les choses avancent aussi.

– Vous avez reçu quelques petites confidences ? À la vôtre !

Ils trinquent.

– Pour l'instant, je m'occupe surtout de l'organisation des funérailles. Son Excellence arrive vendredi matin, tout doit être parfait. Anicet était un de ses proches, comme je vous l'ai dit. Par ailleurs, les confidences de mes ouailles ne regardent que Dieu, mon cher ami.

Ils échangent un sourire complice.

– Vous avez des *peanuts* ?

– Regardez dans le buffet. Je n'en sais rien. La logistique, c'est plutôt madame Rapeau.

Cuche ouvre la porte du buffet.

– Vous avez rencontré madame de Vauxmort, parmi vos ouailles ?… Tiens, des bretzels… Je peux ?

– Oui, servez-vous… J'ai fait sa connaissance cet après-midi, elle m'a proposé de remplacer le père Anicet dans la confrérie.

– Elle ne perd pas de temps, la Pompadour. Que lui avez-vous dit ?

– Qu'il y a un temps pour tout, et que l'instant présent est au deuil comme aux souvenirs. Je ne suis par ailleurs qu'un intérimaire à ce poste.

– Comment ça ?

Cuche tend des bretzels au prêtre, qui s'en saisit.

– Je suis le vicaire général de monseigneur Leroux et dans quelques jours, lorsqu'un nouveau prêtre sera nommé, je retournerai à Bordeaux.

– C'est quoi, un vicaire ?

– Disons que le vicaire est celui qui seconde l'évêque.

– Finalement, on a beaucoup de points communs, moi à chaque enquête, je suis intérimaire… Un crime, un flic, on remplit les trous…

– Belle image !

– Après Anicet, il y aura une autre affaire, puis une autre, c'est dans l'ordre des choses. À ce propos, pourriez-vous voir avec votre hiérarchie comment est la toiture de la chapelle de la Trinité ?

– Pourquoi voulez-vous que je pose cette question ? Tenez, asseyez-vous là.

L'ecclésiastique désigne une chaise.

– Anicet, depuis plusieurs années, essayait de faire en sorte que la mairie lâche un budget pour la toiture. Apparemment, il commençait à pleuvoir de l'eau bénite dans votre résidence secondaire.

– Dans NOTRE résidence secondaire, vous êtes aussi un fils de Dieu.

– Clément, ne me faites pas de sermons, je suis non-croyant pratiquant. Seule la vérité compte à mes yeux.

– Vous êtes marié ?

– Non, un vrai célibataire. Et vous ?

Le père Clément sourit.

– Alors les ordres, c'est une vocation ?

– Oui, depuis l'âge de dix ans. Et vous ?

– Moi, je jouais aux cow-boys et aux Indiens et à pas loin de quarante ans, j'y joue encore.

– Pour Anicet, vous pensez qu'on récupérera sa dépouille dans les temps ?

– Oui, le légiste a terminé.

Les deux nouveaux acolytes finissent de dîner. Il est déjà 23 h 15. Le père Clément ramasse les assiettes.

– Un café ?

– Non, je vois l'heure qui avance et demain la journée va être chargée. Une dernière cigarette et je me sauve.

Cuche en propose une à l'abbé.

– Allez ! Je me soumets à la tentation.

– … Mais délivrez-nous du mal.

Le flic allume sa cigarette.

– Amen… Mais je vois que pour un païen, vous connaissez nos classiques.

– Un petit passage chez vous pendant ma scolarité… Bon, j'y vais.

– Je vous raccompagne.

Les deux hommes arrivent dans l'entrée. Alors que Cuche se baisse pour éviter la poutre récalcitrante, il repère une enveloppe glissée sous la porte.

– Tiens, du courrier, sûrement une confession tardive…

Il attrape l'enveloppe et la tend à Clément. Ce dernier la retourne.

– J'ai bien l'impression que c'est pour vous.

Le capitaine aperçoit son nom sur l'enveloppe, inscrit avec des lettres découpées dans un journal.

– Attendez un instant.

Il attrape un mouchoir dans sa poche.

– Là, c'est mieux pour l'enquête.

Les deux hommes retournent dans la salle à manger. Cuche attrape un couteau et ouvre l'enveloppe. Il saisit délicatement la feuille pliée en deux et découvre le message suivant : « *LE PÈRE ANICET A ÉTÉ TUÉ PAR LA SECTE.* »

– Il ne manquait plus que ça ! Tenez, lisez mais ne touchez pas.

Le flic pose la lettre sur la table pour que le prêtre puisse en prendre connaissance. Au même instant, son téléphone sonne. Machinalement, il regarde sa montre, il est 23 h 35. Il compose le 123 et accède à sa messagerie : « *C'est Jacqueline Tourneau, on a essayé de m'assassiner.* »

– Jeudi 21 juin –

– Écoutez, mademoiselle, j'ai failli me faire tuer, je viens de passer une partie de la nuit en observation, je suis fatiguée. Vous semblez oublier que la victime, c'est MOI.

Piquée au vif par la mairesse, Nadya ne se démonte pas.

– J'essaye simplement de recouper les faits, et de savoir ce que vous faisiez seule à 23 heures dans les rues.

– Je l'ai déjà dit cette nuit au capitaine.

Ce dernier, en retrait, s'apprête à saisir la déposition de la mairesse. Devant leur incompatibilité d'humeur constatée lors des derniers échanges, Cuche a préféré confier à Nadya la direction de l'audition.

– Madame, c'est moi qui mène cet interrogatoire. Si vous ne vous sentez pas capable de répondre à mes questions, nous pouvons remettre cet entretien à plus tard.

– Au point où j'en suis, allons-y !

– Très bien, reprenons tout depuis le début, voulez-vous.

– D'accord.

– Dans ce cas, merci de bien vouloir décliner vos nom, prénoms, âge, date et lieu de naissance, adresse, profession et situation de famille.

– Tourneau, Jacqueline, Aimée, Marguerite, quarante-huit ans, née le 17 février 1958 à Blagnac, Gironde. J'habite 14, impasse des Cordeliers à Saint-Émilion. Je suis déléguée médicale et j'occupe aussi la fonction de mairesse de cette commune.

– Situation de famille ?

– Célibataire !

Elle assène sa réponse comme une évidence.

– Vous êtes maire depuis quand ?

– Venant de vous, mademoiselle… Vous devriez savoir qu'on ne dit pas maire, mais mairesse, on s'est suffisamment battues pour ça.

– Moi c'est lieutenant, je me suis battue aussi pour ça.

– J'effectue mon second mandat. J'ai été élue pour la première fois en 1999.

Après une série de questions classiques lui apprenant, entre autres, que Jacqueline Tourneau est Chevalier clerc adjoint et qu'elle a été cooptée dans la confrérie par le couple de pharmaciens, Nadya recentre le débat sur l'affaire qui l'intéresse.

– Que faisiez-vous hier soir à 23 heures, seule dans la rue ?

– Je suis allée vérifier les dernières installations de la fête de la Musique.

– À 23 heures, alors qu'on a un tueur dans la nature ?

– Lieutenant, quand on a des responsabilités comme les miennes, il n'y a pas d'heure. Ma ville est devenue la risée de la presse à cause de votre incompétence.

– Nous prenons cette affaire très au sérieux, madame.

– Ne m'en voulez pas, mais je constate que le

capitaine Cuche, qui est chargé du dossier, vous a délégué l'agression dont j'ai été la victime.

Cuche lève la tête et la regarde droit dans les yeux.

– Écoutez, si vous n'êtes pas satisfaite de MA façon de mener l'enquête, vous pouvez le faire savoir en écrivant au procureur de la République, mais en attendant, vous répondez aux questions du lieutenant !

Nadya reprend l'interrogatoire et apprend que le premier officier d'état civil ne doit son salut qu'à l'arrivée inopinée d'une voiture qui a fait fuir l'agresseur. La victime ne peut lui donner la moindre description de l'étrangleur.

En ayant terminé sur la tentative de meurtre, le lieutenant rappelle à Jacqueline Tourneau qu'elle est entendue dans l'affaire Anicet.

– Ce 17 juin, à quelle heure êtes-vous arrivée chez madame de Vauxmort ?

– En début de soirée, il devait être 21 heures.

– À quelle heure en êtes-vous partie ?

– Vers 23 heures, je ne me sentais pas bien et Michelle Montlor m'a proposé de passer à l'officine pour me donner de l'aspirine.

– Vous avez donc quitté la soirée ensemble ?

– Je viens de vous le dire !

– Après le passage à la pharmacie, êtes-vous directement rentrée chez vous ?

– Oui, j'étais fatiguée et je devais me lever tôt le lendemain pour préparer la fête de la Musique.

– Quels étaient vos rapports avec l'abbé Anicet ?

– Classiques.

– Vous pouvez préciser, s'il vous plaît ?

– Des rapports normaux entre une mairesse et un prêtre. Nous administrons tous les deux, mais nos objectifs ne sont pas toujours les mêmes.

– Développez…

Cuche, jusqu'à présent attentif au débat, se lève.

– Lieutenant, je dois m'absenter, on se voit tout à l'heure.

– À tout à l'heure, capitaine.

Cuche rajuste ses « Aviator » et sort. Nadya s'installe derrière l'ordinateur, tandis que l'élue poursuit sa déposition. Dans le hall de la mairie, le capitaine croise Marius Pouliot.

– Vous ne devez pas vous amuser tous les jours.

– Comment ?

– Non, rien, je réfléchissais à haute voix.

Dans l'annexe, l'audition continue.

– Barbosa l'a même tutoyé dans son emportement. Je me souviens bien de ses mots : « *Anicet, tu n'as rien le droit de dire !* » Il a fallu que sa femme vienne le calmer.

– C'était quand, ça ?

– Il y a environ deux mois, je n'ai plus la date exacte en tête.

– Et le motif de cette altercation ?

– Je l'ignore, mais vous n'avez qu'à l'interroger. Tout ce que je peux vous dire, c'est que leurs rapports étaient devenus froids et distants.

*

* *

Sur la départementale 243, après avoir passé les vestiges d'un monastère dominicain du XIIIe siècle, le bolide de Cuche s'engage en direction de Libourne. De part et d'autre de la route, les pieds de merlot et de cabernet sont alignés à la façon de vertes légions romaines. Les noms prestigieux s'enchaînent « Haut-Segottes », « La Grâce Dieu », « Franc-Pourret », « Laroze ». Au loin, derrière les coteaux, il aperçoit une enseigne jaune qui vient faire tache dans ce paysage viticole, sur laquelle on peut lire « Garage Barbosa ». Ici, trois crus sont à l'honneur : super sans plomb 95, super sans plomb 98 et enfin, le cépage préféré de Général Lee, le diesel *ultimate*. Cuche se gare près de l'une des trois dépanneuses, coupe son moteur et fait coulisser ses Ray-Ban sur sa tête. Le château Barbosa est de configuration classique. Sur le devant, trois pompes à essence ; derrière, une sorte de grand hangar divisé en deux. Une partie semble être une concession Renault, l'autre ressemble à un atelier. Se guidant aux éclats de voix, le policier se dirige vers l'atelier. Le patron, tout de bleu vêtu, met les pendules à l'heure.

– Dis donc, Ange, il te faut trois semaines pour changer des plaquettes de frein ?

– Si tu trouves que ça va pas assez vite… T'as qu'à le faire toi-même !

– C'est ça, et je te paie à rien faire.

– Ah ouais. Ça me va.

– Paye-toi ma tête ! Je t'ai offert un boulot quand tu étais dans la merde et c'est comme ça que tu me remercies ? En me plantant ?

– Avec le recul, je me demande qui a planté l'autre ?

– Moi, je t'ai planté ? Et comment, s'il te plaît ?

– En ville, ça parle et ça parle de commission, une belle grosse commission pour la vente de mes terres. Tu peux me payer à rien foutre, avec ce que tu t'es mis dans les fouilles !

– Qui raconte ces conneries ?

– Tout le monde ! Évidemment, j'étais le dernier con à le savoir et maintenant, on se fout de ma gueule.

– Ils se foutent de ta gueule rapport à tes magouilles avec ton vin franco-italien.

– Mon ex-vin ! Mais le nouveau cru, il fait des heureux, au prix qu'ils l'ont acheté… Grâce à toi, d'ailleurs. Tu devrais te recycler dans l'immobilier, ça a l'air de te réussir.

– Quel petit con ingrat, après tout ce que j'ai fait pour toi…

Témoin discret de cette altercation, Cuche décide d'entrer en scène.

– Toc ! Toc ! J'interromps une réunion de famille, peut-être ?

– Barbosa, de ma famille ? Plutôt crever !

– Pas mieux ! Qu'est-ce qu'on peut faire pour vous ?

– En ville, on m'a recommandé votre établissement.

– C'est le meilleur de la région.

– Faut dire que c'est le seul.

Barbosa fusille le mécano du regard.

– Je vous écoute, monsieur.

– J'ai crevé et je suis sur la roue de secours.

– Et il est où, le carrosse ?

– Suivez le guide.

Cuche et Barbosa sortent de l'atelier. D'un geste, il présente sa voiture.

– Et voilà.

– C'est quoi ça ? K 2000 ?

– Presque, c'est Général Lee.

– Ah, mais je fais pas dans le *tuning*… Enfin, si c'est pour changer une roue, ça devrait le faire… Il vous la faut pour quand ?

– Après-demain, c'est possible ?

– Si c'est pour samedi, je vais m'en occuper moi-même. Vous m'auriez dit trois semaines…

Le patron désigne son mécano d'un mouvement de tête. Adossé à la porte du garage, Ange réagit au quart de tour.

– Pauvre type !

Feignant de ne pas entendre les sarcasmes de son employé, Barbosa poursuit la conversation.

– Vous me rappelez votre nom, déjà ?

– Cuche.

– Ah oui, c'est ça ! On se voit toujours à 17 heures ?

– Oui, à l'hôtel de ville.

– Et on en a pour longtemps ?

– Pourquoi, vous êtes pressé ?

– C'est que ce soir, ma femme fait répéter la chorale à l'église pour les funérailles du père Anicet.

– Je comprends, dans ce cas, vous n'avez qu'à venir à 16 heures si ça vous arrange.

– Merci commissaire.

– Capitaine, ça ira bien… Quelqu'un peut me déposer en ville ?

– Pour ça, je crois que j'ai votre homme. Ça devrait être dans ses cordes.

*

* *

Le lieutenant frappe à la porte du presbytère... Personne ne répond. Elle attend, puis se dirige vers la Collégiale. Elle y entre avec une certaine hésitation, presque avec timidité. À l'intérieur, la fraîcheur est très agréable. Ici, tout est apaisant... À l'exception d'une femme qui allume un cierge, l'église est vide. Nadya avance un peu plus dans la nef, attirée par quatre peintures circulaires sur fond bleu turquoise. Un écriteau indique qu'il s'agit d'une fresque du XIIIe siècle représentant le martyre de sainte Catherine. Sur la gauche, dans la saillie, une Vierge étirée semble pointer du doigt les quatre médaillons. Nadya se dirige désormais en flânant vers le chœur, elle retournera au presbytère dans dix minutes. Ne sachant pas trop quoi faire, elle décide de s'asseoir au troisième rang à droite, juste devant l'orgue. Elle pose sa sacoche sur le banc. Tout à ses pensées, elle récapitule les différents éléments de l'enquête. Après quelques secondes, une voix la fait sursauter.

– Puis-je vous aider ?

Nadya se retourne et aperçoit un homme en soutane noire surmontée d'un col romain blanc.

– Bonjour.

– Êtes-vous la personne qui souhaite se confesser à 11 h 15 ?

– Non, il y a erreur, mais je dois vous voir de toute urgence.

Elle présente sa carte de police.

– Je suis à votre disposition… Voulez-vous me suivre à la sacristie ?

– Oui, bien sûr.

Ils traversent la nef, passent la poterne et pénètrent dans la sacristie. L'un des murs est orné de photos des papes Jean-Paul II et Benoît XVI. Nadya, après avoir demandé la permission, pose sa serviette sur la table et pousse les corbeilles en osier. La pièce, faiblement éclairée, dégage une grande sérénité.

– Pour que vous veniez me chercher à l'église, cela doit être très important.

– Accepteriez-vous que je fasse un relevé de vos empreintes ?

– Oui, mais pourquoi ?

– Le capitaine m'a dit que vous aviez touché l'enveloppe du corbeau.

– C'est vrai.

Nadya commence à sortir son matériel.

– Comme je dois faire partir la lettre à l'Identité judiciaire au plus vite, je vais le faire tout de suite.

– Je comprends.

Nadya tient la main gauche du père Clément et, doigt après doigt, procède au relevé selon les vieilles techniques policières. Le prêtre est amusé par la situation.

– J'ai l'impression d'être un grand criminel.

– C'est justement pour l'éviter. Voilà, merci pour votre collaboration. Je ne vais pas vous embêter plus longtemps.

Elle range le tampon encreur et le reste du matériel pendant que le vicaire se lave les mains dans une petite vasque attenante.

*
* *

La dépanneuse quitte le garage Barbosa. Ange Dutour rompt le silence en s'émerveillant devant la beauté des paysages.

– C'est pas magnifique, toutes ces rangées de ceps bordées par des rosiers ?

– Oui, c'est très beau, tous ces rosiers en fleur…

– Vous connaissez la raison de leur présence ?

– Non, dites-moi.

– Il y en a deux. La première, c'est parce que les rosiers contractent les mêmes maladies que la vigne. Étant plus fragiles, ils alertent les vignerons avant que le cépage ne soit atteint. C'est une vieille méthode qui a fait ses preuves. Aujourd'hui, chaque cep est répertorié par ordinateur. Ça permet de connaître l'âge du pied, le nombre de grappes laissées après les vendanges vertes…

Cuche écoute avec attention les explications du mécano. Il est surpris de découvrir une autre facette de sa personnalité, qu'il ne soupçonnait pas. Ange est comme transformé à l'évocation du vin.

– La seconde raison est plus pratique. Autrefois, la vigne était sillonnée par les chevaux, l'outil mécanique n'existait pas. Lorsque l'animal tournait à la fin de la rangée, il ne se frottait pas au dernier pied, car il savait qu'il aurait les jarrets griffés par les épines.

– Dites-moi, vous avez l'air d'en connaître un rayon, sur le vin…

Ange Dutour arrête le véhicule sur le bord de la route.

– Vous voyez ce coteau ?

– Oui.

– Eh bien, il appartenait à ma famille depuis six générations. Je suis né dans un tonneau. Huit hectares de merlot, quatre hectares de cabernet franc. Nous avions un des meilleurs grands crus classés de la juridiction.

Le mécano regarde ses mains et les montre au capitaine.

– Il y a cinq ans, j'avais la fierté d'avoir les mains colorées par les anthocyanes lors de la vinification. Aujourd'hui, elles sont maculées de cambouis.

Ému, Ange se ressaisit et redémarre la dépanneuse.

– J'aurai dû passer ma vie à faire des vendanges et je me retrouve à faire des vidanges… Mais c'est une autre histoire… Et c'est surtout ma faute.

– Dites-moi, monsieur Dutour, où étiez-vous hier soir, vers 23 heures ?

*

* *

Madjer travaille sur son portable, une tasse fumante à portée de main. Cuche fait irruption dans la pièce.

– Alors, comment ça s'est passé avec la mairesse ?

– Elle s'est radoucie, mais on n'a pas grand-chose à se mettre sous la dent.

– On ne se relâche surtout pas, on va finir par tenir une piste.

– À ce propos, le légiste a transmis son rapport final. Anicet souffrait effectivement d'arythmie.

– C'est quoi exactement ?

– Une sorte d'insuffisance caractérisée par un rythme cardiaque anarchique et irrégulier.

– Tu as fait médecine, toi !

– Non, j'ai simplement noté ce que m'a dit Celleprin.

– Continue.

– Il prenait un traitement de Cordarone prescrit par Chaney. J'ai fait la vérification auprès des fichiers de la Sécu… Jusque-là rien d'anormal, si ce n'est que les analyses de sang font ressortir la présence de Cisapride. C'est ça, le cocktail dont parlait le légiste dans son précédent rapport.

– Tu me parles chinois, là !

– C'est une molécule tout à fait contre-indiquée dans le cas du prêtre. Pour le légiste, l'association de Cisapride et de Cordarone provoque une mort certaine.

– Et ?

– Et c'est clair, il aurait passé l'arme à gauche dans la nuit…

– Il va peut-être falloir qu'on ait une discussion complémentaire avec Chaney… Autre chose ?

– Je viens de recevoir le mail de l'I.J. Tes doutes sont confirmés. La dague de la confrérie est bien le type d'arme qui a servi à supprimer le curé.

– C'est du bon boulot, on progresse.

Le baromètre de l'enquête repassait au beau fixe et ça se lisait dans les yeux du flic.

– Concernant la dague de madame de Vauxmort, *a priori* ce n'est pas l'arme du crime.

– C'était prévisible… Tu as fait partir la lettre du corbeau ?

– Oui, *boss*, avec les empreintes du père Clément. Charmant, d'ailleurs !

– Ouais, bah t'attache pas trop, ces temps-ci, il fait pas bon fréquenter les curés de la paroisse…

Cuche saisit la liste des membres de la confrérie. Il prend son téléphone portable et compose un numéro. À l'autre bout du fil, Élisabeth de Vauxmort décroche. Les civilités passées, le capitaine entre dans le vif du sujet et met l'amplificateur.

– Que deviennent les dagues lorsqu'un membre quitte l'ordre ?

– En cas d'exclusion, la tenue d'apparat est conservée par le Grand Sarment. Mais les exclus sont rarissimes.

– Et en cas de décès ?

– Le Chevalier est le plus souvent enterré dans sa tenue, comme le veut la tradition. Toutefois, il peut arriver que la famille conserve habits et accessoires.

Ces informations sont loin de ravir le policier qui apprend qu'au cours du seul XXe siècle, plus d'une centaine de dagues ont été distribuées. Il conclut sa conversation et se retourne, un peu désabusé, vers sa collègue.

– C'est pas gagné, notre affaire !

Il réfléchit quelques instants.

– Tu vas me passer un coup de fil à Chaney, qu'on éclaircisse cette histoire de médocs. En attendant le garagiste, je vais prendre un Coca à *La Barrique* et lire l'article de Ducasse.

– Justement, à ce sujet, tu dois rappeler Jourdan.

– Ça c'était cousu de fil blanc ! Enfin, je te rapporte quelque chose ?

– Ouais, je veux bien un cannelé.

– Je sais pas si c'est une bonne idée.

Cuche se retourne en se tapant la fesse gauche.

– De quoi je me mêle !

Le capitaine se sert de la porte comme d'un bouclier afin d'éviter le stylo à bille de Nadya qui voltige à travers la pièce.

*

* *

Une lampe torche balaye les parois calcaires de l'oligocène. Le professeur Chaney et monsieur André se rapprochent. Le chirurgien frotte ses mains l'une contre l'autre afin de les réchauffer.

– Il ne fait pas chaud… Cette cavité est immense…

– Oui, il y a de quoi faire, qu'en pensez-vous ?

– Cela me paraît très bien.

– Ici au moins il y a de la place, et personne ne risque de les trouver.

– Vous avez fait les vérifications au cadastre ? Nous sommes en limite de parcelle…

– Oui, nous sommes bien sur la AB 627 et le géomètre a été formel, pas de souci.

– Comment avez-vous découvert cette galerie ?

– Vous vous souvenez quand j'ai acheté votre Laguiole... ?

– Très bien, d'ailleurs il ne me quitte jamais.

– Ce jour-là, j'ai également déniché une vieille carte de la région au marché de Libourne. Il m'a fallu trois semaines pour localiser l'entrée. Elle était entièrement recouverte par la végétation.

– C'est très bien, c'est exactement ce qu'il nous fallait.

– On commence quand ?

– Le plus tôt sera le mieux. On peut avoir des problèmes d'un moment à l'autre.

– Justement, je voulais vous en parler, j'ai eu la sensation que Blachard aussi avait des doutes lors de la dégustation. Il faudrait peut-être aller le voir puisque le père Anicet ne peut plus rien dévoiler. Voulez-vous que je m'en occupe ?

– Non, je ne préfère pas. En ce moment, il y a trop de policiers en ville et il vaut mieux que vous ne croisiez pas le capitaine Cuche. Si la vérité éclatait au grand jour, le domaine et la confrérie ne s'en relèveraient pas.

– De toute façon, je vais bientôt en avoir le cœur net. J'attends une réponse la semaine prochaine. Si ça se confirme, il faudra être discret et persuasif.

– Vous pouvez compter sur moi, professeur.

*

* *

Cuche ouvre la porte, le cannelé à la main, bien en évidence.

– Tiens, ta pâtisserie caramélisée… Mais c'est mauvais pour toi.

Cuche le tend à Madjer, en réitérant un geste excessif sur la largeur des fesses de sa collègue.

– Il faut quand même que tu penses à ton futur mari.

– T'inquiète… Ça sera pas toi.

– Il est toujours pas là, le garagiste ?

– Non, et il viendra pas, il reporte à samedi, 9 heures au garage.

– Et en l'honneur de quoi il reporte mes convocations ?

– C'est pour la bonne cause, il dépanne pour la gendarmerie. Il y a eu un énorme carambolage à Sainte-Foy-la-Grande… Il paraît qu'il y a des morts. Ils ont réquisitionné toutes les dépanneuses du secteur… Et j'ai vérifié l'information, *boss.*

– Ouais, et pour les extrêmes-onctions, ils n'ont pas besoin du père Clément. Au moins, la presse va peut-être nous lâcher un peu, j'ai eu Jourdan au téléphone et il est furax. Le Ducasse, j'ai deux mots à lui dire. Il me fout de l'huile sur le feu, tiens, écoute ça :

« […] *Alors qu'elle vérifiait la sécurité des installations pour les festivités musicales du 21 juin, la très populaire mairesse a été sauvagement agressée rue du Couvent. Le capitaine Cuche, pourtant sur les lieux avec ses équipes depuis l'odieux assassinat de l'abbé Anicet, n'a pas encore interpellé l'agresseur. Saint-Émilion vit des heures troubles. On se croirait revenus aux pires instants de la Terreur. Faut-il, pour être en sécurité, circuler dans les souterrains comme jadis ? La police arrivera-t-elle à mettre un terme à cette vague de démence ?* [...] »

– Il se prend pour Fandor ?

– Sinon, pour revenir à l'enquête, j'ai appelé Chaney, il t'attend sur son domaine à 18 heures.

– C'est parfait, j'y serai. Bon, levée du dispositif. Toi, tu rentres au Q.G. et tu valides le renfort pour demain. Ça va faire très mal, ils ne s'y attendent pas, à celle-là. Profites-en pour passer à l'I.J., qu'ils ne s'endorment pas sur mon corbeau.

– C'est comme si c'était fait.

*

* *

En cette fin d'après-midi, Cuche quitte à pied la place Pioceau, veste à l'épaule. La propriété d'Antoine Chaney se trouve à moins de deux kilomètres de la mairie. Son rendez-vous avec le chirurgien est dans une demi-heure. Une petite marche lui fera du bien et lui permettra de faire un point sur l'affaire. Il emprunte la rue Guadet, baptisée du nom d'un des plus illustres enfants de Saint-Émilion, guillotiné à la Révolution. Arrivé devant la fontaine de la place Bourgeoise, il passe devant les belles fenêtres en ogive de l'ancien monastère. Puis il s'engage sur la départementale. Bordeaux lui semble loin. Ici, la vie est rythmée par les vendanges. C'est un autre espace-temps. Cinq cents mètres plus loin, il prend un chemin sur la gauche qui serpente entre les pieds de vigne. À une petite intersection, deux pilastres en pierre sont gravés au nom de « Dutour ». C'est l'entrée du domaine. Le mécano disait bien la vérité. Il chemine tranquillement à l'ombre des amandiers qui bordent la sente. Bientôt, le policier débouche sur un vaste terre-plein en gravier. Devant lui apparaît une très belle maison bourgeoise du XVIIe siècle, et à sa droite, face au vallon, se dresse un magnifique pigeonnier de la même époque. Il contemple la cité éclairée par un soleil déclinant. Ce panorama lui permet d'apprécier une nouvelle fois la flèche de l'église et le donjon quadrilatère de la tour du Roy.

– La vue est exceptionnelle, n'est-ce pas ?

Surpris, Cuche se retourne. Le professeur Chaney est à deux mètres derrière lui.

– En effet, c'est grandiose.

– Vous souhaitiez me voir ?

– Oui, j'ai quelques questions à vous poser.

– Accepteriez-vous que nous discutions dans les caves ? Je vous présenterai par la même occasion notre savoir-faire et nos techniques de vinification.

– Très volontiers.

Les deux hommes s'engagent sur un chemin de terre et passent derrière la demeure, Cuche aperçoit une échauguette.

– C'est une fortification ?

– C'est une guérite de guet. Ce type de construction doit son nom aux sentinelles du Moyen Âge : les échauguettes.

Cuche sourit.

– Dans mon job, j'ai souvent joué les échauguettes. La planque, c'est la base du métier.

Les deux hommes arrivent devant une grille qui ferme une entrée béante et s'engouffrent sous terre.

– Capitaine, vous allez découvrir les secrets de notre nectar, les raisons de nos élégances tanniques.

– Il faut boire du vin pour parler comme vous ? Je vais changer de nectar, moi !

Percevant l'ironie du flic, Chaney le coupe.

– Couvrez-vous, car ici la température est de douze degrés toute l'année et le taux d'hygrométrie de quatre-vingt-quinze pour cent. Je ne voudrais pas que vous attrapiez froid.

Cuche enfile sa veste. Il découvre une immense salle carrelée. Des cuves en inox sont disposées de chaque côté de cette large galerie.

– Impressionnant ! Que pouvez-vous me dire sur l'état de santé du père Anicet ?

Le professeur s'arrête et se retourne vers le policier.

– Normalement, je suis tenu par le secret professionnel, mais vu les circonstances… Je vais donc vous répondre. L'abbé souffrait d'arythmie. C'est une pathologie assez ancienne qui s'est révélée il y a deux ans lors d'un repas de la confrérie. Anicet a eu un malaise et nous avons eu juste le temps de le transporter à Libourne où le défibrillateur a fait le reste. Depuis, il suivait son traitement régulièrement.

– À base de… Cordarone, n'est-ce pas ?

– Mais je vois que vous vous y connaissez !

Ils reprennent leur déambulation souterraine et passent devant une carte de la propriété indiquant la répartition des cépages, cabernet franc ou merlot.

– Je n'ai pas de mérites, c'est le légiste qui me l'a

signalé… Par contre, que se passerait-il en cas d'absorption de Cisapride ?

À l'évocation de cette molécule, le médecin stoppe net sa marche, tel le griffon d'arrêt tchèque.

– De la Cisapride ? Dans le cas d'Anicet, ça lui aurait déclenché une torsade de pointe et un arrêt cardiaque… Pourquoi cette question ?

– Parce que selon le légiste, Anicet en aurait absorbé, probablement au cours de votre soirée.

– C'est tout à fait impossible, il n'aurait jamais commis une telle maladresse…

Ils reprennent leur périple et débouchent dans une vaste salle où est réalisé l'élevage en barriques de chêne. Ici, tout est à l'horizontale. Des dizaines de tonneaux sont sur le flanc, des centaines de bouteilles vides sont couchées, les goulots contre les murs. C'est devant ces culs-de-bouteille, semblables à des milliers d'yeux scrutant dans la pénombre, que Cuche porte l'estocade.

– Qui parle de maladresse ?

Pour la troisième fois, le chirurgien s'arrête, sonné par la question. Après un lourd silence, le policier attaque derechef.

– Peut-on trouver cette molécule dans des aliments ?

– Non, pas du tout, c'est une molécule issue de l'industrie pharmaceutique. Mais que cherchez-vous à me dire ?

– Il semble que votre ancien curé n'ait pas eu que des amis.

– Anicet était un vieil homme, banal si j'ose dire. Je suis encore stupéfait qu'il soit mort, je mets ça sur le compte d'une société où la violence est banalisée. Aujourd'hui, on tue pour dix euros. Mais là, vous me parlez d'un assassinat prémédité.

– Non, docteur, pas d'un assassinat, mais de deux assassinats. Un meurtrier a grillé la politesse à l'autre.

Anéanti par la nouvelle, le disciple d'Hippocrate s'assoit sur un tonnelet pour reprendre ses esprits. Cuche l'observe dans un premier temps, puis s'inquiète à son égard. Chaney lui explique qu'il est un peu fatigué ces temps derniers, mais que tout va rentrer dans l'ordre. Afin de changer de conversation, le policier, désignant le plafond des galeries, demande au vieux médecin à quoi correspondent les racines qui pendent. Le professeur sort de sa torpeur et lui explique que ce sont les rhizomes des ceps qui passent au travers du plateau calcaire. Il propose au capitaine de rejoindre l'air libre, tant les émotions ont été denses. Après quelques civilités, c'est un Cuche satisfait qui quitte le domaine.

*

* *

Confortablement installé dans sa chambre, un thé à portée de main, le père Clément lit les correspondances de son prédécesseur. Anicet devait être un adepte des échanges épistolaires. Les premières lettres sont écrites par le professeur Chaney, elles traitent de sujets aussi divers que du chirurgien Félix et de la fistule du roi, de l'arrivée des sulfamides dans les traitements et du poète gallo-romain Ausone, ou encore de la dégustation verticale d'un premier grand cru classé.

La partie la plus importante de ces correspondances concerne Edmond de Vauxmort. Clément est surpris devant une telle abondance de lettres pour des individus qui habitaient à deux ou trois kilomètres l'un de l'autre. Ils se voyaient très régulièrement et, pourtant, s'écrivaient une ou deux fois par semaine. À une époque où le téléphone portable est d'usage courant, c'est étonnant. Toute une partie de ces courriers concerne la révision des classements et de la valeur des grands crus. Elle a lieu tous les dix ans et Edmond de Vauxmort précise que cette année, il a peur que certains crus historiques soient déclassés au profit d'autres plus vendeurs. Certaines missives parlent d'Émile Rapeau, son unique et dernier compagnon de Résistance. Il découvre également des lettres de monseigneur Leroux, envoyées de Burgos, Ávila, Capharnaüm, Bethléem, Cork. Son Excellence a toujours beaucoup voyagé.

Dans ces correspondances figurent des dépôts de « soucis de messe ». Sur de petites feuilles de couleur bleue, le fidèle de la paroisse fait part de ses tourments. Le vicaire général trouve curieux que le défunt curé ait gardé quelques billets.

Ils sont au nombre de six.

« *Je te présente mes soucis du moment, je n'arrive plus à dormir car je sais que des membres de la confrérie sont des monstres.* »

« *Je t'offre ma vie, Seigneur, sanctifie-moi car j'ai livré mes amis.* »

« *Priez pour mon fils, car il confond mélange et assemblage.* »

Les trois autres sont des demandes de messes anniversaires pour François Dutour, Régine Cadoret et Edmond de Vauxmort.

Clément arrête sa lecture et médite. La vie simple d'un curé est parfois lourde de secrets.

*

* *

Il fait doux, les rues sont bondées et résonnent de rires, de cris et surtout de musiques fédératrices. Jack Lang a eu une idée lumineuse en créant cet événement en 1982. C'est une soirée idéale pour se perdre en ville et peut-être glaner quelques informations.

Place Marcadieu, un groupe de la juridiction joue des reprises de pop rock français. Le chanteur, les cheveux mi-longs ramenés vers le visage, chante avec foi :

« *Je connais cet endroit, cette habitude,*
Faut pas que tu t'attendes à décrocher la lune,
La vérité nous ment,
Parfois elle se dénude,
Parfois elle se dénude. »

Le policier écoute les paroles avec attention quand une voix familière le sort de ses pensées.

– Vous aimez bien ?

Il se retourne et découvre une Pamela radieuse en

petite robe blanche. Elle le regarde avec des yeux de braise.

– Oui, c'est honnête.

– Je vous fais découvrir la cité ?

– Volontiers, je vous suis.

– Place Pioceau, il y a un concert de musique de chambre.

Cuche sourit.

– Celle que je préfère, c'est la musique de chambre… surtout la numéro 7.

– Thierry Cuche, il me semble que vous êtes un coquin ce soir…

Pamela entraîne Cuche rue de la Cadène et lui explique l'origine de cet arceau de pierre. Bientôt, ils s'assoient à la terrasse d'une buvette improvisée pour l'occasion. Le lieu est féerique : sous la pergola recouverte de glycine, une douzaine de tables rondes sont disposées harmonieusement. Sur chacune d'entre elles, un lampion éclaire les visages au gré d'un petit vent fantaisiste. Le tableau ne serait pas parfait sans les tours de manivelle du joueur d'orgue de Barbarie. L'énergumène, casquette de travers et foulard rouge autour du cou, en hommage aux communards, s'évertue à chanter *Ah ! le petit vin blanc.*

– On m'a parlé d'un certain François Dutour, il est de la famille d'Ange ?

– Oui, c'était son père. Un des piliers de la confrérie, un homme droit et intègre. L'ennemi de toujours du sénateur Fabre.

– Racontez-moi ça !

– Fabre a été le maire de la ville et pour beaucoup

d'anciens, il s'est servi du nom de Saint-Émilion pour arriver à ses fins. Le pouvoir, la notabilité. Et puis il s'est marié avec l'héritière de la famille Saint-Preux. Belle promotion, non ?

– Je ne comprends pas.

– Venez, je vais vous montrer.

Ils redescendent la rue. Le village est transformé en bande F.M., à chaque intersection des musiciens jouent une partition différente.

Rue du Marché, Pamela s'arrête devant une petite vitrine décorée de marionnettes à fils. Pinocchio les regarde, assis sur un tambour.

– C'est ici.

– Quoi ?

– Que Fabre avait son salon de coiffure.

– Il était coiffeur ?

– Eh oui !

– Quelle *success story* !

– Mariette dit qu'il s'est servi de toutes les confidences qu'il a reçues dans son salon pour prendre la mairie. Le père d'Ange s'opposait partout à Fabre. À la confrérie, à l'hôtel de ville… Toute la cité était divisée. Et puis, il a su profiter des appuis politiques de la famille Saint-Preux. Si on peut lui reconnaître une qualité, c'est bien celle de savoir se faire mousser. Ensuite, il est devenu député, puis sénateur. François Dutour a été élu maire et la vie de la commune a changé. C'était une autre philosophie, alors vous imaginez le drame, pour Ange, quand sa terre a été rachetée par l'adversaire de son père. Quelle revanche aussi pour cet arriviste !

Et pour couronner le tout, le fauteuil de maire est occupé par Jacqueline Tourneau, la disciple de Fabre.

– C'est intéressant.

*

* *

Il est minuit et demi, le calme est tombé sur Saint-Émilion. Le bruit d'une clé résonne dans une serrure. Une porte s'ouvre, une silhouette entre, referme et met un coup de verrou. Elle s'immobilise et écoute… Rien. Sur la droite, elle ouvre une armoire et attrape une lampe torche. Dans le faisceau apparaît une tenue de Chevalier suspendue à un cintre. La panoplie ne serait pas complète sans la dague, sagement rangée dans son fourreau. Le battant se referme. La torche balaye une petite entrée, un escalier qui monte et une porte. La silhouette ouvre la porte, derrière laquelle se trouve un autre escalier. Elle descend une vingtaine de marches abruptes jusqu'à une petite cave voûtée d'environ quinze mètres carrés. Sur la droite, quatre tonneaux trônent à côté d'un amas de douelles. La silhouette s'approche, pose sa lampe sur un des fûts, et fait pivoter dans un râle une des grandes barriques vides. Un orifice d'un mètre de haut apparaît. Elle pénètre dans l'anfractuosité. Une salle se révèle à la lumière. Le plafond est parsemé de taches noires, témoignages d'un temps où les lampes à huile des Girondins dégageaient de la suie. Une voix du passé ressurgit… « *Je n'aime pas que tu ailles dans les catacombes.* » La lampe continue l'exploration des murs de la cave… « *Remonte, tu vas finir par te perdre !* » Le faisceau s'arrête devant un anneau scellé dans le mur. La silhouette, toutes mains gantées, s'approche et tire dessus…

C'est du solide.

– Vendredi 22 juin –

Aujourd'hui, le soleil est au rendez-vous, pas un cirrus dans le ciel, la chaleur est attendue pour le début de l'après-midi. Pourtant, la journée s'annonce triste. Seuls quelques étals sont ouverts sur le marché. Tous les commerçants ont le rideau baissé avec ce petit écriteau : « *Vendredi 22 juin, fermeture exceptionnelle de 10 h à 12 h 30 pour cause d'enterrement* ».

À l'extérieur de l'église, le tympan est recouvert de grandes tentures noires. En leur centre, on peut découvrir les initiales « A.L.L. » Dans la Collégiale, la manécanterie Jean XXIII chante le *Kyrie eleison*. Perchée sur son orgue, madame Barbosa les accompagne. Autour de l'autel, tous les membres de la confrérie sont présents. Ils ont depuis toujours leurs places attitrées. Debout, devant leurs étranges fauteuils, ils sont vêtus de leurs costumes de Chevaliers. Dans les premiers rangs de la travée centrale, on distingue une trentaine de prêtres, doyens et autres vicaires. Un peu plus loin, debout, se trouvent Pamela Blachard, Ange Dutour, Marius Pouliot et monsieur André... Les scouts, venus rendre un dernier hommage à leur aumônier, sont dispersés parmi les fidèles. Toute la ville est là. Dans le fond de l'imposante nef romane, de nombreux journalistes assistent également à la cérémonie. À gauche de l'arche, sous la peinture médiévale représentant la crucifixion, le capitaine Cuche observe la scène. Soudain la musique baisse et monseigneur Leroux, suivi du père Clément, s'approche de l'autel pour l'offertoire. La mitre, la crosse et la croix pectorale de l'évêque, les tenues des Chevaliers du Pressoir et la présence d'une trentaine d'ecclésiastiques en habit font penser à une toile de David. L'archevêque prend la parole, sa voix résonne :

– Mes bien chers frères, c'est une journée douloureuse pour moi puisque notre ami, notre frère à tous, n'est plus. Nous avions été ordonnés prêtres ensemble, le 8 avril 1955. Sa personnalité était attachante et rayonnante, deux passions animaient sa vie : son travail au service de la liturgie et le vin de sa chère cité. Il a été victime de la folie des hommes, à l'image du fils de Notre-Seigneur, Jésus-Christ.

Dans ce moment de méditation, à l'image de l'abbé Pierre, le primat d'Aquitaine parle les paupières closes. Il se tait et se recueille un instant. Ensuite, d'un signe de la main, Leroux invite l'assemblée à s'asseoir.

Un diacre qui doit être ordonné prêtre en septembre se lève et se dirige vers le pupitre. Il lit.

– Évangile selon saint Matthieu, chapitre 27 : « *Jésus comparut devant le gouverneur. Le gouverneur l'interrogea, en ces termes : – Es-tu le roi des Juifs ? Jésus lui répondit : – Tu le dis. Mais il ne répondit rien aux accusations des principaux sacrificateurs et des anciens.*

Alors Pilate lui dit : – N'entends-tu pas de combien de choses ils t'accusent ? »

Ange Dutour écoute avec une grande solennité.

« *Et Jésus ne lui donna de réponse sur aucune parole, ce qui étonna beaucoup le gouverneur. À chaque fête, le gouverneur avait coutume de relâcher un prisonnier, celui que demandait la foule. Ils avaient alors un prisonnier fameux, nommé Barabbas. Comme ils étaient assemblés, Pilate leur dit : – Lequel voulez-vous que je vous relâche, Barabbas, ou Jésus, qu'on appelle Christ ? Car il savait que c'était par envie qu'ils avaient livré Jésus.* [...] *Le gouverneur, prenant la parole, leur dit : – Lequel des deux voulez-vous que je vous relâche ? Ils répondirent : – Barabbas. Pilate leur dit : – Que ferai-je donc de Jésus, qu'on appelle Christ ? Tous répondirent : – Qu'il soit crucifié !* »

L'archevêque regarde le cercueil sur lequel sont posées l'aube et l'étole du défunt. Leroux s'adresse de nouveau à l'assemblée.

– À l'image de Jésus, le père Anicet a rejoint son Créateur. Prions pour lui...

Après un nouvel instant de silence, l'archevêque reprend :

– Prions également pour le malheureux qui a commis cet acte odieux... J'implore ce pauvre pécheur de se libérer de son fardeau et de se livrer à la justice des hommes. Il peut encore sauver son âme ; Dieu est amour et sait pardonner...

Le téléphone se met à sonner l'air du « 7e de cavalerie ». Tout le monde se retourne vers Cuche, qui fait un signe d'excuse et coupe immédiatement son portable. Il verra ça après la messe. Leroux reprend.

– Dans l'attente de votre nouveau curé, j'ai placé à la tête de la paroisse mon vicaire général, le père Clément.

Il le désigne de la main.

– Vous pouvez vous appuyer sur lui comme vous le faisiez avec le père Anicet. Maintenant, allez en paix, et gardez pour toujours l'image de notre ami dans votre cœur.

L'orgue reprend sur le thème d'*In Paradisum*… Monique Barbosa, mantille sur la tête, a les larmes aux yeux… Six Chevaliers viennent se positionner de part et d'autre de la bière. Ils attrapent les poignées en laiton et soulèvent le cercueil à six pans, en peuplier massif, posé sur le brancard funéraire. Pour l'occasion, le portail occidental est ouvert. Le cortège progresse avec lenteur. Cuche observe l'assistance avec attention. Quand le cercueil arrive à sa hauteur, il apprécie le travail d'orfèvre du bois. Sur le côté, des feuilles de vigne sont sculptées. Sur la face, un blason est parfaitement visible, fleur de lys et tête de dragon. Le prêtre salue pour la dernière fois ses paroissiens. Le père Anicet n'est plus, alors que le baron Anicet Lestrain de Lésignan, dernier du nom, rejoint ses ancêtres. Selon la volonté du défunt, sa dépouille va reposer dans la crypte familiale du cimetière de Lésignan.

Louise Rapeau, effondrée, est soutenue par Ange Dutour. Elle enchaîne les signes de croix derrière le cercueil. Les cloches accompagnent le cortège au rythme de sa progression. Devant le parvis baigné de lumière, le corbillard aux portes grandes ouvertes semble accueillir chaleureusement son « nouveau client ».

À la fermeture des portes, l'archevêque, debout derrière le fourgon, fait un signe de croix.

– *Requiescat in pace.*

La foule quitte l'église par petits groupes, dans une atmosphère de recueillement. Les bouquets, les couronnes et autres témoignages de sympathie prennent place dans le fourgon. Les membres de la confrérie se rassemblent et discutent. Cuche sort à son tour, sa délicate mission commence. Nadya Madjer, accompagnée du lieutenant Martin, attend le signal de son supérieur.

Martin est un jeune officier de vingt-six ans qui fait partie de l'équipe du capitaine depuis presque un an. Il est passionné par l'histoire de la Seconde Guerre mondiale. Son père lui a passé son virus de collectionneur d'armes. Sa plus belle pièce est un Mauser C96. Son rêve : posséder un jour une arquebuse à mèche du XVIIe siècle.

Les cheveux très courts, vêtu d'un jean et d'un T-shirt noir de circonstance, il est très attentif et patiente aux côtés de Nadya. Cuche s'approche d'eux.

– Pas pu décrocher le téléphone. Je me suis fait remarquer.

– J'avais compris, *boss*, mais tu sais qu'il y a un truc qui s'appelle mode vibreur sur ton appareil…

– Oui, d'accord. Tu es prête ?

– J'ai suivi tes instructions à la lettre.

– Parfait, alors allons-y.

Les trois représentants de l'ordre s'approchent des Chevaliers du Pressoir. Tout en présentant sa carte de police, Cuche salue poliment l'assemblée.

– Je sais que le moment est mal choisi, mais je dois vous demander de me remettre vos dagues.

– Nos dagues, mais pourquoi cela ?

Le capitaine a immédiatement reconnu la voix rogue du très médiatique sénateur Jean-Louis Fabre. C'est un homme élégant d'environ soixante-cinq ans, le port altier à la façon des anciens officiers prussiens. Chacun de ses mots est ponctué d'un petit haussement de talon. Son menton, pointé fièrement vers le haut, le rend encore plus hautain. Cuche feint de ne pas le reconnaître.

– Je n'ai pas à me justifier… Monsieur… ?

– Je suis le sénateur Fabre, et je trouve vos manières proprement scandaleuses ! Croyez-vous que ce soit le moment opportun ? Tout le monde nous regarde.

L'élu prend la foule à témoin. Profitant de la querelle, un photographe mitraille la scène. Cuche tente de justifier sa petite mise en scène.

– Ne le prenez pas comme ça, monsieur le sénateur. Je veux seulement démasquer l'assassin. Je sais que le moment ne s'y prête guère, mais vous êtes tous réunis… Je vous prie donc de remettre vos dagues dans les petits sacs plastique étiquetés à vos noms.

– Je vais vous donner ce que vous voulez, mais sachez que vos supérieurs vont m'entendre !

Le sénateur ôte sa dague. Même dans ce simple geste, le caractère profondément antipathique de l'élu transparaît. Les autres membres de la confrérie l'imitent à leur tour. Le lieutenant Martin procède à la récolte pendant que le capitaine tente d'apaiser les esprits.

– Je vous rappelle qu'il y a un meurtrier dans la nature.

Le photographe de *Sud-Ouest* prend à nouveau quelques clichés en rafale au moment de la remise des dagues.

– On se reverra, vous pouvez me faire confiance. Quand Fabre dit, Fabre fait !

– Fixons une date tout de suite, voulez-vous ? Je dois prendre votre déposition…

Quelque peu gêné, Fernando Barbosa interrompt la conversation. Il déclare, penaud, qu'il n'a pas sa dague avec lui, et ajoute qu'il a retourné la maison sans succès. Fabre fait remarquer au garagiste qu'il se donne une fois de plus en spectacle. Cuche commence à donner des signes d'impatience.

– Vous vous débrouillez comme vous voulez, vous prenez un bulldozer ou un détecteur de métaux, mais vous me la retrouvez. Sinon, vous serez *number one* sur ma liste. Vous avez jusqu'à demain matin.

– À part la sienne, on les a toutes, patron.

– Merci Martin, et merci à tous pour votre collaboration. Monsieur le sénateur, quand puis-je vous voir à mon bureau ?

– À 14 heures, au moins ce sera réglé.

Le capitaine s'éloigne du cercle, les deux lieutenants quittent le parvis en direction de la mairie. Ange Dutour, amusé, interpelle le flic.

– Bien joué ! Ça leur fait pas de mal. Ils se prennent pas pour de la merde, ceux-là.

– Vous n'avez pas une roue à changer, vous ?

Énervé, Cuche poursuit son chemin. Sur le parvis,

les Chevaliers sont encore choqués. Trois journalistes, dont Ducasse, se dirigent alors vers Fabre. Une caméra de France 3 immortalise la scène.

– Des commentaires, monsieur le sénateur ?

*

* *

Assis dans le hall de la mairie, un fonctionnaire de la police nationale se lève pour saluer ses deux jeunes collègues. S'adressant à Nadya :

– Un pli pour vous, lieutenant.

– Je vous remercie.

Les trois policiers pénètrent dans l'annexe. Perplexe, Martin se penche vers Nadya.

– Tu as vu les initiales sur les tentures noires ?

– Ah oui, tu n'es pas au courant… Le prêtre était un aristo… Lestrain de Lésignan.

– C'était peut-être un noble, mais il n'avait pas beaucoup de copains. Il n'y avait personne pour recevoir les condoléances.

– C'est le dernier de sa lignée, c'est pour ça.

– C'est aussi pour ça qu'il a laissé un testament stipulant qu'il faisait don de ses biens à l'Église ?

– C'est vrai que sorti de sa bibliothèque, il n'a rien. Alors penser à rédiger un document comme ça…

– C'est le geste qui compte, pas l'ampleur de ce qu'il lègue.

– Bon, Martin, au lieu de dire des conneries, ouvre donc cette enveloppe.

Il saisit la missive et en fait une lecture silencieuse.

– C'est le rapport sur les empreintes de pas. Le capitaine avait raison, il y a bien deux séries de traces. L'une à semelles plates, taille 40, l'autre à semelles crantées, taille 44. La seconde série se perd dans le souterrain. L'I.J. note qu'aucune trace similaire n'a été retrouvée sur le sol de la cave.

– Attends un peu, Martin, ça veut dire que quelqu'un serait arrivé par le tunnel ce soir-là ?

– Ça m'en a tout l'air et en plus, les relevés font état d'un certain piétinement, ce qui laisse supposer qu'il est resté là un bon moment.

– Peut-être que notre assassin épiait sa future victime.

– Le capitaine Cuche va être content.

– C'est clair. Et ça, c'est quoi ?

– Des photos grandeur réelle de chacune des empreintes.

– Bon, on attend Thierry et on voit ça avec lui.

Martin présente les sacs contenant les dagues.

– Qu'est-ce que je fais de la quincaillerie ?

– Tu les confies à monsieur. Vous rentrez bien directement à Bordeaux ?

– Oui, j'ai un ordre de mission pour les déposer à l'Identité judiciaire.

– C'est parfait. Vous pouvez y aller, c'est tout ce qu'on a pour Bordeaux aujourd'hui.

La navette n'est pas sortie depuis deux minutes que Cuche arrive à son tour.

– Fabre fait son show devant les journalistes.

– Ça va pas plaire à Jourdan.

– Peut-être, mais j'y peux rien, enfin, l'essentiel c'est qu'on ait les dagues. La navette les a bien embarquées ?

– Oui, *boss.*

– *Good.*

– Et on a reçu le relevé de la cave de Vauxmort. Tu es encore dans le vrai, il y avait bien des empreintes différentes. Martin, tu peux lui donner le rapport ?

Le lieutenant tend les conclusions de l'I.J. à son supérieur qui en prend connaissance en silence.

– Parfait, on tient une piste. Il y a un truc qui cloche autour de cette confrérie. Tu as des photos ?

– Oui, tiens.

Le flic examine les clichés en présence de ses deux lieutenants.

– Tu m'en sors plusieurs copies. Toi Martin, tu files chez Montlor et tu m'identifies sa semelle. Après, on se concentrera sur l'autre. Je crois qu'il va falloir aller faire une petite visite là-dessous.

*

* *

Il est 14 heures, Jacqueline Tourneau précède le sénateur Fabre lorsqu'ils entrent dans l'annexe.

– C'est ici, Jean-Louis.

La mairesse s'éclipse et l'élu bordelais se retrouve seul face à Cuche.

– Bon, allons-y, j'ai beaucoup de choses à faire.

Le ton est méprisant.

– Avant toute chose, je tiens à vous remercier d'avoir répondu à ma convocation, je sais à quel point votre temps est précieux.

Ne connaissant pas la personnalité de Cuche, Fabre

ne perçoit pas qu'il se moque ouvertement de lui. Le policier justifie son intervention à la Collégiale par le fait que l'arme du crime est semblable à la dague utilisée dans la confrérie. Il sait adopter, quand il le faut, un masque de courtoisie.

– C'est scandaleux ! Vous auriez pu faire ça discrètement. Pour qui passe-t-on devant tous ces *paparazzi* ? Je suis un personnage public, chacun de mes faits et gestes est épié, rapporté et amplifié. À huit mois des élections, vous ne vous rendez pas compte de l'impact que cela peut avoir…

Cuche l'invite à s'asseoir.

– Oui, je suis particulièrement confus et je n'avais pas mesuré les incidences fâcheuses de ma maladresse sur votre carrière… Pourtant, le coupable est peut-être parmi vos membres.

– Enfin, vous n'y pensez pas ! Je ne vois personne dans la confrérie capable de tuer Anicet. Et surtout, pour quelles raisons ?

– C'est une des pièces manquantes du puzzle : le mobile.

– C'est sans aucun doute l'acte d'un dément ou d'un rôdeur. On aura voulu le détrousser et ça aura mal tourné.

– Je ne crois pas. Ce soir-là, le père Anicet n'a pas été volé. On a retrouvé sur lui ses papiers, de l'argent… Non, je ne pense pas que ce soit la bonne piste. Par ailleurs, comment expliquer ce qui est arrivé à madame Tourneau ?

– Vous faites bien de m'en parler, je souhaite… Non, j'exige une protection rapprochée pour Jacqueline.

– Je vais voir ce que je peux faire…

– En tous les cas, il est impossible que le coupable fasse partie de la confrérie… Je pense plutôt qu'on cherche à nous nuire, certains nous comparent même à une secte. Vous savez, les mauvaises langues n'aiment pas la réussite. J'ai été le rapporteur de la commission parlementaire qui a fixé les règles suite à l'affaire du Temple solaire, alors je suis régulièrement visé par ce genre de sarcasmes.

– Intéressant, ça ! Vous avez des exemples précis, des noms à me communiquer ?

– Non, c'est ce qui nous a été rapporté. Vous savez, dans la juridiction, il s'en dit des choses.

– Je vois. Sinon, rien d'autre à signaler ce fameux soir ?

– Non, rien de plus.

Encore une fois le ton est sec et peu courtois.

– Très bien, je ne vais pas vous faire perdre plus de temps, laissez-moi vos coordonnées, au cas où j'aurais besoin de vous joindre.

– Tenez, voici ma carte.

Au moment où le sénateur s'apprête à sortir, Cuche l'interpelle.

– Ah si, une dernière chose, vous saviez que votre aumônier était malade ?

– Qui ne le savait pas ! Il était tombé le nez dans sa soupe, il y a environ deux ans. Sans l'intervention immédiate de Chaney, il serait parti *ad patres*.

– Je vous remercie.

– D'ailleurs, on m'a parlé d'empoisonnement, c'est quoi ces histoires ?

– Je ne sais pas. Vous savez, la presse est là pour faire du sensationnel, pour vendre du papier. Mais vous êtes certainement habitué à ça...

*

* *

Dans les caves d'Élisabeth de Vauxmort, tous les membres sont réunis pour rendre un dernier hommage au père Anicet. Compte tenu de la situation, le nouveau prêtre s'est joint à la noble assemblée. L'ambiance est tendue. Un cadre avec la photo du défunt curé est au centre de la pièce, posé sur un guéridon. Une bande noire traverse le coin gauche du portrait. Le sénateur concentre une partie des regards et fait son numéro.

– ... Quelle humiliation, me faire ça dans ma propre circonscription, devant ces journalistes avides de scoops. Elle va être belle, la rentrée parlementaire !

– Je suis tout à fait d'accord avec vous Jean-Louis, ce comportement est d'autant plus inadmissible qu'il ne semble pas montrer un zèle particulier pour retrouver mon agresseur.

La mairesse ne manque jamais une occasion d'appuyer son leader politique. Pragmatique comme à l'accoutumée, Hervé Montlor fait remarquer que le policier ne fait que son travail. Il ajoute que tous les Chevaliers de la confrérie devraient lui venir en aide afin de faire toute la lumière sur la mort du prêtre et la tentative d'assassinat sur l'élue. Il est persuadé qu'un complot vise les Chevaliers du Pressoir.

– Oui, sans doute. Mais son obstination à trouver

le coupable parmi nous m'est particulièrement insupportable. Il n'y a jamais eu d'assassin ici, et c'est le sénateur qui vous le dit.

– Oh, je ne parierais pas là-dessus, et c'est le garagiste qui vous le dit.

– Qu'est-ce que vous nous chantez là ?

Jacqueline Tourneau est interloquée.

– Barbosa, si vous savez quelque chose, il faut parler ! On a quand même essayé de me tuer !

– Oui, j'ai ma petite idée sur la question et les apparences peuvent être trompeuses. Mais en tout cas, moi, je commence à y voir clair.

– Allons, allons, mesurez vos propos, vous avez encore trop bu.

– Justement pas, sénateur.

Barbosa dévisage l'assemblée médusée.

– Si vous savez quelque chose, parlez ! Votre petit jeu n'amuse que vous.

La pharmacienne n'a jamais apprécié les phrases pleines de sous-entendus.

– Jacqueline a déjà fait l'objet d'une tentative de meurtre, nous sommes peut-être tous en danger. La prochaine fois, que se passera-t-il ? En agissant de la sorte et en cachant des informations, vous êtes coupable de non-assistance.

Devant la tournure des événements, Monique Barbosa essaye de raisonner son époux, en vain. L'homme reste calme et goguenard.

– Non, non, non, je réserve mes opinions à la police, et ça va être assez drôle…

La mairesse, très agacée, reprend alors la parole :

– Je ne vois pas ce qu'il y a de drôle. Enfin, soyons sérieux. Qui aurait intérêt à assassiner un pauvre curé de campagne ?

– Pauvre ? J'adore vos qualificatifs. Voilà encore un bel exemple de votre ton méprisant.

– Vous avez toujours été le zoïle de cette confrérie. Vous êtes un jaloux, Barbosa…

Clément calme les esprits.

– Allons, allons, il faut savoir raison garder. La police va éclaircir cette affaire très rapidement.

Le sénateur continue son cinéma.

– Plutôt que de chercher l'assassin là où il faut, on s'acharne sur des braves gens. Ce n'est pas comme ça que ce Cuche va progresser.

Afin de désamorcer le face-à-face entre Fabre et son mari, Monique intervient.

– Dimanche soir, il y avait un homme qui rôdait près de notre dépanneuse. Hein, Fernando ?

Muette jusqu'alors, Élisabeth de Vauxmort sort de sa réserve.

– Et vous l'avez signalé à la police ?

– Oui, je leur ai dit, et Fernando le refera demain.

– La voilà la bonne piste, le rôdeur, comme je le disais.

– Je suis d'accord avec vous, mais le capitaine Cuche ne connaît ni votre ordre ni ses membres, il est donc normal qu'il vous soupçonne. Après tout, vous étiez tous réunis lors de cette tragique soirée…

Les propos du vicaire laissent un blanc, vite comblé par le sénateur.

– On verra, mon père. Mais il a intérêt à progresser

rapidement. Je n'aime pas ses méthodes, souhaitons au moins qu'elles soient efficaces. Dans le cas contraire, j'ai quelques amis influents qui pourraient l'envoyer à la circulation.

Fernando Barbosa enchaîne.

– Vous direz aussi à vos amis que j'ai plein de P.-V. pour eux.

– Vous ne croyez pas que vous tirez un peu trop sur la corde ?

– Il a raison, Fernando, arrête ça !

Le professeur Chaney intervient à son tour.

– Allons messieurs, nous sommes ici pour saluer la mémoire de notre ami. Ce n'est ni le lieu ni le moment de plaisanter. Quelle image donnons-nous à notre invité ? Mon père, parlez-nous un peu de vous, comment êtes-vous arrivé à Saint-Émilion ?

– Monseigneur Leroux, dont je suis le vicaire général, m'a demandé d'organiser les obsèques du père Anicet.

Le sénateur reprend la parole.

– Je connais très bien l'archevêque, nous dînons plusieurs fois par an ensemble. Ça explique pourquoi votre visage m'est familier…

– Oui, nous nous sommes sans doute déjà croisés à l'archevêché.

– Et avant Bordeaux, mon père ?

– J'étais en région parisienne, à Saint-Germain-en-Laye, dans les Yvelines.

Madame de Vauxmort met fin à l'interrogatoire de l'assemblée et lève son verre.

– Chevaliers, arrêtons d'embêter le père Clément et portons un dernier toast à notre regretté Anicet. *Nunc est bibendum !*

Fabre lève son verre à son tour en saluant le portrait du défunt curé. Les autres convives l'imitent.

Le Grand Sarment prend enfin un ton solennel.

– Mes amis, j'ai pris une décision qui s'impose face aux récents événements. Nos tenues sont suspendues jusqu'à nouvel ordre. D'abord le père Anicet, ensuite Jacqueline… Les Chevaliers du Pressoir doivent rester sur leurs gardes. C'est peut-être bien notre ordre qui est visé.

*
* *

L'édition de nuit des infos de France 2 vient de commencer. Il est minuit passé et le capitaine écoute les commentaires d'une oreille distraite. Soudain, il bondit. La vision du sénateur Fabre sous les projecteurs le sort littéralement de son assoupissement. Il se jette sur la télécommande et augmente le volume.

« *– Un excès de zèle de la police, mais tout va rentrer dans l'ordre.*

– Vous pouvez nous dire où en est l'enquête ? Il y a déjà eu un meurtre et une agression, n'est-ce pas ?

– Une agression ? Une tentative de meurtre, vous voulez dire ! La police fait fausse route et jette l'opprobre sur la confrérie des Chevaliers du Pressoir. Je peux vous assurer que je demanderai que toute la lumière soit faite sur ces deux affaires.

– *Il semblerait que le père Anicet ait été empoisonné ?*

– *Qu'est-ce que vous me chantez là ?*

– *Apparemment, on aurait affaire à un double meurtre…*

– *Je ne dispose pas de cette information. Plus de commentaires, merci à tous.* »

Cuche témoigne sa désapprobation par des mouvements de tête répétés.

– Quel connard !

*

* *

L'homme ronfle comme un orgue. Une sonnerie stressante retentit dans le silence de la nuit. À tâtons, Barbosa cherche son téléphone et renverse le radio-réveil qui indique 3 h 13 du matin.

– Hum ! Allô ?… Oui c'est moi… Oui… Et c'est où ? Ah oui ! Bon… Je serai là dans vingt minutes. O.K. ! À tout de suite.

Il raccroche son téléphone. Monique, ensuquée, ouvre une paupière.

– Il est quelle heure ?

– Rendors-toi.

Le garagiste se redresse, remet le radio-réveil en place et s'assoit sur le bord de son lit.

– C'est pourquoi ?

– Un dépannage, t'inquiète. Allez rendors-toi, je file ! Je te rapporte les croissants.

– Tu parles d'un métier de con.

Sortant du lit, Fernando Barbosa arbore son plus

beau marcel. Son caleçon assorti semble retenir une bedaine naissante. Il enfile difficilement sa première chaussette…

– Je te remercie ! T'en profites bien, de mon métier de con.

– C'est ça, bonne nuit.

Monique se retourne et replonge dans les bras de Morphée sans savoir que cette nuit-là, leurs destins vont basculer.

– Samedi 23 juin –

En ce samedi matin, le capitaine Cuche a trois objectifs : récupérer la dague du garagiste, prendre sa déposition et repartir avec sa voiture. Son statut de piéton fait une heureuse, puisque c'est une Pamela très en beauté et euphorique qui le conduit au garage. Après un « au revoir » voulant dire « à très vite », le policier se dirige vers l'atelier. Il porte une mallette contenant son ordinateur. Malgré le vantail grand ouvert et la radio assourdissante, il ne semble y avoir âme qui vive.

Apercevant la même voiture bâchée dans le coin droit, il essaye de deviner quel en est le modèle à travers les formes qui lui sont révélées. Ça pourrait être n'importe quoi là-dessous, une Coccinelle, une Aronde, une Renault 9… Amusé, il contourne la masse et aperçoit un bout de roue qui dépasse. La forme du capot et celle des ailes sont généreuses, il parierait qu'il s'agit d'une 2 CV. Les observations de Cuche sont perturbées par la radio qui sature sur *Je danse le Mia* du groupe phocéen IAM.

– Il y a quelqu'un ?

La porte en métal des toilettes claque lourdement,

laissant apparaître le mécano qui rajuste sa braguette en se trémoussant au rythme du rap.

Devant l'impossibilité d'en placer une, le flic coupe la radio. Dutour relève la tête et tombe nez à nez avec le policier.

– Ah, c'est vous ?

Il lui tend la main après l'avoir frottée sur sa salopette.

– Ce n'est pas la peine de vous essuyer, vous ne vous êtes pas lavé les mains.

– On ne se serre pas la main, alors ?

– Bah, non, pas là !

– C'est pour quoi ?

– Il est là, le patron ?

Tout en parlant, Ange se dirige vers le pont élévateur qui suspend dans les airs une 206 CC en pleine vidange. L'huile noirâtre s'écoule dans une vaste cuve située juste en dessous.

– Non ! Il est pas là ! Vous savez comment sont les patrons. Le samedi, y a plus personne et qui c'est qui doit faire tout le boulot, c'est bibi ! J'ai même essayé de l'appeler ce matin pour une facture, mais monsieur fait le mort…

Dans son élan, Ange va même jusqu'à soupçonner Barbosa de faire sa grasse matinée annuelle.

– C'est étonnant ça, à chaque fois qu'on a rendez-vous, il est aux abonnés absents.

– Bah, c'est pas à moi qu'il faut le dire.

– Ma voiture est prête ?

– Bien sûr ! Vous connaissez mon efficacité légendaire.

Autodérision ou lucidité, Cuche ne saurait trancher.

– Oui, on m'a dit pour votre efficacité. Ça se passe comment, pour le règlement ?

– Ça se passe avec le patron s'il revient un jour. Moi, j'ai pas le droit d'encaisser, ordre de la patronne. Elle a pas confiance, elle est un peu à côté de ses sous. Vous voyez ce que je veux dire…

– Pas du tout !

Dutour attrape le trousseau suspendu au tableau. Il le tend à Cuche.

– Voilà vos clés.

Au moment où le policier s'apprête à les saisir, le mécano, potache, les ramène à lui.

– Par contre, je vais vous demander de ne pas quitter la ville sans me prévenir, tant que vous n'aurez pas réglé votre facture.

Dutour, content de son effet, tend à nouveau le trousseau que Cuche saisit comme l'éclair.

– Je vous demanderai peut-être la même chose très bientôt…

*

* *

La R21 dérape sur les gravillons de la cour des Barbosa. À la vue de la bâtisse, Cuche se dit qu'il vaut mieux être garagiste que fonctionnaire de police. Sa première fiche de paie lui avait donné un frisson de liberté. Pour lui, à l'époque, onze mille francs, c'était beaucoup d'argent. Mais ça remonte déjà au début des années quatre-vingt-dix. Plus de quinze ans après et le changement de monnaie, sa paie s'élève à deux mille sept cents euros. Pas de quoi s'offrir une résidence de garagiste… Fidèle à ses habitudes, il coupe son moteur, sort de son véhicule et examine les alentours. Face à lui, une maison vigneronne à deux étages en pierre calcaire. Aux fenêtres, plantés dans des jardinières, pendent des géraniums-lierres aux coloris variés. Les volets verts du premier sont entrebâillés, sans doute pour préserver l'habitation de la chaleur. La bâtisse rénovée est grande, elle doit bien mesurer trois cent cinquante mètres carrés. Sur la droite se trouve un énorme hangar qui gâche un peu le paysage. De loin, on distingue quelques machines agricoles obsolètes. Tout semble parfaitement serein. L'arrivée du policier n'a pas affolé le labrador de la maison qui, malgré un panneau de mise en garde, n'assume pas les promesses de « chien méchant ». Affalé sur le paillasson, il ne daigne pas relever la tête lorsque Cuche frappe à la porte.

C'est une Monique Barbosa version week-end qui ouvre.

– Ah, c'est vous.

– Eh oui, on a des comptes à régler. Vous pouvez appeler votre mari ?

– Mon mari ? Il est au garage.

– J'en reviens du garage, il n'y a que votre… apprenti et il n'a pas vu votre mari de la matinée.

– En tout cas, il n'est pas rentré à la maison.

– Il n'est pas rentré d'où ?

– Cette nuit, il a été appelé pour un dépannage. C'est sa semaine de permanence.

– Décidément, à chaque fois qu'on a rendez-vous,

il est en dépannage. Ce matin, je dois absolument l'entendre et récupérer sa dague.

Au haussement du ton de Cuche, le labrador soulève péniblement une paupière et lâche un aboiement étouffé. Cet effort fait, il retourne à ses activités.

– C'est le métier, faut pas s'énerver.

– Et c'était à quelle heure, cette expédition ?

– Oh, il devait être 3 heures, trois heures et demie. Il m'a juste dit : « *Monique, rendors-toi, j'en ai pas pour longtemps.* » Et vous me dites qu'il n'y a qu'Ange au garage… Qui va faire les encaissements ?

– Il se débrouille pas mal, je trouve. D'ailleurs, il ne m'a pas fait payer ma roue. Vous n'avez pas une idée de l'endroit où il pourrait se trouver ?

– Bah, non, il doit être sur une autre intervention puisque sa dépanneuse est pas là.

– Il a un portable, monsieur Barbosa ?

Cuche sort son téléphone de la poche arrière de son jean et, sous la dictée, compose le numéro du mari évaporé. Il tombe immédiatement sur le répondeur. Il lui laisse un message l'invitant à rappeler sans tarder le numéro affiché sur son téléphone. Après avoir raccroché, il pianote à nouveau.

– Nadya…

– Oui.

– C'est moi, désolé pour la grasse mat', mais je vais avoir besoin de toi…

– Vas-y, j'écoute.

– Je veux que tu lances un avis de recherche sur un numéro d'immatriculation.

– Je note.

Le capitaine se retourne vers Monique Barbosa.
– C'est quoi son immatriculation ?
– 224 VH 33.
– C'est O.K., *boss*, j'ai entendu.
– Tiens-moi au courant.
Il raccroche. Monique Barbosa semble désormais inquiète.
– O.K., ça c'est fait. Je peux entrer ? J'aimerais récupérer sa dague.
– Je suis pas obligée. En plus, j'ai pas fait le ménage.
– N'aggravez pas le cas de votre mari.
– Ça veut dire quoi, ça ?
Monique Barbosa se rend compte de la situation délicate dans laquelle se trouve son époux. Elle est un peu perdue…
– On attend mon mari, et lui verra s'il vous laisse entrer.
– Madame, sachez que je n'ai pas besoin de commission rogatoire pour faire une perquisition. Nous sommes encore dans la période de flagrant délit qui suit l'homicide. Donc, je rentre et je sors comme je veux. Je peux même vous mettre en garde à vue. Vingt-quatre plus vingt-quatre égale ?
Madame Barbosa est blême devant les méthodes du cow-boy.
– Ben… Quarante-huit.
– Alors, quarante-huit heures de garde à vue, ça vous tente ?

*
* *

Deux véhicules de la police nationale se dirigent vers Saint-Émilion et s'immobilisent devant le domicile des Barbosa. Le commandant Laurent Bébin, de l'Identité judiciaire, descend de voiture et va à la rencontre du capitaine Cuche. Bébin est accompagné de trois de ses hommes et du lieutenant Martin. À quarante-deux ans, les cheveux ras, il dirige son service depuis quatre ans.

– Salut, Cuche.

– Va falloir que tu me retournes toute la maison, on cherche une dague.

Le commandant et ses hommes rentrent dans la maison. En chœur, ils saluent Monique Barbosa. Elle regarde le capitaine avec un regard implorant.

– Ils vont quand même pas tout déranger ?

– Ne vous inquiétez pas, Bébin connaît la musique, avec lui, jamais une fausse note.

Elle se retourne et regarde les hommes, combinaison blanche et gants en latex de rigueur, commencer à ouvrir les tiroirs du salon. Cuche profite de son état de choc pour la pousser dans ses retranchements.

– Dites-moi, votre époux, cette nuit, il n'a rien emmené avec lui ? Valise ? Habits ? Argent ?

– Non, rien. Je vous ai dit qu'il partait en dépannage, pas en vacances !

– Pardon de demander mais… Il n'avait pas une maîtresse ?

– Vous pensez bien que je serais la dernière au courant ! Et puis, vous l'avez vu Fernando, franchement ?

Après un quart d'heure de recherche, Martin revient vers son supérieur et fait un premier point.

Un des hommes de Bébin se dirige vers le hangar.

On y trouve tout ce que ce type de bâtiment peut contenir à la campagne : tracteur, moissonneuse-batteuse antique, quelques fûts de chêne et une vieille Panhard 17.

– Vous ne savez vraiment pas où elle est, cette dague ?

– Si je le savais, je vous le dirais, puisque ça peut pas être Fernando. Il était avec moi quand le père Anicet s'est fait tuer.

– On ne lui veut pas de mal à votre mari, mais en disparaissant comme ça, il ne nous aide pas... Et il ne s'aide pas non plus. Vous penseriez quoi, à ma place ?

– Je penserais que quelqu'un en veut à mon Fernando. Hier, il a trop parlé devant la confrérie, il a dit qu'il avait une idée sur le meurtrier du père Anicet et qu'il vous en parlerait aujourd'hui.

Cette phrase éveille immédiatement la curiosité du policier.

– Et vous savez ce qu'il avait à me dire ?

– Non, il est secret Fernando.

Cuche note cet élément sur son petit calepin. Un des gars de l'I.J. apparaît.

– J'ai trouvé ce qu'on cherche.

– *Wonderful!* Elle était où ?

– Dans le vide-poche de la dépanneuse.

– C'est normal ça, madame Barbosa ?

– Mais oui ! Je me souviens maintenant, on avait pris cette dépanneuse. Quand nous sommes rentrés après la dégustation, Fernando avait trop bu, j'ai conduit et quand il s'est assis, sa dague le gênait et il l'a mise dans le vide-poche. Et dire qu'on la cherchait partout ! C'était bien la peine de me mettre tout ce foutoir !

– N'exagérez pas, la prochaine fois, il faudra être plus coopérative.

– Quelle prochaine fois ?

Le capitaine ne répond pas et enchaîne.

– Madame Barbosa, on a ce qu'on cherchait, nous évacuons.

– Puisque je vous le disais, c'est pas Fernando !

– On verra… On va analyser la dague. Mais sa disparition ne le disculpe pas, au contraire.

*

* *

Cuche n'est qu'à moitié satisfait. Il a retrouvé la dague, mais son enquête piétine. Alors qu'il immobilise Général Lee sur le parking de la place Pioceau, il aperçoit Clément sur le parvis de l'église, en pleine discussion avec un de ses fidèles. Il lui adresse un petit signe de la main. Quelques instants après, les deux hommes se retrouvent.

– Une brebis égarée ?

– Vous êtes tous mes brebis, mais celle-là n'est pas égarée et figurez-vous que c'est un Chevalier du Pressoir.

– Mais je ne le connais pas, qui est-ce ?

– Lord Kinsley !

– Tiens donc, il est de retour.

– Il faut croire. Il est venu me dire qu'il avait appris

la mort du père Anicet et qu'il me présentait, ainsi qu'à l'Église catholique, toutes ses condoléances.

– Il est bien aimable, l'Anglais. Il faudra quand même que je lui rende une petite visite, histoire qu'il me présente sa dague.

– Ce n'est pas tout. Il m'a dit qu'il lui avait prêté des livres et qu'il aimerait bien passer les récupérer.

– Et vous lui avez répondu quoi ?

– Que la bibliothèque appartient désormais à l'Église, mais que si des ouvrages étaient à lui, il pourrait bien sûr les reprendre et qu'il pouvait venir la semaine prochaine. Et alors, cette enquête, elle avance ?

– Je suis passé chez les Barbosa ce matin, on a retrouvé la dague manquante. Par contre, le garagiste s'est volatilisé.

– Volatilisé ?

– Il aurait fait un dépannage la nuit dernière et depuis, plus aucune nouvelle.

– Sûrement une petite fugue.

– Justement, je n'en suis pas certain, et ça me chiffonne. Enfin, j'espère que ça va bouger dans les heures qui viennent. J'ai l'impression de tourner en rond. En plus, je me suis fait remonter les bretelles grâce à notre bon sénateur.

– Comment ça ?

– Il a été se plaindre que je le bousculais un peu trop et que la mairesse risquait sa peau à chaque instant… C'est qu'il a des relations, notre ami.

– Oui, il n'a pas l'air commode. À propos, vous avez des nouvelles de la lettre du corbeau ?

– Aucun indice. La lettre anonyme ne comporte que vos empreintes.

Amusé, Clément se risque à un trait d'humour.

– Alors, je suis le coupable.

– Je vous arrêterai plus tard, la semaine a été chargée. Je lève le camp, je rentre à Bordeaux, ça va me changer les idées. Je vous confie la cité, à vous et à votre patron.

Cuche désigne le ciel de son index.

– Nous tâcherons de veiller au grain en attendant votre retour.

*

* *

Sur le parvis gravillonné du château Dutour, le prêtre et le professeur Chaney admirent le paysage.

– C'est vraiment un magnifique vignoble, que vous avez là.

– J'en suis très fier en effet.

– C'est une propriété de famille ?

– Non, tout cela était en faillite et nous l'avons racheté à la famille Dutour en 2002 avec le sénateur Fabre. Nous sommes associés pour moitié.

– Eh bien dites-moi, c'est une belle association. Est-elle productive ?

– C'est un terroir formidable qui a été terni par des pratiques inadmissibles.

– Ça vous a permis de l'avoir à bon prix, non ?

– Le cru a été déclassé, et il ne valait pas plus. L'affaire est parfaitement honnête.

– Je ne le remets nullement en question.

– Vous vouliez me voir à propos d'Anicet, je crois ?

– Oui, je voulais savoir s'il vous paraissait tracassé ces temps-ci ?

– Venez, je vais vous montrer quelque chose.

Les deux hommes pénètrent dans le salon du chirurgien.

– Je vais transformer cette demeure en chambres d'hôtes pour mes gros clients. Vous permettez que je fume ?

– Faites donc, vous êtes chez vous.

Chaney attrape sa pipe. C'est un joli modèle en racine de bruyère. Le pot à tabac est taillé dans la même essence de bois. Le professeur attrape le bourre-pipe posé au fond d'un large cendrier en cristal. Il tasse maintenant son tabac avec une grande dextérité. Tout en préparant ses futurs instants de plaisir, l'homme réfléchit. De temps à autre, il lâche une petite onomatopée qui laisse supposer qu'il est en parfait accord avec sa conscience. Le prêtre l'observe silencieusement. Le cérémonial semble tirer à sa fin quand Chaney allume sa pipe. Après deux ou trois bouffardes où le plaisir est perceptible, il enchaîne :

– Oui, il était préoccupé et je vais vous dire pourquoi. Je hais la corruption et la fraude, et Anicet avait perçu quelque chose.

Chaney attrape une feuille dans un tiroir.

– Tenez, lisez, je l'ai reçu ce matin. Je pense que vous êtes un homme à qui l'on peut faire des confidences.

Le vicaire prend connaissance du document en faisant une moue dubitative.

– Ce n'est pas très clair pour moi.

– En gros, il y a trois semaines, j'ai fait une dégustation ici même avec votre prédécesseur. Comme vous le savez, le domaine est divisé en deux parcelles similaires. Même terre, même vigne, mêmes équipes jusqu'aux chais. Or, Anicet a trouvé que la bouteille de 2003 de Fabre n'avait rien à voir avec la mienne. Je n'ai pas approfondi le sujet et pourtant, lors de la tragique soirée du 17, Anicet est revenu me faire part de ses doutes. Pour lui, il ne s'agissait pas du même cru, d'autant que ce soir-là il a trouvé mon vin moins sucré que celui de Fabre.

– C'est très intéressant !

– Je n'ai jamais pu aborder à nouveau le sujet avec lui. Aussi, j'ai demandé à mon maître de chai, le soir de la dégustation, de prendre une bouteille Fabre et une bouteille Chaney. Je les ai envoyées pour analyse… Et voici le résultat…

– Ce ne sont pas les mêmes vins !

– Effectivement et en langage profane, le sien est plus sucré que le mien. Pourtant, nos techniques de vinification sont identiques. J'ai demandé une analyse complémentaire à l'un de mes anciens étudiants qui a un laboratoire à Bordeaux. Je serai fixé dès la semaine prochaine. Mais vous comprendrez que s'il y a eu manipulation, je la dénoncerai haut et fort quel que soit le responsable.

– Et celui dont vous parlez pourrait être le sénateur ?

– Lui ou un autre, je démasquerai le coupable.

*

* *

Il est 1 heure du matin. Dans le noir de la cave, un homme est assis à terre. Ses mains sont menottées à un anneau scellé dans le mur. Dans un cri de hargne, il tire désespérément sur ses entraves pour tenter de les faire céder. En vain. Ses poignets sont désormais en sang, ses bras tendus au-dessus de sa tête sont engourdis. Il a froid et la faim le tiraille. En l'absence de montre, il a perdu toute notion du temps. Depuis quand est-il là ? Huit heures, vingt heures, trois jours ? Il a dû s'endormir à quatre ou cinq reprises. Il ne sait plus vraiment. La plaie qu'il a au-dessus de la tempe ne saigne plus, mais le fait encore terriblement souffrir. Soudain, dans le fond, contre le mur, une barrique pivote. À la lueur d'une lanterne, une chauve-souris virevolte. Une silhouette s'approche et lui ôte son bâillon. Le visage du captif sort alors de l'obscurité : c'est Fernando Barbosa. Sa geôle de fortune empeste l'urine et la peur. Le visage du garagiste est creusé, ses yeux clignent et tentent de s'habituer à la faible lumière. Ses lèvres sont gercées par la soif.

– Maintenant, vous connaissez la vérité, c'est lui qui a tout commandité… J'y suis pour rien, laissez-moi partir, je vous en supplie. Je vous en supplie, je dirai rien.

– Où sont les preuves ?

– Laissez-moi partir et je vous le dirai.

– Tant pis pour vous.

L'ombre anonyme replace le bâillon. Désormais, les gémissements sont à peine perceptibles.

Dans un baroud d'honneur, Barbosa essaye de faire trébucher son geôlier avec ses pieds. Ses efforts sont inutiles : la silhouette est déjà en train de faire pivoter la barrique. Le garagiste fond en larmes… Le désespoir l'envahit. Bientôt, la lumière disparaît derrière le fût qui se referme, replongeant le détenu dans les ténèbres.

– Lundi 25 juin –

Après un bref repos dominical bien mérité, Thierry Cuche est de retour à la terrasse de *La Barrique*. Pour venir, il a fait du covoiturage avec Nadya. La cité étant petite, il a jugé inutile de reprendre Général Lee.

Madjer est déjà à l'annexe quand le flic boit son expresso en survolant *L'Équipe*. En temps normal, il passerait une heure à éplucher les pages consacrées au football. Mais son enquête prend une sale tournure et il doit compulser les quotidiens régionaux à la recherche d'articles susceptibles d'éclairer ses investigations. Absorbé par sa lecture, il n'entend pas venir la malicieuse Pamela Blachard. Aujourd'hui, pour la première fois, ses cheveux sont attachés. Il aime bien les femmes aux longs cheveux, elles paraissent lascives et rassurantes. Plus elles avancent en âge, plus elles s'évertuent à se les couper. Il s'est toujours demandé pourquoi.

– Alors, on a passé le week-end à Bordeaux ? C'est madame Cuche qui devait être contente !

– Oui, c'est pas faux.

– Attention, je suis très jalouse.

– Il n'y a pas de quoi, c'est ma grand-mère.

– Je peux m'asseoir ? J'ai une info pour vous.

– Toutes les infos sont les bienvenues.

– Vous savez hier, en fin d'après-midi…

Pamela lui relate une scène qu'elle a vécue la veille vers 16 h 30.

*

* *

L'adjudant Mariette prend un canon de rouge avec un habitué. Sa triplette de pétanque est posée sur le bar car il doit faire une partie, comme tous les soirs. Blachard est derrière le zinc. André, au bout du comptoir, boit un bas armagnac en consultant Le Journal du dimanche *mis à la disposition des consommateurs. Ange, qui doit être de la partie, entre à son tour en se faisant remarquer, comme d'habitude.*

– Salut les filles !

Mariette ne manque pas de l'accueillir comme il se doit.

– Tiens, te voilà toi ! Alors, toujours pas de nouvelles de ton patron ?

– Non, aucune, pourquoi ? T'en as toi, gros malin ? Tiens, Blache, mets-moi un demi.

– Et la formule de politesse, c'est pour les chiens ?

Ange ne relève pas alors que Mariette poursuit ses taquineries.

– Tu dois avoir du mal, tout seul, au garage… On peut annuler nos parties de pétanque, si ton agenda est trop « surbooké ».

– Arrête tes conneries, et de toute façon, c'est moi qui fais tourner le bouclard, alors qu'il soit là ou pas…

– C'est pourtant pas ce que dit ton patron.

Blachard pose le demi devant le mécanicien.

– Commence pas à me chauffer, Marcel, sinon ça va mal aller…

Le restaurateur, coutumier de leurs échanges, tente d'apaiser les tensions naissantes.

– Calmez-vous, il y a d'autres clients ici, vous n'aurez qu'à vous expliquer tout à l'heure à la pétanque.

– De toute façon, des disparitions, y en a des milliers tous les ans.

– Ça y est, Navarro, il est parti.

– Pas du tout, j'ai simplement une grande expérience de ce genre d'affaires, y a plein de mecs qui disparaissent et d'ailleurs, c'est souvent pour échapper à leur femme et filer avec leur maîtresse.

– Barbosa, une maîtresse, ça me ferait mal.

– Tout est possible, dans mon métier, j'en ai vu des choses folles. Tiens, à propos de choses folles, y va falloir que tu consoles Monique.

– La Callas ? Pas mon style, plutôt me taper un pot d'échappement.

Amusé par la métaphore, Blachard intervient.

– Très élégant.

Le gendarme retraité renchérit.

– Bah, tu vois, son mari c'est peut-être pareil, y supporte plus ses vocalises, il est parti jouer une autre partition.

Pamela arrive et passe derrière le comptoir. Mariette met en garde ses acolytes.

– Les gars, maintenant, va falloir surveiller son vocabulaire.

– Salut Pam.

– Salut Ange, bonjour Marcel.

– Et ce ciné tous les deux, c'est pour quand ?

– Une autre fois, Ange, pour le moment il n'y a rien qui me branche.

– C'est que la Pamela, elle a été réquisitionnée…

– Mariette, tu dis ce que tu veux, mais pas sur ma fille, sinon je te fous dehors illico.

– Scuse-moi Pamela… Bon… Plus sérieusement, depuis quand il est dans la nature le Barboss ?

– La patronne m'a dit qu'il était parti en dépannage à trois heures du mat'.

Monsieur André lève la tête.

– C'était quand, ça ?

Ange se retourne vers lui.

– Dans la nuit de vendredi à samedi, pourquoi ?

– Juste pour mon information.

L'ex-gendarme, intrigué par cette réaction, prend André à partie.

– Vous demandez juste comme ça, vous ?… Pour rien ?

– Oui. Pour ma culture personnelle, ça vous pose un problème ?

– Vous avez de la chance que je ne sois pas en charge de l'enquête.

– C'est surtout pour l'enquête que c'est une chance.

Mariette reste pantois, alors qu'Ange rit à gorge déployée.

– T'as trouvé ton maître, Mariette, et tu la ramènes pas !

Pamela conclut ainsi son récit au capitaine.

– Voilà, j'ai pensé que ça pourrait vous intéresser. La réaction d'André est étonnante, vous ne trouvez pas ?

– Oui, vous avez bien fait de me prévenir. De toute façon, j'allais devoir l'interroger.

*

* *

Michelle Montlor range méticuleusement les médicaments que vient de lui livrer Pharma+. Son mari regarde la place de l'église à travers la vitrine.

– C'est quand même très calme, ce matin.

– Tu es gentil, tu fais attention, les vitres viennent d'être faites. Et puis ne reste pas devant, tu vas faire peur aux clients. Ils n'ont pas besoin de ça, en ce moment. Par rapport à l'année dernière, le chiffre d'affaires a baissé de quinze pour cent.

– Les clients, ça fait huit jours qu'ils ont peur. Et quand on a peur, on pense moins à ses petites misères.

– Bon, viens m'aider au lieu de faire de la philosophie.

– On n'a pas besoin d'être deux pour faire ça.

– Mon petit Hervé, tu as tout à fait raison !

La pharmacienne s'approche de son mari et lui pose deux cartons de médicaments dans les bras.

– C'est quoi, ça ?

– Le truc qu'on n'a pas besoin de faire à deux. Tu gardes la pharmacie, je dois passer à la mairie.

– C'est que je n'ai pas le temps, il est presque 10 heures et j'ai rendez-vous avec Mariette pour organiser le tournoi de pétanque.

– Ça, pour perdre du temps avec tes bons à rien…

– Et toi, ça va durer longtemps ces allées et venues ?

– Pourquoi, j'ai des comptes à te rendre ?

– On pourrait finir par jaser.

– Reste à ta place, tu veux ! Si on jase ici, c'est sur tes passages répétés à *La Barrique* avec tes copains de bistrot.

– Au moins, eux, ils me respectent.

– N'oublie pas d'où tu viens ! Si je n'avais pas été là, tu serais toujours un obscur préparateur en pharmacie.

– Avec toi, on ne peut jamais discuter.

– Discuter de quoi ?…

– Écoute, minou…

– T'arrêtes tout de suite avec ce sobriquet ridicule.

– Tu ne disais pas ça, il y a vingt ans.

– Il y a vingt ans tu m'amusais… Maintenant, tu m'ennuies.

– Je t'ennuie peut-être, mais le policier, il serait sûrement content de savoir que tu es rentrée à la maison à 2 heures du matin le soir où Anicet a été tué.

– Ne t'avise pas de jouer ce petit jeu avec moi, tu serais perdant. N'oublie pas que la pharmacie est à moi.

– Oui, on sait comment il l'a eue, ton père.

– Ne salis pas la mémoire de papa, s'il te plaît !

– Je ne salis rien, mais les anciens savent tous que ton père avait ses entrées à la *Kommandantur*.

– Pauvre type !

Alors que le docteur en pharmacie quitte l'officine, son mari soliloque.

– Un de ces jours, ça va mal aller, elle aura pas toujours de la chance…

*

* *

Antoine Chaney et le capitaine discutent devant la porte du château Dutour.

– J'aimerais m'entretenir avec André, il travaille bien chez vous ?

– Oui, en effet, je vais le chercher. Installez-vous, je vous en prie.

Cuche entre et prend place dans un salon. Des odeurs de son enfance lui reviennent, sans doute celles de la pipe encore fumante du professeur. Cette pièce est un sanctuaire de la médecine. Le mur présente une reproduction de *La Leçon d'anatomie* de Rembrandt et une lettre originale adressée par le maréchal de Brissac à Ambroise Paré pour le remercier de l'extraction de cette maudite balle reçue au siège de Perpignan. La bibliothèque regorge d'ouvrages spécialisés. C'est également ici que sont encadrés les diplômes du chirurgien. Sur un meuble ancien, le flic attrape un cadre posé bien en évidence. On peut y voir le maître des lieux serrant la main de l'Américain Erwin Johnson, champion du monde du cent mètres, blessé en 1984 au cours du meeting de Bordeaux. Le chirurgien a été efficace, puisque Johnson est revenu à son plus haut niveau en 1985 et 1986. Sur la droite, une affiche originale de *Knock* est dédicacée par son équipe de l'hôpital Pellegrin à la date du 27 juin 2001.

– Vous saviez qu'il était pharmacien avant d'être comédien ?

Le flic se retourne vers le propriétaire et son maître de chai.

– Jouvet ? Non, je l'ignorais.

– Bon, eh bien je vous laisse, je crois que vous avez des choses à vous dire.

– Monsieur André ?

– Lui-même.

Sans être grand, l'homme est imposant. Il dégage une sorte de force intérieure perceptible au premier regard. À cinquante-deux ans, son allure est sportive, son teint est hâlé. Ses yeux pétillants sont d'un bleu profond. Ses cheveux cendrés, coiffés en arrière, sont encore drus. Ses traits sont épais, sa mâchoire carrée laisse deviner l'os de son maxillaire. L'homme a des gestes posés et une voix grave. Aux yeux de Cuche, c'est le type même du baroudeur qui attire les regards et rassure les femmes. Ce matin, il est vêtu d'un pantalon de toile beige, d'un polo blanc et d'un pull en fil d'Écosse marron. Il porte une paire de chaussures de randonnée en nubuck.

– Je suis le capitaine Cuche et j'enquête sur l'homicide du père Anicet, j'ai des questions à vous poser.

– Si je peux vous répondre…

– Où étiez-vous dans la nuit du vendredi à samedi dernier ?

Les deux hommes se toisent en silence. Après quelques secondes…

– Au moins, c'est direct !… Vendredi soir, c'était le 22, non ?

– Parfaitement !

– Je suis allé à Toulouse voir le match de foot, ensuite j'ai mangé un morceau dans un cabaret… J'ai dû rentrer vers 3 ou 4 heures du matin.

– Vous étiez seul ?

– Un témoin, vous voulez dire ?

– Précisément.

– Au match, on était 21 000 pour le derby et au cabaret, il y avait beaucoup de monde…

– Qui a gagné ?

– Toulouse. Si vous avez raté le résumé, c'est leur nouvelle recrue brésilienne qui a marqué à la 63e minute. D'autres questions ?

– Vous êtes rentré par quelle route ?

– La départementale D 936.

– Et vous n'avez croisé personne ?

– Je vois où vous voulez en venir… J'ai effectivement aperçu Barbosa.

– Vous savez qu'on le cherche partout et que vous êtes probablement le dernier à l'avoir vu. Pourquoi ne l'avez-vous pas signalé à la police ?

– Je ne me mêle que de mes affaires. En plus, je n'étais pas au courant de sa disparition. Je ne l'ai apprise qu'hier…

– Et alors, je ne vous ai pas vu ce matin à mon bureau ! Bon, revenons à ce fameux soir. Barbosa était-il seul quand vous l'avez vu ?

– Aperçu est plus exact, et non, il était avec quelqu'un d'autre.

– Un homme, une femme ? Vous avez pu l'identifier ?

– Non, il était de dos, je ne l'ai pas reconnu. En plus, il portait une casquette.

– Votre témoignage est un peu vague. Il était grand ?

– Il faisait nuit, je roulais, je les ai aperçus deux secondes tout au plus. Il était plus petit que Barbosa.

– Où les avez-vous aperçus précisément ?

*

* *

C'est un grand échalas d'un mètre quatre-vingt-sept, arborant de très jolies rouflaquettes, les cheveux un peu longs, le nez busqué, de petits yeux en boutons de bottine. Chez cet homme de cinquante-deux ans, tout indique qu'il est originaire d'outre-Manche. Archibald Francis Kinsley, troisième du nom, est le descendant d'une très grande famille de l'Empire. Un de ses aïeux, Godfrey Kinsley, était un proche du roi Richard. Un autre, Albert Kinsley, avait lutté en 1879 contre le roi Cetewayo, au Zoulouland. Depuis vingt-cinq ans, Archibald partage son temps entre la France et l'Angleterre.

Comme prévu samedi avec Clément, il passe au presbytère pour prendre les livres qu'il avait prêtés à Anicet.

– Bonjour, mon père.

– Veuillez me suivre jusqu'à ma chambre, c'est là que se trouve la bibliothèque. J'espère que vous retrouverez vos ouvrages.

– Je vous remercie de votre compréhension.

Les deux hommes s'engagent dans le couloir, Kinsley est devant et se baisse au passage de la poutre.

– Quels rapports aviez-vous avec mon prédécesseur ?

– Je pense que je faisais partie de ses amis.

– Il se confiait à vous de temps en temps ?

– On parlait de tout et de rien. J'avais toujours plaisir à le retrouver ici, à Saint-Émilion.

– Entrez, je vous en prie. Quels livres cherchez-vous ?

– Je lui avais prêté une biographie de Cromwell en deux volumes. Il doit avoir également les mémoires de Churchill. Je lui avais confié aussi un petit bréviaire relié en cuir.

– Tout est là, je vous laisse regarder.

Kinsley examine la bibliothèque avec le plus grand soin. Clément lui tourne le dos face à la porte-fenêtre du jardin. Dans le reflet, il ne perd pas une miette des gestes du Britannique.

– Ah, voilà mon Cromwell…

Une chose étonne le prêtre. À peine les deux volumes en main, Kinsley semble feuilleter les premières pages, puis procède à la même opération pour les dernières.

– Le père Anicet était-il soucieux ces temps derniers ?

– Il avait l'air tracassé depuis trois mois, mais c'était peut-être du surmenage. Il était tellement dévoué à sa paroisse… Voici les mémoires de Churchill.

De dos, Clément observe le même rituel. Il se retourne.

– Il vous manque quelque chose ?

– Non… Non, c'est un geste instinctif lorsque je prends un livre.

– Donc rien selon vous qui pourrait expliquer cette tragédie.

– À la confrérie, j'ai bien remarqué un froid avec quelques membres, mais…

– Qui en particulier ?

– Barbosa et Fabre, et je ne parle pas de madame Tourneau, mais dites-moi mon père, vous êtes prêtre ou enquêteur ?

*

* *

La zone est balisée. Cinq gardiens de la paix interdisent les lieux aux curieux.

– *Boss*, le relevé téléphonique de Barbosa nous indique que l'appel a été passé de cette cabine.

– Oui, je sais.

– Comment ça ?

– Je viens de chez André, il a vu le garagiste à cet endroit avec un autre type la nuit de sa disparition.

– On a retrouvé la dépanneuse plus loin. L'I.J. fait les relevés des traces et indices.

Les deux flics se dirigent vers le sous-bois.

– Le relevé d'empreintes de la cabine a-t-il été fait ?

– Oui. Maintenant, ils sont sur la dépanneuse.

– Et qu'est-ce qu'il t'a raconté, André ?

– Il n'a pas été très loquace, il a vu quelqu'un, plus petit que le garagiste, probablement un homme.

Autour du véhicule, c'est le branle-bas de combat.

Les gyrophares balaient les feuilles de hêtres et de chênes. À croire que la Foire du Trône vient de prendre possession des lieux. Cet endroit, habituellement si calme, est perturbé par le va-et-vient incessant des enquêteurs de l'I.J. qui, telles des fourmis, accomplissent chacun une tâche précise. La dépanneuse est cernée par un cordon de sécurité. La police scientifique procède aux habituelles constatations. Chaque feuille, trace de pas, monceau de terre est retourné, scruté à la loupe et enfin prélevé. Cuche vient à la rencontre du commandant Bébin.

– C'est bon, le périmètre est bouclé, on a fait tous les relevés.

– Tu as déjà du concret ?

– Oh que oui, on a des centaines de crêtes papillaires à soumettre au fichier national et on a relevé un joli 44 strié.

– Tu es en train de me dire ce que je pense ?

Il y a plus de deux millions d'empreintes répertoriées au Fichier national automatique des empreintes digitales et le capitaine pense qu'avec un peu de chance, l'une des empreintes aura les douze points de concordance nécessaires pour avoir une valeur juridique. En revanche, pour les stries des chaussures, ce sera plus dur…

Nadya est un peu larguée par la conversation.

– Vous parlez de quoi, là ?

L'officier poursuit sa conversation avec Bébin sans répondre à sa collègue.

– Tu penses que ça peut être les mêmes ?

– En tous les cas, ça y ressemble fortement. Je fais

l'analyse cet après-midi et je vous tiens au courant. Je lève le dispositif et on rapatrie tout ça au labo.

Le commandant distribue ses consignes aux membres de son équipe.

– *Boss*, tu m'expliques ?

– Apparemment, on aurait les mêmes empreintes que dans la cave. On va aller la faire, notre petite promenade souterraine.

*

* *

Au cœur du chai, André organise le soutirage et le collage de ses barriques. Deux apprentis l'aident dans sa tâche. Pour les fûts issus des plans de cabernet, aujourd'hui, c'est soutirage. Pour les barriques de vin provenant du merlot, c'est collage.

André est un taiseux de nature et la discussion qu'il a eue avec le flic était tendue. En revanche, sur le plan professionnel, il aime transmettre ses connaissances et son expérience aux futurs maîtres de chai. Marc prépare son brevet technique de viticulture œnologie ; quant à Bénédicte, plus expérimentée, elle devrait passer son diplôme national d'œnologie dans quelques mois. Il aime à leur répéter que les principales qualités requises sont l'observation et l'esprit d'initiative. Rien ne s'improvise, mais rien n'est programmé avec le vin.

La pression atmosphérique étant haute, les lies sont au fond de la barrique. Le vin est réduit, il manque d'oxygène, il faut donc l'aérer en le changeant de tonneau. Ils soutirent précautionneusement le nectar dans un fût neuf lorsque Marcel Mariette arrive dans la travée principale de la cave.

– Ah, vous voilà !

Monsieur André est le seul maître de chai que l'agent préleveur vouvoie. Il n'a jamais réussi à faire partie de ses intimes. D'ailleurs, personne ne fait partie de ses intimes. L'ancien gendarme a toujours pensé qu'il avait des choses à cacher. Un homme qui ne sympathise avec personne, c'est louche ! Et puis ce prénom qui est un nom, c'est bizarre.

– Salut Mariette, vous venez collecter ?

André n'a jamais porté Marcel Mariette dans son cœur. Ses prélèvements sont appelés « la part du diable », ce n'est pas pour rien : il est le complément redoutable de la consume naturelle du vin, que les professionnels surnomment « la part des anges ». Après le passage de Mariette, l'ouillage est plus que nécessaire.

– La journée étant belle, j'ai pensé qu'une tournée des châteaux s'imposait. Vous n'avez que quatre-vingts barriques ?

– Oui, le reste est encore en cuve pour la consume.

André garde toujours du vin en cuve car les douelles de chêne des fûts absorbent du nectar, l'évaporation et la « dîme » de Mariette aussi. L'ouillage évite par ailleurs l'oxydation du vin.

Bénédicte fait le collage sur les barriques de merlot. Le maître de chai l'observe discrètement, l'affinage du vin demande de la rigueur. Il ne faut pas mettre plus de quatre blancs pour une barrique de 225 litres. Une fois les œufs battus, Bénédicte place délicatement le mélange dans la barrique.

– Marc, vous pouvez l'aider à fouetter le vin, s'il vous plaît ?

L'étudiant s'exécute avec le sourire.

– La mise en bouteilles est pour septembre ?

André acquiesce.

– Vous êtes un esthète, dans votre genre… Faire le collage et le soutirage avant l'assemblage, c'est pas banal !

Le maître de chai ne relève pas.

– Bon, vous avez vos bouteilles pour qu'on prélève ?

– Non, je ne les ai pas et, avant, je souhaiterais que nous ayons une petite discussion tous les deux.

Le ton de l'ancien gendarme est ferme et presque menaçant. André est sur ses gardes. Ils s'éloignent des apprentis et progressent au cœur des galeries, trois mètres sous les ceps.

– Je voudrais revenir sur votre surprise d'hier après-midi.

– Oui, concernant ?

– La disparition de Fernando.

– Vous n'êtes pas chargé de l'enquête ? Alors…

L'œil mauvais, l'ancien gendarme pointe son doigt sous le menton du maître de chai.

– Joue pas au plus malin avec moi, ça pourrait mal se passer.

L'haleine de Mariette est déjà avinée. André s'essuie le visage d'un revers de la main pour effacer les postillons. Son regard est maintenant froid et inquiétant. Les deux hommes s'enfoncent plus profondément dans les galeries calcaires.

– Alors, dis-moi ce que tu as vu ?

Le maître de chai se retourne, attrape le préleveur par le col et le plaque contre une des parois.

– Ne m'emmerde pas !

L'adjudant se laisse maltraiter, il feint le calme. Il vient de toucher un point faible et ça lui plaît. Il décide de continuer son petit jeu.

– En faisant ton collage, tu libères le vin par force, tu lui voles des choses. C'est l'heure de la clarification du mystère, André. C'est toi qui mets ce bordel en ville, hein ?

– Tu t'imagines quoi, connard !

– Attention, pas de violence, je pourrais très bien transformer ton merlot en vin de table. Tu sais à quel point le syndicat écoute mes avis…

– Ne me menace pas ou tu finiras noyé dans une barrique.

Il lâche le retraité. Mariette quitte les lieux et s'oriente vers la sortie. À hauteur des étudiants, il s'exclame :

– Tu as jusqu'à demain, c'est bien compris. Je veux des explications !

Mariette se tourne alors vers Bénédicte.

– Vous n'allez pas gâcher tous ces jaunes ? Vous connaissez la recette des cannelés ?

– Euh… Oui.

– Parfait ! Je passerai prendre mes échantillons demain et quelques cannelés.

*

* *

– Elle n'avait pas l'air enchanté de nous voir.

– C'est le cadet de mes soucis, j'ai Jourdan sur le dos et on doit avancer.

– J'ai pris ma boussole et deux autres lampes électriques.

– Martin m'a passé le talkie-walkie. Si ça passe, on pourra discuter avec la surface. Il reste là-haut avec N'Guyen tant qu'on n'est pas ressortis.

La galerie est dans l'obscurité la plus complète. Elle doit faire environ deux mètres de large pour deux mètres de haut. Le faisceau d'une des torches révèle des grappes de chauves-souris effrayées. Un peu plus loin pendent des mini-stalactites d'un à deux centimètres. Les deux policiers avancent prudemment dans les catacombes. Le sol est un peu collant par endroits, malgré la saison. Au loin, on perçoit vaguement le bruit d'une source souterraine qui réussit à se frayer un chemin au travers des couches argilo-calcaires. Les traces d'empreintes striées sont parfaitement visibles sur le sable humide.

– C'est des grosses godasses de marche ça, *boss* !

– Oui, des chaussures de rando. Elles sont trop usées, sinon on aurait pu identifier la marque et remonter la piste.

Les deux flics arrivent à une intersection faisant face à quatre autres galeries. Deux d'entre elles sont très larges, presque quatre mètres. Le terrain est désormais sec et les traces se sont estompées.

– Tu sais, il y a plus de cent kilomètres de galeries.

– C'est un vrai labyrinthe… Moi qui suis claustro… Et nous n'avons pas déroulé le fil d'Ariane.

– On va y aller au feeling, il n'y a plus aucune trace maintenant. Allez, à droite.

– Après toi.

Le boyau est beaucoup plus vaste. Les voix des deux policiers résonnent. Nadya éternue à trois reprises.

– Merde, ça caille ici…

– C'est surtout très humide.

– Tu crois qu'on est où, maintenant ?

– Rue Guadet. Regarde, c'est marqué.

Sur le mur, en haut, presque à la limite du plafond, est inscrit le nom du Girondin.

L'émetteur de Nadya se fait entendre.

– Unité 1 à Gaspards….

– C'est Martin, dis-lui que tout va bien.

Cuche tend l'émetteur à sa collègue et poursuit son exploration.

– Gaspards à Unité 1, reçu trois sur cinq, tout va bien, on ressort, les traces disparaissent.

Le crépitement de l'émetteur-récepteur se fait entendre et résonne dans toutes les galeries. À quelques pas de là, un homme, allongé dans le noir, essaye d'appeler à l'aide derrière son bâillon. Bientôt, les deux flics s'éloignent, laissant le malheureux à son désespoir.

*

* *

Thierry Cuche arrive à *La Barrique* à 22 heures passées. Sont accoudés au bar quelques habitués parmi lesquels Ange Dutour, l'adjudant Mariette et Hervé Montlor. Christophe Blachard est derrière le comptoir, aidé de sa fille Pamela. Le capitaine, affamé, salue les fidèles et interpelle l'hôtelier.

– Patron, il y a encore moyen d'avoir un sandwich ?

– Bien sûr, qu'est-ce qui vous ferait plaisir ?

– Un jambon, beurre, cornichons. Et vous pourrez me mettre un Coca, aussi ?

– C'est parti ! C'est sur place ou à emporter ?

– À emporter, merci.

Le flic s'oriente vers l'escalier pour regagner la chambre numéro 7.

– C'est une vedette le Ange maintenant, y fait la une des gazettes.

– Oh, ça va, Mariette, j'ai juste dit ce que j'avais sur le cœur.

– Le sénateur va pas apprécier, je peux te dire. Il aime pas qu'on lui cherche des poux.

– Qu'il vienne celui-là, et son compte est bon.

Dutour fait mine d'embrocher un ennemi avec un couteau. Mariette décide d'enfoncer le clou.

– Tu veux le percer comme le radis noir, c'est ça ?

– Qu'est-ce que t'insinues ? J'ai rien fait au prêtre.

Le flic stoppe net et se retourne vers le bar.

– Vous l'avez, ce journal ?

– Bien sûr, collègue, le voici.

Cuche ouvre *Sud-Ouest* et consulte les premières lignes. Tout en bas à droite, les initiales E.D. signent ce nouvel article.

– Je peux vous le prendre… collègue ?

– Il est à vous, mais avant de partir, faites-le dédicacer.

– Je vais y penser, bonne soirée à tous.

Les conversations reprennent bon train.
– Allez, patron, tu remets ça !

*

* *

Cuche s'allonge sur son lit. La fenêtre est restée ouverte. Ce soir, la chaleur est étouffante et commence seulement à tomber. Ce nouvel article va encore exciter sa hiérarchie. Il va falloir qu'il ait tôt ou tard une explication avec ce scribouillard de Ducasse. Deux petits coups fermes sur la porte sortent le flic de ses pensées. Il se lève et ouvre. Pamela, vêtue d'un T-shirt publicitaire Coca-Cola, porte un sandwich et le soda de la même marque.

– Voilà votre jambon-beurre et votre rafraîchissement.

La jeune femme ponctue sa phrase en tirant d'une main sur son maillot et en gardant l'équilibre de son plateau.

– Le service de cet établissement est vraiment irréprochable.

– Vous me laissez entrer ?

Cuche saisit le plateau et le pose sur la table. Pamela referme la porte et y reste appuyée.

– Une garde à vue, ça vous tente ?

– J'avoue, je suis coupable, passez-moi les menottes…

Elle s'approche du flic.

– Je vous sens tendu.

– Vous êtes charmante Pamela, mais l'enquête accapare toute mon attention. Je n'ai pas vraiment la tête à ça.

– Je comprends, je vais vous laisser.

Un peu déçue, Pamela quitte la pièce avec un large sourire.

– *Hasta la vista baby.*

La jeune fille regagne sa chambre, faussement guillerette. Il y fait chaud aussi, elle entrebâille sa fenêtre. Elle aperçoit Ange et Marcel qui viennent de quitter *La Barrique* dans un manque évident de discrétion. Elle se déshabille et lance ses affaires sur son lit. Nue, elle passe sous la douche. Elle finit de se sécher quand elle entend des cris à l'extérieur…

– Pamela, Pamela !

Elle se précipite vers la fenêtre et aperçoit Cuche, un homme dans les bras, au bord de la fontaine.

– Thierry ! Mais qu'est-ce que vous faites là ?

– Venez vite, c'est Mariette. Occupez-vous de lui, j'ai vu quelqu'un s'enfuir.

– J'arrive.

Cuche repose délicatement le corps de l'ex-adjudant et s'élance dans les rues de la cité. Pamela enfile une robe sans prendre la peine de mettre ses dessous. Pieds nus, elle sort de sa chambre en courant. Arrivée près de la fontaine devant le corps de Mariette, elle s'agenouille. Cuche court dans les rues sombres de Saint-Émilion, son Sig Sauer à la main. Il poursuit une ombre dont les talons claquent sur le pavé. Hormis le fuyard, la ville semble déserte. De son côté, Pamela tient la tête du gendarme et lui tape sur les joues pour essayer de le réanimer. Rien à faire. Elle prend un bout de sa robe et essuie les champignons de mousse apparus aux commissures de ses lèvres.

Soudain, deux détonations retentissent. La jeune femme, par réflexe, se baisse et protège Mariette de son corps, alors que des fenêtres s'ouvrent dans l'hôtel. Le calme revenu, elle tente de le réanimer pendant presque trois minutes. Un petit attroupement s'est maintenant formé. Des visages scrutent la scène macabre. Le capitaine Cuche revient en boitant, essoufflé, son arme à la main. Les badauds s'écartent pour le laisser passer.

– Bordel, il m'a échappé !

– Qu'est-ce que vous avez à la jambe ?

– J'ai glissé avec ces putains de tiags sur ces pavés à la con. Ne vous arrêtez pas !

Pamela reprend son bouche-à-bouche et son massage cardiaque. Chaque geste est précis, réalisé avec calme. Elle sourit enfin, le noyé ouvre les yeux. Pamela lui donne de petites claques.

– Marcel, regarde-moi, c'est Pam.

Mariette murmure quelque chose et referme les yeux. Elle saisit le poignet du gendarme à la recherche de son pouls. Plus rien !

– Pamela, allez me chercher Chaney.

Affichant toujours le même sang-froid, elle se lève et s'exécute au moment où Ange Dutour fait son apparition. Son visage est tuméfié, son arcade sourcilière droite est en sang.

– Merde, le Mariette !… Il a encore trop picolé, il a voulu se rafraîchir.

Penché sur le corps, Cuche relève la tête, excédé.

– Gardez vos commentaires, Dutour.

– Il a pas l'air bien du tout, l'eau, ça lui a jamais réussi.

– Vous la fermez, ou je vous coffre !

Le persiflage d'Ange énerve Cuche. Le policier n'aime pas les badauds. Ils viennent toujours se délecter d'un drame. La vision d'un cadavre est toujours un spectacle pour l'être humain. Une dizaine de personnes font cercle près de la fontaine. Marius Pouliot a un regard affolé, Ninette tient sa main devant la bouche, comme catastrophée. Christophe Blachard accourt, le tablier trempé, blessé à l'avant-bras.

– Qu'est-ce qui se passe encore ?

Personne ne répond. Les uns et les autres semblent *groggy*. Le Grand Vinetier se tourne alors vers Ange Dutour.

– Vous vous êtes encore battus ?

– On s'est frictionnés, tout au plus. Est-ce que je te demande, à toi, d'où tu sors dans cet état-là ?

Cuche leur lance un regard noir.

– Ça suffit ! Blachard, appelez le S.A.M.U. et grouillez-vous. Dites-leur qu'on a un Glasgow 3, ils comprendront.

– Où est Pamela ?

– Elle est partie chercher Chaney, mais appelez-moi le S.A.M.U., bordel !

Hervé Montlor, qui se trouvait quelques instants plus tôt à *La Barrique*, s'approche avec une trousse de premiers secours.

– Écartez-vous, laissez-moi faire.

– On lui a déjà fait du bouche-à-bouche et un massage.

Le pharmacien assène des coups de poing sur le thorax de la victime.

– Allez, Mariette, fais pas le con, reviens.

Ninette, impressionnée par la violence des coups, détourne le regard. Le père Clément arrive à grands pas au moment où Montlor relève la tête.

– J'ai entendu des détonations, que se passe-t-il ?

Le dépit se lit sur le visage de Montlor. Cuche ne veut pas se résigner au pire.

– Ne vous arrêtez pas, continuez ! Chaney va arriver.

– Hélas, je crois que vous êtes l'homme de la situation, mon père.

Le pharmacien se redresse, impuissant.

– Que se passe-t-il capitaine ?

– C'est Mariette, j'ai l'impression qu'il est pour vous…

Le professeur Chaney, qui arrive à son tour, se penche sur le corps. Il place son index et son majeur pour prendre le pouls carotidien. Il soulève ensuite les deux paupières de Mariette. Il dodeline de la tête et se retourne vers Cuche.

– Il est en mydriase bilatérale.

– C'est-à-dire ?

– Ses deux pupilles sont dilatées. Pour le cerveau, c'est fini.

– Mais, bordel, je ne comprends pas, il est revenu à lui !

Le médecin se relève.

– C'est classique dans le cas d'une mort par immersion. L'eau pénètre dans le sang et entraîne une hémodilution. À ce stade, les globules rouges libèrent du potassium qui provoque un arrêt cardiaque. Par conséquent, le noyé peut revenir à lui pendant que s'opère le processus chimique, mais la fin est inéluctable.

– Fait chier !

Le père Clément se penche sur le corps sans vie et signe le front du cadavre. Il commence une prière. Quelques personnes présentes ont la tête baissée et se recueillent. Le vicaire termine et fait un signe de croix.

– Amen !

L'agent préleveur ne prélèvera plus…

– Mardi 26 juin –

La cité et l'annexe sont en effervescence. Une équipe de TF1 a débarqué ce matin à Saint-Émilion, l'affaire prend une ampleur nationale. Tous les hôtels avoisinants font le plein.

Le capitaine Cuche a réuni son équipe et fait le point sur les événements dramatiques de la nuit. Outre deux agents de la police judiciaire, sont présents Nadya Madjer et les lieutenants Martin et N'Guyen.

D'origine vietnamienne, Patrick N'Guyen est un jeune lieutenant de police de vingt-sept ans, un mètre soixante-dix, les cheveux noirs, la pommette saillante. De nature discrète, ce grand sportif est un passionné de jogging et de squash. Natif de Limoges, il a rejoint la D.I.P.J. de Bordeaux depuis deux ans.

– Cette affaire prend une mauvaise tournure et j'ai les journalistes derrière la porte. Je vous propose de faire un topo. Nous avons deux homicides : Anicet et Mariette, une disparition, Barbosa, une tentative de meurtre sur Tourneau et un corbeau pour couronner le tout. Jourdan m'a gentiment fait remarquer que l'addition commençait à être lourde.

– Patron, est-ce que toutes ces affaires sont liées d'après vous ?

– Mon petit Martin, j'aimerais bien le savoir, figure-toi ! Ce qui est sûr, c'est qu'on a retrouvé des empreintes similaires chez Vauxmort et sur le lieu où on a découvert la dépanneuse.

Cuche désigne au mur une photocopie couleur de l'empreinte de pas taille 44.

– Malheureusement, notre promenade dans les catacombes n'a rien donné.

– On devrait peut-être envoyer les équipes cynophiles ?

– J'y ai pensé, mais les indices sont trop maigres et les effectifs pas assez importants. Une des équipes est toujours au Kosovo à la recherche des survivants du séisme du 13 juin. Une circulaire nous demande de ne les utiliser en priorité que pour sauver des vies.

N'Guyen lève le doigt pour demander la parole. Cuche lui fait un signe de tête.

– Patron, vous pourriez nous parler du mec de cette nuit ?

– Je lui ai balancé deux pruneaux et je suis sûr de l'avoir touché à une jambe. Il m'a semé dans les ruelles, il était trop loin. Et puis le pavé médiéval en tiags, c'est pas ça…

Nadya, un peu moqueuse, essaye de détendre l'atmosphère.

– Je t'ai déjà dit de mettre des baskets quand tu courses les lapins.

– Le lapin, il a du plomb dans l'aile. Bébin et son équipe n'ont retrouvé qu'une balle avec les deux douilles. Alors vous me faites toutes les pharmacies, tous les hôpitaux, tous les médecins à cinquante kilomètres à la ronde. Il nous le faut VITE !

Le capitaine regarde dans la direction du lieutenant Martin.

– Martin !

– C'est comme si c'était fait, patron. À défaut de description, vous n'auriez pas un petit indice ?

– Je peux juste vous dire que c'est un homme de bonne taille. Je dirais qu'il n'est pas loin d'un mètre quatre-vingts.

Nadya prend à nouveau la parole.

– Ça ne corrobore pas la déclaration d'André, quand il dit que la silhouette aperçue était de taille inférieure à celle de Barbosa.

– La femme du garagiste m'a indiqué que son mari mesurait un mètre soixante-quinze.

– Merci Martin.

– *Boss*, tu es sûr que ça ne peut pas être une femme ?

– Non. Compte tenu de la bagarre avec Mariette, une femme n'aurait pas fait le poids, ne t'en déplaise, Nadya.

– Ça, c'est des propos machos !

– Au moins, ça élimine les vieillards, les femmes et les enfants.

– C'est bien, N'Guyen, je vois que le métier commence à entrer. Bon, trêve de plaisanteries, concernant nos suspects, le topo est le suivant : d'abord Casimir André. Je ne le sens pas, celui-là… Il cache quelque chose.

Nadya poursuit l'analyse de son patron.

– On a aussi Fernando Barbosa, qui traîne dans la nature depuis plusieurs jours…

– Justement, à ce sujet, vous allez me l'inscrire au fichier des personnes recherchées.

– Actif ou passif, patron ?

– Actif, je veux voir la tronche de notre garagiste sur tous les téléscripteurs… N'Guyen, tu t'occupes de ça.

– Reçu, patron !

– Enfin et pour finir, on a la vedette locale : Ange Dutour. J'ai reçu son casier judiciaire et il faut reconnaître qu'il tient la corde. Cette nuit, il était dans un état pitoyable. On se concentre sur ces trois-là. O.K. ?

Tous les policiers répondent par l'affirmative.

– Nadya, tu vas aller à *La Barrique*. Demande à parler à Pamela Blachard, c'est la fille du patron. Mariette est revenu à lui quand elle tentait de le réanimer. Il y a peut-être quelque chose à exploiter de ce côté-là.

– C'est comme si c'était fait !

– Moi, je vais m'occuper de Dutour. Ensuite, j'irai me faire un petit extra avec Blachard père.

– Il y a un problème avec lui, *boss* ?

– Cette nuit, en arrivant près de la fontaine, il était trempé des pieds à la tête. En plus, il avait une grande estafilade sur l'avant-bras gauche.

Puis se tournant vers les autres policiers :

– Bon, je récapitule. Vous me trouvez le pedigree d'André, je veux savoir s'il met des slips ou des caleçons. Vous lancez l'avis de recherche de Barbosa et pendant qu'on y est, vous faites aussi une diffusion

« Sarbacane[1]» par l'Intranet. Ensuite, vous m'attaquez l'opération « *Rescue* » auprès des hôpitaux, comme convenu.

*

* *

Si on devait allouer une qualité à Michelle Montlor, ce serait bien la ponctualité. Depuis vingt ans, lorsque la Collégiale sonne 9 heures, le rituel du rideau de fer est déjà exécuté depuis cinq minutes. Pour un œil averti comme le sien, il ne lui faut pas plus de quelques secondes pour vérifier que tout est en ordre. Elle a toujours mis un point d'honneur à respecter une parfaite mise en place. Sur le devant du comptoir, les brosses à dents et les sticks pour les lèvres sont alignés. Le présentoir des produits amincissants est toujours bien garni. En fonction des saisons, les produits phares évoluent. Le paracétamol est à l'honneur en hiver, et les crèmes hydratantes sont les stars de l'été. Il faut toujours près d'une heure pour que les effluves de Javel se dissipent et laissent place à l'odeur de médicaments propre aux officines. Ses clients le savent et viennent rarement avant 10 heures. Son commerce, c'est sa fierté, son héritage. Elle a toujours été plus matinale que son mari, qui la rejoint généralement vers 9 h 30, après un court passage à *La Barrique* pour son traditionnel petit noir. Mais ce matin, elle n'est pas tout à fait à son travail. À moitié assise sur un haut

1. Diffusion intranet sur les fichiers de police.

tabouret, Michelle Montlor est au téléphone. Elle est vêtue d'une blouse blanche frappée sur la poitrine du caducée surmonté par la coupe d'Hygie, déesse grecque qui personnifiait la santé. Enroulé autour du pied du calice, un serpent crache son venin. Si jadis, il entrait dans la composition des potions curatives, celui de la pharmacienne ne semble pas afficher les mêmes vertus.

– Allô ! Oui, c'est moi ! Écoute, il n'est pas encore arrivé, je n'ai pas beaucoup de temps… Depuis qu'il m'a menacée, j'ai peur… Oui, j'ai entendu, c'est horrible. Je ne sors plus la nuit.

Anxieuse, Michelle Montlor écoute la réponse de son interlocuteur.

– Oui, je sais… S'il recommence, j'y réfléchirai sérieusement, mais là, c'est trop tôt. Je ne pourrai pas passer ce soir, c'est trop risqué.

La porte s'ouvre en tintinnabulant. Michelle Montlor tourne la tête vers l'inconnu.

– Je vais te laisser, j'ai du monde. On se tient au courant et soigne-toi, je t'ai tout mis dans le petit sac vert.

Elle raccroche rapidement.

– Bonjour, vous désirez ?

Le lieutenant Martin tend sa carte de police. Il aime toujours ce bref instant où il dévoile son identité. Il pense souvent à Sean Connery, Roger Moore et consorts. « *Bond, my name is Bond.* » Cet instant du film est toujours jubilatoire pour lui. « *Martin, my name is Martin.* » Forcément, ça n'a pas le même impact. Alors, il se contente de tendre sa carte.

– Bonjour madame.

– Que puis-je faire pour vous ?

La pharmacienne paraît un peu décontenancée.

– Vous étiez bien la pharmacie de garde cette nuit ?

– Oui, en effet.

– Vous n'avez rien remarqué d'anormal ?

– Si, un mort, un de plus ! Mais j'ai l'impression que cela devient très banal. Si ça continue, on va devoir mettre la clé sous la porte. Sinon, je n'ai rien d'autre à signaler.

– Nous recherchons quelqu'un qui aurait été blessé à la jambe.

– Non, à part deux scouts à l'ouverture…

– Ce serait une blessure par balle.

– Ah, je comprends, mais je n'ai vu personne pour le moment. Par ailleurs, si j'avais constaté une telle blessure, je l'aurais immédiatement signalée à vos collègues.

*
* *

Nadya marche dans la rue en se remémorant les paroles de son supérieur. « *Je lui ai balancé deux pruneaux… À l'angle de la porte Brunet et de la rue de la Liberté.* » Elle arrive rue Guadet. Sur sa gauche, une petite artère montante et étroite se jette dans la rue de la porte Brunet, c'est la rue de la Liberté. Nadya tente de reconstituer le parcours du fuyard. Elle examine le sol à la recherche d'indices. Il faisait nuit, l'I.J. a pu passer à côté d'un détail. Le doute n'exclut pas la confiance. Cuche est certain de l'avoir touché, il devrait y avoir des traces de sang.

La porte devant laquelle elle est agenouillée s'ouvre, et Ninette manque de tomber sur le lieutenant. Avec les derniers événements, l'employée de maison devient méfiante.

– Vous cherchez quelque chose, madame, je peux vous aider ?

Nadya sort sa carte de police et se présente. Ninette se radoucit à la vue des bandes tricolores.

– Vous travaillez avec le capitaine Cuche ?

– Vous le connaissez ?

– Oui, je travaille chez madame de Vauxmort. Je suis Bernadette Moutier.

– Ah, c'est parfait. Dans ce cas, vous allez peut-être pouvoir m'aider.

– Très volontiers.

– Vous habitez ici ?

– Oui.

– Avez-vous vu quelque chose hier soir, vers 23 heures ?

– Je regardais la télévision, quand j'ai entendu les coups de feu. J'ai ouvert ma fenêtre et j'ai aperçu le capitaine Cuche qui semblait très essoufflé. Ensuite, je suis allée sur la place… C'était épouvantable.

– Rien d'autre ? Vous n'avez pas entendu des cris, des portes claquer, des voitures démarrer… ?

– Non, que les coups de feu.

– Tiens, étonnant !

Nadya repense aux mots de Cuche : « *J'aurais pas dû lui hurler les sommations d'usage, si j'avais ouvert le feu tout de suite, l'affaire serait classée.* »

– Et vous étiez seule hier soir ?

À ces mots, le visage de Ninette se rembrunit, elle hésite un peu.

– Oui… Je ne suis pas mariée.

– L'un n'empêche pas l'autre, non ?

– Oui, certainement, certainement.

Bernadette Moutier paraît embarrassée. Nadya le remarque.

– Bien. Je vais tenter ma chance plus loin. Vous allez chez madame de Vauxmort ?

– Non, pas tout de suite, je vais faire un peu de ménage chez lord Kinsley. C'est un grand ami des Vauxmort.

– Je vois.

– C'est la première fois que j'y retourne depuis le drame. De repasser par là, ça me glace le sang. Vous savez, c'est moi qui ai découvert le corps du père Anicet juste devant sa porte.

– Lord Kinsley habite tertre des Vaillants ?

– Au 26, mais je dois y aller, je vais être en retard. Au revoir madame.

– Au revoir mademoiselle.

Hasard ou non, c'est une information qui fera plaisir à Cuche. Nadya reprend ses recherches.

*

* *

La 307 surmontée d'un gyrophare s'immobilise à côté de la dépanneuse jaune.

– Patrick, tu m'attends là, je vais présenter mes civilités à la Barbosa.

– Bien patron.

Cuche se dirige vers le bureau alors que le lieutenant attrape son ordinateur portable dans le coffre de la voiture. Trouvant porte close, le capitaine rejoint N'Guyen.

– On va oublier les civilités pour aujourd'hui, suis-moi.

Sur l'air prédestiné de *La Mauvaise réputation* version Sinsemilia, les deux policiers pénètrent dans l'atelier. Personne en vue, malgré un sifflotement à peine perceptible. D'un signe de tête, N'Guyen indique à son supérieur une paire de pieds sortant du bas de caisse d'une Mégane.

Le capitaine coupe la radio qui résonne dans le garage. L'instant suivant, le sifflotement s'arrête à son tour.

– Elle n'est pas là, la patronne ?

– Non, pas là !

Cuche s'approche de la Mégane, examine le dessin de la semelle et donne un léger coup de pied dans la chaussure droite de son propriétaire.

– Monsieur Dutour, sortez de là, j'ai à vous parler, c'est Cuche.

Émergeant dans un fracas du diable du dessous de la Renault, Ange fait rouler son chariot avec une grande dextérité. Il apparaît le visage plein de cambouis, les cheveux hirsutes. Il a un quelque chose de Jean Gabin dans *La Bête humaine*. Il se lève de son bobsleigh de fortune, saisit un chiffon déjà crasseux et s'essuie le visage. Un sparadrap barre son sourcil droit, tandis que son œil gauche affiche une légère couleur bleutée.

– Vous êtes venu avec des renforts ?

– Le lieutenant N'Guyen va enregistrer votre déposition.

– Vous me ferez un mot d'excuse pour la patronne, parce que le boulot, y va pas se faire tout seul.

– C'est nouveau, cette préoccupation pour les délais.

– C'est qu'on manque de personnel, ces temps-ci.

– Ça y est, vous avez fini votre numéro ?

– Oh ça va, vous n'avez pas d'humour. Installez-vous.

– Je viens vous poser quelques questions, suite aux événements intervenus hier soir… D'autre part, je viens de recevoir votre cursus…

N'Guyen ouvre sa mallette et tend un feuillet à Cuche.

– C'est quoi ?… Mon casier, c'est ça ?

– On dirait bien.

– Vous pensez quand même pas que c'est moi ? Je suis pas un assassin et puis d'abord, je veux parler à mon avocat.

– Oh là, on se calme ! Je ne viens pas vous arrêter. Si vous coopérez, il n'y aura pas de problème.

– Je peux essayer…

– Je suis prêt patron, c'est quand vous voulez.

– *A priori*, vous êtes bien le dernier à avoir vu Mariette, hier soir ?

– Oui, et alors ? Je suis le dernier à avoir pris un pot avec lui et vous nous avez vus. On est sortis en même temps.

– On m'a rapporté que vous vous étiez engueulés

avant de sortir, et vu l'état dans lequel vous étiez, je suis porté à le croire.

Ange, un peu gêné, se touche l'arcade à la façon des boxeurs et rapporte aux flics les circonstances qui ont conduit les deux hommes à se bagarrer.

*

* *

Marcel est très énervé, il veut prendre un dernier verre et Blachard ne veut pas. Il est obligé de le jeter dehors manu militari.

– Fais gaffe Blachard, t'auras plus ma clientèle !

Ange et Marcel se trouvent à l'angle de l'église. La place est éclairée par des lumières orangées, qui rappellent celles d'autrefois, aux vapeurs de sodium. L'adjudant s'arrête, ouvre sa braguette et commence à uriner contre le mur de l'église.

– Tiens, j'vais écrire mon prénom. M… A… Difficile le R…

Le bruit du liquide sur le pavé déclenche une envie soudaine chez Dutour. Le voilà qui s'installe à côté du gendarme et l'imite.

– Ange, c'est plus facile, y a que quatre lettres.

Mariette se retourne vers l'organe de son compère.

– Bah, c'est vrai ce qu'on dit sur les anges !

– C'est quoi, ces conneries ?

– … Qu'ils n'ont pas de sexe !

Ange, énervé, se retourne vers Mariette, son instrument bien en main, et lui pisse sur la jambe droite.

– C'est qui la petite bite maintenant, connard ?

Ils sont éméchés, le ton monte rapidement.

– C'est toi le connard ! Y t'a mal élevé ton père !

– Laisse mon père tranquille, il a rien à voir avec un minable comme toi !

– C'est toi, le minable ! D'ailleurs, si ton père est mort de chagrin, c'est de ta faute…

Piqué au vif, Ange Dutour cesse aussitôt de se soulager. Sans prendre la peine de ranger son petit matériel, il saisit l'adjudant par le col. Le gendarme, surpris, s'asperge le pantalon et les chaussures.

– T'avise plus de parler de mon père, sinon tu finiras comme Anicet.

Le retraité repousse violemment son agresseur. Voilà les deux ivrognes, le phallus à l'air, qui se disputent.

– Tu crois que tu m'fais peur avec tes menaces ? J'suis gendarme moi !

– Gendarme ou pas, ça t'empêchera pas d'y passer comme le cureton si tu continues à me faire chier !

– Tu me menaces, moi ! Viens t'y frotter petit merdeux, assassin. T'es bon à tuer les curés, mais quand t'as un homme en face de toi, tu te défiles…

Les paroles sont vite dépassées et font place aux gestes : coups de poing, baffes, morsures, coups de pied… À bout de forces, les deux hommes se relèvent avec difficulté, ferment leurs braguettes respectives, échangent encore quelques noms d'oiseaux et se séparent.

Le mécanicien regarde le capitaine droit dans les yeux.

– Après ça, je suis parti de mon côté. J'ai même croisé André, il pourra vous dire que j'étais seul.

– Je le ferai. Et c'était où, tout ça ?

– Juste derrière l'église, il l'a peut-être vu lui, le Mariette, avec le pif en sang.

– O.K., je vais vérifier tout ça.

– J'ai rien fait, moi !

– Encore une chose, vous pouvez soulever le bas de votre pantalon ?

– C'est quoi ces conneries ?

– Ne posez pas de question, faites ce qu'on vous demande.

Ange, très surpris, met ses mains dans ses poches et soulève le bas de son pantalon.

*
* *

Pamela est assise dans la salle de restaurant, devant une pile de menus. Ce midi, le plat du jour est une salade landaise accompagnée d'un verre de saint-émilion. Elle doit l'inscrire sur les trente menus. Le prix est de 18,90 euros. La porte du bar est restée ouverte et elle n'a pas entendu entrer l'adjointe de Cuche.

– Mademoiselle Blachard, je suis le lieutenant Madjer.

– Oui, bonjour, c'est vous qui travaillez avec le capitaine.

– C'est exact.

– Je vous ai aperçue l'autre jour en terrasse. Je vous sers quelque chose ?

– Non, ça ira, je vous remercie. Je viens vous poser quelques questions à propos de la nuit dernière.

– C'est terrible. J'espère que vous allez bientôt arriver à coincer les salauds qui sont derrière tout ça.

– Justement, c'est pour ça que je suis là.

– Je vous écoute.

– Le capitaine m'a dit que Mariette était revenu à lui quelques instants, hier soir.

– Oui, c'est vrai, j'ai cru qu'il était sauvé, et puis…

– Il a pu dire quelque chose ?

– Il a bredouillé un mot ou deux, mais je n'ai rien compris.

– Vous étiez avec le capitaine avant le drame ?

– Non, j'étais dans ma chambre.

– Continuez.

– J'ai entendu des cris, je me suis approchée de la fenêtre. Là, j'ai entendu mon prénom. J'ai vu le capitaine près de la fontaine. Il tenait Mariette dans ses bras.

– Vous êtes descendue le rejoindre ?

– Oui, mais il s'était déjà lancé à la poursuite du meurtrier…

*

* *

Au garage, Cuche agite une copie du casier judiciaire d'Ange.

– Vous pouvez me parler de ça ?

– Je vous en ai déjà parlé l'autre jour dans la dépanneuse.

– Vous n'avez pas été assez explicite, ce serait bien que vous développiez.

Le masque d'Ange tombe, sa voix est tremblante.

– En 1999, mon père est tombé gravement malade. C'était le maire, ici.

– Je sais, mais continuez.

– Il s'occupait du domaine familial. Notre cru était un des piliers de la confrérie. J'ai dû le remplacer, mais je n'étais pas prêt. À l'époque, j'étais amoureux de Pamela, la fille de Blache, et je n'avais qu'elle en tête. La gestion de la propriété ne m'intéressait pas. J'étais jeune, naïf, et surtout très con.

– Continuez.

– Les finances ont donc été vite problématiques avec la maladie de mon père qui s'aggravait. Les soins coûtaient de plus en plus cher, et je me suis retrouvé dos au mur… Il n'avait jamais été malade et les mutuelles, il ne connaissait pas.

– Et c'est là que vous jouez les alchimistes, n'est-ce pas ?

– En 2001, la récolte n'a pas été très bonne et pour augmenter la production, j'ai croisé le vin du domaine avec un petit cru italien. Un jour, j'en ai parlé au père Anicet. Je pensais qu'il garderait ça pour lui, mais il a tout balancé.

– Vous êtes sûr de ça ?

– Oui, qui d'autre ?

– Votre paternel était au courant de vos… manipulations ?

– Non, je ne crois pas, même si à un moment j'ai eu un doute.

– Poursuivez.

– Les choses se sont enchaînées, Mariette est venu m'arrêter. Mon père est mort deux jours après mon arrestation.

– O.K. ! Donc vous avez fait de la prison et aujourd'hui vous n'avez plus de terres, c'est bien ça ?

– J'ai écopé de deux ans de prison dont un an avec sursis. J'ai ruiné la réputation que ma famille avait mis plusieurs générations à bâtir. Et j'ai dû me résigner à brader le vignoble.

– Expliquez-moi ça.

– Ce cher Barbosa m'a proposé l'affaire du siècle, enfin pour lui... Il a trouvé des repreneurs, Fabre et Chaney, qui ont fait eux aussi l'affaire du siècle. Barbosa, pour me remercier de sa bonne fortune, m'a offert ce super job en échange. Il faut que vous sachiez que j'ai appris la mécanique en prison.

– Vous voyez, il n'est pas si mal que ça, votre patron...

– De toute façon, ils paieront tous un jour ou l'autre.

– Pas très malin, votre remarque. D'autant que votre histoire vous accable encore plus.

– Ah bon ?

– Barbosa disparu, Anicet assassiné le soir de la dégustation du nouveau vin de Fabre et Chaney... Mariette *kaput* ! Votre mairesse agressée... Ça fait beaucoup, non ?

– En tout cas, ne comptez pas sur moi pour les pleurer.

– Compte tenu de ce que vous m'avez dit, non, je ne vous en demande pas tant.

– Vous allez faire quoi ? M'arrêter ?

– Non, du moins pas pour le moment. J'ai des éléments à vérifier. Par contre, cette fois-ci, c'est moi qui vais vous demander de ne pas quitter la ville. Le lieutenant N'Guyen va vous faire signer votre déposition.

*

* *

À *La Barrique*, Christophe Blachard assiste à un surprenant ballet. Son établissement est plein, mais sa clientèle n'est plus la même. Quatre chambres ont été libérées. Ce matin, un couple d'Américains du Massachusetts a préféré quitter la ville devant la succession de meurtres et d'agressions. Une famille de Lillois a abandonné ses deux réservations. Un couple de retraités de Moselle a déserté la commune pour les mêmes raisons. La peur commence à habiter la filleule de Bordeaux. Les chambres libérées font le bonheur des équipes d'ITV et de France 2 qui débarquent. *La Barrique* est transformée en Q.G. de presse. Des vans arborant de larges paraboles envahissent la ville. L'information en direct sera suivie dans tout l'Hexagone. Le grand cirque médiatique se met en place. Sur le fil, au milieu de l'arène, le flic. En dessous, pas de filet. Tous les projecteurs sont braqués sur lui… Un faux pas, et il sait la suite.

Face à cette transhumance journalistique et aux événements locaux, le patron envoie sa fille à Libourne acheter une borne wifi. Il voulait le faire depuis un moment, c'est l'occasion ou jamais. Les portables des journalistes couvrent les tables de l'établissement. Tel un gagnant du Loto, l'hôtelier enchaîne les interviews, tandis que Pamela assure le chiffre d'affaires en proposant des rafraîchissements.

*

* *

Jacqueline Tourneau préside un conseil municipal extraordinaire. Elle a aujourd'hui un hôte de marque en la présence du sénateur Jean-Louis Fabre. La séance est à huis clos. L'ordre du jour est simple, il s'agit de savoir s'il est opportun de mettre en place des patrouilles de citoyens. Le sénateur prend la parole et prononce un petit discours consensuel. Les élections auront lieu dans quelques mois, il s'accroche à son fauteuil, la soupe est trop bonne.

– Vos problèmes sont mes problèmes, je ferai savoir au ministre de l'Intérieur notre position et vos attentes. Je vous promets de tout mettre en œuvre pour que les services de police et de gendarmerie soient plus présents. Enfin, je sais que sur le plan touristique, la commune est durement touchée par les événements. Je vais donc proposer au conseil régional de voter une subvention exceptionnelle pour pallier votre manque à gagner [...].

La majorité municipale applaudit le discours fédérateur de son leader. L'opposition fait remarquer qu'il est grand temps de créer une police municipale. Depuis la fermeture de la brigade de gendarmerie en 2002, rien n'a été fait en termes de sécurité de proximité. Devant la gravité des événements, la mairesse envisage un couvre-feu dès 22 h 30, en plus des patrouilles organisées de 20 heures à 8 heures par les gendarmes de Libourne envoyés en renfort. Les débats sont houleux.

*
* *

Nadya se dirige vers les chais. Elle pénètre dans les anciennes carrières aménagées en caves et aperçoit un homme affairé sur le robinet d'une cuve en inox.

– Monsieur André, bonjour, je suis le lieutenant Madjer.

Elle lui présente sa carte de police. Le maître de chai est méfiant.

– Bonjour.

– Vous voulez bien me suivre jusqu'à mon véhicule ?

– Tout de suite ?

– Oui, j'ai quelques questions à vous poser.

– Bon, je vous suis.

Les deux protagonistes contournent la maison et se dirigent vers la fourgonnette garée devant le pigeonnier.

– Ce sont les terres de monsieur Chaney ?

– Oui, quatre hectares de merlot, deux hectares de cabernet franc.

– Belle propriété, dites-moi !

– Le professeur en est très fier, c'est un passionné. En fait, nous avons un tout petit rendement à l'hectare pour avoir un vin de qualité. D'ailleurs, sur son autre domaine, à côté de Pomerol, il applique la même technique. Elle a fait ses preuves.

– Il vient souvent ?

– Tous les matins. Il traverse les règes à pied, c'est devenu une habitude pour lui. Après, nous rentrons ensemble en voiture.

– Eh ben, ça fait une trotte de la ville jusqu'ici.

– Trois kilomètres, c'est bon pour la santé.

– Allez-y, entrez et asseyez-vous.

Nadya se poste derrière son ordinateur.

– Le professeur m'a parlé des événements de cette nuit.

– Justement, où étiez-vous hier soir vers 23 heures ?

– Je dormais dans ma chambre.

Nadya, titulaire d'une licence de psychologie, a un vrai don pour sentir quand on la baratine. À cet instant, elle sent le mensonge, c'est comme une seconde nature chez elle. André ne lui disant pas la vérité, elle décide de changer de ton.

– C'est étonnant, mais cette nuit, on est allés chez vous et c'est monsieur Chaney qui a ouvert la porte, il a dit qu'il était surpris que vous n'ayez pas ouvert…

– Je devais dormir profondément, je n'ai rien entendu.

– Donc, vous n'avez pas le moindre alibi…

– Et qu'est-ce que ça prouve ?

– Ça ne prouve rien en effet, mais c'est embêtant… Parce que je crois que vous mentez, monsieur.

– Vous pouvez penser ce que vous voulez !

– Très bien, comme vous voudrez. Le capitaine

Cuche veut vous voir à 16 heures précises, et il aime la ponctualité.

*

* *

Madjer arrive à l'annexe alors que Martin, Cuche et un gardien de la paix sont en pleine discussion.

– Ah, Nadya, tu arrives bien. Martin, dis-lui.

– Ton information a été vérifiée et le *British* habite bien tertre des Vaillants. Sur la liste de Vauxmort, c'est son adresse anglaise qui est notée : 53 Tor Mohun, Torquay, Royaume-Uni.

– Eh oui, c'est pour ça qu'on est passés à côté. Voilà peut-être l'explication de nos interrogations.

– On peut aller lui rendre une petite visite, *boss* ?

– Martin, tu vas t'en occuper.

– Reçu, patron.

– Nadya, tu as convoqué André ?

– Oui, et je peux te dire qu'il ment. Il nous cache quelque chose.

Cuche tient une enveloppe qu'il tend à Nadya.

– Regarde ça, tu comprendras mieux.

Le lieutenant examine la feuille avec un vif intérêt.

– Tiens, tiens, André a un casier.

Madjer consulte l'intégralité du document, puis relève la tête vers son supérieur.

– Auteur d'un vol à main armée. C'est un sacré loustic, celui-là !

– Un caïd, tu veux dire.

– Je comprends mieux son attitude maintenant, c'est un vieux routier.

Cuche tape du poing sur la table, plus par satisfaction que par énervement.

– Il va falloir qu'il nous donne des explications plus convaincantes ! Pas un mot là-dessus pour le moment, on le cueillera à 16 heures. Côté hôpitaux, des *news* ?

– Négatif, patron, mais on continue de chercher.

– Nadya, tu as pu voir Pamela ?

– Oui malheureusement, rien de concret non plus, Mariette a dit deux mots qu'elle n'a pas compris… Au fait, l'assassin, tu es sûr de l'avoir touché ?

Cuche est presque vexé par la question.

– Oui, j'en suis certain. Je l'ai pris en chasse, j'ai fait les sommations et je lui ai tiré deux fois dans les jambes. Il est tombé et s'est relevé en boitant, je ne suis pas fou, bordel ! Et puis il nous manque une balle, merde !

– Je pose la question, c'est tout.

– Bon, en attendant, je pars interroger Blachard. Martin, n'oublie pas *mister* Kinsley.

– *Yes, sir!*

*

* *

Il entre dans l'église par la porte située face à l'orgue classé. Cet instrument est l'œuvre de Gabriel Cavaillé-Coll, fils d'Aristide, célèbre facteur d'orgues du XIXe. Il remarque au troisième rang un homme agenouillé et courbé sur un prie-Dieu. Il a l'air désespéré. Le secrétaire de mairie, Marius Pouliot, psalmodie une antienne. Un chapelet en buis pend de ses mains. Les Évangiles sont posés à sa gauche sur une chaise cannée. Le secrétaire se retourne et aperçoit le père Clément derrière lui.

– Mon père, pouvez-vous m'entendre en confession ?

– Tout de suite, mon fils ?

– Oui, je dois soulager ma conscience.

– Suivez-moi.

L'ecclésiastique remonte la nef d'un pas rapide, suivi de son pénitent. Sa démarche est lente, son pas est lourd. Au moment de contourner l'orgue, l'ecclésiastique a déjà pris cinq longueurs d'avance. Il fait une pause pour attendre son retardataire. La tête dans les épaules, Marius semble porter toute la misère du monde. Les deux hommes croisent leurs regards : l'un est tendre et affectueux, l'autre exprime la peur et l'angoisse. Ils arrivent enfin devant le confessionnal. Clément est curieux de connaître les tourments du trentenaire. Probablement une histoire de cœur, à son âge, ça peut engendrer des souffrances récurrentes.

Le vicaire fait sauter le loqueteau qui retient la porte fermée, alors que Pouliot écarte le rideau de velours rouge. Chacun est maintenant à sa place, les us sont respectés, le pécheur peut s'exprimer, le représentant de Dieu l'écouter avec l'attention qu'un berger porte à ses brebis.

– Allez-y, mon fils.

– Je connais l'assassin du père Anicet.

*

* *

Il avait baptisé son établissement *La Barrique*. Un hommage à son père et aux traditions vigneronnes. Son *pater familias* n'avait jamais accepté l'arrivée des cuves en inox. Pour lui, seul le chêne était noble. Aujourd'hui, la loi autorise les viticulteurs à mettre des copeaux de bois dans ce type de cuves. Ce « savant » mélange permet au vin d'avoir le parfum artificiel des fûts. Au nom de la rentabilité, les Américains ont réussi à faire modifier des traditions millénaires. Le fût offre au vin ses tanins et lui donne son identité. La première année, il cède au vin la moitié de son capital aromatique. En qualité de Grand Vinetier, il est et il sera toujours un rempart aux copeaux : Blachard s'emporte sur le sujet, au moment où le policier pénètre dans la salle de restaurant.

– C'est inadmissible, les traditions se perdent !

Cuche aperçoit un type de dos, en train de prendre un café. Deux clients de l'hôtel prennent un thé et des cannelés. Dans le fond de la salle, des journalistes sont affairés sur leurs ordinateurs.

– Ah ! Capitaine, je vous sers quelque chose ?

L'homme se retourne alors vers le policier, qui identifie immédiatement Étienne Ducasse.

– Tiens, un fameux policier qui a peut-être des informations pour nos lecteurs.

– Rien pour le moment, mais vous n'avez pas besoin de moi, j'ai vu que vous vous débrouilliez très bien tout seul.

– C'est un reproche ?

– On en reparlera à un autre moment, si vous voulez bien.

– Je suis à votre disposition. Allez, je vous laisse à votre enquête, moi je retourne à mes articles.

Le journaliste se lève et quitte l'établissement.

– Il voulait quoi exactement ?

– Il a réservé une chambre qui vient encore de se libérer, et il m'a posé des questions sur Mariette. Si ça continue, je ne vais me retrouver qu'avec des journalistes. J'ai eu encore une réservation annulée ce matin.

Thierry Cuche sait que l'assassinat de l'ancien adjudant est la goutte d'eau qui fait déborder le vase. Les papiers et autres éditos vont fleurir partout. Il va lui falloir enquêter dans des conditions moins faciles. L'assassin cherche-t-il cette médiatisation ? Si c'est le cas, il ne va pas s'arrêter là : ça promet un carnage. D'un autre côté, il risque de commettre une erreur. Depuis le début, Cuche et son équipe cherchent ce petit indice qui fera basculer l'affaire. Si ce n'est pas le cas, le tueur ne risque-t-il pas de s'envoler ?

La presse se délecte de ces histoires de notables assassinés, ça attire les ragots… Toutes les suppositions sont permises. Blachard a mis sur son comptoir une quinzaine de bouteilles de vin, et s'apprête à les déboucher.

– Ma fille n'est pas là pour le moment.

– C'est vous que je viens voir… On peut se poser là ?

– Installez-vous, j'arrive… Vous êtes sûr que vous ne voulez rien ?

Cuche s'installe et sort son calepin.

– Non, rien, merci.

– Que puis-je pour vous ?

L'hôtelier s'approche de la table et s'assoit.

– Je vais être direct avec vous : où étiez-vous hier soir ?

L'homme semble abasourdi par la question.

– Avec vous…

– Je vous ai vu après le meurtre, mais avant… ?

– J'ai fermé le bar vers 22 h 45, j'ai dû pousser Ange et Mariette dehors, il m'a même griffé, le pauvre. Ils étaient encore en train de s'engueuler.

– Et après ?

– J'ai fini de ranger et je suis descendu à la cave.

– Et vous faisiez quoi à la cave ?

– Je répertoriais les vins que j'ai en stock.

– Et ça vous arrive souvent de répertorier à 11 heures du soir ?

– Non, mais j'ai reçu des caisses d'Australie et je n'avais pas eu le temps de vérifier la commande. Tous les mois, je mets en valeur un vin sur ma carte. Mon rôle consiste à faire découvrir de nouveaux vignobles, des espagnols, des australiens, des américains. Il y a de belles surprises. Ce mois-ci, c'est un vin chilien qui est à l'honneur. En juillet, ce sera un pinot noir de Yarra Valley. C'est à côté de Melbourne… Vous savez, moi je suis un sédentaire, c'est à travers mes vins et mes clients que je voyage.

Christophe Blachard ne répond pas à la question de Cuche. Le policier le coupe.

– Cela ne me dit pas…

Blachard est vexé par l'intervention du capitaine.

– Une caisse est tombée, il a fallu que j'arrose le sol pour éviter les odeurs.

– Et cette vilaine estafilade sur votre bras ?

– Je vous l'ai dit, c'est Mariette qui m'a fait ça

quand je l'ai mis dehors… Si j'avais su, je l'aurais hébergé et on n'en serait pas là aujourd'hui.

– Enfin, moi, ce que je constate, c'est que le type qui s'est battu avant de mourir vous a fait ça…

– Qu'est-ce que vous insinuez là ? J'espère que c'est une plaisanterie !

– J'ai l'air de rigoler ?

Alors que la conversation commence à déraper, le père Clément fait une entrée salvatrice dans l'établissement.

– Bonjour Thierry, bonjour monsieur Blachard, je ne vous dérange pas au moins ?

– Salut Clément.

– Bonjour mon père.

– Qu'est-ce qui vous amène ?

– Vous avez le temps de déjeuner ?

– Oui, avec plaisir ! Monsieur Blachard, on reprendra cette conversation plus tard.

– À votre disposition. Messieurs, avec toutes ces questions, je suis en retard, je vous dresse la table dans quinze minutes, le baby est libre, profitez-en !

– Ça vous dit, en attendant ?

– Je n'ai pas joué au baby-foot depuis mes douze ans, et puis en soutane…

– C'est comme le vélo, ça ne s'oublie pas. Un gage au perdant ?

– Pourquoi pas !

Les deux hommes pénètrent dans la salle de restaurant réservée aux séminaires. Sur la droite, le Bonzini attend ses clients. Le capitaine est content de voir le prêtre : la pression monte et cet instant lui permet de la faire retomber. La partie s'engage. Cuche a pris les rouges, les bleus reviennent à l'abbé. Le policier fait la mise en jeu et marque d'entrée.

– Ça commence drôlement bien ! Le premier à dix, c'est ça ?

– C'est pour vous impressionner. Au fait, votre gage ?

– Et si je vous confessais à la fin de votre enquête ?

– Je ne suis pas croyant, même si je suis baptisé… Mais si ça vous fait plaisir… De toute façon, je ne compte pas perdre…

Clément sourit et ne répond pas. Tout en jouant, la conversation s'installe, rythmée par le bruit sourd des balles écrasées régulièrement contre les épaisses parois.

– Ma hiérarchie m'a demandé des nouvelles de l'enquête.

– Nous avançons dans la difficulté. Je ne sais pas si les deux homicides, la tentative de meurtre et la disparition de Barbosa ont un rapport entre eux.

– Oui, c'est la première interrogation à avoir.

– Il y a quand même des hasards curieux. Quelle est la probabilité d'avoir autant d'événements en dix jours dans une ville de moins de trois mille habitants ?

– Faible.

– Nous sommes d'accord. Je suis convaincu qu'on a affaire à une seule et même personne. Les journalistes vont adorer.

– Et quelles seraient ses motivations ?

– Quand je connaîtrai le mobile, je n'aurai plus qu'à l'épingler.

– Il pourrait s'agir d'un fou, d'un psychopathe, non ?

– C'est une possibilité bien sûr et j'ai fait des vérifications auprès des centres spécialisés de la région. C'est l'impasse de ce côté-là. Mais ça reste une piste que je garde en tête.

– Espérons qu'il ou elle commette une erreur.

– C'est fait ! Cette nuit, je suis sûr d'avoir touché à la jambe cet enfoiré.

– Comment comptez-vous procéder… ? Trois à deux, attention, je reviens.

– J'ai plusieurs pistes, d'abord on fait une recherche auprès des hôpitaux, on verra si ça donne quelque chose… Et puis, il y a cette confrérie, toutes ces coïncidences, Ange Dutour et son cru…

– C'est quoi cette histoire de cru ?

Tout en continuant leur partie, Cuche explique brièvement la situation à Clément…

– Huit à six. Il y a aussi ce monsieur André. Je l'ai convoqué cet après-midi et comme on dit chez nous, il a le profil. En plus, mes affaires auraient peut-être été plus simples si Mariette avait fait partie de la confrérie. Au moins, ça me donnait une piste…

– Sans doute.

– Huit à sept. Maintenant, j'ai la trouille que d'autres personnes se fassent buter. Vous, de votre côté, vous avez trouvé quelque chose ?

– Peut-être… Je dois voir comment je vais procéder…

Cuche lâche les poignées du baby et regarde son nouveau partenaire. Clément en profite pour inscrire un nouveau but.

– Huit à huit, attention, je vais vous dépasser.

– J'ai besoin de trouver une piste. Je suis en plein brouillard. Je dois avancer très vite, sinon le procureur va me retirer l'affaire. Lui et moi, on n'est pas très copains.

– Huit à neuf, attention Thierry, balle de match.

Les deux hommes échangent un sourire sincère.

– Clément, si vous avez des infos, il faut me les communiquer. Le coupable peut recommencer à tout moment. La ville est partie dans un délire total. J'ai des lettres anonymes, on vient discrètement dans mon bureau dénoncer son voisin. J'ai même une femme qui est venue me balancer son mari… Tiens, pas vilain celui-là !… Neuf à neuf, plus qu'un but et la messe est dite.

– Je n'ai pas dit mon dernier mot.

– Moi non plus, et puis on a plein de suspects. Il y en a forcément un qui va lâcher le morceau… Et merde ! Bravo l'abbé, c'est le dixième.

Clément, tout sourire, se dirige vers une des tables de la salle à manger.

– Vous me devez une confession, mon fils ; chose promise, chose due !

– C'est noté, allez ! Venez, je vous invite pour le déjeuner.

*

* *

Sur le parking de la Collégiale, l'Austin Mini rouge stationne. Kinsley, très gandin, en descend avec une petite valise à la main. D'un pas élégant, il longe l'église, puis la maison du vin, tourne à droite et commence à descendre le tertre des Vaillants. Tout en cheminant, il fouille dans sa poche d'où il extrait un trousseau de clés. Bientôt, il s'immobilise devant le numéro 26. Une voix l'interpelle.

– Excusez-moi monsieur, êtes-vous lord Kinsley ?

– Oui, c'est moi.

Martin se présente. Le gentleman l'invite à entrer tout en prenant trois plis dans la boîte à lettres. Les deux hommes pénètrent dans un vestibule, puis dans un coquet salon un peu surchargé de meubles et de bibelots.

– Monsieur, vous êtes sans doute au courant des événements qui secouent la ville en ce moment.

– Oui, effectivement, Élisabeth de Vauxmort m'a prévenu, tout cela est une tragédie.

– Je suis chargé de collecter toutes les dagues pour analyse. Vous savez qu'Anicet a été poignardé, et…

– Vous n'avez pas d'explication à me fournir, je vais vous la remettre dans un instant.

– Je vous remercie… Par ailleurs, nous nous demandons pourquoi le père Anicet a emprunté cette rue le soir où il a été assassiné.

– Je ne vous suis pas ?

– Nous avons retracé son itinéraire le soir du crime. On sait qu'il sortait d'une soirée organisée chez madame de Vauxmort.

– Jusque-là, c'est clair…

– Si je retiens l'hypothèse qu'il rentrait au presbytère, vous conviendrez avec moi qu'un homme de soixante-dix ans prendrait plus facilement à droite en sortant plutôt qu'à gauche.

– Sans doute.

– Alors, pourquoi l'a-t-on retrouvé mort devant votre porte ?

– Je… Je dois y réfléchir… Voulez-vous un verre d'eau ?

– Très volontiers !

Le lord s'absente en cuisine. Martin, en fin limier, en profite pour regarder discrètement le courrier. Une lettre d'une compagnie d'assurances, une lettre de banque. La troisième, une missive frappée de la Marianne de la République, l'interpelle davantage. Il reconnaît les lettres types expédiées dans les cas d'excès de vitesse, qui vous parviennent quelques jours après l'infraction. Il glisse discrètement l'enveloppe dans sa poche, puis détourne le regard au moment où le maître des lieux revient avec un plateau surmonté de deux verres.

– Vous avez été absent longtemps ?

– Environ un mois et demi.

– Vous vivez à Londres, c'est bien ça ?

– Non, dans le Devon, à Torquay.

– Vous venez en avion ?

– Oui, c'est très commode, je prends l'avion à Heathrow. Il est direct pour Mérignac. Là, j'ai ma voiture pour venir ici.

– Vous aviez quelles relations avec la victime ?

– Nous étions membres de la même confrérie et avions deux passions communes : le vin et les livres.

– Et Mariette, vous la connaissiez ?

– Oui, il était agent préleveur et je le rencontrais parfois dans le cadre de mes activités. Je possède un petit vignoble sur le coteau ouest de la commune. Je ne l'appréciais pas beaucoup en tant que gendarme, et encore moins comme préleveur… Mais je vous rassure, pas au point de le tuer.

*

* *

Cuche et Madjer ont mis au point leur numéro de duettistes. Ils ne seront pas trop de deux pour mener cet interrogatoire. André n'est pas un débutant. C'est un homme rompu aux rouages de la justice. S'il a quelque chose à cacher, il faudra le pousser dans ses derniers retranchements pour qu'il gaffe. André est introduit dans l'annexe par un gardien de la paix. Il est en costume beige, chemise blanche ouverte, et mocassins parfaitement cirés. Il dégage une sérénité qui impressionne Nadya. Le capitaine, plus aguerri, prend la main.

– Asseyez-vous ! Merci d'avoir répondu à ma convocation.

– Trop aimable !

L'homme tire la chaise et s'assoit dans un mouvement lent et calme. Nadya l'observe, assise derrière le bureau. Un crayon de bois retient ses cheveux qu'elle a relevés pour l'occasion. Elle repose les yeux sur son ordinateur et commence à taper. Cuche reste muet et observe sa proie. André semble de plus en plus détendu. Après une longue minute de silence, Nadya relève la tête, et commence son interrogatoire.

– Monsieur, vous êtes auditionné dans le cadre des homicides de Saint-Émilion, intervenus les 17 et 25 juin sur les personnes d'Anicet Lestrain de Lésignan et de Marcel Mariette, ainsi que de la tentative d'assassinat sur Jacqueline Tourneau.

La stratégie de Cuche est simple, un ping-pong de questions, un coup Nadya, un coup lui. L'objectif : désorienter le maître de chai, lui faire perdre de sa superbe.

– Veuillez décliner vos nom, prénoms, adresse, âge et lieu de naissance. Situation de famille et profession.

– André, Casimir Louis Étienne, né le 10 juin 1955 à Grenoble. Célibataire. Résidant chez le professeur Chaney au 5, rue du Prince-Féry à Saint-Émilion. Profession : maître de chai.

– Bravo, vous n'avez rien oublié, on sent l'habitué. Depuis quand travaillez-vous pour monsieur Chaney ?

– Juillet 1991.

– Pourquoi ne pas nous avoir indiqué que vous aviez un casier judiciaire ?

– Vous ne me l'avez pas demandé, mademoiselle.

– Monsieur Chaney est-il au courant de votre passé ?

– Oui.

– Comment vous êtes-vous rencontrés ?

– Après le braquage, en 1982… J'avais pris une balle dans le poumon gauche. Le professeur Chaney m'a opéré et m'a sauvé la vie.

Cuche ne laisse pas s'installer le silence qui suit cette

révélation. Il décide d'utiliser le tutoiement du flic sans-gêne. Nadya arrête de prendre en note l'audition.

– On a un problème avec toi…

Cuche le regarde droit dans les yeux. Il ne bronche pas.

– Monsieur André, ce matin, vous m'avez dit que vous dormiez lorsque nous sommes venus chercher le professeur Chaney. Vous maintenez votre déposition ?

– Oui, effectivement. Je dormais, mademoiselle.

– Il semble que tu souffres d'amnésie ou de somnambulisme… Car hier, ton corps se promenait dans la ville vers 23 h 30.

André ne dit mot.

– Monsieur, je vous repose la question : que faisiez-vous hier entre 22 h 30 et 0 h 30 ?

– Je dormais, je viens de vous le dire…

– Tu sais qu'avec ton passé, tu risques de prendre perpète cette fois-ci.

– Vous êtes le suspect numéro un pour le crime de Marcel Mariette… Dois-je vous rappeler votre altercation hier dans les chais ? Marc Bordin et Bénédicte Tardieu, ça vous dit quelque chose ?

– Ce sont les deux étudiants que nous formons au domaine.

– Alors, je cite vos étudiants : « *Tu as jusqu'à demain, c'est bien compris ?* » De quoi deviez-vous parler aujourd'hui ?

– Il devait faire ses prélèvements, un point c'est tout.

– Tu es le dernier à avoir vu Barbosa le soir de sa disparition. Et toujours pas de témoin !

André reste muet.

– Écoutez, on a la presse sur le dos, le proc veut un

coupable et si vous ne nous aidez pas, on ne pourra rien faire pour vous…

– Alors dis-nous ce que tu foutais hier soir.

– Je n'ai rien à rajouter à ce que je viens de vous dire.

– Écoute, fais pas le cador avec moi, sinon je te fous les pinces…

– Votre tête va faire la une de tous les journaux demain…

André s'enferme dans son mutisme.

– Que faisais-tu le 17 vers 23 heures quand le curé s'est fait dessouder ?

– J'ai un alibi.

– Non !

– J'étais avec le professeur Chaney.

– Ton patron nous a dit que tu avais quitté ton service à 22 h 30.

– Peut-être, je n'ai pas fait attention à l'heure. Ce dont je suis sûr, c'est que je suis directement rentré me coucher.

Nadya Madjer, qui a été à bonne école, prend son ton le plus ironique.

– Ce qui est embêtant avec vous, monsieur André, c'est que vous n'avez jamais d'alibi. À chaque fois que vous dormez, il y a un homicide.

Cuche explose littéralement.

– Putain de bordel de merde, arrête de te foutre de ma gueule !

Le maître de chai reste stoïque. Nadya reprend la saisie du compte rendu de l'audition.

– Bon, on le boucle !

– J'ai le droit à un appel, si je me souviens bien…

– Oui.

Cuche lui tend le téléphone par dépit. Ce n'est pas le moment d'avoir un défaut dans la procédure.

– Vas-y !

André compose un numéro.

– Allô… Oui, c'est moi… Je crains d'être en retard… Je viens d'être arrêté pour le meurtre de monsieur Mariette… Oui… Merci.

Cuche ouvre l'huis et s'adresse au policier en faction.

– Appelez la gendarmerie de Libourne, qu'ils me le collent au frigo jusqu'à demain. Je ne veux plus le voir.

Il se retourne vers Nadya.

– J'appelle le proc.

*

* *

Le capitaine vient de passer une demi-heure au téléphone. Désormais, sa hiérarchie, en la personne du commissaire Jourdan, est parfaitement au courant de l'état de l'affaire. Le procureur Poiret lui-même a approuvé la garde à vue de l'ex-taulard. C'est un Javert, il fait partie de ces gens qui considèrent qu'un individu qui a fauté recommencera tôt ou tard. Cuche, quant à lui, n'a aucune certitude sur la culpabilité d'André. Ce dont il est sûr par contre, c'est qu'il ne dit pas la vérité.

Cela fait maintenant plus d'une heure qu'André est au placard, quand le professeur Chaney demande à parler au capitaine.

– Me permettez-vous de m'entretenir avec lui ?

– Pour quelle raison ? Je vous rappelle que c'est un suspect dans une affaire d'homicide ; il risque d'être mis en examen.

– Écoutez… Je le connais depuis plus de vingt-cinq ans et je sais comment il fonctionne… Il ne peut pas être coupable.

– Ça c'est votre point de vue. Il n'a pas d'alibi, ni pour l'homicide de Mariette ni pour celui d'Anicet. En plus de ma hiérarchie et du parquet, j'ai toute la presse sur le dos.

– Est-ce une raison pour enfermer un innocent ? Je ne vous demande que cinq minutes…

Le flic reste muet et regarde le professeur Chaney dans les yeux. Par-dessus l'épaule du chirurgien, Nadya lui fait non de la tête. Après quelques longues secondes :

– Allez-y, j'envoie des instructions à Libourne dans ce sens.

Chaney remercie chaleureusement le flic. Il semble sincère. À peine a-t-il franchi la porte que Nadya fait part de ses doutes à son supérieur.

– Thierry… Tu prends un gros risque…

– Écoute, Starsky, André ne se mettra pas à table… On a peu d'infos et j'ai besoin que nous avancions d'une manière ou d'une autre. Chaney est vraisemblablement le seul qui puisse le faire parler. S'il a quelque chose ou quelqu'un à protéger nous le saurons, du moins je l'espère.

– Et si Chaney était dans le coup ?

– J'y ai pensé, sa maison se trouve à moins de trois minutes de la place.

– André le protège peut-être…

– C'est un risque qu'on doit courir, au moins jusqu'à demain matin…

*

* *

Le sénateur et le vicaire sont assis dans le salon du presbytère.

– C'est très aimable à vous d'être passé.

– Oui, je voulais voir si vous étiez bien installé.

– Parfaitement, je vous remercie. Alors, comment s'est déroulée la séance de ce matin ?

– J'ai senti des tensions, et un malaise tout à fait légitime. Il faut malgré tout prendre sur soi et garder son sang-froid. C'est d'ailleurs le message que j'ai fait passer.

– J'admire votre clairvoyance, monsieur le sénateur.

Clément avale une gorgée de café.

– Je me demandais si Anicet n'avait pas un journal.

– Je ne vous suis pas.

– Il a peut-être pris des notes que je pourrais remettre aux autorités compétentes. Ces éléments pourraient permettre à l'enquête de progresser. Je suis un ami personnel du procureur Poiret.

– C'est très louable à vous de vouloir aider le capitaine Cuche, mais malheureusement, mon prédécesseur ne tenait aucun journal, il avait juste un agenda dans lequel il notait ses rendez-vous.

– Ce n'est pas tant pour lui que pour le souvenir de notre aumônier.

Fabre prend son café. Un fond musical est perceptible.

– Très joli, ce morceau.

– Madame Barbosa se détend en jouant de l'orgue. Je viens de passer une demi-heure à la réconforter. Elle est très perturbée depuis la disparition de son mari.

– On se demande où il a pu passer, celui-là ! Je ne serais pas surpris qu'il ait commis des maladresses. Je le connais depuis longtemps, et il est capable de tout. L'homme est brave, mais tellement influençable.

– Croyez-vous qu'il puisse être mêlé à cette affaire ?

– Pour le moment je n'en sais rien. Si ce Cuche savait additionner un et un, il aurait déjà appréhendé le coupable. Enfin, parlons d'autre chose. Je suis content qu'un jeune prêtre comme vous ait pris la paroisse.

– Merci, mais je ne vais pas rester. Je suis là pour une mission précise, après quoi je retournerai à Bordeaux.

– Ah oui, c'est vrai que vous travaillez avec monseigneur Leroux, comment va-t-il ?

– Bien, très bien ! Il est encore très dynamique, même si la perte de son vieil ami l'a beaucoup touché.

– Je vais l'appeler afin de convenir d'un déjeuner à trois, voulez-vous ?

– Je pense qu'il sera ravi, et moi aussi bien sûr.

Le prêtre boit une gorgée de café et attrape un cannelé.

– C'est bien d'avoir gardé des attaches ici.

– Oui, ma femme est originaire de la cité, c'est d'ailleurs là que nous nous sommes connus. Et puis j'ai été maire ici pendant plus de vingt ans. Mais tout ça, c'est de la préhistoire.

– Et vous êtes membre actif de la confrérie.

– Actif ?

– Oui, vous avez acquis un vignoble il y a quelque temps, m'a-t-on dit.

– Vous êtes bien renseigné, pour quelqu'un qui vient d'arriver.

– La ville est petite, monsieur Fabre… À ce propos, j'ai lu dans l'agenda du père Anicet que vous aviez eu un rendez-vous avec lui le 8 juin.

– C'est possible, je discutais souvent avec lui. C'était un homme de conviction, et un brave type. Quand quelqu'un était dans la difficulté sur la juridiction, il en appelait au partage et à la charité.

– Je ne vous suis pas bien.

– C'est le seul prêtre que je connaisse qui demandait des quêtes silencieuses.

– Silencieuses ?

– Oui, pas de pièces… Que des billets, et il reversait tout à ceux qui en avaient besoin. Non, vraiment, c'était un saint homme. Beaucoup vont le regretter.

– Certainement, certainement, mais vous souvenez-vous du motif de cet entretien ?

– Ah oui… Euh… Non, pas exactement. C'était sans doute une discussion banale, comme nous en avions si souvent.

– Au travers de ses correspondances, j'ai cru percevoir qu'il manifestait un vif intérêt pour votre nouveau millésime, le 2003, je crois.

– En tant que membre de la confrérie, c'est bien naturel. En plus, c'était un de ses grands plaisirs sur cette terre. Je crois qu'il n'aurait pu exercer que deux métiers.

– Ah oui, lesquels ?
– Vigneron ou prêtre.
Clément tend un cannelé au sénateur et enchaîne.
– J'en ajouterais un autre : œnologue. Je me suis laissé dire que c'était un expert.

*
* *

Cuche est au téléphone avec les journalistes. L'arrestation d'André transpire déjà. En enquêteur prudent, le capitaine dément les informations d'une mise en examen imminente. Nadya relit la déposition du maître de chai. Elle doit la faire parvenir au parquet dans les meilleurs délais.
On frappe à deux reprises. Chaney passe la tête par la porte laissée entrebâillée.
– Entrez.
– Merci. Puis-je voir le capitaine un instant ? Je reviens de Libourne.
– Oui, asseyez-vous, il n'en a pas pour longtemps.
Thierry Cuche raccroche et se retourne vers Nadya et Chaney.
– Alors ?
Le professeur semble soulagé.
– Il faut me laisser du temps jusqu'à demain… Il est innocent !

*
* *

Il est tard dans la nuit. Deux silhouettes pénètrent dans l'atelier du garage Barbosa. L'une d'elles est tenue en respect par le canon de l'arme de l'autre, pointé dans son dos.

– Vous verrez, je ne vous ai pas menti… Tout est là.

Après plusieurs jours de séquestration, le garagiste est presque content de retrouver un endroit familier. Sous le faisceau de la torche, il se dirige vers le véhicule recouvert par une bâche.

– C'est là, je n'y ai pas touché depuis quinze ans.

Le garagiste ôte la bâche de la voiture. On découvre une vieille 2 CV vert embrun. C'est le modèle avec les fameuses « portes-suicides ». Elle a sans aucun doute plus de quarante ans.

Il ouvre la portière à l'envers et soulève un petit tapis du côté passager.

– Là ! Sous le tapis avant.

Il se penche dans l'habitacle et attrape quatre cahiers d'écolier qu'il tend à l'individu.

– Voilà, vous avez tout… Maintenant vous pouvez me laisser partir, je ne vous sers plus à rien.

La silhouette met son doigt devant sa bouche pour l'inviter à faire silence.

– Chut.

Elle pose la lampe torche et commence à feuilleter les cahiers dont les feuilles sont jaunies par le temps. Sur la page de garde de l'un d'entre eux, on lit distinctement : « Journal de Régine Cadoret années 1968-1972 ».

– Tout est dedans, vous verrez… C'est mon gagne-pain depuis vingt ans.

La silhouette attrape un téléphone portable dans sa

poche et compose un numéro… Il tend le portable à Barbosa.

– Je comprends, je sais ce que j'ai à faire…

L'interlocuteur décroche.

– Allô, oui c'est Barbosa… Je sais, les flics me cherchent… Écoute, j'ai peu de temps… Il me faut de l'argent… Cinquante mille euros en liquide… C'est la dernière fois, je te remets les cahiers… Je sais, c'est beaucoup… Mais je n'ai pas le choix… Oui, je comprends… Attends.

Barbosa met la main sur l'appareil.

– Il a besoin de quelques jours pour réunir la somme.

Pour toute réponse, la silhouette déploie les quatre doigts de sa main gantée en direction du visage du garagiste.

– Je te laisse quatre jours… O.K., samedi soir à 23 h 30, à l'endroit habituel.

Le garagiste raccroche, la silhouette reprend le portable au moment où Barbosa se jette sur elle. S'ensuit une empoignade dans la pénombre. Puis un bruit sourd, et plus rien. Quelqu'un se relève… L'ombre se réajuste et attrape la lampe torche. À la lueur de celle-ci, on distingue le corps de Barbosa. À côté de sa tête entaillée, une grosse clé à molette maculée de sang. La silhouette tâte son pouls à la carotide, puis se dirige vers la 2 CV et replace la bâche…

– Mercredi 27 juin –

Il est 7 h 30 quand Cuche est interrompu dans son rasage par des coups assénés sur sa porte.

– C'est Pamela ! Vite, vite !

La joue droite encore couverte de mousse, le flic ouvre et découvre la jeune femme, l'air affolé.

– Que se passe-t-il ?

Pamela ne dit rien et tend une lettre destinée au flic.

– Putain, mais c'est pas vrai !

Cuche a devant les yeux un parfait spécimen de lettre anonyme. Il la décachette immédiatement et lit à voix haute le message.

– « *J'AI DES RÉVÉLATIONS À VOUS FAIRE, RENDEZ-VOUS AU COUVENT DES CORDELIERS CE SOIR À MINUIT ET DEMI.* » Au moins c'est clair, on va avancer un peu dans cette enquête. Elle était où, cette missive ?

– Sous la porte d'entrée, je l'ai découverte quand j'ai ouvert ce matin.

– Très bien, je vous remercie.

La porte de la chambre 4 se referme sans bruit. Étienne Ducasse n'a pas perdu un mot de la conversation.

– Tout le monde commence à flipper en ville, on a encore eu trois annulations rien qu'hier. Vous croyez que ça va s'arranger vite, tout ça ?

– Je suis là pour ça. Bon, la mousse commence à me brûler.

Le capitaine se dirige vers la salle de bains, Pamela entre et ferme la porte. Cuche se rince abondamment.

Perplexe et imberbe d'un côté, il se dirige vers son ordinateur. Il s'assoit et consulte les rapports de police et les photos. Pamela l'observe, debout devant le chambranle de la porte.

– Vous faites quoi ?

– Il faut que je recoupe toutes les informations.

– Ce que je n'arrive pas à comprendre, c'est que vous l'avez arrêté le coupable, alors pourquoi ces lettres ?

– Il est trop beau, tout est trop simple.

– Vous ne pensez pas que ce soit lui, n'est-ce pas ?

– En tout cas, il n'est pas l'auteur des lettres anonymes puisqu'il est coffré depuis hier après-midi.

Cuche poursuit sa réflexion en pensée. « Il est peut-être mêlé à l'affaire, mais je ne crois pas que ce soit lui, et puis il y a la confrérie… Anicet, Barbosa… »

Pamela s'assoit sur une chaise.

– Et Mariette ?

– Celui-là, je ne l'oublie pas, c'est mon grain de sable… Il ne faisait pas partie des Chevaliers du Pressoir.

– Oui et non.

Cuche, penché sur son clavier, se redresse.

– Comment ça oui et non ?

– Il n'en faisait plus partie, mais il en a été.

– Continuez !

– Il était dans la confrérie, mais il a été exclu, il y a quelques années.

– Et vous savez pourquoi ?

– Non, pas exactement, mais papa doit savoir ça, lui.

– C'est une info de premier ordre ! Le voilà mon point commun !

*

* *

Quand Cuche arrive à l'annexe, Madjer et Martin sont déjà en plein travail.

– Salut tout le monde !

Personne ne répond. Martin est plongé dans un dossier, le sourire aux lèvres, tandis que Nadya sifflote tranquillement sur son fauteuil, le bras ballant. Le flic connaît parfaitement sa troupe et quand elle affiche cette mine satisfaite, c'est qu'il se passe quelque chose.

– Alors, vas-y, j'écoute.

– Vous savez, patron, hier j'ai rendu une visite au lord anglais.

– Oui, mais tu m'as dit qu'il n'y avait rien de spécial.

– Hier non, mais après quelques recherches… Il m'a dit qu'il n'était pas venu depuis la mi-mai environ… Et il ment.

Nadya retourne une photo où l'on voit distinctement un homme au volant de sa voiture avec l'inscription « 87 km/h ».

– C'est lui, Kinsley ?

– Oui, patron, mais le plus drôle c'est que cette photo a été prise le 17 juin à 21 h 45 sur la nationale 89, au kilomètre 63.

– Mais c'est le soir du meurtre d'Anicet !

– *Yes, sir*. Donc, il ment.

– Ça ne fait aucun doute.

– Vous allez tous les deux me le cueillir chez lui, avec des pincettes bien sûr… Attention à l'incident diplomatique… C'est bon, ça !

Alors qu'il se frotte les mains, la sonnerie du « 7e de cavalerie » ramène Cuche à la réalité. Après un bref regard sur l'écran digital, il lance à ses collègues :

– Garde-à-vous ! C'est le patron.

Il sait déjà que cet appel va lui gâcher sa joie toute nouvelle. Il n'a jamais été dans les préférés de son supérieur. Jourdan aime bien qu'on lui lèche les pompes, qu'on le flatte. Il aime les enquêtes sans vagues, c'est mieux pour son avancement. Oh çà, pour intriguer et marcher sur les autres pour y arriver, Jourdan était un pro. Avec Poiret, son copain procureur, ils faisaient une belle paire. L'inconvénient, c'est que Cuche n'est pas un mondain, et à ce titre, il refuse les courbettes et les sourires luisants.

– Cuche à l'appareil…

– Jourdan !

– Oui, bonjour patron…

– J'attendais de vos nouvelles ce matin. Vous savez que j'ai la presse et le proc sur le dos.

– Oui, je sais. J'ai la même chose ici.

– Putain, qu'est-ce que vous foutez Cuche ? Cet André doit avouer dans la journée.

– Je fais le maximum. Je l'ai placé en garde à vue, et en attendant, on creuse. Mais nous n'avons aucune preuve, rien de concret, juste des présomptions et un passé qui ne plaide pas en sa faveur. Ça ne fait pas de lui un coupable.

– Il a des alibis ? Moi, je dois donner un nom pour calmer la meute.

– Je pense qu'il est trop tôt pour donner qui que ce soit en pâture aux médias…

– Faites votre boulot, Cuche, vous avez deux homicides sur les bras en une semaine. Qu'est-ce que je vais dire à Poiret ?

– Vous pouvez rassurer le procureur, on n'est pas loin de la vérité. On a une nouvelle piste ce matin.

– Je veux des nouvelles au plus vite !

– C'est bien noté, monsieur.

– Autre chose, le procureur n'a pas apprécié le petit article de lundi. Cette une avec le mécano : « *Les Chevaliers du Pressoir m'ont tout volé !* » Dutour joue les victimes éplorées. Essayez de contrôler votre affaire.

– On n'est pas dans un pays totalitaire ; la presse a encore le droit de s'exprimer librement. Je n'y suis pour rien, patron.

– Si ! Si vous aviez bouclé cette enquête, tous ces fouille-merdes de journalistes nous laisseraient tranquilles. Je vous conseille de calmer Ducasse, O.K. ?

La tonalité retentit dans l'oreille du capitaine.

– Je n'ai vraiment pas besoin de ce genre de pression à la con en ce moment. Qu'est-ce qu'il croit lui, que c'est un vol de mobylette ?

*
* *

Madjer et Martin sont devant la porte de lord Kinsley, mais personne ne répond. Les deux policiers décident de se retrouver trente minutes plus tard au même endroit. Nadya veut retourner faire un petit tour sur le lieu de la fusillade, il lui manque toujours une balle… Au moment où elle s'apprête à prendre la rue de la Liberté, elle perçoit une conversation entre Blachard et Hervé Montlor. Elle s'adosse à l'angle de la rue en tendant l'oreille, tout en faisant mine d'attendre quelqu'un.

– C'est comme je te le dis ! Il y a encore une lettre anonyme. Le corbeau a fixé rendez-vous au capitaine à minuit ce soir.

Montlor regarde l'avant-bras de Blachard et la croûte qui s'est formée sur une quinzaine de centimètres.

– Moi, je ne sors plus la nuit, je n'ai pas envie de finir avec un couteau dans le dos ou noyé dans une fontaine.

Nadya ne perd pas une miette de l'échange quand une voix la fait sursauter. Surprise, elle se retrouve nez à nez avec Clément. Il tend légèrement la tête vers la rue perpendiculaire et aperçoit l'hôtelier et le pharmacien de dos. Nadya est un peu gênée d'être prise en flagrant délit d'espionnage. Alors que la conversation s'engage, elle fait deux pas à gauche pour s'éloigner du centre de la rue.

– Ah, c'est vous, bonjour.

– Vous êtes en promenade ?

– Pas vraiment… Disons que je cherche encore des indices suite à la fusillade de l'autre soir.

– Et votre coupable ?

– Monsieur André ?

– Oui, toute la ville ne parle que de son arrestation.

– C'est le problème des petites villes, les nouvelles vont vite. Enfin pour le moment, l'enquête suit son cours.

Son téléphone sonne sur l'air de *Starsky et Hutch*.

– Je dois vous laisser, à bientôt.

– Bonne journée.

Nadya s'éloigne alors que Clément s'engage rue de la Liberté vers les deux hommes toujours en discussion.

– Alors, messieurs, du nouveau ?

*

* *

À peine Clément a-t-il tourné la clé dans la serrure du presbytère qu'il tombe sur Louise Rapeau.

– Bonjour monsieur l'abbé. Je vous ai rapporté votre linge. J'ai voulu le ranger dans le placard mais il était fermé. Je l'ai posé sur votre lit. J'ai aussi fait livrer les courses.

Clément est surpris de voir toute la table du salon recouverte de plusieurs kilos de farine, une dizaine de paquets de sucre, une quinzaine de paquets de café, ainsi qu'une trentaine de conserves.

– Vous avez fait les courses pour l'année, madame Rapeau.

– C'est qu'avec tout ce qui se passe, bientôt on

pourrait manquer. Mon cabas était plein et je rapporterai cet après-midi les biscuits et les fruits secs.

– On n'est pas en temps de guerre…

– C'est pire, monsieur le curé : en 1940, on savait qui était l'ennemi.

Le prêtre ne peut pas reprocher à la vieille femme son sentiment d'insécurité. Après tout, elle essaye de bien faire.

– Bien, dans tous les cas, je vous remercie pour le linge.

– Je vous ai aperçu dans la rue avec la dame…

– Oui, c'est un policier qui travaille avec le capitaine Cuche.

– En ville, on dit qu'ils ont arrêté quelqu'un.

– Oui, un dénommé André qui travaille avec le professeur Chaney.

– Pour sûr, il a un drôle d'air, celui-là.

– On ne peut pas condamner quelqu'un sur les apparences.

– Mon Émile, y disait toujours que la première impression, c'est la bonne.

– Talleyrand l'a dit aussi, madame Rapeau ! Vous savez, c'est l'âme qui importe… L'habit ne fait pas le moine, n'est-ce pas ?

– Vous êtes bien drôle, mon père. Allez, je vous laisse, j'ai mon feuilleton à la télé et après je finis le ravitaillement. À bientôt de vous revoir.

Clément entre dans sa chambre. Alors qu'il se dirige vers le bureau, il s'immobilise. Quelque chose d'inexplicable le perturbe… Il s'approche et pose le journal du jour. Une odeur, c'est ça qui le dérange, une odeur un peu poivrée… Un parfum, une fragrance inhabituelle. Il examine la pièce plus en détail… Le verrou de la porte-fenêtre qui donne sur le jardin est ouvert. Maintenant, il en est sûr : quelqu'un est entré dans sa chambre en son absence.

*
* *

Madame de Vauxmort est derrière le bureau de l'annexe, face au capitaine.

– Monsieur Cuche, je vous remercie de me recevoir au pied levé.

– Je vous en prie, asseyez-vous.

– Antoine Chaney est venu me voir et m'a raconté les déboires de Casimir André.

– Oui, je l'ai placé en garde à vue hier.

– Puis-je vous demander le motif ?

– Je peux vous dire qu'il nous a menti sur son emploi du temps le soir du meurtre de Marcel Mariette.

– Menti ?

– Oui, il nous a affirmé qu'il dormait dans sa chambre, alors qu'il a été clairement identifié vers 23 heures marchant dans les rues de la ville.

– S'il vous a menti monsieur, c'est qu'il voulait protéger quelqu'un.

– Et qui ?

– Moi.

– Poursuivez.

– Casimir est venu me retrouver ce soir-là.

– Soyez plus précise.

– Casimir André est mon amant. Il est arrivé chez moi à 23 heures et n'est reparti qu'au petit matin.

– Madame, vous dites ça pour protéger l'homme de confiance de votre fidèle ami Chaney.

– Pas le moins du monde capitaine. Je vous dis ça parce que c'est la vérité. Casimir et moi, nous nous aimons.

– Et cette situation dure depuis longtemps ?

– Est-ce vraiment important ?

– Ça l'est !

– Depuis près de quatre ans maintenant. Vous savez, nous sommes dans une petite ville et les rumeurs sont nuisibles pour tous... Je suis le Grand Sarment des Chevaliers du Pressoir, et pour la confrérie, je me devais d'être discrète.

– Je vois.

– Alors nous avons préféré cacher notre relation.

– Je tâcherai d'être discret.

– C'est très aimable, mais c'est inutile. Maintenant, il est temps de lever le voile et ceux qui ne seront pas contents m'indiffèrent.

– Il vous doit une fière chandelle, Casimir. Vous savez que votre déposition le disculpe du meurtre de Mariette ?

– Encore une fois, je ne suis là que pour dire la vérité.

– Qui est au courant de cette liaison ?

– À ma connaissance, personne.

– Même pas Ninette ?

– Elle a peut-être des doutes, tout au plus.

– Je vous remercie de votre franchise.

– Je vous remercie capitaine.

– Ah, une dernière chose…

– Oui.

– On m'a dit que monsieur Mariette faisait partie de votre ordre.

– On vous a bien renseigné, mais il a été exclu par mon mari peu de temps avant son décès.

– Le motif de cette exclusion ?

– Je l'ignore, mon mari parlait peu de la vie de la confrérie, même à sa femme. Ça vous surprend ?

– Je n'ai pas d'avis, je ne le connaissais pas.

– Vous savez, mon époux avait quinze ans de plus que moi, alors petit à petit, la vie quotidienne nous a éloignés l'un de l'autre. J'avais pourtant une profonde tendresse et un immense respect pour lui, et sa disparition tragique m'a bouleversée.

– Oui, j'ai appris ça.

– Enfin, je ne vais pas vous embêter avec ma vie privée.

– Pour en revenir à l'agent préleveur, personne ne peut donc me renseigner ?

– Peut-être Hervé Montlor, il était proche de mon mari. C'est Edmond qui l'avait fait entrer dans la confrérie il y a une vingtaine d'années. Hervé était un peu le confident de mon époux.

– Bien, j'en prends note…

Cuche regarde en direction de Madjer qui transcrit le témoignage.

– Je vous remercie de signer votre déposition. Monsieur André sera libéré d'ici une heure.

– Merci capitaine.

Madame de Vauxmort quitte la pièce et referme la porte derrière elle. Cuche allume une cigarette, tire deux bouffées et se positionne devant la fenêtre. Nadya le regarde, déçue, toutes leurs pistes s'envolent.

– T'en penses quoi de tout ça ?

– Que ça ne m'arrange pas… Mais pas du tout !

– Et si elle mentait ?

– Non, je suis sûr qu'elle dit vrai.

– Qu'est-ce qui te fait dire ça ?

– L'autre jour, quand je suis allé chez elle, j'ai vu André sortir discrètement de son hôtel particulier par une porte dérobée. Tout coïncide parfaitement… La voilà, l'explication de la « Veuve joyeuse » de Mariette.

– Qu'est-ce que tu racontes ?

– Rien, tu ne peux pas comprendre… Ce qui est sûr, c'est qu'on va quand même le garder à l'œil, le Casimir.

– Ce qui est embêtant, *boss*, c'est que nous n'avons plus de suspect officiel. Le proc ne va pas tellement apprécier…

– On a encore l'Anglais, et puis Dutour va devoir s'expliquer aussi…

*

* *

Le vicaire longe les murs fortifiés de la ville. Il est en pleine réflexion. Avec Louise qui ouvre une épicerie au presbytère, la concentration n'est pas chose aisée. La confession de Marius Pouliot l'a ébranlé. Il n'a pas pu fermer l'œil de la nuit. Clément connaît maintenant en détail ce qu'a vu Marius ce fameux 17 au soir… Comment en parler à Cuche sans trahir le secret de la confession ?

Le temps est magnifique en ce jour de la Saint-Fernand. Le vicaire commence à transpirer sous sa soutane. Il décide de lever le pied et de marcher plus doucement. Il admire le paysage soigné et entretenu. Quelle splendeur ! Les Romains, dont Valerius Probus, sont les premiers à avoir planté de la vigne. Ils procédaient par greffe sur la *Vitis Biturica* qui poussait à l'état sauvage. C'est ainsi que naquit la renommée de Saint-Émilion. Ça remonte quand même à trois cents ans avant notre ère. Il paraît que certains pieds ont une centaine d'années. La rigueur de l'hiver 1956 a redistribué les cartes concernant les répartitions des plans merlot et cabernet. La juridiction produit deux cent trente mille hectolitres par an de vin rouge. C'est le sénateur Fabre qui l'a instruit lors de la soirée hommage à Anicet de vendredi dernier. Derrière l'un des murets de pierre, une éolienne ornée d'une large hélice en métal couine au gré du vent. Plus loin, un homme assis sur un chenillard tire une petite remorque emplie de feuilles de merlot. Ici les vendanges vertes ont déjà débuté. Les deux hommes se saluent, échangent quelques amabilités. Clément ne manque pas de rappeler à son paroissien que la messe est à 10 heures précises dimanche. Il reprend sa progression. Le sentier est bordé de magnifiques figuiers, dont les fruits ne demandent qu'à mûrir. Arrivé sur les hauteurs qui dominent Saint-Émilion, la sonnerie polyphonique de son portable entonne la *Toccata*. Il cherche son téléphone au fond de sa poche.

– Oui, Excellence. Le dossier avance, j'ai une confession qui pourrait permettre à l'enquête de progresser, mais je préfère recouper les informations.

– Clément, vous êtes ministre du salut, n'oubliez pas votre rôle.

– J'en suis bien conscient, monseigneur. Je souhaite seulement inciter un homme à parler au capitaine Cuche, et participer ainsi à une cause juste.

– Soyez prudent Clément, un ministre du sacrement a déjà perdu la vie.

*

* *

Cuche sort de l'annexe, un peu écœuré. Il pensait bien tenir le coupable, et il faut reconnaître qu'Élisabeth de Vauxmort lui coupe l'herbe sous le pied. Est-ce qu'elle ne ment pas ? Tout cela n'est-il pas lié à quelque chose de plus extravagant ? Pourquoi toutes les pistes mènent-elles à la confrérie ? Au moment où il pousse la porte donnant sur le jardin municipal, il croise la mairesse.

– Alors, où en êtes-vous capitaine ?

– Ah, madame Tourneau, on dirait que votre ville est de moins en moins paisible. Votre assassin a décidé de ne nous laisser aucun répit.

– Justement, le conseil municipal a rejeté l'implantation d'une police municipale comme le proposait l'opposition. Je m'y suis opposée malgré le fait que vous balbutiez dans votre enquête, mes administrés n'ont de cesse de me le faire remarquer. La situation est catastrophique. Le syndicat d'initiative m'annonce des annulations par dizaines. Vous êtes responsable de tout ce qui se passe.

– Le responsable c'est l'assassin, pas moi !

– Gardez vos sarcasmes, cette situation ne me plaît pas le moins du monde, et puis vous confondez Chicago et Saint-Émilion. Mais j'ai l'impression que tout cela vous amuse.

– J'ai ouvert le feu sur un suspect, après sommations d'usage, *that's all.* Et si ça peut vous rassurer, ça ne m'amuse aucunement de voir vos concitoyens trucidés les uns après les autres. D'ailleurs, depuis notre première rencontre, les événements se sont un peu précipités, comme vous ne manquez pas de me le faire remarquer. J'ai dû appeler des renforts et je manque de place, il me faudrait une autre salle au plus vite.

– C'est tout à fait impossible, nous sommes déjà à l'étroit, je vous l'ai déjà dit…

Cuche change immédiatement de ton. Il commence à être las de l'attitude résolument négative de la mairesse.

– Écoutez, soit vous le faites de bonne grâce, soit je réquisitionne, à vous de choisir. La presse est dehors. Vous ne voudriez pas que je lui dise que la mairie me met des bâtons dans les roues ? Ce serait pas bon pour votre mandat.

– C'est toujours un plaisir de collaborer avec la police.

– J'ai deux morts sur les bras et pas de coupable…

Je ne voudrais pas que vous perdiez tous vos électeurs, ou que vos électeurs vous perdent…

– Mais, enfin, qu'est-ce que cela veut dire ?

– Que je n'oublie pas que vous avez failli y passer aussi, chère madame, alors aidez-nous et vous verrez qu'on y arrivera.

– Comme je n'ai pas le choix, vous pourrez prendre une salle dans une heure, je vais donner des instructions en ce sens à monsieur Pouliot.

– Vous voyez, tout s'arrange avec de la bonne volonté.

*

* *

Madame Barbosa, un panier de courses à la main, rejoint son véhicule quand elle tombe sur le capitaine Cuche.

– Monsieur le commissaire.

– Bonjour madame, j'allais vous appeler.

– Il est où, mon mari ?

– Pour l'instant je ne sais pas, il est toujours dans la nature.

– J'ai peur qu'il lui soit arrivé quelque chose.

Cuche pense aux cinquante mille personnes qui disparaissent chaque année. Environ quarante mille sont des mineurs. La disparition d'un proche plonge les familles, les amis dans de longues périodes d'angoisse. Plus de huit mille personnes ne sont jamais retrouvées. La loi dit que « toute personne majeure a le droit d'aller et venir, comme bon lui semble ». Thierry n'aime pas ces situations, la plupart du temps, il n'y a pas d'indices auxquels se raccrocher. Certains refont leur vie, d'autres fuient leur femme… Dans le cas du garagiste, il est certain que tout est lié à la confrérie et qu'il ne s'agit pas d'une fugue de mari volage. Mais ça, il ne peut pas le dire à son épouse.

– Madame Barbosa, j'ai lancé un avis de recherche national, j'ai communiqué sa photo et son signalement à tous les commissariats, gendarmeries et douanes et on ne devrait plus tarder à le retrouver… Comment ça se passe au garage, vous vous en sortez ?

– Vous savez, Ange, il me fait peur maintenant, ce n'est plus le même qu'avant. J'en ai parlé hier à monsieur l'abbé et il m'a conseillé de fermer le garage quelques jours en attendant qu'on arrête le coupable. Le sénateur est passé me rendre visite ce matin et m'a donné le même conseil. Il m'a beaucoup réconfortée, vous savez. Il a même parlé aux journalistes. Ils viennent tous les jours me poser les mêmes questions.

– J'en doute pas !

Monique se ressaisit et scrute le flic.

– Il a un petit regard en coin quand il me fixe. J'ose même plus aller dans l'atelier et lui tourner le dos.

– Fermer quelques jours est effectivement une solution plus sage, vous êtes un peu surmenée en ce moment et tout va bientôt rentrer dans l'ordre…

– Alors, vous allez l'arrêter ?

– Je n'ai pas dit ça, rien ne nous dit qu'il soit coupable.

– C'est une preuve qui vous manque, c'est ça ?

– Oui, si on veut, mais ne faites pas de bêtises, madame Barbosa, laissez faire la police.

*
* *

Nadya a préféré attendre que la cliente sorte. Désormais, Hervé Montlor est seul derrière le comptoir.

– Je venais vous voir…

– Si je peux vous aider.

– Qu'est-ce que vous pouvez me dire à propos de Mariette ?

– Ah Marcel, il va me manquer ! Je le connaissais depuis toujours. Il aimait à répéter que c'était un trou, qu'il ne resterait pas. « *Je suis en transit* », comme il disait… Au bout de quelques années, il a pris la direction de la brigade. Il se plaisait ici. Et puis à la fin, on formait une bonne équipe. Je pense qu'il aura connu ses meilleures années à Saint-Émilion, même si depuis quelque temps, il filait un mauvais coton…

– Madame de Vauxmort m'a dit qu'il buvait trop et que son mari l'avait radié de la confrérie ?

– Oui, c'est exact. Edmond était un homme de principe et ne tolérait aucun écart quand il s'agissait des Chevaliers du Pressoir. Depuis son suicide, tout part à vau-l'eau. Et en ce moment, on touche le fond. S'il voit ça de là-haut, il doit être bien triste pour sa cité.

– Je vois.

– D'ailleurs, à cette époque, ça a occasionné des problèmes entre lui et Fabre.

– Et pourquoi ça ?

– Le sénateur a toujours protégé Mariette, ils s'entendaient comme larrons en foire, et il s'est naturellement opposé à la décision. En vain, puisque Marcel a été exclu des Chevaliers. Alors ça lui a tapé sur le système et il s'est mis à faire de plus en plus d'écarts… Pour ma part, je n'avais pas pour autant changé mes relations avec lui.

– On sait pourquoi il faisait ces excès ?

– Le bonhomme n'aurait jamais dû quitter la gendarmerie. C'est comme s'il avait perdu sa famille… Il s'est un peu raccroché aux branches quand le sénateur lui a décroché le poste au syndicat viticole. J'ai cru que ça allait le relancer…

– Ça n'a pas été le cas ?

– Non, pas vraiment, il s'est mis à boire encore plus. Les mauvaises langues disent qu'il prélevait toujours un plus pour sa consommation personnelle, il aurait même fait un peu commerce, mais tout ça c'est des ragots. Les petites cités, ça cache des rancœurs et des mesquineries. On s'épie derrière les rideaux.

La porte de l'officine retentit. Une femme, son petit garçon dans les bras, se dirige vers le pharmacien.

– Bonjour monsieur, mon fils a glissé sur les pavés…

– Bien, je vous remercie pour ces informations monsieur Montlor. Je vous laisse à votre travail.

*
* *

André quitte la gendarmerie de Libourne où il a passé sa garde à vue. À peine a-t-il franchi la porte de la brigade que les flashes crépitent, les caméras filment la remise en liberté du maître de chai. Il refuse toute déclaration. Alors qu'il se dirige vers la Mercedes du professeur qui l'attend, un couple change de trottoir.

– Quelle bande de cons !

Sur la route du retour, en apercevant l'enseigne du garagiste, il décide de s'arrêter.

– Professeur, pouvez-vous m'attendre deux minutes, je dois récupérer une pièce pour notre épampreuse.

– Oui, pas de souci.

Casimir André entre dans le garage. Il est accueilli par la patronne.

– Madame Barbosa, bonjour.

– Bonjour monsieur, mais je croyais que…

– Ne croyez plus… Je cherche Ange Dutour.

– Ange ?

– Oui, j'ai deux mots à lui dire.

La femme du garagiste est apeurée par le regard noir du maître de chai. Elle sait qu'il a été arrêté par l'équipe de Cuche… Et s'il s'était échappé ?

– Il… Il… est dans l'atelier.

André entre dans l'atelier et aperçoit Ange en train de vidanger une Twingo. Le liquide visqueux s'écoule directement dans la cuve.

– M'sieur André ?

– Je viens faire une mise au point avec vous, Ange Dutour.

– Y a un problème ?

– Je viens vous dire en face que je n'ai pas l'habitude de me mêler des affaires des autres et j'aimerais qu'il en soit de même pour vous.

– Je n'ai fait que dire la vérité, il me fallait un témoin et comme on s'était croisés, je leur ai dit que vous pourriez confirmer que j'étais seul.

– Je vous préviens tout de suite, je n'aime pas qu'on se serve de moi ! Je ne suis l'alibi de personne.

– Non, mais c'est juste que…

– N'ajoutez rien, j'espère que vous avez compris le message.

– C'est bon là, j'ai compris.

– Je passe l'éponge pour cette fois, mais je ne veux plus entendre parler de vous sans quoi la prochaine fois, je pourrais être plus méchant… Compris ?

– Compris, compris, mais c'est pas la peine de me menacer.

L'homme se retourne vers la porte et aperçoit la patronne qui a épié toute la scène. À son passage, elle se plaque contre le mur et met le bras devant son visage.

– Madame, bonne journée.

*

* *

La pièce est grande, haute de plafond, meublée en Louis-Philippe. Le sénateur Fabre est assis derrière un très grand bureau. Il affiche un sourire hypocrite et carnassier dont seuls les hommes politiques semblent avoir le secret.

– Bonjour capitaine. Asseyez-vous.

L'élu désigne deux fauteuils crapauds assez bas. De sa position, il est dominant. Le policier sent qu'il jubile. Ses yeux pétillent. Installé derrière son bureau, il éprouve un sentiment de puissance et de victoire. Pour sa part, Cuche semble étriqué et mal assis sur son petit fauteuil. Fabre est serein. Il est sur son territoire et semble baigner dans l'impunité. La conversation s'engage telle une partie d'échecs.

– Préalablement, c'est vous que je dois remercier pour ce torchon ?

Le sénateur lance devant Cuche le *Sud-Ouest* avec l'interview de Dutour.

Le flic jette un vague regard en signe de fausse compassion.

– Nous sommes dans un pays où la liberté de la presse est affirmée. Je n'y peux rien, c'est vous qui faites les lois, monsieur le sénateur.

– Bon, passons, qu'est-ce qui vous amène ?

Cuche reste sur la réserve. Il ne peut pas l'attaquer de front. Ce qui marche avec ce genre d'individu, c'est la flatterie. Il faut lui demander de partager son expérience, solliciter un conseil.

– Sénateur, je viens vous voir car j'ai besoin de votre connaissance de la confrérie et de ses membres.

– Très bien.

La stratégie paraît fonctionner. Jean-Louis Fabre se sent en confiance.

– Nous avons un point commun entre les deux morts, le père Anicet et l'adjudant Mariette, l'agression du maire et le disparu, Fernando Barbosa.

– La confrérie.

– Exactement, nous ne négligeons aucun point…

Peut-être quelqu'un en veut-il à votre ordre. Je souhaite revenir aussi sur l'exclusion de l'adjudant Mariette.

– Ah, vous voilà redevenu plus raisonnable.

Cuche, par stratégie, est bien décidé à courber l'échine et à lui laisser entendre ce qu'il veut.

– Tout le monde peut s'égarer sur le chemin de la vérité, n'est-ce pas ?

– Soit, que voulez-vous savoir ?

– La raison de l'éviction de Mariette.

Le politicien se lève puis, se croyant à la tribune, se met à déclamer en bon donneur de leçons.

– L'alcool, capitaine, l'alcool. Mariette buvait… Trop de pression, trop de soucis. Pas assez de rigueur… Sous des airs solides, il cachait une fragilité qu'il noyait dans la boisson. Il était très attaché à sa fonction, et les restrictions budgétaires de la gendarmerie ont condamné sa brigade. Cela l'a ébranlé.

– On m'a dit que vous aviez été en total désaccord avec Edmond de Vauxmort ?

– Oui, c'est vrai. Vous savez que j'ai été député-maire de Saint-Émilion pendant plus de vingt ans. Je connaissais Mariette en tant que responsable de brigade, mais aussi en tant qu'homme. C'est quelqu'un sur qui l'on pouvait compter. C'est à ce titre que je l'avais coopté pour intégrer les Chevaliers du Pressoir. Hélas, sa situation professionnelle l'a complètement déstabilisé. Ensuite, je me suis battu pour qu'il ne soit pas exclu des Chevaliers. On a tous des moments de doute dans la vie, et il fallait garder un peu d'humanité à son égard. Cela aurait été à la hauteur des valeurs de la confrérie, mais je n'étais pas décisionnaire et vous connaissez la suite.

– Je vois.

Le policier joue les naïfs. Il se l'imagine soudain en blouse blanche : « Monsieur Cuche, dois-je dégager un peu plus la nuque ? »

– Avez-vous d'autres questions ?

– Oui, concernant l'acquisition des terres de la famille Dutour…

– Là aussi, c'était un geste d'humanité envers l'un de nos membres les plus éminents, François Dutour. À la fin de mon mandat, j'ai appuyé sa candidature à la mairie.

– Vous n'étiez pas du même bord politique, pourtant.

– Ce sont les idées qui comptent, non la bannière partisane.

Cuche se dit que décidément, il sera hypocrite jusqu'au bout. Quel talent de pouvoir embobiner les gens de cette façon-là !

– Son fils n'était pas à la hauteur de la tâche. Un bon à rien, ou plus exactement un mauvais à tout. Le domaine était criblé de dettes et nous avons donc décidé, avec le professeur Chaney, de le reprendre et d'en assurer le passif.

– Beau geste.

L'ironie du capitaine ne semble pas être perçue par le politicien.

– Un Chevalier se doit d'être chevaleresque… J'en parlais encore hier au nouvel abbé.

– Oui, j'ai appris que vous étiez sur la commune. Vous auriez dû me le dire, et nous aurions pu ainsi nous voir à Saint-Émilion.

– Mon agenda est chargé et je n'y ai pas prêté attention.

Soudain, l'élu change de sujet.

– Capitaine, avez-vous des nouvelles de Fernando Barbosa ?

– Non, toujours pas, et pourtant, nous l'avons inscrit au fichier des personnes recherchées.

– Puis-je vous aider sur ce point ?

– Malheureusement pas.

– Fernando Barbosa est un homme méritant. Il a su gravir les échelons petit à petit. C'est un exemple pour nous tous.

Le sénateur regarde sa montre comme pour signifier à Cuche la fin de l'entretien.

– Autre chose, capitaine ?

– Non… Merci de m'avoir accordé de votre temps.

– Je suis à votre disposition.

« Pauv' con ! pense Cuche, si tu as quelque chose à voir dans tout ça, je me ferai une joie de te faire plonger. »

*

* *

Archibald Kinsley est assis face au lieutenant Madjer. Nullement impressionnée par la généalogie de son client, Nadya n'y va pas par quatre chemins. En l'absence de Cuche, c'est elle qui mène le bal. Martin admire à quel point elle maîtrise l'exercice. Ses petits effets, un coup de chaud, un coup de froid. Elle excelle dans la déstabilisation des suspects. La psychologie, c'est vraiment son truc. Martin reconnaît un peu de Cuche en elle. Intérieurement, il rêve d'être à sa place, bien qu'il ne se sente pas encore prêt.

– Où étiez-vous le 17 au soir ?

– Je l'ai déjà spécifié à monsieur.

– Redites-le-moi. Peut-être que cette fois-ci, vous direz la vérité.

– Je ne vous suis pas ?

– Répondez !

– J'étais chez moi, en Angleterre.

– Avez-vous un frère jumeau, monsieur Kinsley ?

Déconcerté, il lève le sourcil droit.

– Lord ! Non, pas à ma connaissance.

– Alors, expliquez-moi ça, lord !

Nadya sort d'un dossier cartonné le cliché du chauffard. Et reprend de plus belle.

– Vous ne rouliez pas à gauche, ce soir-là.

Le visage du Britannique ne sourcille pas.

– Effectivement. C'est sans appel.

– Bon, ça c'est réglé. Donc, contrairement à votre déclaration, vous étiez là le soir du meurtre d'Anicet.

– Oui, je crois que c'est maintenant difficile à nier.

– Pourquoi l'avoir tué ?

Kinsley fait un léger mouvement de recul.

– Mais de quoi parlez-vous ?

– Pourquoi mentir alors ? Ça s'est passé devant chez vous.

– Devant la porte, dans la rue, pas chez moi !

– Pourquoi, selon vous, est-il passé par votre rue ce soir-là ? C'est très escarpé pour un homme de son âge.

– Je n'en ai aucune idée.

– Monsieur, vous mentez ! Comme la loi m'y autorise, je vous place en garde à vue pendant les vingt-quatre prochaines heures dans les locaux de la gendarmerie de Libourne. J'espère que vous mettrez ces moments à profit pour réviser votre témoignage, en attendant le capitaine Cuche.

– Pourquoi ?

– Vous m'avez menti sur votre emploi du temps. Je dois éplucher toutes les informations vous concernant. J'ai demandé un relevé de vos appels téléphoniques, un relevé de votre consommation d'électricité. Tôt ou tard, je saurai la vérité.

– Je suis citoyen britannique !

– Ne savez-vous pas que depuis la bataille de Castillon en 1453, la juridiction est au royaume de France ?

Nadya est interloquée par l'intervention de Martin. Est-ce bien le lieutenant timide et réservé qui vient de parler ?

Surpris, Kinsley réfléchit un instant.

– Je n'ai plus rien à dire.

Il baisse la tête. Les coups de boutoir de Nadya et l'uppercut de Martin l'ont déstabilisé.

*

* *

Tout en conduisant, Cuche en profite pour recouper les informations recueillies. Dans sa tête résonnent les voix des différentes personnes entendues au cours des dernières heures. Il revit chacun de ces instants à la recherche d'une piste qu'il aurait peut-être négligée.

– « *Mon mari, Edmond, a exclu l'adjudant Mariette.* »

– « *Papa m'a dit qu'Edmond de Vauxmort était un homme remarquable.* »

– « *Le sénateur a tout fait pour le protéger, il était en total désaccord avec le Grand Sarment.* »

– « *Mariette buvait beaucoup trop. Il entachait la réputation des Chevaliers du Pressoir par ses écarts.* »

– « *Edmond était secret, sa disparition tragique m'a beaucoup affectée.* »

– « *Comble de l'histoire,* boss, *c'est l'adjudant Mariette qui a dirigé l'enquête du suicide de Vauxmort en 2002.* »

La clé est là, quelque part, mais Cuche n'y voit plus clair. Trop de suspects, pas assez de coupables. Trop de non-dits. Trop de secrets. Mais il lui reste encore un atout, et ça peut mordre…

Cuche se gare place Pioceau. Il est presque 19 h 45 et il est déjà en retard pour l'invitation de Clément. Il décide de faire un crochet par l'annexe pour recharger son téléphone portable. Tout est calme, trop calme pour une fin juin. Les récents événements ont créé une panique sous-jacente. L'atmosphère est tendue. À peine a-t-il franchi la porte de la mairie qu'il tombe sur Martin tout excité.

– Patron, vous êtes là. On a essayé de vous joindre plusieurs fois.

– Ma batterie est naze, mais ne me dis pas qu'il y a encore eu un meurtre ?

– Non, au contraire ! On a pu arrêter l'Anglais. On l'a cueilli sans difficulté quand il rentrait chez lui.

– Vous l'avez interrogé ?

– Le lieutenant Madjer a mené tout ça de main de maître… Et il n'est pas clair, ce type-là. Il ment sur ses emplois du temps.

– Il a lâché une info ?

– Rien pour le moment, mais on l'a mis en garde à vue à Libourne pour mieux le cuisiner demain.

Les yeux de Martin pétillent. Il explique à son supérieur qu'ils ont fait vérifier son entrée sur le territoire à l'aéroport de Mérignac. Les traces du contrôle magnétique de son passeport sont très précises : le 17 juin à 20 h 53. Cuche se rend compte qu'il a mis ses préceptes en pratique : l'observation. Son passage à Mérignac et la contravention pour excès de vitesse confondent Kinsley de manière irréfutable.

*

* *

Depuis ce matin et la conversation surprise entre l'hôtelier et le pharmacien, Nadya est inquiète pour son capitaine préféré. Pourquoi lui a-t-il caché cette nouvelle lettre anonyme ? Jamais, depuis qu'ils travaillent ensemble, Cuche n'a eu une telle attitude. Cette affaire devient trop médiatique et la pression hiérarchique est de plus en plus forte. Si l'enquête continuait à s'enliser, les espoirs parisiens de Cuche viendraient à disparaître. Il a besoin d'un grand succès pour pouvoir être muté au 36. Toute la journée, elle y a réfléchi. Il a sans doute découvert un indice sur la lettre ou sur l'enveloppe.

Il n'a pas été difficile de dire à Christophe Blachard que son *boss* a oublié quelque chose dans sa chambre. On fait toujours confiance à un flic. Ce soir, au lieu de rentrer sur Bordeaux, elle est dans la chambre de son patron, à la recherche de la lettre. Elle a commencé par fouiller la sacoche de l'ordinateur, puis elle est passée au bureau et à ses deux tiroirs. Nadya est très méthodique dans sa procédure. Est arrivée la table de nuit…

Elle l'a ouverte depuis trois minutes, et est comme choquée par ce qu'elle vient de voir. Elle ne comprend plus. Tout se mélange, le doute et l'angoisse se succèdent. Rien n'avance comme d'habitude dans ce dossier. Le récit de la course-poursuite derrière l'assassin de Mariette et des deux tirs, l'autre soir, lui a laissé une sensation étrange. Non, vraiment, quelque chose ne fonctionne pas.

Nadya est assise au bord du lit, elle a besoin de retrouver ses esprits. Elle secoue la tête, dépitée.

– Non, c'est impossible !

*

* *

Le capitaine tambourine à la porte du presbytère. Après quelques instants, elle s'ouvre, laissant apparaître le visage souriant du prêtre.

– Excusez-moi, je suis en retard, je rentre de Bordeaux et il a fallu que je passe à la mairie avant de venir. C'est con que les journées ne fassent que vingt-quatre heures.

– Entrez, et attention la tête…

– Ne vous inquiétez pas, je me prosterne…

Cuche et Clément pénètrent dans la salle à manger.

– Vous avez vu votre hiérarchie à Bordeaux ?

– Non, même pas, je suis allé voir le sénateur Fabre.

– Vous avez pris des gants, j'espère ?

– Oui, et croyez-moi, ce n'était pas de gaieté de cœur. J'aimerais bien me l'épingler, celui-là, avec ses airs supérieurs. Enfin, les choses semblent quand même bouger. J'ai d'ailleurs appris que vous l'aviez vu hier.

– Oui, en effet. Il est venu me faire une visite de courtoisie après le conseil municipal.

– Il est bien poli.

– Il est surtout très curieux, il voulait savoir si mon prédécesseur tenait un journal.

– Intéressant.

– Par ailleurs, je peux vous en parler, car il ne s'agit pas d'une confession, j'ai recueilli une confidence… Il semblerait que lors de la dégustation du 17, Anicet se soit rendu compte de quelque chose avec le vin du sénateur.

– De Fabre… Et de Chaney.

– Chaney a demandé discrètement une expertise à un laboratoire sur les bouteilles du sénateur. Il attend les résultats d'un jour à l'autre.

– Vous voulez dire que son pinard serait frelaté ?

– C'est une éventualité.

– Putain, je suis encore le dernier au courant ! En plus en voilà, un mobile ! Mais le lien avec l'agression de Tourneau est moins évident.

– Par contre, l'ancien adjudant était agent préleveur. Là, nous avons un lien.

– Vous savez que vous feriez un bon flic. Si un jour vous perdiez la foi, venez me voir, je vous trouverai un job.

– Merci, je le prends comme un compliment. Et vous, vous en êtes où ?

– On a épinglé l'*English*, lord Kinsley. Il nous mène en bateau sur son emploi du temps, et le soir du 17, Anicet est tombé devant sa porte. Je ne crois pas à un hasard.

– Les apparences semblent être contre lui.

– On va le laisser réfléchir cette nuit et je pense que demain, il sera plus bavard.

– Alors, en attendant, installez-vous, Louise est restée pour faire le service.

– Ah, cette chère madame Rapeau, que feriez-vous sans elle ?

– Je traverserais la place et j'irais dîner tous les soirs avec vous à *La Barrique*. Enfin, si vous ne me tirez pas dessus…

En temps normal, Cuche aurait mal réagi. Il a de l'humour, mais ne supporte pas qu'on remette ses compétences en question. Là, il rit de bon cœur. Après tout, ce n'est pas un collègue. Un curé peut tout entendre, il ne vous juge pas.

– C'est vrai, les rues ne sont plus sûres avec tous ces policiers qui tirent sur tout ce qui bouge.

– À ce propos, ça a donné quelque chose, vos analyses ?

– Rien pour le moment, je ne suis même plus sûr de l'avoir touché, Nadya n'a pas vu une goutte de sang.

– Il faut arrêter tous les boiteux… Et votre sénateur, il a été loquace ?

– Un peu, il m'a parlé de Mariette et de son exclusion de la confrérie.

– Il en était ?

– Oui, mais il s'est fait virer. Apparemment, il aimait un peu trop le sang du Christ.

– Thierry, ne blasphémez pas…

Toujours l'oreille attentive, la vieille femme, qui sert la soupe aux vermicelles, intervient.

– Oh ! Avec tout ce qu'on entend en ce moment…

Clément prend une cuillère de soupe encore fumante.

– En tout cas, c'est délicieux.

– Que voulez-vous dire par là madame Rapeau ?

– Quand les domestiques ne restent pas à leur place, on doit s'étonner de rien.

– Vous faites allusion à Casimir André ?

– Pour sûr.

– Ah oui, où en êtes-vous avec lui ? Votre charmant lieutenant m'en a touché un mot ce matin.

– Il a un alibi pour le soir du meurtre de Mariette. Figurez-vous qu'il était avec madame de Vauxmort.

– Si tard ?

– Il lui montrait son service trois-pièces.

Madame Rapeau, à qui la métaphore a échappé, rebondit naïvement aux propos du policier.

– Pour sûr, elle doit avoir de la belle vaisselle, la veuve.

Les deux complices se regardent et affichent un rictus synchronisé.

– Je comprends, l'image parle d'elle-même.

– Enfin bref ! J'en suis toujours au même stade : deux morts, une agression, un disparu et un oiseau de malheur.

– Pour votre corbeau, vous devriez en savoir plus ce soir, non ?

– Qu'est-ce que vous voulez dire par là ?

– J'ai entendu une rumeur selon laquelle il vous fera des révélations.

– Eh bien, les nouvelles vont vite !

– Je saurai rester discret.

– Oui, oh vous savez, si tout ça est arrivé à vos oreilles, il y a fort à parier que toute la ville est au courant.

*

* *

Dans cette magnifique enceinte du XIVe siècle, le capitaine Cuche espère bien faire progresser son enquête. C'est ce soir ou jamais. La Collégiale sonne un coup, c'est l'heure H. La nuit est maintenant tombée sur Saint-Émilion. L'ancienne ogive romane du couvent est recouverte de lierre. À trois mètres de haut, c'est un poste d'observation rêvé pour le capitaine. Il est prêt, bien tapi dans la végétation. Maintenant, le bal peut commencer, Cuche attend ses « clients ». La lune est au trois quarts, cela lui rendra la tâche plus facile.

Finalement, ce site est intéressant pour son unique entrée et le nombre de postes d'observation possible.

Ce soir, pas de tiags, de bonnes vieilles tennis pour pouvoir courser son gibier. Il a peu dîné, juste ce qu'il faut pour que les sucs gastriques soient occupés.

Cuche sourit au souvenir d'une phrase de madame Rapeau.

– « *Commissaire, j'ai peur du sicaire.* »

Il ne connaissait pas ce mot désuet et n'avait pas compris tout de suite la raison de la peur de la vieille femme. Dans la cité naissait une forme de terreur, et l'octogénaire refusait maintenant de rentrer seule chez elle, une fois la nuit tombée. Il était grand temps d'arrêter tout ça. Après avoir raccompagné cette bonne Louise, le flic s'était rendu directement dans l'ancien monastère des moines franciscains.

Soudain, un bruit se fait entendre. Cuche, aux aguets, scrute la pénombre. Rien. Tout est calme, sans doute un rongeur… Les minutes s'égrainent. Le flic est bien installé, ses yeux se sont habitués à l'obscurité et il peut admirer sereinement le cloître.

Sous la lune, les ruines de l'ancien couvent des Frères mineurs prennent une dimension mystique. Ces arches et pilastres engloutis par la végétation font penser à l'univers de Mary Shelley. Cuche se doit d'être vigilant. En cette saison, les touristes peuvent encore flâner, même si l'insécurité a fortement calmé leurs ardeurs. À l'allure où vont les choses, Saint-Émilion sera bientôt plus connue pour ses crimes que pour ses crus… Un nouveau bruit se fait entendre derrière lui. Il se retourne et vacille. Il vient d'être frappé sur le haut du crâne par un rondin de bois. Dans un dernier instant de lucidité, il appuie sur la détente et un coup de feu résonne dans les ruines du cloître. Sa carcasse s'affaisse, il doit son absence de chute au lierre envahissant. Il reste suspendu dans l'air, telle une marionnette désarticulée.

Nadya, qui se planque depuis le début, sort de sa cachette l'arme au poing. Martin lui emboîte le pas avec une grosse lampe torche.

– Que personne ne bouge, police !

– Jeudi 28 juin –

Le jour est déjà levé sur la vigne. Un homme, seul, marche entre les ceps. Par moments, il se courbe et regarde attentivement un sarment, une feuille. Les vendanges vertes doivent commencer dès demain sur le domaine. Il va falloir effeuiller le bas du pied, l'aération du cep est capitale. La défeuillaison manuelle ne sera effectuée que du côté du soleil levant. De l'autre côté, les grappes seront encore protégées par leurs feuilles. Il aime cette randonnée pédestre quotidienne. La vigne est l'œuvre de sa vie, un hymne aux saisons. Les paysages changent de jour en jour, façonnés par la main de l'homme. Il y a quinze ans, il se promenait sur ces mêmes chemins avec Edmond de Vauxmort. C'était un guide merveilleux, il aimait sa cité et connaissait l'histoire de chaque coteau. Ici, il y avait un moulin du Moyen Âge. Plus d'une quinzaine de ces majestueuses constructions cohabitaient avec les cépages. Là, les restes d'une échauguette, plantée comme un éperon rocheux dans ce paysage.

L'homme sort son Laguiole à manche de buis. Une abeille, symbole de l'Empire, orne le ressort. La lame de type yatagan coupe la fine tige d'un bouton de rose rouge. Antoine Chaney admire la beauté de cette fleur et l'installe à la boutonnière de son veston. Avec soin, il rabat la lame. Il doit connaître le proverbe aveyronnais « Ressort silencieux vivra vieux ». Le couteau artisanal est rangé dans le petit étui en cuir qui pend à la ceinture de son pantalon.

Derrière le bosquet longeant la vigne, quelqu'un l'épie. Le professeur se relève et reprend son chemin, sans savoir qu'il est l'objet d'une attention soutenue. Il s'arrête à nouveau, observe son domaine et inspire de plaisir.

Il est à l'automne de sa vie. N'ayant pas eu d'enfants avec Évelyne, il cédera ses biens à son ami André. Il avait toujours pensé qu'il aurait une fille, le destin en avait décidé autrement. Il s'était réfugié dans le travail et la viticulture après ses années d'errance. Pour lui, le scientifique, l'éternité passait au travers de la vie donnée à ses enfants. Il n'aurait donc pas d'éternité. Il avait déjà rédigé son testament et avait prévu une ode au vin. Pour lui, pas de crémation, pas de messe. Il voulait être enterré en habit de Chevalier avec une bouteille de chacun de ses domaines. Le Grand Sarment recevrait une cinquantaine de caisses afin d'organiser des agapes avec tous ses amis.

Aujourd'hui, il est un peu mélancolique, car c'est l'anniversaire de la mort de son épouse. En admirateur de l'Empereur, il avait fait sienne cette phrase : « L'absence guérit les petites passions, mais accroît les grandes. » En l'honneur de son aimée, chaque 28 juin, depuis près de trente ans, il déguste des macarons.

*
* *

À l'hôpital de Bordeaux, Cuche est en observation. Les séquelles de la nuit sont encore visibles. Le flic est allongé, un pansement sur la tête. Il revient doucement à lui et a du mal à distinguer sur le moment le visage qui le regarde. À force de concentration, il réussit à avoir une vision plus nette. Le visage lui est familier. Nadya a passé la nuit à son chevet, comme on veille un ami, un parent, un frère.

– Comment te sens-tu ?

– Mal au crâne !

– Avec le coup que tu as reçu, ça ne m'étonne pas.

– Je ne me souviens de rien… J'étais sur le muret, et puis plus rien…

– Tu sais Thierry, on s'est toujours tout dit…

Tout en prononçant ces mots, elle lui attrape la main.

– Je suis allée dans ta chambre hier soir, j'ai vu le journal avec les lettres découpées…

– Oui, je sais, j'aurais dû t'en parler, mais ce sont des méthodes très limites qui ne sont pas approuvées par le manuel.

– Explique-toi !

Cuche détaille son stratagème, cette lettre n'était qu'un appeau.

– Il fallait pousser l'agresseur à bouger.

Nadya retrouve le sourire. Elle avait imaginé les pires scénarios, mais maintenant elle était rassurée.

– La prochaine fois, tu ne feras pas tes coups en douce, tu me feras confiance.

– Tu sais bien que ça n'a rien à voir avec la confiance, mais ça pouvait être dangereux et…

À cet instant, l'interne pénètre dans la chambre, une sorte d'écuelle en métal à la main.

– Alors, il se sent mieux ce matin ?

Ça y est, encore un adepte du ni « tu » ni « vous ».

– Il va mieux, il le remercie de sa sollicitude.

– Avec ça, il va retrouver une forme olympique et demain, il n'y paraîtra plus.

– Docteur, vous pouvez nous laisser cinq minutes ?

– Bien sûr, il repassera un peu plus tard.

L'interne ressort. La porte refermée, Nadya enchaîne.

– Ton agresseur est passé par des anciennes galeries qui débouchent sous l'autel de la chapelle du couvent.

– Il connaît bien les lieux, pour savoir qu'il y a un passage sous l'autel.

– C'est l'ancien caveau de Cordeliers, aujourd'hui le patron de la guinguette y entrepose son mousseux. Attends, ce n'est pas tout. Cette nuit, je suis repassée à l'annexe et j'ai trouvé ça sous la porte.

Nadya extrait une nouvelle lettre anonyme.

– C'est quoi encore ?

– Lis !

Le lieutenant tend une pochette plastique à son supérieur :

« *ANDRÉ EST COUPABLE.* »

– Je reconnais le style de notre volatile.

– Je vais aller déposer cette missive à l'Identité judiciaire.

– Passe-moi mes vêtements dans la penderie.

– Comment ça, te passer tes vêtements ?

– J'ai une enquête qui m'attend... Tu ne crois quand même pas que je vais te laisser faire tout le boulot...

*

* *

La 307 de Nadya longe le cimetière de la Chartreuse avant de tourner à droite et de s'immobiliser rue François-de-Sourdis. C'est la Direction interrégionale de la police judiciaire de Bordeaux. C'est là qu'ils ont leurs bureaux, au deuxième étage. Cuche, qui est en poste depuis près de quinze ans, est salué par le gardien en faction. Il se dirige vers le premier sous-sol, où se trouvent les locaux de l'Identité judiciaire.

– Ce n'est pas raisonnable, *boss*, d'être sorti comme ça.

– Je n'ai pas le choix, chaque minute de perdue peut conduire à un nouveau drame.

– J'espère qu'on ne va pas tomber sur Jourdan, parce que là, on en a pour la journée.

– Il est au courant pour cette nuit ?

– Oui, il le sait, comment voulais-tu qu'on fasse autrement ?

– Pas de problème, je me débrouillerai.

Les deux officiers de police font glisser leur badge à une borne d'identification et pénètrent dans une vaste pièce de type laboratoire. Ils sont accueillis par un homme en blouse blanche.

– Bonjour Nadya, bonjour Thierry, qu'est-ce qui t'arrive, tu t'es cogné ?

– Pas le temps de t'expliquer.

Elle lui tend la pochette plastique.

– Voici une nouvelle lettre anonyme, tu peux y jeter un œil tout de suite ?

– Pour toi, pas de problème…

*
* *

Élisabeth de Vauxmort reçoit le vicaire général. Ils ont déjeuné ensemble et pour l'occasion, Ninette a sorti la fine porcelaine de Bohême.

– Mon père, souhaitez-vous un cannelé avec votre café ?

– Volontiers.

– Savez-vous que cette succulente pâtisserie doit son nom au moule en cuivre dans lequel elle est cuite ?

– Non, je l'ignorais, c'est sans doute dû aux cannelures.

– Effectivement, mon père.

– Ils sont délicieux.

– C'est Ninette qui les fait.

– Son mari est un heureux homme d'avoir une épouse avec de tels talents.

– Elle n'est pas mariée, elle vit seule depuis la mort de ses parents.

– Ah ! Je l'ignorais. Elle est exclusivement à votre service ?

– Oui, et de temps à autre, elle travaille chez mon ami Archibald.

– Archibald ?

– Lord Kinsley, un Chevalier du Pressoir.

– Je vois.

– En réalité, c'est un ami de très longue date, c'est lui qui a pris mes fonctions au sein du directoire lorsque j'ai été nommée Grand Sarment.

– Très bien.

– Au début des années quatre-vingt, Archibald est devenu l'un des principaux clients de notre vin. Petit à petit, il a été adopté par le pays et ses vignerons. Et naturellement, il a acquis un vignoble il y a quelques années. Celui de notre Grand Vinetier, d'ailleurs.

– Vous connaissez tout le monde, finalement.

– C'est ma position de Grand Sarment qui le veut.

– Pourriez-vous me parler de mon prédécesseur ?

– Le père Anicet est sans doute l'aumônier qui aura le plus marqué notre confrérie. Mon époux l'aimait beaucoup, ils échangeaient sur tout.

– C'est-à-dire ?

– Ils se voyaient plusieurs fois par semaine et quand ils ne le pouvaient pas, ils s'écrivaient pour étayer leurs propos.

– Ils étaient vraiment proches.

– Oui, d'ailleurs Edmond était l'un des rares à le tutoyer. Au château, lorsqu'il procédait au collage, l'aumônier était toujours présent, il venait avec de jeunes tiges d'ail qu'il coupait en morceaux. Ils préparaient avec les ouvriers une grande omelette aillée avec les jaunes, et agrémentaient le tout de chauves-souris grillées.

– Des chauves-souris ?

– Oui, c'est délicieux.

L'apprenti enquêteur pense qu'il est temps de franchir le Rubicon.

– Pourriez-vous me permettre d'accéder à la correspondance de votre époux ?

Élisabeth de Vauxmort est très surprise par cette doléance.

– Je vais vous confier un secret, je suis très curieux.

*
* *

Lorsque Thierry et Nadya pénètrent dans l'annexe, il est déjà 14 h 15. Martin, derrière le bureau, étudie les dossiers. À la vue du capitaine, il se lève et vient immédiatement vers lui.

– Ça va mieux patron ?

– Ça va, Martin, ça va !… Du nouveau depuis cette nuit ?

– On a reçu le rapport d'autopsie de Mariette.

– Et alors ?

– Il est mort par asphyxie. Le doc a noté une fracture de l'os hyoïde. La dissection a révélé des ecchymoses internes aux muscles du cou. Il a retrouvé de la peau sous ses ongles.

– On a les résultats du cytobrossage de Blachard ?

– J'allais y venir, l'analyse confirme qu'il s'agit bien de son A.D.N.

– Ça ne nous avance pas beaucoup tout ça, *boss*. Et surtout, ça corrobore la déposition de ton aubergiste.

– Oui, en revanche, pour fracturer un os du cou, il faut avoir une certaine force… Autre chose ?

– Non, j'attendais le lieutenant avec impatience pour que l'on puisse reprendre l'interrogatoire. Ah !

J'allais oublier l'appel du commissaire Jourdan. Il était furieux que vous soyez passés au Q.G. sans aller le voir.

– On n'avait pas le temps, je le rappellerai plus tard. En attendant, Martin, tu vas aller chercher ton lord et c'est toi qui mènes l'interrogatoire.

Le regard plein de reconnaissance, Martin remercie chaleureusement son supérieur. Nadya sait que Cuche est satisfait de son jeune équipier, ce geste le prouve.

– Merci capitaine, vous n'aurez pas à le regretter.

Après de longues minutes, lord Kinsley pénètre dans la pièce. Malgré une nuit en garde à vue et sa barbe naissante, il a toujours son allure *so British*. Martin le fait asseoir, Madjer reprend le rôle ingrat de dactylo.

– Êtes-vous prêt à coopérer et dire ce que vous savez ?

– Comme je vous l'ai déjà dit hier, je n'ai rien à voir avec ces meurtres. Je les déplore et dans le cas d'Anicet, je le regrette sincèrement. C'était plus qu'un prêtre pour moi, presque un ami.

– Pourquoi êtes-vous revenu le 17 à Saint-Émilion sans rien dire à personne ?

– Je suis arrivé à Mérignac le 17, et ça ne veut pas dire que je suis venu ici.

Martin attrape deux feuilles sur une pile de courrier.

– Nous avons reçu une copie de votre consommation électrique, et je peux vous affirmer que quelqu'un était chez vous ce fameux soir, le compteur a tourné. Par ailleurs, voici le relevé de vos communications téléphoniques le 17 juin. Je note quatre appels entre 21 h 45 et 23 h 15, dont un vers le téléphone portable du père Anicet… L'appel a duré 37 secondes… Vous vous êtes dit quoi ?

– J'étais en France et je tenais à le saluer.

Cuche, lassé par les manœuvres anglaises, prend la parole.

– Je pense que vous devriez arrêter votre petit sketch, ça n'amuse que vous. Dites-nous la vérité, maintenant.

– Et qui êtes-vous, monsieur ?

– Je suis le capitaine Cuche, je dirige cette enquête et je dois donner un nom au procureur d'ici ce soir… Le vôtre est pas mal.

– Qu'est-ce que vous insinuez ?

– En gros, pour ce soir, vous avez deux options : soit vous dormez dans votre lit, soit vous dormez à la maison d'arrêt.

– Mais c'est du chantage !

– C'est exactement ça, lord !

Nadya renchérit.

– Monsieur, je vous rappelle que vous êtes entendu dans le cadre d'homicides. Je ne sais pas si vous vous rendez bien compte de la gravité des faits.

– Je m'en rends parfaitement compte, mademoiselle. Comme je vous l'ai dit, Anicet était un ami. Je lui avais laissé entendre que j'essaierais de me rendre à la dégustation du cru Fabre-Chaney. Mais j'ai raté mon avion et j'ai dû prendre le suivant. Je ne suis arrivé à Bordeaux que vers 21 heures, mais ça, vous le savez.

– Continuez !

– Il était près de 22 heures quand je suis arrivé à Saint-Émilion et j'étais fatigué. J'ai donc appelé Anicet, pour lui dire que je ne pourrais pas assister à la tenue et lui ai proposé de venir prendre un verre après.

– Voilà donc pourquoi il serait passé par le tertre des Vaillants… Nadya, tu as tout pris en note ?

– Oui, *boss*.

À peine ces mots prononcés, le téléphone de l'annexe se met en branle. Cuche décroche.

– Cuche, c'est Jourdan !

– Mes respects commissaire.

– Qu'est-ce que vous foutez encore mon vieux ?

– Pourquoi ?

– Il paraît que vous avez un Anglais en garde à vue.

– Oui, c'est exact, il est devant moi.

– Vous avez des charges contre lui… Des certitudes ?

– Non, pas exactement, mais je tente d'éclaircir des zones d'ombre en ce moment même.

– Oui, eh bien, vous éclaircirez sans lui, vous me le relâchez tout de suite…

– Mais…

– C'est clair, Cuche ?

– Parfaitement clair, monsieur le commissaire divisionnaire.

Nadya a parfaitement compris la pression que subit le capitaine. Kinsley est calme depuis le début de son interrogatoire et elle sait maintenant pourquoi. Quand elle est arrivée, il y a trois quarts d'heure, Jacqueline Tourneau lui tenait compagnie. Ils préparaient leur petit numéro à trois avec le sénateur. Contre la mairesse, elle ne pouvait rien faire… Son statut en faisait le premier officier de police de la commune et en cette qualité, elle pouvait discuter avec Kinsley.

Le regard noir, Cuche raccroche. Alors qu'il voit encore une piste s'envoler, l'Anglais le prend à contre-pied.

– Je vais tout vous dire, capitaine…

*

* *

Cuche arrive devant le presbytère. C'est le seul moyen d'en avoir le cœur net. Il patiente devant la porte. Si Kinsley dit vrai, ce sera facile à vérifier. Deux minutes se sont écoulées et personne n'est venu ouvrir. Il renouvelle donc les deux coups de marteau de bronze sur la porte. Il ne semble y avoir âme qui vive. Il s'apprête à rebrousser chemin… Puis se fige. C'est trop bête ! L'Anglais est là, dans son bureau, et il risque de perdre de précieuses minutes de garde à vue. Tant pis, il y va, Clément lui pardonnera bien cette intrusion. Le policier longe le mur en pierre et arrive devant la porte en métal, à l'arrière du presbytère. Le trousseau n'a que deux clés. Il introduit celle qui semble la plus adaptée à l'orifice. Immédiatement, la serrure claque. Un second tour et voilà la porte déverrouillée. Kinsley disait vrai. Cuche pénètre maintenant dans le jardin. Il identifie la porte-fenêtre du prêtre et y introduit la seconde clé. Là encore, pas de surprise, ça tourne.

À l'intérieur, tout est en ordre, personne en vue. Il commence une rapide inspection, ouvre le tiroir du bureau. À cet instant, la porte s'ouvre. Clément tombe nez à nez avec Cuche.

– Ah, Clément, excusez-moi pour cette intrusion.

Le flic est particulièrement embarrassé, Clément ne semble pas surpris.

– Si vous êtes là, c'est que vous avez une bonne raison.

– En fait, l'Anglais qu'on a arrêté possède un jeu de clés du jardin et de votre chambre. Il nous a expliqué qu'il rencontrait régulièrement Anicet… dans une certaine clandestinité, dirons-nous.

– Alors là, je ne vous suis pas…

– Je vous demande de garder tout cela pour vous pour le moment.

– Je vous écoute.

– Anicet et Kinsley ont racheté ensemble un vignoble en 1999. C'est l'ancien domaine de Blachard, d'ailleurs. L'*English* était trop juste et Anicet a mis cinquante pour cent de la somme. Il possédait donc la moitié du vignoble.

– D'où cette passion pour les vins et le fait qu'il refusait de quitter la cité pour une autre commune.

Clément montre l'imposante bibliothèque et ses nombreux ouvrages sur le vin.

– Mais d'où a-t-il sorti cet argent ?

– D'après ce que je sais, la famille d'Anicet était riche. Monseigneur Leroux m'a dit un jour qu'il était baron et qu'il était le dernier descendant d'une des plus vieilles lignées de l'aristocratie française. Il devait disposer de fonds, tout simplement.

– Vous ne faites pas vœu de pauvreté, quand vous rentrez dans les ordres ?

– Si, mais nous avons tous nos faiblesses, et puis les prêtres peuvent garder leurs biens.

– D'après Kinsley, rien n'était officiellement formalisé. Ils avaient seulement signé un papier entre eux. Quand il est venu le 17 juin, il devait proposer à Anicet de lui rendre son argent contre cette reconnaissance de dette. Vers 23 heures, lorsqu'il a ouvert sa porte, au tertre des Vaillants, Anicet baignait dans son sang.

– Et il n'a vu personne ?

– Bonne question l'abbé, vous auriez fait un bon flic, je vous l'ai déjà dit. Il a vu quelqu'un détaler… Mais je ne peux rien vous dire pour le moment.

– Ça recoupe une information que j'ai reçue.

Clément se remémore les propos de Pouliot. Tenu par le secret de la confession, il ne peut être que vague. Impossible de dire que Marius Pouliot, ce fameux soir, venait chercher Ninette, avec qui il entretient des relations intimes.

– Quelle information ?

– Un de mes paroissiens est passé par le tertre des Vaillants vers 23 heures et a reconnu Kinsley penché sur le corps. L'Anglais, qui avait dû l'entendre, est rentré précipitamment chez lui. Quelques instants après, toutes les lumières de la maison se sont éteintes. Mon paroissien s'est alors approché et a identifié mon prédécesseur. La suite, vous la connaissez.

– Le nom de votre fidèle ?

– Impossible, je suis tenu au secret absolu. Je ne peux

même pas en parler à Son Excellence. Je comprends mieux pourquoi ma chambre a été visitée hier. Il a dû chercher ce papier. J'avais déjà eu des doutes quand il était venu chercher ses livres. Tout est clair maintenant.

– Justement, d'après l'Anglais, la reconnaissance de dette se trouve dans le bréviaire d'Anicet.

– Cherchons, il est peut-être ici.

– Non, Anicet l'avait avec lui le soir du crime, et nous ne l'avons pas retrouvé.

– C'est donc l'assassin qui a le bréviaire.

– Ce qui est clair, c'est que l'Église catholique vient d'hériter de quelques arpents de vignes.

– Encore faut-il retrouver la reconnaissance de dette.

*

* *

Le professeur Chaney a acheté le château Dutour avec le sénateur en 2002. Ni l'un, ni l'autre ne disposaient d'assez de fonds pour acquérir la totalité de la propriété. Cinq cent mille euros chacun, c'est la somme qu'il avait fallu débourser, hors émoluments du garagiste. La société de Dutour en liquidation, le produit de la vente avait à peine servi à éponger les dettes. Ange n'avait pas récupéré le moindre sou. Chaney, qui disposait déjà d'une confortable maison en ville, n'avait pas jugé utile de s'installer sur le domaine, malgré une certaine proximité et un cadre magnifique. L'année précédente, sur les conseils de son maître de chai, il avait décidé de transformer la demeure en maison d'hôte de luxe, notamment pour ses nombreux clients anglais et japonais. À la rentrée de septembre, les travaux seraient terminés.

Le soleil n'est pas encore couché. Caché derrière la tour du Roy, il projette une ombre sur l'aval de la cité. Il fait encore très doux, le ciel est dégagé et certaines étoiles percent déjà malgré la luminosité. Le professeur a réuni chez lui ses deux amis, monsieur Montlor et madame de Vauxmort, pour un dîner. Le service est effectué par le maître de maison en personne. André profite de son repos de fin de semaine.

– Professeur, je vous remercie pour ce que vous avez fait pour Casimir.

– Vous auriez fait la même chose pour moi, alors n'en parlons plus. J'ai reçu votre faire-part et j'en profite pour vous féliciter, j'ai réservé mon 20 septembre.

La sonnette annonce un invité inopiné, Chaney regarde sa montre.

– Il est bien tard pour une visite. Je vous prie de m'excuser un instant.

Le chirurgien se lève et se dirige dans le couloir de l'entrée.

L'importun insiste. La longue sonnerie ressemble aux fins d'entractes des théâtres des grands boulevards parisiens. Le professeur Chaney ouvre grand la porte. Un tantinet éméché, Ange Dutour lui fait face.

– Oui, que puis-je faire pour vous ?

– Me laisser entrer, on a à parler tous les deux.

– Je suis avec des amis, j'espère que c'est important.

– Y a pas plus important.

– Bien, entrez quelques instants alors.

Le médecin et son visiteur du soir se rendent dans le petit salon qui jouxte la salle à manger où se trouvent monsieur Montlor et madame de Vauxmort. Cette pièce est en réalité un salon de lecture. Face à la porte d'entrée se trouvent deux fenêtres aux pieds desquelles trônent des fauteuils moelleux, recouverts d'un tissu vert brillant décoré d'abeilles tissées en fil d'or. Ici, il fait bon lire, les livres dégagent leur odeur de vieux papier. La paroi de gauche est occupée par une large cheminée. Dans l'angle, une porte communique avec une autre pièce. Sur le mur de droite, une très belle bibliothèque est surchargée de livres. Un grand nombre d'entre eux traitent de médecine. Une biographie d'Avicenne et une autre d'Abulcasis sont rangées à côté d'un ouvrage traitant des écorchés de Fragonard. Un livre en anglais est posé sur une petite table, devant la bibliothèque. Il est signé du docteur O'Meara. Cet Irlandais fut un des médecins de Napoléon Ier. Tout l'étage supérieur est dédié à des ouvrages consacrés à l'Empereur. Le professeur Chaney est un admirateur du petit Corse.

– Je vous écoute, monsieur Dutour.

– Ça va ma vigne, elle fait des heureux ?

– Écoutez, mon ami…

– Je ne suis pas votre ami. N'essayez pas de m'embobiner.

– Je pense qu'on pourrait reprendre cette conversation plus tard, vous avez bu plus que de raison ce soir.

Ange Dutour commence à hausser le ton et les convives de la salle à manger tendent l'oreille.

– C'est ça, traitez-moi d'alcoolique, espèce de voleur !

– Vos mots dépassent votre pensée, je vous prie de sortir.

– Pas question, vous allez me payer ce que vous me devez.

D'un geste, Chaney montre la porte.

– Je ne vous dois rien, j'ai acheté vos terres de façon tout à fait officielle.

– Vous voulez dire que vous me les avez volées de façon tout à fait officielle, un million d'euros pour un vignoble qui en vaut deux fois plus.

– Je l'ai payé le prix proposé à l'époque par le liquidateur.

– Du vol, j'vous dis, vous me devez encore cinq cent mille euros chacun et vous allez me les payer d'une manière ou d'une autre, vous et votre copain le sénateur.

– Ce sont des menaces ?

– Exactement ! Et Barbosa va payer aussi, cet escroc.

– Vos propos sont très graves, monsieur Dutour, je vous prie encore une fois de sortir.

– J'partirai quand j'aurai mon argent, on va me respecter maintenant, y vont voir de quoi je suis capable, tous ces cons qui se foutent de ma gueule.

Hervé Montlor frappe à la porte qui se trouve dans l'angle proche de la cheminée et fait irruption dans la pièce sans attendre qu'on l'invite à entrer.

– Tiens ! T'es là, toi ?

– Ange, arrête tes bêtises et rentre chez toi, s'il te plaît.

– Ils m'ont volé mes terres, et j'te garantis qu'ils vont tous payer.

– Allez, viens, je te raccompagne, tu dis des conneries.

– J'veux mon argent demain, toubib.

– Rentrez chez vous ou j'appelle la police. Ça commence à bien faire.

– Allez, viens maintenant.

Hervé Montlor tire Ange par le bras et se dirige vers la porte.

– Y vont tous me le payer, j'te dis.

– Allez, rentre directement chez toi et couche-toi, ça ira mieux demain, tu verras.

Hervé Montlor referme la porte. Le mécano vocifère dans la rue.

– J'en ai pas fini avec vous, vous allez me le payer !

L'énergumène prend une pierre et la lance dans la porte.

– Vendredi 29 juin –

Ce matin, Cuche est bien décidé à prendre le taureau par les cornes. Il est 8 h 30 lorsqu'il met en route l'ordinateur de l'annexe. L'Identité judiciaire lui a promis de lui envoyer dans la nuit le compte rendu concernant l'empreinte trouvée sur la dernière lettre anonyme. Il tient une piste. Le corbeau est presque en cage. Il appuie sur le symbole de la petite enveloppe. Les messages rentrent. Le voilà ! Il clique sur le courriel tant attendu qui confirme une empreinte de pouce droit et des traces de résidus de réglisse. Néanmoins, aucune indication sur l'identité de son propriétaire dans les fichiers de la police. Peu importe, aujourd'hui, il va faire bouger les choses. L'enterrement de l'ancien gendarme va lui offrir la possibilité d'éclaircir le mystère. Il sort son téléphone portable et compose un numéro.

– Allô, Clément, c'est Cuche, je vous réveille ?

– Non, pas du tout ! Comment allez-vous ce matin ?

– La tête est moins douloureuse, je vous remercie.

– C'est une bonne nouvelle. Que me vaut le plaisir de vous avoir de si bonne heure ?

– Je vous appelle à propos de notre corbeau…

*
* *

En ce milieu de matinée, la Collégiale est bondée pour la bénédiction. Toute la ville semble prendre l'habitude d'enterrer un de ses citoyens chaque semaine. Il y a certes moins de monde que pour le père Anicet, mais l'église est copieusement garnie pour rendre un dernier hommage à l'adjudant Mariette. Faute de famille, le premier rang est occupé par quelques adjudants et autres majors. Ils sont tous en tenue d'apparat avec leur gabardine noire et leur pantalon bleu rayé. La panoplie est complétée par un képi, une paire de gants blancs et des fourragères assorties. Monique Barbosa dirige la chorale, comme à son habitude. L'œil aiguisé de Cuche furète et observe attentivement tout ce qui se passe. Sur la droite et la gauche de Clément, la confrérie est présente en habit de cérémonie, pour saluer celui qui, un temps, a fait partie des Chevaliers du Pressoir. Le prêtre fait son homélie. « *Le soir venu, Jésus se trouvait à table avec les Douze. Pendant le repas, il leur déclara : – Amen, je vous le dis, l'un de vous va me livrer… Judas, celui qui le livrait, prit la parole : – Rabbi, serait-ce moi ? Jésus lui répond : – C'est toi qui l'as dit… Puis, prenant une coupe et rendant grâce, il la leur donna en disant : – Je vous le dis, désormais je ne boirai plus de ce fruit de vigne, jusqu'au jour où je boirai un vin nouveau avec vous dans le royaume de mon Père.* »

– Mes frères et mes sœurs, un temps pas si lointain nous sépare des époques barbares. Les anciens s'en souviennent sans doute. Il est temps que la paix revienne sur notre cité. Avant de vous laisser repartir vers vos occupations, je vais passer la parole au capitaine Cuche, qui doit vous dire quelques mots.

Le policier se fraye un passage dans la travée et accède au chœur. Là, il se retourne et prend la parole devant l'assemblée attentive.

– Mesdames et messieurs, un mot pour vous indiquer que dehors, sur le parvis de l'église, des officiers de police vont relever vos empreintes digitales. Nous avons une commission rogatoire du parquet nous autorisant à faire ces prélèvements. Je suis à la disposition de toute personne qui aurait une objection à cette démarche.

Le policier se retourne vers le père Clément et lui fait un signe de tête complice alors qu'un brouhaha envahit la Collégiale.

*

* *

Le prêtre débarrasse l'autel et se dirige vers la sacristie. Louise Rapeau, armée de deux petites panières en osier remplies de pièces et de billets, marche à contre-courant de la foule. Elle arrive devant la sacristie, fait deux rapides signes de croix et entre dans la pièce.

– Ah ! Madame Rapeau, je vous remercie, posez ça là.

– Mon père, j'ai besoin que vous me confessiez.

Le père Clément range méticuleusement le calice dans la partie haute du vestiaire, puis commence à ôter ses habits de cérémonie. Le voilà maintenant en soutane.

– En début d'après-midi, si vous voulez bien.

– Tout de suite mon père…

Madame Rapeau exécute deux nouveaux signes de croix qui n'échappent pas au prêtre. Pour Clément, nul doute que l'affaire est sérieuse. Il referme la porte en métal de son vestiaire et se retourne vers la vieille femme.

– Je dois me rendre sur le parvis voir le capitaine Cuche, mais je reviens d'ici dix minutes, ça ira ?

– Mon père, je suis une grande pécheresse, il faut que je me confesse, maintenant, tout de suite !

– Ah, si c'est pour une urgence, la police attendra.

– C'est ça, comme vous dites, pour une urgence.

Clément et Louise retournent dans l'église. Chacun pénètre dans la partie du confessionnal qui lui est réservée. Le prêtre tire le rideau de séparation.

– Je vous écoute, ma sœur.

Louise Rapeau est presque larmoyante.

– Eh bien mon père, j'ai péché… J'ai commis de très gros péchés.

– Ça ne doit pas être si grave que cela.

– Les lettres… C'est moi.

– C'est-à-dire ?

– Celui qu'ils cherchent dehors… C'est moi.

Un silence lourd et profond s'installe.

– Mon père…

Le vicaire sort alors de ses pensées.

– Oui, madame Rapeau… Pardon, je réfléchissais.

– Vous croyez que je vais aller en prison ?

– Voulez-vous que j'essaye d'arranger ça avec la police ?

– Vous feriez ça pour moi ?
– Bien sûr, si vous me le demandez.
– Croyez-vous que Jésus y va me pardonner ?
– Jésus pardonne toujours.

*
* *

Sur le parvis de l'église, une file de pèlerins s'est formée devant deux grandes tables. Le pool de l'I.J. officie sous les yeux des lieutenants Martin et N'Guyen. Nadya passe d'une table à l'autre et surveille la bonne marche des opérations. Les journalistes sont regroupés derrière un cordon de sécurité. Ils discutent entre eux afin d'essayer de comprendre la finalité de cette opération. À chaque fois qu'un client a immortalisé son pouce droit, ils se précipitent sur lui, à la recherche d'un témoignage. Outre le fait qu'elle ne sache rien, la population locale n'est pas très loquace et préfère rentrer rapidement chez elle. Les rues ne sont plus sûres et l'époque n'est pas à la flânerie. Devant la Collégiale, le grand ordonnateur surveille la lente procession. Il attend impatiemment que son oiseau se prenne dans le filet. Cuche s'approche de sa collègue, quand un journaliste l'interpelle.

– Capitaine, une déclaration !
– Rien à dire pour le moment.
– Vous devez bien avoir une piste, pour lancer ce relevé d'empreintes.
– On verra plus tard.

Le flic est maintenant à côté de Nadya.

– Ça va, Starsky ?
– Tout va bien.
– Si tu as le moindre souci, je suis devant la porte. Au cas où il y aurait des resquilleurs…
Clément sort et aperçoit Cuche. Il vient à sa rencontre.
– Ce n'est pas la peine, je les ai déjà vos empreintes.
– En effet.
– Félicitations pour le sermon.
– Merci capitaine.
– Vous me donneriez presque l'envie de m'abonner.
D'un mouvement de tête, le prélat désigne la file d'attente.
– Si j'étais vous, je lèverais le dispositif.
– Oh là, vous ne me dites pas tout, vous.
– Mettons-nous un peu à l'écart, voulez-vous ?
Les deux hommes s'isolent près d'un platane, à l'abri des regards et des oreilles indiscrètes.
– Je sais qui est le corbeau. Je viens d'avoir sa confession. Je lui ai promis de régler cette affaire avec vous.
– Qui c'est ?
– Avant toute chose, je vous demande d'être indulgent.
Cuche trépigne.
– On verra ! Son nom !

*
* *

Louise effondrée, son confesseur bienveillant et le capitaine stupéfait sont assis autour de la table du presbytère.
– Madame Rapeau, le père Clément vient de m'informer que vous étiez l'auteure des lettres anonymes.

– C'est vrai, mon père… Pardon, commissaire.

– L'empreinte de pouce que nous avons sur la lettre est donc la vôtre ?

– Certainement, et pourtant, j'avais fait très attention.

– Madame Rapeau, c'est très grave.

La vieille femme se signe.

– Je vais aller en prison, c'est ça ?

– Si vous collaborez avec moi, je pense que ça devrait s'arranger, mais pour ça, je vais devoir vous interroger et enregistrer votre déposition.

– Je vous dirai tout, je ne veux pas souffrir.

– Pourquoi avez-vous fait ça ?

– Pour vous aider, commissaire.

– Vous voyez capitaine, ça partait d'un bon sentiment.

– Pour m'aider ?

Louise Rapeau pleure.

– Je voulais vous aider à trouver le meurtrier de notre bon père.

Cuche regarde l'abbé puis se lève.

– Bon, je reviens tout de suite.

Le capitaine quitte la sacristie. Il ne sert plus à rien de maintenir le dispositif.

– Il est parti chercher les menottes, c'est ça mon père ?

– Non, certainement pas, n'ayez crainte, tout va bien se passer.

– Je ne veux pas souffrir, moi.

– Vous ne souffrirez pas, je suis là.

C'était une des phobies de Louise. Depuis ses jeunes

années, la notion de douleur physique lui était insoutenable. Le 16 mai 1943, cette même peur l'avait envahie. Dans le bureau du lieutenant Kilsner, elle avait eu peur de cette souffrance. Les trois bouteilles de vin et le panier de victuailles qu'elle portait n'étaient nullement destinés à sa consommation personnelle, mais au réseau Cohors-Asturies qui était terré dans les catacombes. La Gestapo était à leurs basques depuis plus d'un an et demi. Elle essayait de reconstituer l'organigramme du réseau. Le chef se faisait appeler « le baron », mais ses amis l'appelaient Émile. Louise était amoureuse de celui qu'elle considérait comme Robin des Bois. Contre sa liberté et celle d'Émile, dont elle ne connaissait pas exactement la fonction, elle donnait le lieu de réunion du réseau ce matin-là… Le 17 mai 1943, ce fut un massacre. Alors qu'Émile transportait des explosifs à Montagne par les souterrains, la Gestapo investissait la planque des résistants. Personne ne put parler, car de survivants, il n'y en eut aucun. Louise avait partagé ce secret avec un homme, un représentant de Dieu, le père Anicet. Même Émile ne sut jamais la vérité et soupçonna toute sa vie Aimé Festou, le pharmacien et père de Michelle Montlor.

Au moment où Cuche pénètre à nouveau dans la sacristie, la vieille femme sursaute. Madjer, munie de son P.C., lui emboîte le pas.

– Madame Rapeau, le lieutenant Madjer va prendre votre déposition et procéder à votre relevé d'empreintes.

– Très bien, commissaire.

Larmoyante, Louise se retourne vers Nadya.

– Je vous dirai tout, mademoiselle…

L'histoire se répétait. Au moment où Cuche se dit qu'il n'y a pas d'âge pour faire des conneries, Martin fait irruption dans la sacristie.

– Patron, je dois vous parler tout de suite.

*

* *

Il est un peu plus de midi quand il arrive au début de la sente menant au vignoble du professeur Chaney. Plusieurs véhicules de police sont stationnés sur le bord du chemin. Un cordon fluorescent limite l'accès des lieux à la quinzaine de curieux venus voir ce qui se passe. Cuche aperçoit N'Guyen en pleine discussion avec le commandant Bébin. De son côté, Jacqueline Tourneau fait une déclaration à la presse.

– Alors, c'est quoi encore cette histoire ?

– Un type a appelé la gendarmerie de Libourne il y a une heure. Ils ont fait le lien avec notre affaire et ils ont tout de suite appelé l'I.J.

– Bonne initiative de nos copains gendarmes.

– C'est une vraie boucherie… On a retrouvé Chaney… En deux morceaux !

– Qu'est-ce que tu me racontes ?

– Je crois qu'on a affaire à un malade.

– Vas-y, explique, bordel !

– Il a foutu le pied dans un piège à sanglier.

– Dans un piège à sanglier ?

– Exactement !

– Ce n'est pas un accident, j'imagine ?

– Non, le piège a été placé là délibérément, ça ne fait aucun doute, Chaney passait ici tous les jours.

– Qui a trouvé le corps ?

– Un de ses employés, un dénommé Jean-Yves Billot.

– Tu l'as interrogé ?

– Oui, mais ce n'est pas simple, il est en état de choc. Il a quand même pu nous dire qu'il a retrouvé le corps vers 10 h 30, Chaney était déjà mort, complètement vidé de son sang.

– Évidemment, personne n'a rien vu ?

– Évidemment. On a laissé le corps pour que vous le voyiez, sinon, j'ai déjà fait des clichés avec mon appareil numérique.

– Je vais voir par moi-même.

La zone a été entièrement balisée par l'I.J. L'équipe de Bébin a placé des cavaliers[1] à proximité de chaque indice. Jean-Yves Billot est prostré par terre près du docteur Celleprin. Il a rendu tout ce qu'il avait dans le ventre au pied d'un cep. Cuche s'approche de la scène de crime, entièrement entourée d'une sorte de claustra en toile.

Afin d'éviter les murs de paravents, les objectifs et caméras sont portés à bout de bras par la horde médiatique. Chacun veut son plan, son cliché du cadavre. Aujourd'hui, une photo mal cadrée avec du grain se vendra peut-être mieux. Les lecteurs sont voyeurs, les vrais journalistes d'investigation se font rares. Thierry

1. Plots numérotés signalant les différents indices sur une scène de crime.

Cuche déteste ces vautours qui se nourrissent de cadavres, ça le révulse.

– Putain, mais c'est dégueulasse, comment peut-on faire un truc pareil !

La jambe droite de Chaney ne tient plus que par un lambeau de chair. La mâchoire d'acier a fait sa besogne à mi-mollet. Son visage affiche une souffrance qu'il a dû emporter dans la mort. Les goupilles du piège sont griffées, ce qui laisse supposer que le chirurgien a tenté de désarticuler la gueule en métal.

– Il a dû essayer de se couper la jambe lui-même pour se dégager. Tu vois le cavalier numéro trois ? On a retrouvé son Laguiole planté dans la terre comme ça, près de lui.

Apercevant le capitaine, le légiste confie Billot à un inspecteur de l'I.J. et se dirige vers lui.

Celleprin est le créateur du service de médecine légale de Libourne. Son champ d'intervention est le Saint-Émilionnais, le Libournais et un peu du Bergeracois. Marié à une Irlandaise et père de trois enfants, ce quinquagénaire légèrement dégarni est passionné par son métier. Entre les examens des défunts, les bilans traumatiques ou évaluations de séquelles des vivants et ses témoignages devant les tribunaux, il n'arrête pas.

– Salut Cuche, triste affaire !

– Salut Celleprin, tu as l'heure du décès ?

– *A priori* entre 8 et 10 ce matin, ça reste à confirmer. Ses connaissances médicales lui ont permis de retarder l'échéance au maximum. Il s'est garrotté avec sa ceinture, c'est très clair, les traces le prouvent. Par contre, et ça c'est de ton ressort, je ne comprends pas pourquoi il ne l'a pas maintenu. Il aurait pu tenir au moins deux jours.

– Dans cet état-là ?

– Oui, son membre inférieur aurait été perdu, mais il aurait sauvé sa peau. Là, il a perdu très vite connaissance et quelques minutes après, il est mort.

– Tes premières constatations ?

– Sans trop me tromper : fracture du tibia et du péroné. L'artère poplitée est sectionnée derrière le tibia.

– C'est ce qui l'a tué ?

– Oui, ce n'est ni plus ni moins que le prolongement de l'artère fémorale. S'il n'avait pas été médecin, il serait mort en cinq minutes tout au plus.

Cuche porte la main à son front pour réfléchir alors que N'Guyen s'approche avec la ceinture du chirurgien.

– Patron, je me demande pourquoi il a coupé sa ceinture ?

– Putain, fait chier, c'est pas lui qui l'a sectionnée, c'est l'assassin ! Il l'a regardé crever cet enfoiré ! Merde, MERDE !

*

* *

Revenu depuis dix minutes à son bureau, le capitaine regarde les photos numériques de Bébin avec N'Guyen. Le lieutenant Madjer entre dans la pièce, les bras chargés.

– J'ai les sandwichs et de quoi nourrir notre enquête.

Cuche et N'Guyen, dépités, lèvent la tête.

– Vas-y, accouche, Starsky !

– À *La Barrique*, Martin a surpris la conversation d'un mec de France 2 avec sa rédaction. Ange aurait publiquement menacé de mort Chaney lors de la dégustation du vin de son ancienne propriété.

– Putain !

– Nous avons vérifié l'info avec Martin, auprès de Blachard.

Nadya pose les jambon-beurre sur le bureau et sort un petit carnet.

– Les gars au bar l'ont un peu taquiné sur la vente de son domaine. Et en partant, il aurait dit, je cite : « *J'm'en vais lui faire payer l'ardoise. Y va me rembourser. Vous allez moins vous foutre de ma gueule…* »

– Putain, le con !

– Attends, c'est pas tout, ce matin Montlor a raconté la suite des exploits de notre mécano au bistrot. Il s'est pointé chez Chaney et l'a menacé, ainsi que le sénateur et le garagiste. Martin est parti chercher Montlor pour qu'il fasse sa déposition. Ils ne devraient pas tarder.

*

* *

– Sur l'instant, il n'avait pas toute sa tête, capitaine, mais je le crois incapable de commettre un acte pareil.

Hervé Montlor rapporte au capitaine et à son équipe les événements dont il a été témoin la veille.

– Peut-être, mais j'ai encore un macchabée dans un sac plastique, alors les bons sentiments, il va falloir tirer un trait dessus.

– Il avait trop bu. D'ailleurs, lorsque je suis entré dans la bibliothèque, le professeur le lui faisait remarquer.

– Pouvez-vous me confirmer l'objet de sa visite ?

– Je l'ai entendu réclamer un million d'euros en dédommagement de son domaine. Mais il n'y avait rien de nouveau par rapport à d'habitude. Il nous disait souvent qu'on lui avait volé sa terre.

– Il était quelle heure ?

– Il devait être 21 heures, et j'ai raccompagné Élisabeth une demi-heure après jusque devant sa porte. Elle était sous le choc.

Cuche écoute Montlor avec attention. Une fois encore, il est mal à l'aise. Il frotte ses mains nerveusement sur son pantalon. Pour le détendre, le capitaine lui offre une cigarette. Le pharmacien s'en saisit et tire deux bouffées. Le flic se dit que c'est le prototype de l'homme faible. Il semble triste avec sa femme, alors il est aimable avec tous. Il faut se méfier de l'eau qui dort. Il est l'ami de chacun et connaît les secrets de tout le monde. Voilà un beau suspect en vérité !

*

* *

La 307 de la police s'arrête discrètement à deux maisons de celle d'Ange Dutour. Ni gyrophare, ni « deux tons ». Madjer et Martin sortent de la voiture et marchent prudemment vers la bâtisse. C'est une petite maison, pas très arrangée, dont le jardin est en friche. Un joli pied-d'alouette est en fleur, un massif d'arums se trouve à l'angle nord-est. Sur le devant, quelques rosiers résistent. Ils s'épuisent de leurs fleurs et de leurs fruits, car ils n'ont pas été taillés depuis plusieurs années. À l'arrière, le terrain assez vaste, laissé à l'état sauvage, se perd jusqu'aux premiers arbres de la forêt.

– C'est là.

Les deux policiers s'avancent dans l'allée et sonnent à la porte, sans succès.

– Martin, tu fais le tour, au cas où il voudrait nous fausser compagnie.

– O.K. ! Fais attention à toi.

Ils sortent tous les deux leurs armes. Madjer sonne à nouveau.

– Police, ouvrez Dutour !

Faute d'écho, elle tente d'entrer, baisse la poignée de la porte qui ne résiste pas. Elle progresse lentement en se couvrant à chaque pas. Ici, l'intérieur est à l'image du reste. Rien n'est rangé et ça manque d'aération. Sans faire de bruit, elle avance et pénètre dans un petit salon meublé à l'ancienne. Tout est vieux. Ange a dû récupérer le mobilier familial. Elle entend un bruit provenant du fond du couloir. Elle s'avance à nouveau en retenant sa respiration et en longeant les murs. Elle pénètre dans une chambre étroite, au mur pend une lithographie de Toffoli. Elle identifie un second bruit et son origine, c'est la porte au fond à gauche. Elle s'avance prudemment, se plaque contre le mur et tourne doucement la poignée. Elle se lance à l'assaut de la pièce arme au poing.

– Police ! Pas un geste !

La voilà nez à nez avec le lieutenant Martin.

– T'es con, j'aurais pu te buter !

– C'était ouvert derrière. Je me suis dit…

– O.K., laisse tomber. Reste derrière moi, tu me couvres… On termine le tour du propriétaire.

– J'ai bien l'impression que le propriétaire est loin, à l'heure qu'il est.

*

* *

Le primat d'Aquitaine venait de faire entrer le vicaire général dans son bureau, et son visage s'était illuminé. Clément n'était pas venu ici depuis quinze jours, cela lui paraissait une éternité.

Ce matin-là, sous sa calotte violette, monseigneur Leroux semble amaigri et fatigué. Il est évident que la perte de son vieil ami Anicet l'a ébranlé. Clément attend debout qu'il termine sa communication téléphonique. Il parle avec le procureur Poiret des derniers événements. Il raccroche enfin et relève la tête vers son visiteur.

– Ah Clément, je suis heureux de vous revoir…

– Merci monseigneur.

– Poiret vient de me faire part des éléments de l'enquête… C'est dramatique… Avez-vous pu aider la police ?

– Hélas, je n'aide pas le capitaine Cuche autant que je le souhaiterais. Comme je vous l'ai dit lors de notre dernier entretien téléphonique, la police a plusieurs pistes, mais rien de trop précis, semble-t-il. Pour ma part, je l'ai renseigné autant que je le pouvais. J'ai relu l'intégralité de la correspondance qu'entretenait le père Anicet avec les responsables de la confrérie. Malheureusement, de ce côté-là, je n'ai pas trouvé d'indices.

– Ne vous tracassez plus avec cette affaire, cela ne nous ramènera pas Anicet. Dieu jugera le malheureux qui a commis cet acte odieux. Pour les autres, Saint-Émilion connaît une période de démence et je ne veux pas que vous restiez en poste davantage.

– Je vous remercie de votre sollicitude, monseigneur.

– Je suis content de vous retrouver en pleine forme.

– Je vous trouve également très en forme…

– Vous êtes un flatteur, Clément. Cependant, voyez tout ce courrier, cet agenda épiscopal surchargé. Je ne me suis que trop passé de vous.

– Je comprends, monseigneur.

L'archevêque se lève et commence à marcher dans la pièce les mains dans le dos. C'est une attitude fréquente chez lui lorsqu'il annonce une de ses décisions.

– Je vous ai donc fait venir pour vous annoncer la venue prochaine de votre remplaçant.

– Très bien, monseigneur, quand arrive-t-il ?

– Le père Joseph arrivera à Saint-Émilion mardi prochain, en fin d'après-midi.

– Parfait !

Le vicaire commençait à apprécier sa nouvelle vie paroissiale. Mais sa mission touchait à sa fin. Il devait encore régler quelques détails avant l'arrivée du nouveau prêtre. La cité l'avait séduit, il venait seulement de prendre ses marques. Bientôt, il retrouverait le rythme plus familier de l'évêché.

– Par ailleurs, j'ai besoin de vous ici dès mercredi matin, je dois me rendre à Rome pendant trois jours.

– Bien, monseigneur, je serai ici mercredi comme vous le souhaitez.

– Avant de quitter Saint-Émilion, veillez à ce que le père Joseph soit accueilli dans les meilleures conditions. C'est son premier poste en Europe.

– D'où vient-il ?

– D'Haïti. C'est l'évêque de Port-au-Prince qui nous l'envoie avec deux diacres.

– Je ferai le nécessaire auprès de madame Rapeau, qui aide à la charge curiale. C'est une femme remarquable qui saura accueillir le père Joseph comme il se doit.

– Merci, Clément. Je saurai me souvenir de votre totale implication… J'espère que vous satisferez autant le… cardinal Leroux.

– Félicitations, Excellence !

– Notre saint-père le pape convoque un consistoire, plusieurs sièges cardinalices sont à pourvoir et je suis sur la liste.

*

* *

Cuche a repris le dossier, pièce par pièce. Il a relu les rapports de l'I.J. plusieurs dizaines de fois. Il a épluché les autopsies de Celleprin. Il sait qu'Anicet a été tué alors qu'il se rendait chez Kinsley. Mais il ne connaît toujours pas le ou les meurtriers. Sont-ce les mêmes qui ont supprimé Mariette et Chaney ? Les meurtres ont-ils un lien entre eux ? Et le garagiste, où est-il ? Kinsley dit-il la vérité ? Où est passé Dutour ? Le lien semble être la confrérie, mais comment en être sûr ? Compte tenu de l'avalanche d'homicides, il sait qu'il lui reste tout au plus deux ou trois jours avant d'être relevé de l'enquête. Il n'a jamais connu d'échec jusqu'à présent, et le moment s'y prête mal. Cuche rapporte le fruit de ses analyses à Nadya.

– Tu reprends un café, *boss* ?

– Oui, j'en ai bien besoin.

Elle saisit le récipient en verre et remplit la tasse de Cuche. Le capitaine en prend immédiatement une gorgée avec un comprimé. Il est soucieux. Il règne dans la pièce une ambiance de rage et d'impuissance. Nadya brise le silence. Depuis qu'elle fait équipe avec Thierry, elle ne l'a jamais vu aussi dépité.

– *Boss*, pour Dutour, j'ai lancé un avis de recherche interne avec la mention « témoin important dans une affaire d'homicide »…

Habitués à cette procédure, Nadya et Cuche le savent bien : « témoin important » sera interprété par l'ensemble des policiers comme « auteur potentiel ».

– Tu as pensé à donner sa photo ?

– Oui, on a tout dans son casier judiciaire.

– Le légiste t'a dit quand il nous enverrait son rapport pour Chaney ?

– Normalement aujourd'hui, il m'avait dit dans l'après-midi.

À ces mots, on frappe à la porte de l'annexe, côté

rue. Cuche se lève et ouvre. Casimir André le transperce du regard.

– Ah, c'est vous ? Entrez.

Sans desserrer la mâchoire, le maître de chai entre dans l'annexe. Il a dans son attitude un petit côté Lino Ventura. Aujourd'hui, c'est plutôt celui des *Grandes Gueules*.

– Qu'est-ce qu'on peut faire pour vous ?

– Expliquez-moi ce qui s'est passé !

– À quel titre ?

– Parce que je vous le demande d'homme à homme. Parce que j'ai perdu un ami et que son assassin doit être puni.

– Je croyais que vous ne vous mêliez que de vos affaires ?

– Celle-ci, c'est mon affaire ! Et je vais m'en mêler !

– Faites gaffe, André, restez derrière la ligne jaune, sans quoi, je ne pourrai rien faire pour vous.

– Si vous faites votre boulot, je n'aurai pas à la franchir. Je dois pouvoir vous aider. Expliquez-moi comment c'est arrivé.

Cuche ouvre une pochette et parcourt les clichés du regard.

– Il a foutu le pied dans un piège à sanglier, au milieu de ses vignes. C'est pas beau à voir.

Il tend les photos. André a de la haine dans les yeux. Il examine attentivement chaque cliché sans rien dire…

– Samedi 30 juin –

Ce matin, il pleut. Le jardin de l'évêché est un lieu propice à la méditation. Tout est taillé, ordonné, rien ne dépasse, les mauvaises herbes n'existent pas. Le sacré et le spirituel envahissent facilement en de tels endroits. Au pied d'un érable de Montpellier, un kiosque octogonal en châtaignier abrite de la pluie un vieux banc en bois vermoulu. Assis, le père Clément réfléchit et analyse la situation en regardant ses chaussures noires souillées par la boue. Il se lève et marche de long en large, les mains derrière le dos. Le bas de sa soutane est tellement mouillé que des pesons semblent avoir été cousus dans l'ourlet afin de tendre la toile. Ce matin, il a été le témoin d'une conversation entre l'archevêque et le procureur. Que faire ? Après quelques minutes, il prend son téléphone et compose un numéro. Sa décision est prise.

– Bonjour capitaine.

– Bonjour Clément.

Le vicaire ne laisse pas les civilités s'éterniser.

– J'ai une information importante à vous communiquer.

– Je vous écoute.

– Thierry, je viens d'apprendre par Son Excellence que le procureur va vous retirer le dossier en début de semaine. Pour clore votre enquête, vous devez agir vite.

– Je m'y attendais. Un homme averti en vaut deux.

– Oui, en effet.

– Merci l'abbé, je suppose qu'il n'a pas été facile pour vous de me donner cette info.

– C'est vrai, mais après tout, personne ne m'a demandé de ne pas la communiquer.

– Je n'oublierai pas votre geste. Il faut que je le coince fissa… On se voit quand ?

– Je suis à l'évêché, je rentre demain matin pour la messe. Je vous attends à 10 heures à la Collégiale.

– À ce rythme, je vais finir par être ordonné.

*

* *

Cuche rentre à l'annexe, trempé de pied en cap. Nadya relit pour la énième fois les rapports sur les morts d'Anicet et de Mariette.

Le capitaine retire sa veste et l'accroche au portemanteau.

– Je viens d'être prévenu par un de mes informateurs que l'enquête va m'être retirée en début de semaine.

À cette annonce, qui n'est pas vraiment une surprise, Nadya reste stoïque. Le caractère résolument optimisme du lieutenant ressurgit, comme à chaque fois que la situation est critique.

– Il nous reste deux jours, c'est assez pour démasquer ce connard.

Cuche sourit et reprend le dessus.

– Bon, regardons une nouvelle fois les rapports de l'I.J.

Un coup timidement toqué vient les interrompre.

– Oui.

Une femme fait irruption dans le bureau de l'annexe, son trench est trempé, son col tailleur est relevé. Elle regarde les deux flics à travers ses lunettes strictes, rectangulaires, perlées de gouttes d'eau.

– Bonjour capitaine… Cuche, c'est bien ça ?

– Oui, c'est moi, bonjour.

– Maître Fougerolle, notaire à Libourne. Vous permettez que je retire mon imper ?

– Bien sûr, mettez-vous à l'aise. Merci d'être venue jusqu'à nous, il m'était difficile de me rendre à votre office avec cette enquête.

Vêtue d'un jean et d'un chemisier blanc, cette belle trentenaire cherche du regard où s'asseoir. Le capitaine, décryptant sa demande, l'invite à prendre la chaise devant lui.

– Alors, qu'y a-t-il de si urgent ? Vous avez retourné toute ma hiérarchie.

– Capitaine, quand vous allez entendre ce que j'ai à vous dire…

– Je vous écoute.

– Je peux parler devant madame ?

– Oui, pardon, je n'ai pas fait les présentations. Voici le lieutenant Madjer, mon adjointe.

– Bonjour lieutenant.

– Bonjour maître.

Cuche est impatient, il bouscule un peu le notaire.

– Venons-en à l'objet de votre visite.

– J'y viens… Je suis l'exécutrice testamentaire de Marcel Mariette.

– Oui…

– Considérez-vous la mort de monsieur Mariette comme suspecte ?

– C'est le moins qu'on puisse dire !

– Nous voilà donc d'accord sur ce sujet.

– Je ne vois pas où vous voulez en venir ?

– Monsieur Mariette m'a laissé un courrier à remettre à la police s'il venait à disparaître de façon suspecte et comme vous êtes la personne qui enquête sur son assassinat…

À ces mots, les deux flics froncent les sourcils et se regardent.

– Pardon ? Il savait qu'il allait se faire assassiner ?

– Il faut croire ! Je ne devais remettre cette lettre qu'en cas de malheur.

La jeune femme montre une lettre cachetée au policier.

– Elle vous a été remise quand, cette lettre ?

– En 2002.

– Merci… maître. Je…

Devant les hésitations de Cuche, Nadya prend les devants.

– Merci, donnez, nous allons l'ouvrir.

– Désolée, mais en tant qu'exécutrice testamentaire, je dois procéder moi-même à la lecture du document.

Maître Fougerolle ouvre l'enveloppe, déplie la lettre et commence à lire à voix haute.

– « *Je soussigné, Marcel Mariette, sain de corps et d'esprit, déclare les éléments suivants :*

Si vous lisez cette lettre, c'est que je suis mort. J'ai pris cette précaution parce que je n'ai aucune intention de me suicider. Ce n'est pas dans ma nature et si je venais à être assassiné, je veux que mon crime ne reste pas impuni.

Il n'y a qu'un seul homme qui serait capable de commanditer mon assassinat ou de me suicider : le sénateur Jean-Louis Fabre. Durant des années, j'ai couvert les méfaits de cet individu. J'ai été le fidèle complice de tous ses agissements. J'ai étouffé des enquêtes, maquillé des assassinats pour la réussite de sa carrière politique et ses ambitions personnelles.

Face à son manque de soutien lorsque j'ai été exclu des Chevaliers du Pressoir, j'ai dit toute la vérité à Edmond de Vauxmort, qui le soutenait financièrement dans ses campagnes politiques depuis toujours.

Le 27 mai 2002, alors que les deux hommes s'expliquaient, Fabre lui a tiré une balle dans la tête. Vauxmort lui ayant dit qu'il allait tout révéler à la presse, Fabre ne pouvait se le permettre. Il a toujours été prêt à tout pour sa carrière. Ensuite, j'ai fait le nécessaire pour que cet assassinat passe pour un suicide. Cet après-midi-là, je l'ai aidé à maquiller le meurtre contre une forte somme d'argent. Par la suite, me sentant menacé, j'ai décidé d'écrire cette lettre pour me protéger.

Par la présente, je vous précise également que Fernando Barbosa a régulièrement participé à ces basses besognes, je vous livre donc deux suspects qui pourront sans doute éclaircir les circonstances de ma propre mort.

Cette lettre sera remise à mon notaire, maître Fougerolle, qui la remettra à qui de droit.

Fait à Saint-Émilion le 13 juin 2002.

Marcel Mariette. »

Cuche est stupéfait par ce qu'il vient d'entendre.

– Tu en penses quoi, Nadya ?

– C'est à peine croyable !

– Maître, bien évidemment tout cela reste strictement confidentiel, nous sommes dans le cadre d'une enquête criminelle et la presse est curieuse.

– Pas d'inquiétude, enquête ou pas, pour moi, tout est confidentiel. Je suis assermentée. Maintenant que ma tâche est accomplie, je vais vous laisser.

Maître Fougerolle quitte l'annexe sans cérémonie. Cuche se retourne vers Nadya en se tenant le front.

– Je suis dans une galère… Je fais quoi, de ça ? Le proc et Jourdan ne veulent pas que je touche à Fabre et on me le livre sur un plateau d'argent.

– Appelle-le, *boss* ! Couvre-toi, parce que ça va être chaud pour nous.

– Tu as raison. Je l'appelle, ils vont prendre leurs responsabilités. Hors de question que je sois le seul à manger en cas de pépin.

– Avec ça, ils vont avoir du mal à te retirer le dossier.

*

* *

Il en jubile d'avance. Après tout, si l'enquête piétine, c'est un peu à cause de toutes ces barrières, celles du sénateur, de la mairesse et de sa hiérarchie. Il faut habilement garder le contrôle et rafraîchir la mémoire de Jourdan sur ses pressions pour ne pas enquêter sur Fabre. Dans ce genre d'exercice, il est comme un poisson dans l'eau. Il prend son ton le plus décontracté.

– Allô.

– Jourdan, j'écoute.

– Cuche à l'appareil.

– Ah ! Vous avez résolu votre enquête ?

– Peut-être bien… Mais ça ne va pas vous plaire.

– Vous ne m'avez pas encore mis un mort sur les bras ?

– J'ai bien peur que si, mais celui-là, il date de 2002 et c'est un suicide.

– Un suicide en 2002, quel rapport ?

– Selon Mariette, vous savez l'ancien adjudant de gendarmerie…

– Oui, allez au but, je n'ai pas besoin d'une biographie.

– Eh bien, ce suicide serait un homicide et devinez qui l'aurait commis ?

– Cuche, je ne joue pas aux devinettes.

– Fabre…

– Le sénateur Fabre ?

– Précisément ! Mariette avait pris ses précautions en écrivant sa confession, remise à un notaire de Libourne.

– C'est très grave, Cuche ! Très grave. Expliquez-vous !

*
* *

Après son entretien téléphonique avec Jourdan. Cuche pique un petit sprint. Le voilà déjà sur le perron de madame de Vauxmort, à peine essoufflé par la succession de descentes abruptes et d'ascensions pavées. Il sonne. Ninette lui ouvre la porte.

– Elle est là ?

– Oui, entrez capitaine, je vais vous annoncer.

Cuche pénètre dans le salon de madame de Vauxmort, alors que celle-ci prend le thé avec son futur époux.

– Je dois m'entretenir avec vous d'une affaire importante, en privé.

– Je n'ai rien à cacher à mon futur mari.

– Comme vous voudrez.

– Je vous offre un thé ?

– Non, rien, je vous remercie.

– Que puis-je faire pour vous ?

– Je voudrais avoir des précisions sur la mort de votre mari.

– Edmond ? Je ne comprends pas ce qu'il vient faire dans cette affaire…

– Oui, je sais que ça remonte à 2002, mais c'est important.

– Que puis-je vous dire ? Sinon qu'Edmond s'est suicidé.

– De quelle façon ?

– Il s'est tiré une balle dans la tête.

– Vous savez pourquoi ?

– Non, il n'a laissé aucune lettre.

– Où étiez-vous ce jour-là ?

– J'étais à Bordeaux, avec une amie. Ce fameux samedi, en fin d'après-midi, j'ai reçu un appel téléphonique m'annonçant le drame. Edmond était parti sans explication.

– Vous ne vous êtes posé aucune question sur son geste ?

– Si bien sûr, mais je n'ai pas trouvé de raisons. C'est pour cela que la gendarmerie a ouvert une enquête et a rapidement confirmé le suicide. Edmond était quelqu'un de secret, comme je vous l'ai déjà dit, et j'ai toujours respecté ses choix, y compris celui-là.

– À l'époque, vous étiez déjà installé à Saint-Émilion, monsieur André ?

Madame de Vauxmort se fait l'avocate du repris de justice.

– Je vois où vous voulez en venir, mais c'est impossible. J'ai toujours respecté mon mari, et mes relations avec Casimir n'ont commencé qu'après son décès... Mais... Pourquoi toutes ces questions, capitaine ?

– Des éléments nouveaux viennent de ressurgir qui nous laissent penser que ce suicide pourrait être lié aux événements actuels.

Madame de Vauxmort tient la main de son compagnon.

– Mais c'est affreux, expliquez-vous !

– L'adjudant Mariette a lui-même dirigé l'enquête à l'époque, je crois ?

– Oui, je m'en souviens, mais soyez plus clair.

– Tout ce que je peux vous dire, c'est que l'affaire

prend des proportions inimaginables. Avez-vous autre chose à me dire ?

André, resté muet jusqu'à présent, prend la parole.

– Je vous ai dit hier que j'aurais du nouveau. Et j'en ai !

– Je vous écoute.

– Il y a quelques semaines, le prêtre avait émis un doute sur la qualité du vin du sénateur Fabre. Il en a parlé au professeur, qui m'en a fait part à son tour. Aussi, le soir de la dégustation, s'agissant d'un même vin, j'ai effectué deux prélèvements : le premier sur une bouteille provenant des chais de Fabre, le second sur une bouteille provenant du nôtre. Le professeur a fait faire une première analyse qui prouve qu'il s'agit de vins différents. Nous avions eu un doute quand le sénateur nous a dit avoir fait cent quarante barriques pour le 2003, alors que nous en avions une centaine pour la même superficie. Le rendement à l'hectare prévu devait être approximativement le même… La seconde analyse devait nous permettre de démasquer des pratiques frauduleuses. Le professeur pensait que Fabre avait ajouté du 2002 ou du 2001 pour augmenter sa production, et comme le 2003 va être reclassé, le gain sur quarante barriques est important. Monsieur Chaney ne voulait pas être associé à ces basses magouilles, pour lui ce métier est noble et doit le rester. Il a donc demandé cette seconde analyse auprès d'un laboratoire de Bordeaux et là, je pense que ça va vous intéresser.

– Allez-y !

– Elle confirme que les vins sont différents, et

surtout que celui de Fabre avait un taux de sucre plus élevé que le nôtre. Et vous savez pourquoi ?

– Non, mais je trépigne.

– Parce qu'il y avait un médicament dedans.

– Putain, j'y vois clair ! Ce médicament, c'est de la Cisapride, n'est-ce pas ?

– Exactement.

– Vous pouvez me confier un double de cette analyse ?

– Tenez !

André tend à Cuche trois feuillets repliés. Le flic les attrape. Il est transpercé du regard par le maître de chai.

– Occupez-vous-en, sinon, je m'en chargerai moi-même.

– André, je vais le faire plonger, mais en attendant, tenez-vous tranquille, n'oubliez pas que vous allez bientôt vous marier.

– Il a raison, Casimir, laisse faire la police.

Il regarde la femme qu'il aime.

– Écoutez les conseils de madame de Vauxmort.

*

* *

Les deux lieutenants s'acharnent à joindre le sénateur Fabre. Depuis la venue providentielle de maître Fougerolle, c'est le suspect numéro un. Tout le staff de Cuche est sur la brèche. Ils tiennent enfin quelque chose de tangible. Les aveux *post mortem* de l'adjudant accablent l'élu et ce n'est pas pour déplaire à l'équipe du capitaine.

– Merde ! Mais tu vas décrocher, oui !... Allez !... Répondeur... Monsieur le sénateur, c'est le lieutenant Madjer, je vous prie de rappeler le capitaine Cuche sur son portable, c'est très important, merci.

Madjer a adopté un ton particulièrement neutre, afin que Fabre, dans l'hypothèse où il serait coupable, ne panique pas. Elle repose le combiné et regarde N'Guyen.

– Il s'est volatilisé, tu as quelque chose de ton côté ?

– Non, pas mieux. Il n'est pas chez lui et il a quitté son cabinet à 17 h 30.

– O.K., on essaye à nouveau dans dix minutes.

– Tu as reçu le P.-V. de la gendarmerie ?

– Pas encore. Par contre, on a reçu le rapport de l'I.J. concernant la mort de Chaney. On n'a rien de plus que ce que nous a déjà dit Celleprin.

*
* *

La veille, Fabre s'était rendu à la banque de son épouse, Lucie, afin de retirer les fonds dont il avait besoin pour régler son maître chanteur. Cet imbécile de banquier lui avait fait le grand jeu, comme d'habitude. Une fois de plus, il avait imité la signature de sa femme, l'héritière des Saint-Preux. Ce petit manège marchait bien et ses talents de faussaire lui avaient rendu bien des services. Puis, il avait accédé à son coffre pour y récupérer son Astra Style-6. Il avait acheté ce petit calibre à Malaga, six ans auparavant. Cette arme a l'avantage de se dissimuler parfaitement dans une poche. À faible distance, ce calibre 5 mm est imparable. C'est une arme du même type qu'il avait utilisée pour « suicider » Edmond en 2002. Il en avait acheté trois, c'était un homme prévoyant.

Soudain, son portable vibre.

– Encore ! Putain, ils vont finir par me foutre la paix ! C'est sûrement cette fliquette qui insiste encore… Ben, tu peux toujours essayer, ma belle !

Ce soir, Fabre n'y est pour personne, on verra demain. Il ne sait pas qu'à Saint-Émilion, l'affaire a pris une nouvelle direction dont il est la cible. D'un geste, il transfère l'appel sur sa messagerie. Il est nerveux, mal à l'aise et regarde régulièrement dans ses rétroviseurs. Il soliloque comme pour se rassurer.

– Mon petit Barbosa, tu es dans un drôle de pétrin. C'est la dernière fois que tu me fais cracher. Tu oublies qui te finance depuis plus de vingt-cinq ans. On ne mord jamais la main qui vous nourrit… Tu vas me les remettre, ces cahiers, et ensuite je mettrai personnellement un terme à tous tes problèmes. Quand Fabre dit, Fabre fait !

*

* *

Il est 19 h 30. Cuche, essoufflé par ses incessants va-et-vient, fait irruption dans l'annexe.

– Nadya, tu as eu le sénateur au téléphone ?

– Non, il s'est volatilisé.

– Merde, merde et MERDE !

– Qu'est-ce qu'on fait ?

– D'abord, on reste prudents et…

Le téléphone sonne, N'Guyen décroche.

– Mes respects, monsieur le divisionnaire.

Cuche n'est pas mécontent de cet appel. Il attrape l'appareil des mains du lieutenant. Au même moment l'ordinateur de Nadya émet un bip. Un mail vient d'arriver.

– Allô patron, c'est Cuche.

– Alors, où en êtes-vous ? Où est Fabre ?

– Injoignable pour le moment.

– C'est embêtant. C'est même EXTRÊMEMENT embêtant…

– Quelles sont vos instructions, patron ?

– J'ai eu Poiret, l'affaire est sur le bureau du ministre.

– Et on fait quoi ?

– J'ai obtenu la diffusion d'un mandat d'arrêt auprès du juge d'instruction.

– On a le feu vert pour l'avis de recherche ?

Jourdan élude habilement la question. Le commissaire divisionnaire de Cuche, très apprécié par sa hiérarchie pour ses compétences en gestion administrative, l'est un peu moins de ses hommes pour le management opérationnel et surtout pour son manque de solidarité.

– Si vous vous trompez, on saute tous, Cuche.

– Je suis sûr de ne pas me tromper. Vous pouvez me transmettre ce document.

– Ça veut dire quoi, ça ?

– Que je me couvre, moi et mon équipe, patron, c'est aussi simple que ça.

– Cuche, vous êtes un emmerdeur, vous me tenez au courant, je laisse mon portable branché toute la nuit.

– Très bien, commissaire.

– Et surtout, tenez la presse à distance.

– C'est noté.

Cuche raccroche et exulte.

– *Yes!* On fonce. Maintenant je veux le grand jeu. On va enfin le serrer, le Fabre. Il fera moins le fiérot quand on va lui signifier sa mise en examen. Ah ! Sa carrière politique, elle va prendre du plomb dans l'aile.

– C'est le P.-V. de la gendarmerie de l'époque, *boss*.

– Vas-y, ouvre !

Nadya prend connaissance du contenu.

– Les informations du testament semblent corroborées par le procès-verbal. Et il est bien signé : « Adjudant Marcel Mariette ». À 16 h 30, le sénateur Fabre avait rendez-vous avec Edmond de Vauxmort. Lorsqu'il est arrivé devant la porte de l'hôtel particulier, il a très distinctement entendu une détonation. Il est immédiatement parti chercher l'adjudant qui a forcé la porte. Ils sont arrivés trop tard, l'homme s'était donné la mort.

– Comme par hasard, nos deux protagonistes sont là.

– Par contre, pas de Barbosa. Ils sont peut-être tous les trois dans le coup.

– Possible ! Ils se seraient pris la tête et Mariette aurait été buté.

– Et si c'était Barbosa le type que l'on cherche, *boss* ?

– L'avenir nous le dira Nadya, mais il faut quand même que je te dise autre chose, je connais un des deux assassins d'Anicet…

*
* *

Quelques kilomètres avant Saint-Émilion, la Citroën du sénateur quitte la route bitumée pour prendre un petit chemin de terre en direction d'un sous-bois. L'élu s'engage à faible vitesse dans le sentier en coupant ses phares. La voiture fait plusieurs centaines de mètres, puis le moteur s'arrête. Fabre attend quelques instants et attrape dans sa poche une paire de gants en cuir. Il les enfile lentement, à la façon d'un rituel. Si un homme politique veut avoir les mains propres, il se doit de toujours prendre des gants… Tout en scrutant les alentours, il serre les poings à deux ou trois reprises, comme pour bien ajuster le cuir à la forme de ses mains. Dehors, tout est calme. La lune éclaire faiblement le sous-bois. Il a l'habitude de ces rendez-vous avec le garagiste. Depuis 1978, soit près de trente ans, le sénateur arrose Barbosa. Pourquoi ? Pour s'assurer de son silence.

À l'époque, Fernando venait de s'installer à Saint-Émilion. Il avait vingt-deux ans et le ferme espoir de posséder un jour son garage. La banque lui avait fait un prêt, mais il lui aurait fallu vingt ans pour le rembourser. Le jour où le député Fabre lui proposa une petite affaire, il vit l'opportunité d'honorer son emprunt plus rapidement. Pour vingt mille francs, il n'avait que deux câbles à trafiquer. À dix mille le câble, le jeune Barbosa avait été peu regardant. Après tout, il ne connaissait pas le futur occupant du véhicule… Alors, il avait saboté le système de freinage de la Renault 5. C'était imparable, la voiture ne pourrait plus s'arrêter une fois lancée. En remerciement, le sénateur lui donna la somme, mais Fernando se dit qu'après tout, un service de cette nature méritait plus. Dans la Renault 5 blanche qu'il venait de condamner, il avait trouvé quatre cahiers d'écolier dans une sacoche. Sans le savoir, il venait de dérober le mobile des agissements de l'élu.

Depuis, il les a conservés bien à l'abri des regards indiscrets. Ils donnent la clé de toute l'affaire, et ça vaut de l'argent. Maintenant, il sait et fait un peu partie de la famille. Fabre ne le supporte plus. Mais il est lâche et n'aime pas se charger lui-même de la basse besogne. Depuis cette époque, le garage s'était modernisé par « subvention sénatoriale ». Trois mille francs tous les mois en liquide, non imposables... C'était le prix de l'omerta, le prix du sang et de l'oubli. Aujourd'hui, l'homme est décidé à mettre un point final à ce chantage. Mariette disparu, il ne restait plus que Barbosa et l'histoire, ou plutôt la petite histoire, serait enterrée à tout jamais. Ce sera facile, jamais il ne se méfiera. Un bref regard sur sa montre... Il est temps d'y aller. Il attrape sa mallette de cuir posée à même le sol, devant le fauteuil passager, et se munit d'une grande lampe torche. Il ouvre la boîte à gants et sort son pistolet automatique. Il vérifie le chargeur, le replace, fait coulisser la culasse, puis le range dans sa poche. Il est prêt. Il sort de son véhicule et se dirige vers un monticule. Il s'arrête et s'assure qu'il n'est pas suivi. Aucune lumière à l'horizon, juste la rumeur lointaine de chants scouts, habituels en cette saison.

Quelques instants plus tard, il reprend sa progression, se dirige vers des rochers et disparaît dans une petite ouverture située à leur sommet. Dans une sorte de goulet d'étranglement qui semble s'enfoncer dans la terre, le sénateur marche prudemment. Il allume sa torche et progresse dans l'étroite artère. Après quelques dizaines de mètres, il débouche dans une vaste salle où étaient autrefois cultivés des champignons de couche dont une grande majorité partait pour les conserveries de Bordeaux. Fabre marche quelques minutes pour se rendre à l'endroit habituel. Il aperçoit une lampe à huile allumée, installée sur une pierre, et pose sa mallette sur le sol. Il met sa main dans sa poche droite, le contact froid de son arme le rassure.

– Barbosa !… Barbosa !… Je suis là… Faisons vite, je n'ai pas la nuit.

Pas de réponse.

– Enfin Fernando, c'est Fabre, arrête tes conneries !

Le sénateur éclaire les parois les unes après les autres. Tout à coup, une ombre immense apparaît sur l'une d'elles. Fabre se retourne, la main toujours crispée dans la poche.

– Fernando, j'ai l'argent, arrête ton petit jeu de cache-cache. Tu me passes les cahiers et j'y vais.

La silhouette avance, sort de l'ombre. Son visage reste dans l'obscurité. Au bout de sa main gauche, un revolver est pointé en direction de Fabre. Le sénateur ne reconnaît pas la morphologie rondouillarde du garagiste.

– Qui êtes-vous ? Où est Barbosa ?

Pas de réponse. Le sénateur, flairant le danger, commence à paniquer.

– Bordel, qui êtes-vous ?

– Fabre, éteignez votre lampe. Levez les bras en l'air et mettez-vous à genoux.

– Qui êtes-vous ? Où est Barbosa ?

La silhouette prend un ton menaçant.

– Je vous ai demandé quelque chose. Je ne le répéterai pas !

– Oui, c'est bon… Voilà.

L'élu, à terre, est terrorisé. Un long silence s'installe, l'ombre menaçante observe le sénateur à sa merci.

– Maintenant que vous avez l'argent, je peux partir ?

– Non !

– Qu'est-ce que vous me voulez ?

– Te voir trembler de peur.

– Vous êtes malade ! Mais qui êtes-vous ?

– Un fantôme du passé.

– Un fantôme ? Mais qui êtes-vous enfin ?

– Elle s'appelait Régine.

– Régine qui ?

– CA-DO-RET…

Le sénateur devient livide à l'annonce de ce nom, il transpire.

– Tu ne parles plus ?

– Je… je n'ai rien fait !

La silhouette ne parle pas et continue à le regarder.

– Le coupable, je le connais… C'est Barbosa.

Seule la respiration de l'élu trouble le silence souterrain.

– Qui êtes-vous ?

– Celui à qui tu as enlevé sa mère.

– C'est impossible ! Il est mort… Il est mort, je vous dis.

La silhouette relève le chien de son arme. Fabre implore.

– Que faites-vous ?

Le mutisme du bourreau devient insoutenable.

– J'ai rien fait, je le jure.

– Un mercredi de juin, nous avions décidé d'aller à la mer… Nous n'avons jamais atteint la côte, ce jour-là.

– J'y suis pour rien, je le jure, c'est Barbosa qui a trafiqué les freins. Je l'aimais, ta mère !

La silhouette ne semble pas convaincue par cet argument.

– Pas assez, puisque tu l'as tuée.

Le sénateur, en larmes, implore l'inconnu.

– Non, c'est pas moi, c'est Barbosa je te dis.

– Tu mens, comme toujours !

– Non, je ne mens pas. Je dis la vérité… Je le jure.

– Cette fois-ci, tu n'auras personne pour t'aider, tu ne pourras pas faire appel à tes relations, ou à tes amis de la confrérie, du moins ce qu'il en reste.

– C'est toi qui as…

– Tais-toi, cafard !

– Je n'ai rien à me reprocher ! Je te le jure !

– Menteur.

– Tu es mon fils…

En bon politicien, l'élu ne perd pas le nord et, tout en sanglotant, baisse imperceptiblement ses mains.

– Arrête, tu ne vas pas me tuer… Un fils ne tue pas son père.

Ne sachant si son discours atteint ou non son ravisseur, le sénateur se saisit du pistolet caché dans sa poche. Ça y est, il l'a bien en main. Il a une chance de s'en sortir. L'autre ne s'y attend pas. Brusquement, il se retourne et tire vers la silhouette. Un bruit métallique ricoche sur les parois. Puis un deuxième : l'ombre vient de riposter. Le bruit s'éloigne dans les dédales souterrains. Bientôt, le calme revient, perturbé par un gémissement. L'élu se tord de douleur, son omoplate a éclaté sous l'impact du projectile.

– Tu disais qu'un fils ne tue pas son père, mais un père a-t-il le droit de tuer son fils ?

L'inconnu avance d'un pas et émerge des ténèbres. Son visage apparaît alors clairement au sénateur. Dans le regard de l'élu se mélangent la stupéfaction et la peur.

– Vous !

– Dimanche 1er juillet –

Habituellement, ils campent au bois des Lesques. Pour changer, le chef scout a fait établir le campement au clos des Moines, sur le territoire de la commune de Saint-Christophe-des-Bardes. Le bois du moine, comme l'appelait Émile Rapeau, était ainsi baptisé car un moine y avait vécu seul au Moyen Âge. Il se situe à quatre kilomètres à vol d'oiseau de la Collégiale. La voix d'un jeune garçon retentit. Il est appuyé au tronc d'un chêne pédonculé. Matthieu a douze ans, son visage est couvert de taches de rousseur. Il porte la tenue habituelle des scouts de France et joue à cache-cache avec ses petits camarades.

– 12… 13… 14… 15…

Les autres louveteaux se dissimulent à des endroits différents, dans l'ancienne pêcherie, derrière les vestiges d'un vieux mur, dans le tronc d'un vieil amandier octogénaire.

– 24… 25… 26…

Derrière les troncs noueux de deux cognassiers sauvages, Julien découvre l'ouverture d'une grotte. À onze ans, on a l'esprit d'aventure et il n'hésite pas un instant à s'engouffrer dans cette sombre cavité.

– 34… 35… 36…

La cachette est parfaite !

*

* *

Vêtu d'une aube de couleur crème, le père Clément célèbre la messe dominicale. L'église est bondée, même si la confrérie est faiblement représentée. Ce matin, au fauteuil vide de Barbosa s'est ajouté celui du professeur Chaney. La place de Fabre est libre, également. Monique, particulièrement déprimée, ne s'est pas rendue à la messe. Elle n'en a plus la force. Pour les chants, un membre de la chorale fait fonctionner un magnétophone. Le prêtre s'adresse à l'assemblée.

– Je laisse la parole à Élisabeth de Vauxmort.

Le Grand Sarment, qui occupe la première stalle de miséricorde à droite de l'autel, se lève et se dirige vers le pupitre. Elle se positionne devant le micro et ouvre le livre placé devant elle.

– Ecclésiaste, chapitre trois. « *Il y a un moment pour tout et un temps pour toute chose sous le ciel. Un temps pour enfanter et un temps pour mourir…* »

Michelle Montlor écoute avec intérêt. Les événements que vit la commune la terrorisent. Elle paraît forte en apparence, mais il s'agit plus d'une carapace que de sa véritable nature.

– « *Un temps pour planter et un temps pour arracher le plant ; un temps pour tuer et un temps pour guérir…* »

Casimir André se souvient du beau matin de juillet 2002, lorsque Élisabeth lui avait adressé la parole.

Ce devait être l'une des premières fois de sa vie qu'il avait marqué la surprise… Cela faisait quatre ans qu'elle patientait, cela faisait quatre ans qu'il espérait. Jamais il n'aurait cru pouvoir séduire une femme comme elle. Douze ans d'incarcération, c'était long. Il avait décidé de mettre ce temps à profit pour réaliser des choses qu'il croyait impossibles. Il avait passé des diplômes d'œnologue. La liberté retrouvée, Chaney lui avait proposé un emploi. Il venait de faire l'acquisition d'un petit domaine à Pomerol. C'était pour Casimir l'occasion de remercier enfin son bienfaiteur et ami.

Élisabeth poursuit son homélie.

– « *Un temps pour détruire et un temps pour bâtir ; un temps pour pleurer et un temps pour rire. Un temps pour gémir et un temps pour danser…* »

Christophe Blachard est préoccupé. Il pense à Pam. C'est une belle jeune fille, intelligente, et pour la première fois, il voit une femme en elle, non plus l'enfant qu'il a élevée. Il était prêt à tout pour elle. En 1999, il avait bien vu que le domaine lui prenait tout son temps, et qu'il ne pourrait pas s'occuper correctement de sa fille. Alors, il n'avait pas hésité à le vendre à Kinsley. Il vivait pour qu'elle soit épanouie et heureuse…

– « *Un temps pour lancer des pierres et un temps pour en ramasser ; un temps pour embrasser et un temps pour s'abstenir d'embrassements…* »

Marius Pouliot est en transe, les yeux clos. Ses mains sont si fortement fermées que les jointures de ses doigts sont blanches. Il semble être dans une grande détresse. Pourquoi la police a-t-elle relâché Kinsley ? Il a pourtant vu l'Anglais sur le corps du prêtre. C'est un pleutre qui a toujours eu peur. Une fois encore, il ne s'était pas mis en avant cette soirée. Il aurait pu intervenir tout de suite, mais sa lâcheté l'avait emporté. Maintenant, il doit trouver la force de parler à Ninette, de lui dire qu'elle fait le ménage chez un criminel…

– « *Un temps pour chercher et un temps pour perdre ; un temps pour garder et un temps pour jeter. Un temps pour déchirer et un temps pour coudre…* »

Louise Rapeau est prostrée au fond d'un banc, encore honteuse. Cuche et Clément ont été remarquables de discrétion, et personne ne devrait jamais rien savoir de ses collages. Cuche avait étouffé l'affaire avec l'accord du procureur Poiret. Elle n'était en rien impliquée dans les crimes et à quatre-vingt-un ans, il n'était pas nécessaire de la poursuivre en justice.

– « *Un temps pour se taire et un temps pour parler ; un temps pour aimer et un temps pour haïr…* »

Ces mots semblent parler à Hervé Montlor, qui acquiesce à chaque phrase du Grand Sarment. Jacqueline Tourneau avait échappé à son sort, elle qui lui a volé sa femme. Quel dommage !

– « *Un temps pour la guerre et un temps pour la paix.* »

Ninette, assise sur la travée de droite au pied de la chaire, écoute avec une très grande attention le texte lu par sa patronne. De temps à autre, son regard cherche Marius dans la foule des fidèles.

Étienne Ducasse s'est placé devant, au troisième rang. Il sait que tous les protagonistes sont là, tueur, tueuse ou tueurs, et victimes potentielles. Il prépare silencieusement son prochain article.

Chacun est à ses pensées lorsque l'oratrice referme le

livre. Elle respecte quelques instants de silence avant que le magnétophone ne se substitue à la manécanterie. Le *Hosanna* terminé, madame de Vauxmort lève le regard vers le prêtre qui l'invite de la main à retourner s'asseoir.

– Merci madame. Mes frères, les événements que traverse notre communauté doivent cesser, le coupable doit mettre un terme à ses agissements, le temps de la paix doit revenir à Saint-Émilion.

Le vicaire, debout sur l'estrade, s'approche des fidèles avec une certaine émotion pour sa dernière messe dans cette église.

– Allez dans la paix du Christ ! *Ite, missa est.*

Le père Clément accompagne les paroissiens sur le parvis, il va les saluer une ultime fois. Les croyants se dispersent en petits groupes, d'autres remontent dans leur voiture, l'embouteillage dominical commence…

*

* *

Matthieu a trouvé presque tous ses camarades. Seul Julien manque à son palmarès. Mais celui-là, c'est un futé, Matthieu a toujours des difficultés pour le débusquer. C'est le « cul de pat » de la patrouille, autrement dit le plus jeune, mais il affiche déjà des qualités certaines. Il n'est pas question qu'il perde si près du but. Derrière deux troncs noueux, il aperçoit une anfractuosité.

– Plus que toi Julien, et c'est gagné !

Matthieu s'engage dans la grotte. Il en ressent l'humidité, le louveteau n'est pas rassuré. Soudain, sortant tel le diable de sa boîte, Julien hurle comme un forcené et quitte la galerie à toute vitesse.

– Au secours !

Matthieu, paniqué, suit machinalement Julien dans sa fuite en criant à son tour. Toute la meute de louveteaux, croyant à un jeu, court derrière les deux garçons. Dans leur équipée, ils entraînent tous les enfants à l'écart de la grotte. Un chef de patrouille, alerté par les cris, accourt immédiatement. Julien est haletant, il a du mal à reprendre sa respiration.

– Renaud ! Renaud !

Il respire de grandes bouffées.

– C'est horrible !

Il s'agenouille pour retrouver son souffle...

– Y a un mort dans la grotte.

*

* *

À l'annexe, Ange Dutour est interrogé. C'est la gendarmerie de Bazas qui l'a ramené directement. Il a été appréhendé à une soixantaine de kilomètres de la cité. Il se trouvait dans une palombière. Arrivés devant la mairie, les journalistes ont mitraillé le mécano qui a caché son visage sous sa veste. Il se retrouve maintenant face aux trois lieutenants de police : Madjer, N'Guyen et Martin.

– Y sont malades dehors, ils me prennent pour Mesrine ou quoi ?

– Ils pensent que vous êtes coupable, alors si vous savez des choses, il faut nous les dire vite si vous ne voulez pas que votre nom fasse la une demain matin.

Nadya essaye d'être compréhensive tout en lui mettant une certaine pression. Avec ce genre de type, ça peut marcher.

– J'ai rien fait !

– Je vous signale que tout ce que vous dites est consigné par le lieutenant N'Guyen ici présent.

– Chaney, c'est pas moi !

– Ange Dutour, vous êtes entendu dans le cadre du meurtre du professeur Chaney.

– J'ai rien fait, moi !

– Vous l'avez publiquement menacé jeudi soir à *La Barrique*. J'ai une vingtaine de témoins, et ensuite vous vous êtes rendu chez lui, fou de rage.

– Et alors, qu'est-ce que ça prouve ?

– Qu'est-ce que vous avez fait après avoir quitté la maison du professeur ?

L'homme ne répond pas.

– Je vous le redemande une dernière fois. Qu'est-ce que vous avez fait après avoir quitté la maison du professeur ?

Il baisse la tête et reprend un peu triste.

– J'ai marché jusqu'au cimetière, et là… J'ai pleuré sur la tombe de mon père.

Les trois lieutenants écoutent, surpris par le changement de ton du mécanicien.

– J'ai goûté le cru de Fabre et Chaney, l'ancien château Dutour…

– Oui ?

– Il est formidable… J'ai retrouvé l'odeur, le goût de celui que faisait mon père.

Nadya bouscule Ange afin de faire percer la vérité.

– Et vous pensez qu'avec ça, le juge va vous croire ? Vous n'avez pas d'alibi pour cette nuit-là ?

– Non, j'étais dans un sale état. Je me suis endormi au cimetière.

Nadya, afin de le confondre, ne lui révèle pas l'heure approximative du décès.

– Au petit matin, Louise m'a réveillé.

– Quelle Louise ?

– Louise Rapeau, la veuve d'Émile. Elle passe tous les matins au cimetière.

L'aide aux prêtres fait partie de ces femmes qui ne commencent pas une journée sans passer par le cimetière. Un jour, elle nettoie la tombe, un autre elle fleurit la concession ; cette action quotidienne l'aide à vivre seule.

– Martin, tu files chez elle pour vérifier ça. À quelle heure, vendredi, vous a-t-elle réveillé ?

– Vers 7 heures.

– Vous étiez où, depuis vendredi ?

– J'ai voulu m'isoler pour réfléchir. J'ai décidé d'arrêter de boire et de tourner la page.

– C'est très touchant, mais ça ne me dit pas où vous étiez.

– Je suis allé dans une palombière dans laquelle j'allais chasser avec mon père et mon grand-père. J'avais besoin d'être seul pour faire le point.

*

* *

De retour à l'annexe, Martin confirme à Cuche les propos d'Ange Dutour.

– Madame Rapeau est catégorique. Il était 7 heures quand elle l'a réveillé. Elle s'est occupée de la tombe de son mari, ensuite il l'a raccompagnée jusque chez elle. Elle lui a offert un café et fait la morale. Selon elle, il était près de 10 heures quand il est reparti.

– Bon, il a un alibi. N'Guyen, tu relâches notre mécano.

Désormais, l'équipe se concentre pour retrouver la piste de Fabre. Les coups de téléphone s'enchaînent. Un hélicoptère patrouille au-dessus de la région à la recherche de la Citroën du sénateur. L'équipe cynophile est également prête à intervenir. Cuche ne lésine plus sur les moyens. Les pistes sont encore une fois bien minces. Fabre et Barbosa sont toujours dans la nature. Le portable du flic se met à sonner. Il décroche.

– Oui.

– Bonjour monsieur. Je suis scout. Nous avons retrouvé un mort dans une grotte, dans la forêt.

– Quoi ?

Alors que le jeune converse, Monique Barbosa, chez qui il s'est rendu pour prévenir les forces de l'ordre, fait de grands gestes.

– Passe-le-moi !

Renaud tend le téléphone à la maîtresse de maison.

– Monsieur Cuche ? C'est Monique Barbosa. Venez vite ! Apparemment, c'est pas Fernando, mais je suis sûre de rien.

L'émotion prend le pas sur la raison et l'épouse fond en larmes.

– Pas de panique ! Vous dites au jeune homme de nous attendre, on arrive.

– Faites vite inspecteur !
– Qu'est-ce qui se passe, *boss* ?
– Il pleut des cadavres ici ! Des scouts auraient trouvé un corps dans la forêt.

*

* *

Il est à peine 11 h 45, et ce dimanche a démarré sur les chapeaux de roues. Mais pour l'équipe de Cuche, le compte à rebours a commencé. Ils doivent agir vite. Le véhicule de police est conduit par Patrick N'Guyen, avec à son bord le lieutenant Martin et le capitaine Cuche. Ils arrivent au domicile des Barbosa. Le flic pénètre dans l'entrée alors que ses adjoints restent dans la voiture. Il se dirige vers le salon d'où proviennent des voix et des pleurs. Il entend quelqu'un réconforter Monique.

– C'est sûrement pas lui, madame… J'vous dis que ça lui ressemble pas du tout.

Le scout pose sa main sur l'épaule de la femme, qui repose le portrait de Fernando. Le flic entre dans la pièce. Monique l'aperçoit comme on voit son sauveur. Elle écarte les bras et vient à sa rencontre.

– Ah, capitaine…

– Madame Barbosa, écoutez ce jeune homme. Rien ne prouve dans l'immédiat qu'il s'agisse de votre époux.

Pour Monique, la pression est trop forte, elle tombe à genoux, larmoyante.

– Mon Fernando, on lui a fait du mal. Je le sais.

– Bon, vous restez là madame Barbosa. Je vais repasser vous donner des nouvelles tout à l'heure.

Cuche se retourne maintenant vers le scout.

– Bonjour mon garçon, tu peux me suivre ?

– Oui, m'sieur.

Ils sortent de la maison.

– Je suis le capitaine Cuche, tu vas me conduire à l'endroit où tu as trouvé le corps.

– Oui, cap'taine.

– Comment t'appelles-tu ?

– Renaud, m'sieur.

– Renaud, tu montes à l'arrière avec le lieutenant Martin et tu vas nous guider.

*

* *

Les deux pharmaciens profitent du week-end pour changer un peu la mise en place de l'officine.

– Tu fais trente pour cent ? Mais c'est pas les soldes !

– Il faut relancer l'activité, le mois de juin a été catastrophique.

Michelle est nerveuse. Deux jours déjà qu'elle n'a pas vu Jacqueline. Et les propos de leur dernière conversation résonnent encore dans sa tête. Elle y a repensé toute la nuit. Pour chaque meurtre, où était son mari ? Pas une fois, il n'a été avec elle au moment des assassinats. Est-ce une coïncidence ? Évidemment, Hervé peut se dire la même chose. Mais elle, elle était avec Jacqueline. Elle a donc des alibis solides. Tandis que son mari change le présentoir à lunettes de place, Michelle prend un ton presque aimable.

– Tu vois quelqu'un, toi, capable de faire tout ça ?

– Tout ça quoi ?

– Tous ces crimes.

– Je crois que tout le monde en est capable. Il suffit d'être fou ou d'avoir une motivation extrême. Tuer c'est pas facile, il faut quand même avoir le cran d'aller au bout.

– Tu en parles comme si tu l'avais déjà fait.

Hervé Montlor sort de ses pensées.

– Mais non, j'imagine. On a vu plein de films là-dessus.

– Si on prend les membres de la confrérie, on doit pouvoir retracer tous leurs emplois du temps. Moi, si la police venait me questionner, je pourrais me souvenir de tout ce que j'ai fait au moment où les meurtres ont été commis. Par exemple, le soir de la mort du père Anicet, j'étais à la pharmacie avec Jacqueline. Tu vois ce que je veux dire ?

– Je vois ce que tu veux dire, mais je ne vois pas où tu veux en venir.

– Je vais être plus claire, Hervé, tu as des alibis pour l'heure des meurtres ?

Hervé Montlor éclate de rire. Il n'en croit pas ses oreilles. Sa propre femme le prend pour le tueur de Saint-Émilion. Décidément, elle lui aura tout fait. Mais il a bien réfléchi ces jours-ci, et il est bien décidé à reprendre les choses en main. Ça fait vingt ans qu'elle porte la culotte. Oh, il n'a jamais trouvé rien à y redire, mais désormais les choses vont changer. Il faudra bien qu'elle se soumette.

– Tu travailles avec la police ? Le capitaine Cuche t'a mandatée ou tu joues les détectives privés amateurs ? J'ai pas besoin d'alibi moi, et d'ailleurs, si tu étais plus souvent à la maison, tu le connaîtrais, mon emploi du temps.

– C'est quoi ces insinuations ?

– Je n'insinue rien, j'affirme, je clame.

– C'est quoi ce ton que tu prends ?

– C'est le nouvel Hervé que tu as devant toi, celui qui en a marre de tes conneries. Il va falloir choisir, MINOU, ou c'est elle ou c'est moi. Je ne suis pas une façade ou un paravent. Et ta pharmacie, j'en ai rien à foutre. Qu'est-ce que tu crois, que je vais me mettre la tête dans un trou pendant que tu roucoules avec elle ? Tu crois que j'ai allongé l'argent pour te faire refaire les nibards et que c'est elle qui va jouer avec ? Tu te trompes de bonhomme. Moi, je t'aime, et je suis prêt à tout pour éliminer mon ennemi.

– À tout ?

– Parfaitement, à tout ! Et si tu crois que je me soucie de ce qu'il pourrait m'arriver ensuite, tu te trompes lourdement.

– C'est quoi ces sous-entendus ?

– C'est clair, pourtant ! L'autre soir, si un type n'était pas arrivé en voiture, je lui aurais réglé son compte, à ta mairesse. Ni vu ni connu.

Michelle est interloquée. Vingt ans de vie commune pour le découvrir tel qu'il est un jour de juillet.

– Hervé, t'es un vrai malade, t'es bon qu'à faire enfermer !

*
* *

La 206 tricolore s'immobilise sur le bas-côté de la route. Martin, N'Guyen, Cuche et le scout sortent du véhicule.

– C'est par là, m'sieur, on peut couper à travers ce champ.

La traversée champêtre n'enchante pas le capitaine, qui porte ses tiags. Le bout du champ est bordé par une hêtraie. Le terrain est vallonné. De gros blocs de pierre sont posés les uns sur les autres, presque en équilibre. La fine équipe slalome quelques minutes et arrive sur un talus. Ils trouvent enfin le repère : les deux arbres tortueux qui donnent le point de départ du passage à travers les rochers.

– N'Guyen, tu restes dehors avec notre jeune ami. Tu assures nos arrières.

Le capitaine Cuche et le lieutenant Martin pénètrent dans le goulet, allument leurs torches. Cuche marche en tête, pistolet au poing, suivi de son équipier.

– Ce serait un peu plus loin sur la droite.

Ils arrivent dans une sorte de long tunnel assez large. Martin arrose devant avec sa torche. Ils sont maintenant loin de l'entrée et il fait complètement noir. Dans le faisceau, il fixe une masse sombre appuyée contre la roche.

– C'est là !

Martin et Cuche s'approchent, orientent leurs lampes vers le cadavre. Le visage du sénateur apparaît.

– Fabre ! Putain, je le sentais.

Martin se penche sur le corps et l'examine…

– Il est froid. Il a pris un pruneau. Euh… L'euro, c'est indigeste patron ?

La tête de l'élu est penchée en avant. Dans sa bouche apparaissent des billets de cent euros, comme s'il avait vomi une liasse.

– Martin, demande à N'Guyen de prévenir l'I.J. Qu'ils viennent dare-dare avec des renforts.

– Oui, patron.

Cuche reste seul dans la grotte. Une tache brunâtre est visible au niveau du sol. Le sable a absorbé comme un buvard le sang du sénateur. Ses yeux sont ouverts. À la hauteur de ses pieds, deux rigoles creusées dans le sol sont apparentes. Fabre a dû se débattre avant de mourir. Plus intéressantes sont les traces de pas striées tout autour du corps. C'est la troisième fois qu'il les remarque et à chaque fois il y a eu un drame à proximité.

*

* *

Cuche est assis seul dans le véhicule de police. Il vient d'appeler Nadya pour lever le dispositif de l'hélico. Maintenant, il doit prévenir Jourdan.

– Oui, patron… *A priori*, il a été tué par balle et par une ingurgitation massive de billets.

– C'est quoi, ce bordel ?

Le capitaine décrit avec beaucoup de détails la scène au divisionnaire.

– Cuche, vous rendez-vous compte du merdier que

ça va foutre en haut lieu ? Vous avez foiré cette enquête de A à Z et maintenant, il va falloir que je recolle les morceaux.

– Oui, patron, je comprends.

À l'extérieur de la voiture, on aperçoit quelques policiers.

– Ça fait vingt jours que vous êtes sur l'enquête, et, depuis, tous les trois jours, vous me trouvez un cadavre.

– Je suis sur les traces de l'enfoiré qui est derrière tout ça. On avance.

Un policier frappe au carreau de la voiture.

– Une seconde, patron.

Cuche fait coulisser la vitre électrique et s'adresse au policier de l'Identité judiciaire.

– Oui ?

– Capitaine, on vient de retrouver la Citroën de la victime.

– Très bien, merci, j'arrive.

– Patron, on a retrouvé la…

– Oui, j'ai entendu. Cuche, sur cette affaire, on risque tous de sauter. Vous comprenez ?

– Oui, patron.

– Bordel, pourquoi je vous ai écouté ? Pourquoi je vous ai donné cette affaire ?

Cuche ne répond pas.

– Je dois appeler Poiret. On se rappelle.

Jourdan raccroche.

– C'est ça, au revoir !

Martin et N'Guyen, qui attendaient la fin de l'appel du capitaine, s'approchent de la voiture.

– Alors Martin ?

– Bébin et son équipe sont sur les lieux du crime et sur la Citroën. Vous voulez qu'on fasse une inspection en dessous, patron ?

– Non, trop dangereux, il faut un minimum de matériel et il faudrait récupérer la carte souterraine du coin. On verra ça demain. N'Guyen, tu restes ici jusqu'à la levée du dispositif et tu nous rejoins en ville. On prend ta voiture.

– Martin, tu viens avec moi, je file à l'annexe. En passant, je vais rassurer Monique au garage. Vous me tenez au courant.

– O.K., chef !

*
* *

Le père Clément est en train de dresser son couvert au moment où Louise entre dans la salle à manger du presbytère avec le pain.

– Ah, madame Rapeau, j'ai cru que vous vous étiez perdue.

– C'est que je suis un peu en retard.

– Ce n'est pas grave… Posez vos courses et asseyez-vous, il faut que je vous parle.

Intriguée, l'octogénaire s'assoit, imitée par le vicaire.

– Un petit porto, madame Rapeau ?

– Merci mon père, mais j'ai pas encore mangé.

– Je voulais vous prévenir qu'un nouveau prêtre vient d'être nommé par monseigneur Leroux.

– Alors, vous allez repartir ?

– Oui, il le faut bien, ma mission est terminée.

Louise est secouée par la nouvelle. En quinze jours, elle s'est déjà attachée à l'ecclésiastique.

– Finalement, je le prendrais bien votre porto… C'est que je vous aime bien, moi.

Clément verse le vin cuit dans un petit verre à pied ouvragé.

– Moi aussi, madame Rapeau, mais Son Excellence a besoin de moi à Bordeaux.

Le père Clément pose le verre sur la table devant la femme âgée.

– Je vous dois tellement mon père.

– Mais non, vous ne me devez rien !

– Il est bien, le nouveau curé ?

– Je ne le connais pas. Il arrive d'Haïti et il s'appelle Joseph, j'espère que vous lui réserverez un bon accueil.

– Pour sûr.

Clément est maintenant gêné, il a une lourde tâche à accomplir.

– Quel âge avez-vous, Louise ?

– Quatre-vingt-un ans, c'est bientôt mon anniversaire.

– Vous savez qu'il faut savoir se reposer, profiter de la vie et de son temps libre.

– Oh, vous savez, avec tout le travail que j'ai ici, j'en ai pas du temps libre.

– Justement, monseigneur Leroux m'a demandé de vous remercier pour tout ce que vous faites pour la cure, mais en septembre… Il est temps que vous goûtiez une retraite méritée.

– Mais je suis en pleine forme moi, je ne veux pas m'arrêter. Il est pas content de mes services, l'archevêque ?

*
* *

Il n'est pas facile d'annoncer la mort de quelqu'un. Toutefois, il ne s'agit pas d'un drame pour tout le monde, puisque Monique avait pris la nouvelle avec soulagement. Il ne lui avait pas dit qui c'était, mais le fait que ce soit un autre que Fernando suffisait à lui redonner espoir. Pour Jacqueline Tourneau, l'annonce devrait produire l'effet inverse. Le bonheur des uns… Il se tient debout face à elle.

– Oui, les rumeurs sont fondées.

– De qui s'agit-il ?

– Du sénateur Fabre…

La mairesse reçoit l'information comme un crochet droit porté au foie. Elle vacille presque, l'armure vient de se fêler.

– Jean-Louis ? Mais c'est impossible, comment est-ce arrivé ?

– On n'a encore que peu de précisions à l'heure où je vous parle.

L'élue, stupéfaite, retombe lourdement dans son fauteuil.

– Mon Dieu, quelle horreur !

Le flic se dit que cela doit être la première fois depuis longtemps que cette femme en appelle à Dieu. Très vite, elle se ressaisit.

– Depuis que vous êtes arrivé, le malheur s'est abattu sur notre ville et sa confrérie.

– Je vous arrête tout de suite. Je vous rappelle que je suis venu ici parce que le père Anicet a été assassiné.

– Oui, mais ça fait bientôt trois semaines. Depuis, les morts s'enchaînent, et vous n'avancez pas. Elle est belle, votre police…

– Écoutez, avec mon équipe, on fait le maximum, mais je ne vais pas arrêter n'importe qui pour vous faire plaisir.

– Ne dites plus rien, je n'ai qu'un mot à vous dire : incompétent.

– Madame, dois-je vous rappeler que vous êtes la mairesse de cette commune ? Alors contrôlez-vous.

– Bon, je vous laisse, je dois me rendre sur place.

*

* *

Jacqueline Tourneau est avec le lieutenant Martin sur les lieux du crime. Cuche l'a chargé d'accompagner la mairesse. Le policier désigne la cavité.

– C'est ici que ça s'est passé.

– Dans ce trou ? C'est monstrueux.

– Vous savez, ici ou ailleurs… Tout de suite derrière, il y a un souterrain assez large. Voulez-vous que jc vous y conduise ?

– Non, merci bien. Ce doit être une entrée des catacombes. Les souterrains vont jusqu'en ville… J'ai même un accès par la mairie.

– C'est sûr que l'assassin était tranquille pour commettre son forfait là-dessous.

– Mais pourquoi Jean-Louis est-il venu ici ? Il doit bien y avoir une explication logique. Il a été kidnappé.

– C'est ce qu'on va essayer de découvrir… À ce

propos, auriez-vous une carte avec tout le réseau des catacombes ?

Un policier de l'I.J. vient à la rencontre de Martin.

– Lieutenant, on a fini dans cinq minutes, vous avez encore besoin de nous ?

– Non, je ne pense pas, si c'est O.K. pour N'Guyen, vous pouvez commencer à remballer.

– Pour répondre à votre question, je vais me renseigner. Monsieur Pouliot gère tous ces documents. Hervé Montlor, qui est mon adjoint à l'urbanisme, doit avoir une petite idée, lui aussi. Mais dites-moi, vous pensez que l'assassin utilise le réseau de souterrains ?

– Le capitaine en est maintenant persuadé. C'est le meilleur moyen de circuler sans être vu.

– Oui, je comprends, mais c'est très dangereux de circuler tout seul là-dessous.

– C'est bien pour ça que le ou les assassins doivent bien connaître la commune pour pouvoir jouer les taupes.

– Se pourrait-il qu'ils soient encore là ?

– C'est une possibilité, mais avec mon collègue, on va descendre dans la taupinière dès que vous nous aurez trouvé la carte.

– Je retourne à la mairie, je vais voir ce que je peux faire. Mais je crains qu'il ne faille attendre demain.

– Faites au mieux, je compte sur vous.

– Lundi 2 juillet –

Le week-end a été court pour l'équipe du capitaine. N'Guyen est allé dormir quelques heures dans la chambre numéro 7, tandis que Cuche, Madjer et Martin sont de nouveau sur le pied de guerre. Le directeur d'enquête fait les cent pas dans le bureau. Il réfléchit et de temps à autre, il faut que ça sorte.

– Qu'est-ce qui relie les victimes ? Anicet, Mariette, Fabre, Chaney et la tentative sur Tourneau. Ils ont tous fait partie des Chevaliers à un moment donné. À cette liste s'ajoute Edmond de Vauxmort. La mort violente du Grand Sarment est peut-être liée à cette danse macabre. À qui profite le crime ? C'est la question à se poser. Dutour peut avoir tué l'abbé. Il s'était confié à lui concernant ses petits mélanges et à cause du curé, il s'est fait pincer… Dutour avait été arrêté par l'adjudant Mariette. Dutour toujours, pour Fabre et Chaney qui ont racheté le vignoble familial. Par contre, je ne vois pas de lien direct entre lui et Tourneau. Ils sont peut-être deux ou trois à tuer. Nadya, Martin, vous allez me reprendre les alibis de tout le monde, heure par heure. Je veux l'emploi du temps de chaque membre du directoire. À croire qu'ils ont monté une association de futures victimes. Je suis persuadé que nous devons gratter là.

– C'est noté, patron.

– Les pharmaciens qui semblent se détester l'un et l'autre jouent peut-être un petit jeu pour la galerie ? Élisabeth et son Casimir, le mariage de la carpe et du lapin. Voilà encore un duo surprenant. Une belle série de binômes, et puis pour terminer, cette pauvre mairesse agressée qui n'a rien vu… Putain, on tourne toujours en rond ! Martin, tu me réveilles N'Guyen, je veux qu'il me retourne la ville, la région et la France. Mais aussi tous les aéroports, toutes les gares. Il nous faut le garagiste, et *rapido* !

– O.K., patron… Faut faire gaffe, cette histoire, avec la mort du sénateur, prend une ampleur nationale. On touche au politique, là.

– T'inquiète pas Martin, j'ai l'intention de ne rien lâcher tant que je tiens la barre, c'est peut-être mon chant du cygne, mais putain, le cocotier va bouger !…

Tout en parlant, Cuche tourne comme un lion en cage.

– Depuis le début, le sénateur nous a mis des bâtons dans les roues, mais il n'est plus là pour intervenir… Ah, pour finir, je veux le testament de Chaney aujourd'hui ! Je veux savoir à qui il lègue tout… Martin, tu me trouves son notaire, il doit être sur Bordeaux.

– Pas de problème.

Le jeune lieutenant consulte les pages jaunes sur son ordinateur.

– Il y en a soixante-seize rien que sur Bordeaux !

– Tu essaies de voir avec André, il sait peut-être… Sinon, tu les appelles un par un. Bon, les protections sur les membres de la confrérie, c'est réglé ?

– Oui, *boss*, ça roule de ce côté-là.

– Tant mieux, parce que ça devient une espèce en voie de disparition…

*

* *

Jourdan n'a pas pris son petit déjeuner de champion ce matin. Il a ingurgité le strict minimum et s'apprête à un exercice qu'il n'aime guère : assister à une autopsie. Poiret a insisté pour qu'il l'accompagne à l'hôpital Robert-Boulin de Libourne. Il a personnellement déposé la réquisition du parquet.

De son côté, le divisionnaire avait chaleureusement accueilli le flic parisien de la Direction centrale de la police judiciaire. Mais c'était pour la façade. Il n'aimait pas recevoir de leçon et aurait préféré que Cuche conclue cette enquête avec succès. Maintenant, c'était trop tard, et il devait faire contre mauvaise fortune bon cœur. Pour le mettre tout de suite dans le bain, il avait invité le commandant Perrache, le réputé « plieur d'enquête », à assister à l'autopsie. Belle entrée en matière pour cet homme de quarante ans en costume-cravate, le teint bronzé été comme hiver, les cheveux noirs gominés et coiffés en arrière, un cou de taureau un peu rougeaud, une chemise bleue à revers côtelés avec boutons de manchette en argent, des mocassins en cuir parfaitement cirés.

Les trois observateurs ont pris place derrière la vitre. De là, ils ont une vue privilégiée sur la salle d'autopsie. La pièce est vaste et la lumière, délivrée par les néons, blafarde. Au milieu de la salle, espacées d'environ un mètre, deux tables en métal se font face. Dans le coin gauche, un tuyau d'arrosage rappelle qu'il faut laver les lieux à grande eau entre deux clients. Trois minutes auparavant, deux agents d'amphithéâtre avaient passé le sas en poussant le brancard. La dépouille de Fabre occupe maintenant l'une des tables en inox.

Alors que les trois hommes échangent à propos de l'enquête, le docteur Celleprin et un de ses internes passent le sas à leur tour. Ils portent la tenue habituelle des chirurgiens : surchausses, sarrau, masque, lunettes et coiffe jetable. Celleprin n'a jamais été gêné par les odeurs, à l'inverse de son jeune collègue qui s'est appliqué une grosse dose de baume du Tigre sous les narines. L'interne se place derrière un bureau et s'apprête à prendre en note le compte rendu du spécialiste en thanatologie. Celleprin appuie sur un interphone pour communiquer avec la salle d'observation.

– Messieurs, êtes-vous prêts ?

Jourdan lève son pouce en direction du médecin pour lui donner son feu vert. Il se retourne alors vers la table et allume le scialytique. Fabre est encore dans la lumière, mais ce sera la dernière fois. Le légiste met en route le système de circulation d'eau autour du cadavre. Sur sa droite sont alignés ses couteaux de chirurgien, ses pinces et sa scie oscillante. Il n'aime pas utiliser de scalpel, il a vu trop de confrères se couper. Lui utilise de bons vieux couteaux de chirurgien, comme au siècle dernier. Il commence par prendre son costotome et découpe la cage thoracique du sénateur. De l'autre côté de la vitre, Jourdan détourne le regard. De son côté, Perrache a perdu de sa superbe et ne semble pas particulièrement à l'aise. Seul Poiret, coutumier de ce genre de spectacle, paraît serein.

– La nature humaine est ainsi faite que l'on s'habitue à tout. Et puis Celleprin nous fait quand même une centaine de corps chaque année, c'est un pro.

Jourdan ne s'habituera jamais au cynisme du procureur.

Les viscères de Fabre sont maintenant posés dans des écuelles adjacentes. Celleprin introduit une sonde pour suivre le trajet du projectile.

– La balle est entrée de face et a perforé le haut du poumon gauche, elle a continué son trajet et a provoqué un éclatement osseux au niveau de l'omoplate, de la clavicule et de l'humérus.

Perrache n'a pas supporté les dernières précisions du chirurgien et a dû se rendre aux toilettes. À peine est-il sorti que Poiret y va de son petit commentaire.

– C'est ça le grand flic descendu de Paris ! Je le pensais plus résistant.

Celleprin poursuit.

– Je constate une congestion de la face… Une cyanose en pèlerine… La cavité buccale est remplie de billets de banque. L'examen de la trachée révèle également la présence de ces billets qui ont obstrué les voies respiratoires et entraîné la mort par asphyxie.

Il se retourne vers la baie vitrée.

– L'un de vous veut-il venir constater les lésions ?

*

* *

Nadya Madjer est assise à son bureau. Elle décroche le téléphone et compose le numéro de maître Follace, notaire à Bordeaux. Cuche et Martin sont impatients. Nadya met le haut-parleur pour qu'ils puissent écouter.

La tonalité se fait entendre.

– J'espère qu'André nous a donné le bon notaire.

– On va être fixés tout de suite, Martin.

Quelqu'un décroche à l'autre bout de la ligne.

– Allô, maître Follace ?

– Lui-même.

– Je suis le lieutenant Madjer de la police judiciaire.

– Ah oui, bonjour lieutenant, j'attendais votre appel, j'ai un de vos collègues près de moi qui vient de me faire part de la situation.

– Monsieur Antoine Chaney était bien l'un de vos clients ?

– Oui, l'étude gérait ses affaires depuis de nombreuses années.

Cuche lève le pouce en l'air en direction de Nadya.

– Avait-il laissé un testament ?

– Oui, en effet, je dispose d'un testament qu'il m'a remis en février 2003.

– Mon collègue a dû vous remettre la commission rogatoire ?

– Absolument, tout est en ordre, le testament est devant moi, voulez-vous que je l'ouvre ?

– S'il vous plaît.

– Très bien, j'ouvre l'enveloppe…

Cuche regarde ses deux collègues, l'air satisfait. Cette fois, l'enquête progresse à pas de géant.

– Les paris sont ouverts, chers lieutenants.

– Voilà, je procède à sa lecture :

« *Je soussigné Antoine Chaney, demeurant 5, rue du Prince-Féry à Saint-Émilion, déclare léguer l'ensemble de mes biens à M. André, Casimir Louis Étienne, né le 10 juin 1955 à Grenoble (38), demeurant actuellement à mon domicile.*

Fait à Saint-Émilion le 21 février 2003. »

Voilà, c'est assez court comme vous le voyez, mais explicite.

– Demande-lui si le testament est manuscrit ou informatique ?

– J'ai entendu… Il est manuscrit et je peux vous assurer qu'il s'agit bien de l'écriture de monsieur Chaney. D'ailleurs, il m'avait lui-même remis ce document à l'époque.

– Son authenticité ne fait donc aucun doute ?

– Absolument aucun. Maintenant, il se peut qu'un testament plus récent soit retrouvé à son domicile, dans ce cas, il se substituerait à celui qui est en ma possession.

– Oui, bien sûr, nous vérifierons ça.

– Avez-vous d'autres questions ?

– *Boss* ?

– Non, c'est O.K. pour moi.

– Alors, ce sera tout, maître, merci de votre collaboration.

Le testament de Chaney redonne à André un mobile plus que convenable : dix millions d'euros.

– Dites patron, un héritage comme celui-là, c'est un bon mobile !

– Vous voyez, il ne faut jamais éliminer définitivement un suspect. Dans une enquête, les vérités d'hier ne sont pas forcément celles du lendemain.

Nadya est perplexe. Elle rebondit sur la remarque de Martin.

– Disons que devant le jury, ça peut tenir la route, surtout vu l'ampleur du patrimoine… Quoi qu'il en soit, je ne crois pas qu'il soit impliqué dans le meurtre de son patron.

Cuche sort de ses pensées et intervient à son tour.

– Oui, et puis ça peut expliquer la mort de Chaney mais celles des autres ?

– C'est vrai que pour Anicet et Mariette, ce mobile ne tient pas.

– On va déjà essayer de savoir si André était au courant du contenu du testament, ce sera toujours un point de départ. Nadya, tu mets ça à ton programme.

– C'est bien noté, *boss*.

– Martin, N'Guyen, vous venez avec moi.

*

* *

Madame de Vauxmort est assise dans le canapé de son grand salon, Casimir André à ses côtés. En face d'eux, Nadya Madjer tente de percer à jour le maître de chai. S'il est au courant du testament, ça en fait un suspect de premier ordre.

– Nous avons contacté maître Follace. C'est bien le notaire de monsieur Chaney.

– Je vous l'avais dit.

– Avez-vous une idée du contenu de son testament ?

– Pas le moins du monde. Nous ne parlions pas de ça avec le professeur.

– Bon, poursuivons.

– Pour ne rien vous cacher, je ne savais même pas qu'il en avait fait un.

– Le problème avec vous, c'est qu'on a toujours l'impression de vous embêter quand on vous pose une question.

– Vous ne m'embêtez pas, je ne fais que vous répondre. Vous savez, j'ai perdu un ami et je regrette de ne pas avoir su le protéger…

– Casimir, tu n'es pas responsable de ce qui arrive.

– En tout cas, il devait bien vous aimer, votre patron, puisqu'il vous lègue l'ensemble de sa fortune.

– Ce qui fait de moi le principal suspect, n'est-ce pas ?

– En tout cas ça n'arrange pas votre cas, c'est clair.

– L'argent ne m'intéresse pas et je suis parfaitement en droit de refuser l'héritage. Au moins, ça réglera vos soucis.

– Mais, enfin, puisqu'il vous dit qu'il ignorait tout des intentions de monsieur Chaney !

*

* *

Ange Dutour fume tranquillement une cigarette. La réouverture de l'atelier, après quelques jours, favorise l'oisiveté du mécano. Il discute avec le conducteur d'un camion-citerne. Henri est un homme de quarante-cinq ans, gros et gras, tatoué sur tout le bras gauche. Grisonnant, une Gitane au bec, il surveille de loin son apprenti, Stéphane, qui travaille.

– Doucement sur la cadence, Riton ! Ton gars, il va trop vite pour me purger la fosse à huile. Après, je vais devoir me remettre au boulot… Alors, on prend son temps, O.K. ?

Le nez au vent, ils marchent en discutant devant le garage.

– Ça, c'est les gamins d'aujourd'hui, ils font du zèle pour deux francs six sous. Remarque, t'es mon dernier client pour ce matin, alors plus vite il aura fini, et plus vite on ira se taper un demi à *La Barrique*.

– Sympa ton boulot ! Et ils embauchent ? Moi, depuis que le gros est en vadrouille, c'est plutôt pépère.

Henri éclate de rire et tape sur l'épaule d'Ange Dutour.

– Déjà que quand il était là, t'en branlais pas une.

– J'voudrais t'y voir ! Il me refilait toutes les merdes. Forcément, c'est pas très motivant.

– Ouais, enfin faut bien bouffer. Tu crois que ça m'amuse, à quarante-cinq piges, de vider des cuves ?

– Tu vides quoi, toi ? Tu conduis le camion et *basta* ! T'as les mains propres. Un aristo du cambouis.

– Oh, l'autre…

Soudain, Stéphane interpelle son chef :

– Henri, viens voir, j'ai jamais vu ça !

Ange et Henri le rejoignent dans le garage. Ils arrivent près de la fosse à huile.

– Un ami à vous ? lance Stéphane en désignant un cadavre couvert d'huile de vidange.

Ange est stupéfait.

– Putain ! Le gros !

Henri n'est nullement impressionné.

– Une vraie p'tite olive dans son bocal…

*

* *

– À mon avis, je saute demain. Alors on a intérêt à se grouiller. Jourdan a déjà en tête le nom du nouveau directeur d'enquête. Si on n'a rien d'ici ce soir, je saute ! Ça a donné quoi, avec André ?

– *A priori*, il ignorait être le légataire universel.

– Mouais… Il n'y a pas cinquante solutions. Depuis le départ, on tourne autour : Barbosa, Dutour, André et Fabre. Bon, Fabre ne sera pas à l'arrivée de ce tiercé. Pour le podium, il nous reste les trois autres.

– Zen, *boss* ! On va y arriver.

– Putain, mais qu'est-ce qu'il foutait dans cette grotte ? En plus, crever avec du fric dans la bouche, ça veut dire quoi ? C'est un symbole de la mafia ?

– J'allais oublier, l'I.J. m'a appelée pour me dire qu'ils ont trouvé un bordereau de retrait bancaire de cinquante mille euros sur Fabre. Il a été signé de la main de sa femme la veille de son assassinat. Un policier à nous est parti l'interroger à Bordeaux.

– Tu comptais me le dire quand, Nadya ? C'est

hyper important ! Il est où ce pognon ? Il a quand même pas bouffé une somme pareille !

– Il y a dû y avoir une transaction. On devait le faire chanter. Mariette, dans sa lettre, impliquait Barbosa. Ou alors, quelqu'un d'autre était au courant. On n'est pas loin, je le sens, *boss* !

– En tout cas, notre coupable est dans la nature avec cinquante mille euros… Nadya, tu vas m'éplucher le compte bancaire de Fabre depuis cinq ans, et tu fais pareil sur les comptes de Barbosa et de Mariette. Le blé, c'est toujours un bon motif pour assassiner.

*

* *

Ange entre dans le bureau alors que Monique trie des papiers. Le mécano prend un ton très solennel. Ce qu'il a à dire ne va pas plaire à sa patronne.

– Madame Barbosa, je peux vous parler une seconde.

Sans même prendre la peine de relever le nez de ses papiers, elle répond sèchement à son employé.

– Qu'est-ce qui t'arrive encore ?

– Asseyez-vous, d'abord.

La phrase et le ton du mécano arrêtent la patronne dans sa tâche. Elle ôte ses lunettes et regarde son employé.

– Tu m'inquiètes. Qu'est-ce que tu vas m'annoncer ? Si c'est pour une augmentation, c'est pas le moment.

– Non, c'est pas le moment. Les gars ont fini de purger la fosse à huile…

– Oui, voilà, voilà.

Monique comprend immédiatement la demande du mécano. Elle ouvre un petit tiroir et en sort cinq euros. Elle les tend à Ange.

– Non, c'est pas ça, on a un gros problème. La fosse… Elle est pas complètement vide.

– Ben quoi ? Il la vide, et puis c'est tout !

– Nous, on voudrait bien… Mais… On a retrouvé…

– Quoi ? Parle, bon sang !

– Y a monsieur Barbosa au fond de la cuve.

*

* *

– Putain, ils ont tous décidé de me faire chier, aujourd'hui !

– J'ai appelé le S.A.M.U. pour madame Barbosa. Elle ne se sent pas bien.

– Tu leur as dit de ne toucher à rien ?

– Oui, capitaine.

Cuche bout sur place et, dans un geste de colère, envoie valdinguer tous les dossiers du bureau.

– Ça va, *boss* ?

– Non, ça va pas ! Mais putain, qu'est-ce que j'ai fait ? C'est la débandade ! Un de plus. C'est une épidémie, la grande braderie du cadavre, le supermarché de la viande froide. Merde, merde, merde !

Dans l'annexe, plus personne ne dit un mot. Les trois lieutenants ont la tête dans leurs dossiers. En pleine tempête, mieux vaut rester à l'abri. Au bout de deux minutes, Cuche s'est repris.

– Ah ! Je me sens mieux, moi ! Comme je dis toujours, quand faut que ça sorte, faut que ça sorte.

Alertée par les éclats de voix, Jacqueline Tourneau fait irruption dans la pièce.

– Que se passe-t-il ici ?

– Rien, pourquoi ?

– J'ai entendu des cris. Vous n'avez pas encore mis un de mes administrés en garde à vue, au moins ?

– Chère madame Tourneau, ce n'est pas le moment de me faire… De me prendre la tête.

– Vous n'avez rien de plus intelligent à dire ?

– Si, vous allez avoir une promotion ! On a retrouvé le secrétaire général de votre confrérie.

– Ah, c'est pas trop tôt, il était où encore, celui-là ?

Cuche se retourne vers ses lieutenants.

– N'Guyen, tu fermes tout et tu files dans les souterrains avec Martin. Et faites gaffe de ne pas vous perdre !

– Monsieur Cuche, il me semble que je vous parle. Où était-il tout ce temps ?

– Il faisait trempette.

– Quoi ?

– Puisqu'il faut vous faire un dessin, on vient de retrouver Barbosa au fond de sa cuve à huile.

*

* *

N'Guyen progresse dans la galerie. Il avance pas à pas. Il devient plus prudent, puisque ça fait déjà deux fois qu'il se cogne la tête. Dans sa main droite, il tient son arme et dans l'autre, une puissante torche appuyée sur la culasse de son pistolet automatique. Il aperçoit une porte ancienne en bois.

– Martin ! Viens par ici !

Pas de réponse. Il attend un instant.

– Martin ?

– Ouais, t'es où ?

– Pas très loin d'où l'on s'est séparés.

– O.K., j'arrive.

Martin rejoint N'Guyen.

– L'autre chemin est interminable, il nous faudrait plusieurs semaines pour tout explorer. Elle t'a dit que c'était foutu pour la carte ?

– Oui, apparemment il y en avait une, mais elle ne la retrouve pas. On va faire sans, faisons confiance à notre flair légendaire.

– Ça va toi, t'as pas les chevilles qui gonflent ?

N'Guyen n'écoute plus les propos de son collègue. Il a mis en lumière une porte en bois avec des panneaux à claire-voie.

– T'as vu ça ? Tu me couvres ?

Martin se place au côté de N'Guyen et pointe son arme en direction de la porte. N'Guyen teste la poignée et constate que celle-ci n'est pas verrouillée. Il indique à son collègue qu'il va entrer. Puis il entame un décompte avec ses doigts.

N'Guyen ouvre rapidement la porte et s'engouffre dans la pièce, arme au poing.

– Police, ne bougez pas !

Le calme revient vite, la pièce est vide. N'Guyen fait entrer son équipier.

– Y a personne, c'est clean.

– Pas aussi clean que ça.

Toute la pièce monolithe est entourée d'étagères en bois. Dans le sens horizontal, chaque planche est espacée d'environ cinquante centimètres. Dessus, des papiers sont entassés, des caisses sont entreposées ainsi que des outils rouillés. Il y a même deux vélos qui semblent dater de l'Homme du Néandertal.

– Qu'est-ce que c'est que cette pièce ?

– On fouille tout.

– O.K.

Les deux lieutenants mettent leurs gants et commencent à examiner tous les recoins de la pièce. Chaque étagère est passée au peigne fin. Martin ramasse un vieux papier.

– T'as vu ça ? On dirait un vieux tract.

– Normal, c'est un vieux tract.

– C'est génial, j'adore tous ces trucs-là. Mon père serait fou s'il voyait ça.

– C'est bien, je te rappelle qu'on est là pour quelque chose de précis.

– Ouais, je sais, je m'occupe de cette pièce, va voir s'il n'y a pas d'autres galeries.

– J'y vais, mais tu feras ta brocante plus tard.

S'exécutant, N'Guyen avance vers une antichambre.

– C'est la caverne d'Ali Baba ici ! Martin, viens voir !

Le lieutenant Martin entre à son tour dans l'antichambre. N'Guyen éclaire une mallette en cuir.

– Et ça, c'est d'époque ?

– Y a peu de chances. Tu l'ouvres ?

– Il tend sa torche à Martin et range son Sig Sauer dans son holster. Il attrape les bords de la mallette.

– Sésame, ouvre-toi.

Le lieutenant fait claquer les deux serrures et ouvre lentement la mallette.

– Alors là, c'est vraiment la caverne d'Ali Baba.

– C'est quoi tout ce pognon ?

– Ça doit être les cinquante mille euros de Fabre.

– Attends, c'est peut-être pas tout…

N'Guyen suit du regard le faisceau de Martin qui met en lumière une étagère de fortune. Il y attrape un objet qu'il rapproche de la lumière. Il s'agit d'un pistolet ancien.

– Oh putain, un Luger ! J'en ai pas vu depuis longtemps…

Martin renifle le canon de l'arme.

– Et il a servi depuis peu.

– On tient quelque chose, là. On devrait embarquer tout ça et faire venir l'I.J.

– O.K., mais tu ne veux pas savoir où mène cet escalier ?

Martin éclaire un escalier branlant éclairé par un léger filet de lumière.

– C'est peut-être pas prudent, mais j'en meurs d'envie, et en plus ça nous évitera de nous retaper le chemin inverse.

– T'es pas un peu claustro, toi ?

– Rien à voir, mais moi je suis un peu comme les plantes. J'ai besoin de soleil et de lumière pour ma photosynthèse. Alors, on l'ouvre cette trappe ?

La lumière les aveugle. Après quelques instants, ils se rendent compte qu'ils sont dans un jardin, le long d'un mur.

– Je connais cette maison. On a fait une perquise ici avec Nadya. C'est la baraque de Dutour.

*

* *

Madjer et Cuche arrivent au garage Barbosa. Nadya a branché le gyrophare, mais n'a pas actionné le « deux tons ». Ce n'est pas la peine d'ameuter toute la Gironde, et surtout les journaleux du secteur. La voiture s'immobilise devant les pompes, juste derrière le camion d'Henri. Ange vient à leur rencontre les mains dans les poches.

– En fait, il était au boulot tous les jours.

– C'est malin, comme remarque.

Les deux officiers de police et le mécano se dirigent vers le pont élévateur qui est presque collé au plafond du hangar.

– Voilà, c'est là.

Il montre la fosse à huile. Il reste environ trente centimètres de liquide visqueux.

– Je comprends pourquoi il n'est pas remonté à la surface.

Au fond de la cuve, le garagiste est ficelé à deux jantes en métal.

– Nadya, tu m'appelles l'I.J., qu'ils rappliquent rapidement. En attendant, on touche à rien.

– Y a les gars du S.A.M.U. qui s'occupent de madame Barbosa dans leur camion. Elle est un peu secouée.

– C'est noté, je l'interrogerai plus tard.

– J'ai demandé aux gars qui ont vidé la cuve de rester. Vous voyez, je commence à connaître vos méthodes.

– Vous avez bien fait.

Thierry se rapproche de Nadya. Il lui glisse un petit mot à l'oreille.

– Ça y est, tout notre petit monde est là.

– Au moins, ça réduit la liste des suspects.

– Oui et non, on ne sait pas depuis combien de temps il fait de la plongée. Il a très bien pu liquider le curé, Mariette, puis régler son compte à Fabre…

– Je suis d'accord, mais comme ils ont passé l'arme à gauche, il y a forcément quelqu'un d'autre.

*

* *

Deux officiers de l'Identité judiciaire sont déjà à pied d'œuvre et prennent des clichés du lieu de découverte. Celleprin, après avoir également fait quelques photos, descend dans la cuve et commence l'examen du corps. Jacqueline Tourneau arrive sur place, accompagnée par quatre journalistes. Elle fonce immédiatement sur Cuche.

– De mieux en mieux, maintenant on est passé à un mort par jour.

– Madame calmez-vous, on fait tout ce qu'on peut pour trouver le coupable.

– Vous feriez bien de vous dépêcher avant que tous les Chevaliers du Pressoir soient assassinés. Je vais prendre des nouvelles de madame Barbosa. Ensuite, j'irai voir chacun de nos membres pour les mettre en garde.

Alors que la mairesse s'éloigne vers les bureaux du garage, Nadya essaye de calmer les ardeurs des journalistes. De son côté, Cuche se décide à appeler Jourdan pour l'avertir de la découverte d'un nouveau cadavre.

– Bon, je me lance.

Le numéro de Jourdan se compose automatiquement.

– Jourdan, j'écoute !

– C'est Cuche.

– J'espère que c'est pour une bonne nouvelle, cette fois-ci.

– Non, pas vraiment. C'est une hécatombe ! Tout d'abord, nous pensons que Fabre s'est rendu dans les catacombes pour une transaction. On a retrouvé un bon de retrait bancaire de cinquante mille euros sur lui, mais pas l'argent.

– Oui, enfin avec vos conneries, j'ai dû me taper l'autopsie de Fabre et on a retrouvé une petite partie du magot. Bon, sinon vous avez des pistes ?

– J'en avais une, mais elle vient de disparaître. Je pensais à Barbosa, mais on vient de le retrouver dans son garage, au fond de sa cuve à huile.

– C'est un canular ! Je ne peux pas vous laisser deux secondes sans avoir un macchabée sur les bras. Vous vous foutez du monde, Cuche ! Mais qu'est-ce qui m'a pris de vous confier cette affaire ? Vous n'êtes pas de taille ! Vous savez pourquoi j'ai appuyé votre demande de transfert ?

– Non…

– Pour être débarrassé de vous et de vos méthodes !

– Bon, si vous me laissez la possibilité d'en placer une, il me reste deux suspects : Dutour et André.

– De toutes les manières, il ne reste plus que ceux-là faute de participants, non ?

– C'est un peu ça…

– Au point où on en est, vous me les coffrez par mesure préventive. Au moins, ils seront protégés.

– Qu'est-ce qu'on fait pour les membres de la confrérie ?

– Je m'en suis occupé, une équipe devrait être chez vous d'une minute à l'autre.

– La mairesse va être contente.

– Pour info, Cuche, je débarque demain avec le procureur Poiret. Je vais reprendre les choses en main.

– C'est noté.

– Demain, 9 heures, conférence de presse. Il va falloir nettoyer votre bordel.

*

* *

Avec l'aide d'un homme de l'I.J., Celleprin vient de sortir le cadavre de la cuve. Il le place dans un sac plastique, puis referme la fermeture Éclair. Le fourgon réfrigéré est devant le garage, prêt à procéder au transfert du corps vers le dépositoire du service de médecine légale de Libourne.

– Alors, Celleprin, il est dedans depuis combien de temps ?

– Le corps a un aspect macéré. Il est gonflé, les gaz putréfactifs ont déjà distendu le tronc. Les distensions abdominales sont très nettes. Je constate aussi un aspect en « tête-de-nègre », les yeux sont exorbités, les lèvres gonflées.

– Ça veut dire qu'il est là depuis plusieurs jours ?

– Oui, c'est évident. Il n'y a plus aucune rigidité cadavérique. En plus il y a des décollements cutanés diffus, caractéristiques de quelqu'un qui est là depuis une petite semaine environ.

– Il n'a donc pas pu tuer Chaney, ni Fabre.

– Non, je suis catégorique.

– Tu as pu déterminer la cause du décès ?

– Difficile à dire comme ça. On a retrouvé une grosse clé à molette au fond. C'est peut-être l'arme du crime puisque j'ai relevé une plaie à la tête. Il a une ecchymose au niveau du scalp et probablement une fracture de l'os temporal. Maintenant, il a pu aussi s'asphyxier au cours de l'immersion. L'autopsie me permettra d'examiner sa trachée et ses poumons pour voir s'il a inhalé ou pas.

– Quel merdier… Bon, je te remercie.

Cuche fait le point sur les conclusions du doc avec Nadya et enchaîne sur la conversation qu'il vient d'avoir avec Jourdan.

– Starsky, le *big boss* me demande de coffrer Ange et André.

– Ouais, je comprends.

– J'appelle Martin et N'Guyen pour qu'ils s'occupent

d'André, et après on se charge du cas Dutour. En attendant, prends les identités de ces messieurs…

Il montre Henri et Stéphane de la tête.

– C'est parti !

Cuche sort son portable de sa poche.

– Martin, c'est Cuche. Je viens d'avoir Jourdan en ligne, on doit coffrer Ange et André. Je me charge de Dutour, on est sur place. Tu passes t'occuper d'André, il est chez Vauxmort aux dernières nouvelles.

– O.K., patron ! Mais ça tombe bien que je vous aie, vous allez être content…

– Qu'est-ce qu'il y a encore ?

– Avec N'Guyen, on a fait un petit tour dans les catacombes et on a retrouvé une mallette pleine de fric…

– C'est excellent ! Sûrement les cinquante mille euros de Fabre… C'est du bon boulot.

– C'est pas tout, *boss*…

Cuche continue la conversation, alors que Nadya Madjer enregistre les identités des hommes de la citerne.

Après deux minutes, il raccroche et Nadya revient vers lui.

– Je crois qu'on a un Ange à mettre en cage.

– Ça va pas lui plaire.

– Avec ce que je viens d'apprendre, je m'en fous.

– Quoi ?

– Je t'expliquerai plus tard, mais on la joue tranquille, sinon les journalistes vont se déchaîner…

Nadya s'approche du mécanicien resté près de la cuve.

– Monsieur Dutour, je peux vous voir un moment ?

– Ouais. Je peux vous aider ?

– Je vous ramène en ville, j'ai encore quelques questions à vous poser.

– C'est que j'ai du boulot, moi !

– Écoutez, j'ai des ordres.

– Quoi ? C'est quoi ces conneries ? J'ai rien fait !

Nadya réagit immédiatement.

– Monsieur Dutour vous avez un vestiaire ici ?

– Oui, mais…

– Vous allez me l'ouvrir s'il vous plaît.

– Et si je refuse ?

– Ça prendra un peu plus de temps, c'est tout !

*

* *

Cuche fait les cent pas derrière Dutour. L'annexe est une sorte de Fort Alamo entourée par les journalistes.

– Écoutez, nous avons un gros souci ou plutôt vous avez un gros problème. Les deux personnes ayant racheté votre domaine viticole sont mortes. Vous avez menacé l'une d'elles devant témoins et vous avez déjà un casier judiciaire long comme la Garonne.

– Racheté, faut l'entendre ça. Ils l'ont volée, ma terre !

Nadya Madjer est assise face à Ange, devant un ordinateur portable, et enregistre sa déposition.

– Vous allez me reparler du soir du 17 juin.

– Ça remonte, je tiens pas un agenda, moi !

– Il va falloir que vous m'expliquiez d'où vous sortez ça ?

Cuche présente un ouvrage relié en cuir, placé à l'intérieur d'une pochette en plastique.

– C'est à moi, une bible de famille.

– Ce n'est pas une bible, mais un bréviaire.

– Et alors, on va pas jouer sur les mots !

– On ne joue pas, monsieur Dutour. Vous allez être mis en examen pour homicide volontaire et cette fois-ci, vous ne ressortirez pas dans un an. Qu'est-ce que ce bréviaire foutait dans votre casier ? D'où le tenez-vous ?

– Il appartenait à ma mère.

– Vous ne l'avez peut-être pas remarqué, mais il y a un petit mot sur la troisième page : « À mon fidèle ami », et signé par monseigneur Leroux, archevêque de Bordeaux. Vous êtes intime avec lui ?

Sur ces entrefaites, un gardien de la paix pénètre dans la salle, accompagné par Louise Rapeau.

– Ah, bonjour, entrez donc.

Elle aperçoit Dutour assis sur une chaise.

– Qu'est-ce qu'il a encore fait celui-là ? Ton papa ne serait pas content de voir ce que tu deviens. Vendredi dernier, je t'ai pourtant fait la leçon.

À ces mots, le mécanicien baisse la tête.

– C'cst là, tcncz, rcgardcz.

Le capitaine attrape le bréviaire et le tend à l'aide aux prêtres.

– Pour sûr, c'est celui du père Anicet. Il le prenait toujours avec lui.

Le flic lance un regard en coin à sa coéquipière.

– C'est tout ce que je voulais savoir.

– Oh là, une minute, c'est bien son bouquin, mais il était déjà mort, j'ai rien fait moi.

Cuche fait signe à Dutour de se taire tout en raccompagnant la vieille dame à la porte.

– Vous raccompagnez madame Rapeau jusqu'au presbytère, s'il vous plaît.

Cuche revient vers le bureau.

– Ange, vous êtes dans une impasse, il va falloir nous dire tout ce que vous savez. Le tribunal pourra en tenir compte.

– Nous reprenons votre audition dans quelques minutes.

Le gardien de la paix se lève et sort de la pièce avec Ange Dutour. Nadya et Cuche se retrouvent seuls dans le bureau.

– Qu'est-ce qu'on fait de ça, *boss* ?

Nadya tend une reconnaissance de dette placée dans le bréviaire du prêtre. Elle est signée par Anicet et Kinsley.

– C'est pour Clément ce joli bout de papier.

– Alors, qu'est-ce qui se passe avec Dutour ?

– Tout à l'heure, N'Guyen et Martin ont fait une petite reconnaissance dans les catacombes…

*
* *

Ils sortent de la voiture, N'Guyen tient André par les menottes pour le faire avancer. Les flashes crépitent, ils sont inondés de questions auxquelles ils ne répondent pas. Martin ouvre un chemin dans la foule.

– Bravo la police ! Je vois déjà les titres demain.

Martin guide le maître de chai jusqu'à la mairie.

– Vous n'avez pas voulu masquer votre visage, faut assumer jusqu'au bout.

– J'assume, je n'ai rien à me reprocher.

Martin le fait asseoir dans le hall et le menotte au radiateur en fonte. Il donne alors des instructions à deux gardiens de la paix.

– Personne ne lui parle et aucun journaliste dans la mairie.

– Voilà, vous restez bien sagement ici, on va revenir.

– Où voulez-vous que j'aille ?

Les lieutenants Martin et N'Guyen entrent dans l'annexe où Cuche et Madjer sont en pleine réflexion.

– Félicitations les gars, *good job* ! Alors ? Ça s'est bien passé avec André ?

N'Guyen prend la parole.

– Il ne voulait pas qu'on l'embarque. Il disait avoir peur pour madame de Vauxmort. On était à la limite de l'obstruction. On a dû lui mettre les pinces.

– Voilà, on a nos deux suspects en garde à vue. Maintenant, il va falloir démêler tout ça. Et on a jusqu'à demain matin…

*

* *

Dans les deux pièces de l'annexe, les deux principaux suspects sont entendus. Cuche met Ange sur le gril.

– Allez, on reprend… Vous connaissiez l'existence des catacombes ?

– Évidemment que je connais les catacombes, je suis né ici.

– Soyez plus précis.

– Quand j'étais minot, mon grand-père m'emmenait dans les souterrains, on avait une entrée sur le domaine. Il les connaissait par cœur. Il faisait partie d'un réseau qui les utilisait pendant la guerre. Il était membre de la Résistance. Le réseau se cachait dans les catacombes.

– M'oui.

– Avec mon grand-père, on y a retrouvé des tracts et même des armes.

Cuche attrape la carte du cadastre et montre un lieu avec son doigt.

– C'est la carte du cadastre, ici c'est votre maison, vous savez ce que c'est le trait rouge qui part de chez vous ?

– Non.

– C'est un accès qui mène tout droit aux catacombes.

– Et alors ?

– Et alors, vous savez ce que nous avons retrouvé là ?

– Bah, non, mais je sens que vous allez me le dire.

– Oh oui, je vais vous le dire, on a trouvé l'arme qui a ouvert le feu sur Fabre et cinquante mille euros en petites coupures.

– En dessous de chez moi ?

– Absolument.

– Et vous croyez que j'aurais été assez bête pour les laisser comme ça en dessous ?

– Je ne crois rien, je constate simplement que vous êtes dans tous les bons coups…

De son côté, Madjer entend André.

– On a fait une perquisition chez vous tout à l'heure.

– Et alors ?

Madjer brandit une carte qu'elle jette sur la table.

– Comment vous expliquez ça ?

– C'est une carte... Je l'ai achetée, il y a un mois environ sur le marché de Libourne. Le professeur souhaitait utiliser la partie qui se trouve sous ses terres comme caves pour ses crus.

*

* *

Toute l'équipe débriefe autour du bureau. Les deux prévenus viennent d'être transférés à la gendarmerie de Libourne.

– Il semble que le coupable soit Ange Dutour.

– Pourquoi « semble », *boss* ?

– Parce qu'il y a un truc qui me chiffonne...

Martin est désappointé par les propos de son supérieur.

– Patron, avec toutes les preuves qu'on a contre lui, il n'y a plus de doute à avoir.

N'Guyen se risque à avancer une autre hypothèse.

– Patron, et si nous avions affaire à deux coupables... Dutour ET André. Pour André, c'est le Loto : un domaine, une épouse et une belle situation sociale.

Cuche réfléchit, il n'est plus sûr de rien.

– Hum. Bon de toute façon, je vais arrêter de me prendre la tête.

Ses trois lieutenants le regardent, étonnés.

– Demain matin, le proc et Jourdan me dessaisiront du dossier. Ils seront ici à 9 heures.

Nadya baisse la tête alors que Martin relève ses manches et fait craquer ses doigts.

– Patron, il n'est pas trop tard pour faire avouer Dutour.

– Non, Martin, cette enquête ne peut pas être bâclée. Je sens qu'on n'est pas loin de la solution mais Jourdan m'a appelé et m'a demandé de suspendre les interrogatoires. Mon remplaçant sera là aussi demain matin.

– Tu penses partir quand, Thierry ?

– Dès que j'aurai passé tous les dossiers.

L'équipe du capitaine a la mine des mauvais jours.

– Faites pas cette tête-là. Je ne suis pas mourant, je ne suis pas viré de la maison. En tout cas, je vous demande d'épauler mon successeur et de trouver le meurtrier.

*

* *

Cuche est assis à une table de *La Barrique*. Il a fini son dessert et boit un café. Le père Clément entre dans l'établissement.

– J'avais complètement oublié que vous passiez, avec cette journée de…

– Une bien triste journée, oui.

– Vous m'ôtez les mots de la bouche.

Les deux complices sourient.

– Ça n'a pas l'air d'être la grande forme.

– Ah bon ? Pourtant tout va bien. Fabre et Barbosa ont été butés, et j'ai mon *boss* qui me tient par les roubignoles et qui me les serre lentement.

– Bon, je ne vais pas vous embêter trop longtemps. Mon remplaçant ne va pas tarder et je voudrais régler les obsèques de monsieur Chaney. En plus, je pense qu'on ne pourra pas compter sur madame Barbosa, elle doit être au plus mal. Excusez-moi de vous embêter avec mes petits problèmes, mais j'aurais besoin de savoir quand je peux célébrer les obsèques de son mari, la confrérie m'ayant demandé une messe.

– Ah oui ! Euh… Je crois qu'ils en ont fini. Excusez-moi, je suis un peu à côté de la plaque. Mais dites-moi, ça veut dire qu'on rentre tous les deux au bercail ?

– Moi oui, mais vous, ils vous ont déjà retiré l'enquête ?

– C'est comme si c'était fait. Il y a eu une petite hécatombe ces dernières heures. Et maintenant, un sénateur assassiné, c'en est trop pour ma hiérarchie. Ils veulent un coupable.

– Je vois. Et vous n'avez pas de suspects ?

– Si, j'en ai deux, mais j'ai encore des doutes.

– Mardi 3 juillet –

Cuche était encore le directeur d'enquête, mais c'était une affaire de minutes. Pour oublier son échec et fêter sa dernière nuit dans la cité viticole, il avait succombé aux assauts de Pamela. Hier soir, la fille de l'hôtelier avait été très entreprenante, et Cuche avait fait fi de sa déontologie.

Dans un demi-sommeil, il aperçoit le réveil posé sur la table de nuit. Soudain, il bondit.

– Putain, il est neuf heures moins le quart. J'ai le proc qui débarque avec Jourdan.

Il se précipite dans la salle de bains dans son plus simple appareil.

Quelques minutes plus tard, Pamela, assise dans le lit, le regarde s'habiller rapidement.

– Thierry, dis-moi quelque chose de gentil pour commencer la journée.

– Pam, j'ai vraiment pas le temps, je vais me prendre un gros scud par le patron.

– Un mot, une phrase, quelque chose de doux et romantique.

C'est à peine si Cuche écoute les propos de Pamela.

*

* *

Sur la place de la mairie, une 607 grise se gare. Bientôt, la voiture est encadrée d'une dizaine de journalistes et de trois caméramans. La porte s'ouvre. Le procureur Poiret vient d'arriver. Il fait un petit signe de la main, comme pour repousser la presse. N'Guyen et Madjer sont là pour faciliter son passage.

Le procureur s'adresse aux reporters.

– Je reviens dans un quart d'heure pour vous faire une déclaration, mais en attendant, soyez aimables de me laisser passer.

Jourdan et Perrache lui emboîtent le pas. Tous les trois sont escortés vers la mairie par les deux lieutenants.

Le lieutenant Martin s'approche du petit groupe et salue son supérieur.

– Mes respects, monsieur le commissaire.

– Bonjour Martin, où est Cuche ?

Le ton de Jourdan est des plus secs. Martin est très gêné pour répondre.

– Il va arriver d'un moment à l'autre…

– En retard, comme d'habitude…

Tout l'aréopage pénètre dans la mairie.

*

* *

Cuche arrive en courant à l'hôtel de ville au moment où Jourdan sort de son bureau. Il est accompagné de

Madjer et d'un type qu'il ne connaît pas. Le procureur Poiret, quant à lui, est en pleine discussion avec Jacqueline Tourneau, sous les yeux de N'Guyen et Martin. Le capitaine est essoufflé.

– Mes respects, monsieur le divisionnaire.

– Comme toujours, vous arrivez après la bataille. Je pense que vous avez pris de mauvaises habitudes sur cette enquête.

– Mais…

– Pas de « mais », on voit ça après la conférence de presse.

Nadya arrive près de lui et commence à lui murmurer un mot à l'oreille.

– Il était furieux de ton absence.

– Je m'en doute, panne d'oreiller…

– Ils ont annoncé que…

Jourdan, qui a vu le manège entre les deux flics, se retourne, énervé.

– Lieutenant, vous ferez le débriefing plus tard, il n'avait qu'à être à l'heure.

– Très bien, commissaire.

Jacqueline Tourneau, qui a tout observé, mitraille Cuche du regard, l'air satisfait.

Tout le petit groupe arrive en haut des marches de la mairie. Devant lui, la presse est réunie. Trois caméras vont faire la captation. Ce pisse-copie de Ducasse ouvre le bal.

– Avez-vous arrêté les coupables ?

– Des rumeurs font état d'un chantage avec le sénateur Fabre…

– Fabre aurait un passé assez trouble, qu'est-ce que vous pouvez nous dire à ce sujet ?

Poiret, très habile dans les discours médiatiques, lève les deux bras, comme pour calmer la foule qui bientôt fait silence.

– Mesdames et messieurs les journalistes, comme vous le savez, la ville de Saint-Émilion est frappée par une série d'homicides. Aujourd'hui, nous avons placé deux suspects en garde à vue.

– Vous pouvez nous communiquer des noms ?

– Pas pour le moment, l'enquête suit son cours.

– Comment se fait-il que la police piétine ?

– Les services de police ne piétinent pas, mais c'est une affaire difficile. Avec le commissaire Jourdan, nous avons pris la décision de nommer un nouveau directeur d'enquête, le commandant Perrache, ici présent.

Il désigne l'inconnu.

– Ce policier aguerri nous arrive de Paris. Il va reprendre l'enquête du capitaine Cuche, qui n'a pas démérité mais qui a sollicité un appui plus expérimenté.

Nadya murmure à nouveau à l'oreille de Cuche.

– C'est ça que je voulais te dire.

Le flic fait un signe de tête désabusé.

– Je dois maintenant vous laisser, nous avons un coupable à arrêter et des suspects à interroger. Dorénavant, nous vous tiendrons régulièrement au courant de l'avancée de nos investigations.

Alors que le petit groupe regagne l'intérieur de la mairie, Cuche s'approche du commissaire divisionnaire Jourdan. Il est furieux.

– J'aurais préféré l'apprendre avant la presse.

– Pourquoi ? J'ai des comptes à vous rendre ?

– C'est pas ce que je veux dire, mais il y a quand même un minimum.

– Si vous aviez été à l'heure ce matin, vous l'auriez appris avant la presse.

*

* *

Cuche est assis à son bureau, mais du côté des prévenus. En face de lui sont installés le procureur Poiret et le commandant Perrache. À ses côtés, le commissaire Jourdan.

– Cuche, trois semaines d'enquête, des meutres en veux-tu en voilà, des arrestations inutiles et des témoins sans intérêt ! Beau palmarès ! Le procureur Poiret est très déçu.

Poiret opine du chef.

– Vous noircissez le tableau, monsieur le commissaire, l'enquête a quand même bien avancé depuis hier. Par ailleurs, il est très compliqué de mener des investigations en terrain hostile. Le premier officier de la commune ne favorise pas notre travail.

– Cuche, ne cherchez pas un prétexte pour cacher votre incompétence.

Poiret adopte un ton inquisiteur.

– Capitaine, la solution attentiste que vous avez adoptée nous met dans une situation délicate vis-à-vis des médias. Le ministre de l'Intérieur lui-même attend des résultats. En plus, j'ai rencontré madame

Tourneau, c'est une femme tout à fait respectable et coopérative.

– Si les choses étaient si faciles…

– Cuche, nous ne sommes pas là pour discuter. Vous allez passer dès à présent tous les dossiers au commandant Perrache et lui faire un point précis de l'affaire.

– À vos ordres, commissaire.

Les quatre intervenants se lèvent.

– Nous vous laissons tous les deux.

Poiret et Jourdan sortent, alors que Cuche et Perrache se rassoient l'un en face de l'autre. Ils se regardent un court instant, se jaugent. Un silence s'installe. Perrache, hypocrite et pernicieux, entre dans le vif du sujet.

– Bon, où sont ces dossiers qui posent tant de problèmes ?

Le capitaine les désigne du menton.

– Là.

– Cuche, on ne se connaît pas, mais je sens que je n'aime pas vos manières.

– J'en ai autant pour vous…

– Vos méthodes provinciales ont des limites. À Paris, on ne traite pas ce genre d'affaire comme vous. Dans quarante-huit heures, ce dossier sera résolu.

– Je suis très impressionné !

– Vous vous posez trop de questions, je suis convaincu que la réponse est sous vos yeux.

– Je vous ai déjà vu à la télé, vous ?

– C'est possible.

– Igny et son enquête bâclée, c'est vous non ?

Perrache explose.

– N'ajoutez pas l'insolence à votre incompétence. Vous oubliez à qui vous parlez.

– Ah oui, à qui ?

– À un supérieur hiérarchique. Je suis commandant.

– Ne me faites pas le coup du grand flic venu de la capitale… Bon écoutez, tout est là sous vos yeux et si vous avez besoin d'un conseil, vous savez où me joindre.

– Je n'ai pas de conseils à recevoir, surtout de vous.

*
* *

Perrache a réuni une partie de sa nouvelle équipe et fait son premier briefing. Madjer et N'Guyen l'écoutent sans broncher.

– Je sais l'attachement que vous avez tous pour Thierry Cuche, mais ses méthodes ne sont pas adaptées pour cette enquête. Gérer ce genre de situation, c'est mon métier.

– Comment comptez-vous procéder ?

– J'ambitionne de régler cette affaire dans les quarante-huit heures. J'ai étudié l'ensemble du dossier dans la nuit… Tout est clair…

Nadya, très surprise, décide d'intervenir.

– Comment ça, tout est clair ?

– C'est Ange Dutour le coupable. Cela ne fait aucun doute. Je vais reprendre moi-même les interrogatoires et il va avouer. J'ai demandé au procureur Poiret d'entamer les poursuites judiciaires.

– Qu'est-ce qu'on fait de monsieur André ?

– Sans intérêt, vous pouvez le relâcher.

– À vos ordres, commandant.

N'Guyen tend la carte des catacombes prise à André.

– Le capitaine Cuche m'avait donné la carte des catacombes, il souhaitait que nous y retournions pour refaire une inspection…

– Vous ferez du tourisme ce week-end… On a tous les indices qu'il nous faut. Par ailleurs, je veux être informé de tout. Je n'aime pas les initiatives personnelles, je ne dis les choses qu'une fois.

– Bien reçu, commandant.

*

* *

Ange est interrogé par Perrache. Madjer et N'Guyen « admirent » la technique du flic parisien. Comme les grands criminels, le mécano est menotté à sa chaise. Un gardien de la paix est posté devant chacune des portes. Habitué à cet exercice, il tutoie le futur prévenu.

– On sait tous les deux pourquoi tu as tué Chaney et Fabre, tu ne supportais pas d'être la risée du village. Barbosa, je veux bien comprendre, c'était un patron pas très sympa. Mariette, lui, il t'avait arrêté et foutu au trou. Mais j'avoue que je ne comprends pas pourquoi tu t'es acharné sur ce pauvre curé…

Regardant son rapport :

– … Le père Anicet.

– D'abord, je veux parler au capitaine Cuche, je vous connais pas moi ! Et puis j'ai tué personne, je l'ai déjà dit.

– Amusant. Landru disait exactement la même chose à son époque. Écoute, j'ai des impératifs calendaires. Il me faut un coupable et je mettrais ma main à couper que c'est toi. C'est une évidence. Le fric du sénateur en dessous de chez toi avec l'arme, le bréviaire d'Anicet dans ton vestiaire…

– Je vous ai dit qu'il était déjà mort quand je l'ai pris. Je me suis penché pour écouter son cœur et le livre me gênait. La porte de Kinsley s'est ouverte, je suis parti en courant. Je me suis même pas rendu compte tout de suite que j'avais le bouquin dans la main.

– Je veux tes aveux pour tous les meurtres sur mon bureau dans une heure. Le juge attend de te recevoir pour ta mise en examen.

– Écoutez, je suis crevé, vous m'interrogez sans arrêt depuis hier et j'ai pas dormi.

– Avec tous ces crimes sur la conscience, j'aurais du mal à dormir aussi. Comment Cuche a-t-il pu te laisser en liberté ? C'est un peu à cause de lui, si tu as tué Fabre et Chaney. Et puis si ce n'est pas toi, c'est qui ?

– Vous voulez pas que je fasse votre boulot non plus ?

Nadya Madjer, dans son dos, lève les yeux au plafond.

*

* *

Le flic vient de payer sa note à *La Barrique*. Il va prendre quelques jours de congé. Il a promis à Pam de lui donner des nouvelles dès son retour. Son ordinateur à l'épaule et son sac aux couleurs marine et blanche en main droite, il frappe à la porte du presbytère. Clément retourne sur Bordeaux cet après-midi, ils ont décidé de déjeuner, puis de prendre la route ensemble.

– Salut l'abbé.

– Bonjour, mon fils. Vous voulez mettre vos affaires dans la voiture ?

– Oui, comme ça ce sera fait.

Les deux hommes arrivent devant la Clio. Le prêtre ouvre le coffre, Cuche y enfourne ses bagages. Avant de refermer, il attrape dans le sac une enveloppe. Puis il prend son holster et son calibre.

– Est-ce bien utile dans la maison de Dieu ?

– Notre bible précise qu'on ne doit jamais s'en séparer.

– Alors venez, entrez.

Cuche imite Louise Rapeau tout en positionnant son arme à la ceinture.

– On pourrait jaser.

Clément rit et passe la première poutre sans dommage. Cuche se baisse et la passe à son tour.

– C'est quoi, cette enveloppe ?

– Une lettre, mais pas anonyme.

– Pour notre dernier repas, madame Rapeau nous a préparé un gigot d'agneau.

– Pour notre dernier repas ici, ça ira très bien.

– N'est-ce pas ? Asseyez-vous.

Cuche s'assoit et tend la lettre au vicaire. Clément ouvre la missive du policier.

– Vous l'avez retrouvée ?

– Oui, elle était dans le bréviaire.

– Le testament d'Anicet institue le diocèse comme

légataire universel. Vous voilà à la tête d'un joli bout de terrain, mon père.

Le père Clément pose deux verres sur la table.

– Monseigneur Leroux verra ce qu'on en fait.

Le policier prend l'accent allemand.

– Vous avez des bretzels pour l'inspecteur Derrick ?

– Oui.

Le prêtre ouvre l'armoire et les attrape. Cuche remarque les étagères pleines d'aliments.

– Vous ne risquiez pas de mourir de faim ici.

– Oui, Louise est une femme prévoyante, et elle vit les événements comme elle a vécu la guerre. L'angoisse du lendemain, la peur de manquer…

– Je comprends, mais si mon successeur a raison, l'affaire sera pliée aujourd'hui et elle n'aura plus qu'à monter une épicerie.

– Portons un toast voulez-vous ?

– À la réalisation de tous nos projets !

Les verres s'entrechoquent.

À la fin de leur pantagruélique repas, les deux complices boivent leur café.

– Madame Rapeau a fait un festival gastronomique.

Cuche attrape son paquet de cigarettes.

– Vous voyez, finalement, je suis content d'avoir été dessaisi du dossier.

– Pourquoi ?

Cuche allume sa cigarette.

– Parce que ma hiérarchie veut un coupable et qu'elle va en trouver un.

Il tend le paquet de cigarettes.

– Servez-vous, si vous en voulez une.

Le prêtre fait un signe poli de refus, puis poursuit le fil de sa pensée.

– Ange Dutour ?

– Oui, tout le désigne.

– Et c'est lui ?

– Je n'arrive pas à y croire.

– Pourquoi ?

– Trop facile, même si tous les indices convergent vers lui.

– Pourquoi nier l'évidence, puisque tout semble l'accabler. Vous vous torturez l'esprit et ça risque de vous donner un sentiment de culpabilité.

– Vous avez peut-être raison, je suis sans doute trop tordu.

– Vous me faites penser aux pointes d'ail du gigot… Elles sont petites, mais ce sont elles qui font du gigot ce qu'il est.

Cuche éclate de rire.

– Me traiter de gousse d'ail !

– Je veux dire que la police ne peut être efficace que lorsque quelques personnes remettent les évidences en cause. Dans le cas de Saint-Émilion, l'issue est fatale.

– Amen, beau prêche l'abbé.

Le père Clément change de sujet.

– Thierry, je souhaite que vous me fassiez une dernière faveur…

– Laquelle ?

– Puisque nous allons partir tous les deux, il est temps de tenir votre promesse du baby-foot.

– Dette de jeu, dette d'honneur ! Il y a du boulot,

presque trente ans à reprendre. Ma confession va être longue.

Clément montre la porte d'un signe de main.

– Alors, allons-y maintenant.

– Clément, j'accepte parce que c'est vous. Vous êtes aussi une gousse d'ail, dans votre genre.

Le père Clément éclate de rire et se lève à son tour. Ils prennent le couloir de la sacristie.

*

* *

Le lieutenant Martin arrive à la mairie, une enveloppe à la main. N'Guyen sort de l'annexe. Quand Martin y pénètre, Madjer et Perrache étudient les rapports d'enquêtes.

– Alors, ça donne quoi ?

Perrache fixe l'enveloppe.

– J'apporte le topo de l'I.J. concernant l'homicide du sénateur et le P.-V. d'assistance à l'autopsie.

Martin tend le pli à Nadya.

– C'est à moi qu'il faut donner tous les documents, maintenant.

– Ah, pardon.

Perrache lit le dossier à voix basse. Martin et Madjer se regardent.

– Quelque chose d'intéressant, commandant ?

Après quelques instants, le commandant relève la tête et lance, sur un ton désabusé et ironique :

– Rien que je ne sache déjà. L'heure de la mort est estimée entre 23 h 30 et 0 h 30. Il a reçu une balle dans l'épaule, mais ce n'est pas la cause du décès. Mort par asphyxie suite à une obturation des voies respiratoires par des billets de banque. C'est limpide.

– Et les douilles, qu'est-ce qu'ils disent dessus, des traces d'A.D.N. ?

Perrache est un peu énervé par la question de Martin.

– J'y arrive. Non, aucune trace d'A.D.N. à part celle de Fabre. On a affaire à un pro. On a deux douilles et là, c'est intéressant… L'une est de 9 mm, l'autre de 5 mm.

– En d'autres termes ?

Perrache adopte un ton professoral.

– Cela veut dire que le sénateur s'est servi de son arme.

– Et l'arme retrouvée par Martin et N'Guyen ?

– C'est un Luger, et la douille de 9 mm correspond, lieutenant Madjer.

– Comment Ange Dutour aurait-il pu se procurer ce Luger ?

Martin prend la parole.

– C'était le pistolet semi-automatique de l'armée allemande. La mairesse, hier matin, nous a expliqué, à N'Guyen et à moi-même, que les catacombes avaient beaucoup servi durant la Seconde Guerre mondiale, d'ailleurs on y a retrouvé des tracts d'époque.

– Intéressant. Dutour a sans doute trouvé le Luger en fouinant dans ces anciens tunnels sous sa maison. Tout l'accable, on va pouvoir clore le dossier.

Perrache se lève et quitte la pièce. Martin et Madjer gardent le silence quelques instants.

– Lieutenant, vous avez des nouvelles du capitaine Cuche ?

– Oui, il vient de m'envoyer un texto ce matin : il rentre à Bordeaux et prend quinze jours de vacances.

– Tant mieux. Ça lui fera du bien.

*

* *

Le père Clément est dans sa chambre. Il ferme une sacoche en cuir marron. Deux valises plus volumineuses sont posées sur le lit, prêtes à prendre la route. Il ouvre la porte et se rend au salon. Madame Rapeau est là, un tablier noué autour de la taille, un mouchoir blanc à la main. Elle l'attend.

– Mon père, je suis toute retournée.

– Il ne faut pas, madame Rapeau, c'est la vie, elle est constellée d'arrivées et de départs, de rires et de pleurs, de naissances et de morts.

Louise sèche une larme.

– Voilà… C'est ça mon père, votre départ, c'est un peu une mort pour moi.

– Madame Rapeau, l'évêché n'est pas loin et je promets de venir vous voir.

– C'est que vous avez tellement fait pour moi.

– Non…

– Si, mon père.

– Madame Rapeau, je vous remets cette enveloppe pour le père Joseph. Il sera là avant la fin de la journée.

– Oui, mon père.

– Dans cette enveloppe, je lui donne un certain nombre d'informations sur la paroisse et surtout je lui ai écrit une homélie pour l'enterrement du professeur Chaney. Cela sera plus facile pour lui, il n'aura sans doute pas le temps de la préparer.

– Ce que vous êtes bon, mon père. Vous pensez vraiment à tout.

– Madame Rapeau, je tenais à vous dire que, sans vous, j'aurais eu beaucoup de mal à accomplir ma mission. Le capitaine Cuche, qui m'attend dehors, vous remercie également.

– De quoi ? J'ai fait mon travail, c'est tout… Mon père, je peux vous embrasser ?

– Oui, bien sûr.

Elle se met sur la pointe des pieds, et l'embrasse sur la joue.

– Finalement, vous êtes plus grand qu'on croit, mon père.

– Je le prends comme un compliment.

Il fait un signe de croix en guise de bénédiction.

– À très bientôt, madame Rapeau, Dieu vous garde.

*
* *

Nadya était intriguée. Mariette avait fait un dépôt de douze mille euros sur son livret de Caisse d'épargne. C'était le 7 juin 2002. Le 21 du même mois, il avait ouvert un Codevi en faisant un dépôt en liquide de trois mille euros. Comme en témoignaient ses relevés mensuels, sa paye était de mille neuf cents euros. D'où sortait-il cet argent ? Est-ce le prix du meurtre d'Edmond de Vauxmort ? Compte tenu des déclarations du gendarme, c'était plus que probable.

De son côté, Martin avait eu du mal à récupérer les relevés de compte du garagiste. Monique avait dû s'y contraindre. Le garage générait de bons bénéfices et aucune trace de dépôts anormaux ne sautait à l'œil. La seule chose qui intriguait l'officier de police était le remboursement anticipé d'un prêt qui avait financé le garage, cinq mois à peine après l'avoir souscrit. Mais ça remontait déjà à 1979. D'où provenaient ces fonds ? Si c'était un pot-de-vin, quelle en était la raison ? Monique n'avait pas su répondre aux interrogations de Martin. D'autre part, le train de vie des Barbosa était surprenant puisqu'ils utilisaient rarement leur carte bleue et que le nombre de chèques émis était limité. Il fallait bien vivre, manger, s'habiller ?

Faisait-il du black ? Monique Barbosa n'avait pas été très prolixe sur la question. Mais on le serait à moins. C'était sûrement classique dans ce genre de profession où les règlements en liquide étaient fréquents. Pour un inspecteur des impôts, tout cela demanderait sans doute des éclaircissements, mais là, il s'agissait d'une enquête criminelle et les petites magouilles fiscales, Martin s'en fichait.

Il s'était fait communiquer les registres des décès de la mairie, mais l'année 1979 ne donnait pas de mort particulièrement suspecte. Des crises cardiaques, un accident d'échelle, un autre de voiture. Il y avait bien eu cette noyade inexpliquée. Mais la jeune fille avait seize ans, et n'avait aucun lien avec Fabre, Barbosa ou Mariette.

N'Guyen était satisfait. La même banque gérait un compte de dépôt pour Fabre depuis de nombreuses années. Aussi loin que remontaient les relevés, Fabre effectuait des retraits réguliers en liquide tous les mois. La somme oscillait entre mille et mille cinq cents euros. Que faisait-il de ces fonds ? Il alimentait ce compte par virement. Les bordereaux signés de la main de sa femme l'attestaient. Pourtant, le rapport du policier ayant interrogé Lucie Saint-Preux était clair : elle n'avait jamais signé ces documents. Elle ne s'occupait pas de la gestion des comptes, et savait que Jean-Louis imitait sa signature. Elle lui avait demandé à plusieurs reprises si cela ne pouvait pas poser de problème. Il avait répondu par la négative. Après tout, l'argent rentrait et elle ne comptait pas. Le coffre J41 du sous-sol de sa banque appartenait aussi à Fabre. La commission rogatoire délivrée par le parquet avait permis de le faire ouvrir. Le contenu était intéressant : des papiers, des titres de propriété, un livret de famille, une montre en or, jusque-là rien de bien folichon. En revanche, un coffret en bois contenait une arme de petit calibre non enregistrée auprès des services de la préfecture. Plus étonnant encore, le même type d'arme avait été retrouvé près du corps du Grand Sarment de l'époque.

Le débriefing avec le commandant Perrache semblait confirmer le testament du gendarme. Fabre avait trempé dans des histoires louches, malheureusement il n'était plus là pour s'expliquer et toutes les exactions de l'élu seraient difficilement repérables. De toute façon, Perrache avait son coupable et les trois lieutenants sentaient bien que les « fabreries » allaient tomber dans les oubliettes.

– Lundi 16 juillet –

À l'intérieur du centre pénitentiaire de Gradignan, Ange Dutour est encore endormi dans sa cellule, sur ce qu'ils appellent un lit. Sa geôle est plutôt propre et impersonnelle. Au mur, pas de *playmate* double page de revue spécialisée ni la lettre d'une fiancée éperdument amoureuse qui l'attendrait jusqu'à sa sortie, si seulement il sortait. Il est seul et ne semble avoir aucune communication avec l'extérieur. Par mesure de sécurité, le chef d'établissement l'a placé en isolement.

Une lourde porte bleue équipée d'un énorme judas vient, dans un grincement sourd, le sortir de sa torpeur. Dans un bruit de clés coordonné à chacun de ses mouvements, le maton l'invite mécaniquement à le suivre d'un signe de main dédaigneux.

– Ange Dutour, une visite, suivez-moi.

Ange a ce quelque chose dans le regard de l'homme libre qui vient contraster avec sa condition. Il porte sur son visage toute sa révolte, même son cheveu est rebelle. Il répond à l'invitation du surveillant sans broncher, se lève et sort de sa carrée. Devançant le garde-chiourme, comme le précise le guide local du savoir-vivre, il entame la traversée d'un couloir interminable. Au cours de cette expédition, ses voisins de cellule l'affublent de diverses injures et menaces. D'autres, au contraire, l'applaudissent ; ici, on ne choisit pas ses colocataires. De toute façon, il ne leur porte aucune attention et poursuit son chemin avec une démarche fataliste mais fière, franchissant un à un les sas du quartier de haute sécurité.

Ange et le maton marchent dans un long couloir de la maison d'arrêt. Ils arrivent devant une porte, l'homme cherche parmi les nombreuses clés de son trousseau et finit par ouvrir.

– Vous avez dix minutes.

Dutour est devant son visiteur. Il a marqué la surprise au moment de s'asseoir. Il ne pensait pas recevoir la visite de Casimir André. Les amabilités passées, il entre dans le vif du sujet.

– Le nouveau flic est arrivé en ville et d'un coup, je suis devenu le coupable idéal. Forcément, avec mon passé, il n'a pas cherché plus loin. Avec l'autre cow-boy, on pouvait discuter au moins, mais ce Perrache, il lui fallait un coupable. Barbosa a été tué avec une clé à molette, alors c'est moi. Mais je vous jure que j'ai rien fait. J'ai déconné par le passé, mais un meurtre jamais, alors trois ou quatre… Mon avocat a demandé ma remise en liberté… Il faut que ça marche, je ne veux plus rester en prison… J'en peux plus, vous comprenez ?

– J'en suis persuadé, c'est trop gros. C'est pour ça que je suis là. Je veux le meurtrier de monsieur

Chaney et je l'aurai. Maintenant, j'en fais une affaire personnelle.

– Tout m'accable, André. Comme par hasard, ils ont retrouvé l'arme et l'argent de Fabre chez moi. C'est une machination.

– Tiens le coup, gamin ! J'ai ma petite idée sur celui qui est derrière tout cela. Je finis mon enquête. Un peu de patience, et tu seras innocenté.

*

* *

Le cardinal Leroux a les mains jointes. L'améthyste épiscopale est remplacée par le saphir cardinalice. Il est au bord de la nausée.

– Toute cette histoire est horrible. Et comment cet Ange a-t-il été démasqué ?

– Le nouveau directeur d'enquête a été au plus facile. Et le juge d'instruction a suivi. Ange Dutour a été mis en examen et écroué.

– Il a quand même tué tous ces gens. La justice doit être rendue.

– Ceci est la vérité des hommes.

– Attendez ! Qu'entendez-vous par « ceci est la vérité des hommes » ? Vous êtes en train de me dire qu'Ange est innocent ?

– De ce dont on l'accuse, oui ! C'est un martyr des temps modernes.

– En quoi est-ce un martyr ?

– Parce que maintenant, je connais toute l'histoire.

– De qui ?

– De quelqu'un qui a beaucoup souffert, qui a lavé son honneur et vengé les siens.

– Poursuivez.

– Il y a vingt-huit ans, Régine Cadoret, alors institutrice à Montagne, près de Saint-Émilion, a eu un terrible accident de voiture avec son fils. Ses freins avaient connu une défaillance et à la sortie d'un virage, sa voiture a percuté de plein fouet un camion. Les journaux de l'époque ont relaté la tragédie. Pour tout le monde, c'était clair, ils étaient tous les deux décédés dans l'accident. En réalité, le fils s'en est sorti, grièvement blessé au visage et aux jambes, mais vivant.

– Comment savez-vous tout cela ?

– Grâce en partie à Barbosa. C'était le premier maillon de la chaîne. Le 22 juin dernier, Casimir André était en voiture, il écoutait la radio. Il revenait de Toulouse où il avait passé la soirée. Il n'était plus qu'à quelques kilomètres de Saint-Émilion, sur la départementale 670. Après un long virage en ligne droite, il a aperçu des gyrophares orange qui clignotaient. En se rapprochant, il a distingué une dépanneuse rangée sur le côté droit de la route. Il a ralenti un peu, et a vu deux hommes… Il a reconnu l'un d'eux, c'était Fernando Barbosa. L'autre était de dos avec une casquette, méconnaissable. À peine la voiture d'André passée, notre homme a assommé Barbosa.

– Ah, c'est comme cela que le garagiste a été enlevé.

– Oui, l'homme a glissé son corps dans le coffre d'une voiture. Barbosa s'est réveillé, ligoté et bâillonné dans une cave. Son visage était meurtri par les gifles et il a craqué très vite, racontant des détails de l'histoire de Régine Cadoret. En fait d'accident, il s'agissait d'un assassinat. En 1979, il avait trafiqué les freins de la Renault 5 de la jeune femme à la demande de Jean-Louis Fabre.

– Pourquoi voulait-il se débarrasser d'elle ?

– Fabre avait eu une relation avec elle en 1967, alors qu'il venait de se marier avec Lucie Saint-Preux. Régine avait toujours été discrète et, à la demande de son amant, avait accouché sous X. Jusqu'à l'âge de dix ans, le garçon a été élevé par la D.D.A.S.S. Ensuite, prise par les remords, Régine Cadoret l'a repris avec elle. Entre-temps, Fabre a fait la carrière politique que vous connaissez…

Le cardinal est assis, voûté, désespéré par le récit qu'il entend.

– Mais pourquoi Fabre a-t-il commis cet acte odieux ?

– La cupidité, monseigneur !

– Comment ça ?

– Régine Cadoret a prévenu son amant qu'elle allait tout révéler à son fils… Il ne pouvait pas se le permettre. Depuis 1979, le sénateur payait le silence du garagiste. Barbosa le tenait car le jour de l'accident, il avait dérobé le journal intime de Régine Cadoret, dans lequel elle relatait tous les faits.

Leroux fait un signe de croix et reprend la parole.

– C'est monstrueux. Quelle horreur ! Et ce Mariette, dans tout ça ?

– Mariette était l'homme de main du sénateur. Il l'a toujours couvert depuis cette date. Fabre l'a fait entrer dans la confrérie. Ensuite, alors qu'il était maire de Saint-Émilion, il a joué de son influence pour le faire monter en grade.

– C'est machiavélique, un homme avec qui j'entretenais des rapports cordiaux. Êtes-vous sûr de vos informations ?

– J'en suis absolument certain, je le tiens du fils Cadoret.

– Donc, le fils Cadoret a supprimé Barbosa et Mariette ?

– Barbosa l'a emmené au garage une nuit. C'est là qu'il avait caché le journal de sa mère. Au moment où il lui a remis, il s'est jeté sur lui. Ils se sont battus... Barbosa a été frappé mortellement à la tête, puis son corps a été plongé dans la fosse à huile du garage.

– C'est épouvantable.

– Quant à Mariette, il a su avant de mourir qui était son bourreau. Il a demandé pardon... Mais la clémence était impossible.

– Tout ceci n'était qu'une vengeance. Le grand ordonnateur était donc le sénateur Fabre ?

– Oui et là encore, le fils Cadoret lui a fait payer ses forfaits. Il est mort par où il avait péché : l'argent et la réussite à tout prix.

– Je comprends ses motivations, même si elles sont inexcusables. Par contre, je ne vois pas en quoi Chaney était lié à toute cette histoire.

– *Fatalitas*, monseigneur. Lorsqu'en 1979, l'accident a eu lieu, le fils Cadoret, très grièvement blessé, fut emmené à l'hôpital de Bordeaux. Et là, les deux histoires se rejoignent. Alors qu'à Saint-Émilion tout le monde les croyait morts, le jeune garçon, lui, luttait pour la vie. Il resta dans le coma pendant près de trois semaines, grièvement blessé au visage et aux jambes. Le soir du drame, il fut opéré par Antoine Chaney.

– Mais alors, il lui a sauvé la vie !

– Oui et non, il lui a certes sauvé la vie, mais il a surtout fait une grave erreur médicale qui lui a valu d'être amputé des deux jambes.

– Pauvre enfant !

– Malchanceux plutôt ! Car son corps avait été présenté sur le ventre au lieu de l'être sur le dos, du coup, Chaney, qui avait bu, lui coupa la mauvaise jambe… Celle qui aurait pu être sauvée. L'alcool et la chirurgie n'ont jamais fait bon ménage. Ensuite, il fut couvert par la direction de l'hôpital. Le garçon n'avait plus de famille pour se plaindre. Au cours de sa rééducation, le fils Cadoret apprit par des ragots ce qui s'était passé.

– Oh, mon Dieu !

– Chaney ne fut jamais inquiété pour cette erreur médicale et n'eut jamais la décence de s'enquérir de la santé du jeune garçon. Après maintes opérations, il sortit de l'hôpital dix-huit mois plus tard. Le destin le renvoyait dans un orphelinat.

– Je commence à comprendre… La loi du talion.

– Oui, la jambe du chirurgien pour la jambe du jeune Cadoret. Ce jour-là, le professeur Chaney faisait sa promenade quotidienne jusqu'à son domaine. Il s'apprêtait à couper une rose et n'a pas vu le piège tendu… Il a mis le pied dedans. Il n'a pas paniqué devant l'état de sa jambe et a commencé par se faire un garrot, puis a attrapé son téléphone portable. Mais son bourreau n'était pas loin. Il lui a subtilisé le téléphone et a coupé le garrot. Le chirurgien a compris que c'était la fin : il se vidait de son sang à vive allure. Il agonisait et implorait l'homme debout devant lui. Dans un dernier instinct de survie, Antoine Chaney a sorti son Laguiole. Ses forces l'abandonnant, il n'a pu le planter que dans la terre.

– Et l'assassin l'a froidement regardé mourir.

– Oui, Excellence. Le fils Cadoret était à peine à un mètre du corps gisant.

– Quel sadisme ! Le professeur a-t-il su avant de mourir pourquoi il subissait un tel châtiment ?

– Oui, mais pas tout de suite. L'homme a d'abord posé un pied sur une pierre, sous les yeux du professeur agonisant. Ensuite, il a remonté lentement son pantalon le long de son mollet. À sa stupéfaction, Antoine Chaney a découvert au-dessus de la chaussure, une jambe artificielle. Le vieux chirurgien a demandé à son agresseur qui il était. Pour toute réponse, l'homme a remonté cette fois-ci le bas de son pantalon sur la jambe gauche. Et là, une seconde prothèse est apparue…

Les cloches de la cathédrale de Bordeaux résonnent, comme pour sonner le glas du professeur Chaney.

– Ce garçon, pour agir de la sorte, devait être dans une grande détresse physique et morale.

– Oui… Il l'était.

Les deux hommes gardent le silence. Puis le cardinal reprend.

– Savez-vous pourquoi le père Anicet a été assassiné ? Il n'avait rien à faire dans cette vengeance, lui ?

– *Fatalitas*, une fois de plus. Tout a commencé le

jour où l'aumônier de la confrérie a ouvert le rideau dans son confessionnal. Il a trouvé en face de lui Fernando Barbosa. L'organiste de la paroisse souhaitait depuis longtemps que son mari se confesse. Elle est très croyante et devant l'insistance de sa femme, il s'est résolu à le faire. Vingt-huit années le séparaient de sa dernière confession. Il révéla l'ensemble de ses méfaits au père Anicet.

– Cela a dû être dur à écouter et à porter… Pauvre Anicet…

– Barbosa a soulagé son âme, mais son aveu a troublé la conscience de son confesseur.

Un silence s'installe, le primat d'Aquitaine réfléchit.

– Mais je ne comprends toujours pas pourquoi Anicet ?

– Il était soucieux et ne mangeait plus beaucoup. Il était tourmenté et triste. Certains avaient déjà remarqué une certaine tension entre lui et le garagiste. Les réunions des Chevaliers du Pressoir n'étaient plus aussi éclatantes qu'auparavant. Anicet incitait Barbosa à se livrer à la police. Mais c'était un lâche, et il n'en fit rien. Le poids de ce fardeau était lourd à porter, Anicet ne pouvait en parler à personne…

Dans le confessionnal, monseigneur Leroux se révolte.

– Mais j'étais là, moi !

– Il a essayé de vous en parler. Vous n'avez rien à vous reprocher. Vous étiez en voyage en Ontario, à ce moment-là. Vous aviez reçu une lettre du père Anicet qui disait en substance ceci : « Mon vieil ami, je viens vers vous car j'ai reçu une confession bien lourde à entendre. C'est l'archevêque, mais surtout l'ami, à qui j'ai besoin de parler. Dieu vous garde, votre très dévoué et fidèle Anicet. »

Leroux se prend la tête dans ses mains.

– Oh, mon ami, vous aviez besoin de moi et je n'étais même pas là !

– Il était dans un tel désarroi que je l'ai appelé. Et je lui ai dit de venir à l'évêché.

– Merci Clément. Alors…

– Alors… Il est venu, et m'a parlé de la confession de Barbosa, sans citer de nom et en restant très vague, afin de garder le secret absolu. Il était comme soulagé. J'étais moi-même sous le choc de ce que je venais d'entendre. Je lui ai dit qu'il ne nous appartenait pas de juger, seul Dieu était à même de le faire. Il m'a remercié de l'avoir écouté. Il se sentait mieux, le poids était moins lourd. En partant, je lui ai dit que j'allais vous en parler.

– Mais pourquoi ne pas m'en avoir parlé ?

– La peur de transgresser le secret absolu de la confession. Anicet risquait la suspension.

*

* *

Le commandant Perrache affiche le sourire satisfait de l'homme qui vient de résoudre une énigme impossible.

Poiret est particulièrement content.

– Mon cher, je tenais à vous féliciter personnellement. Vous avez éclairci cette affaire rapidement et efficacement. Vous avez dû reprendre une enquête bâclée et vous en avez fait un succès. La police peut se réjouir d'avoir en son sein des hommes comme vous.

Poiret serre très solennellement la main de Perrache. Faussement modeste, le commandant lève son verre.

– Je vous remercie monsieur le procureur, mais je n'ai aucun mérite, tout était dans les dossiers, il suffisait de faire preuve d'un minimum de logique et d'instinct. Et je voudrais tout de même associer à cette réussite une personne sans l'aide de qui je n'aurais jamais pu résoudre cette affaire…

Nadya attend fébrilement une once de reconnaissance pour le travail de Cuche. Elle sourit à l'approche de cette annonce. Dès que Thierry sera rentré de vacances, elle lui fera un topo complet.

– … Le commissaire divisionnaire Jourdan.

Madjer, dégoûtée, pose son verre et quitte la pièce. Poiret appuie les félicitations du nouveau héros.

– Non, vraiment félicitations, mon cher Jourdan.

*

* *

– Le père Anicet était, lui, innocent. Mais le hasard a voulu qu'il en parle au fils Cadoret, qui jusqu'alors ignorait tout de la vérité.

Le visage de Leroux montre de l'incompréhension.

– Oh, mon Dieu, mais comment est-ce possible, puisqu'il n'en a parlé qu'à vous ?

– Justement, monseigneur. Mon véritable nom est CADORET… Je m'appelle Clément Alain, pour l'état civil, ma mère ne m'ayant pas reconnu… Et j'aurais même dû me nommer Clément FABRE.

Le cardinal Leroux est à présent effrayé.

– Qu'est-ce que vous voulez dire, mais c'est impossible ! Vous êtes un serviteur de Dieu.

Clément ne répond pas. Monseigneur Leroux garde le silence quelques instants. Il pleure.

– Je vous plains, Clément Cadoret.

– Vous êtes le premier à m'appeler comme cela depuis vingt-huit ans.

– Mais comment avez-vous pu… ?

– Je ne regrette rien, j'ai rendu la justice des hommes. Dieu me jugera en son temps.

– Vous êtes diabolique !

– Je suis un homme tout simplement. On m'a volé ma vie, on a tué ma mère, elle a été enterrée à la fosse commune. Mon existence a basculé deux fois. C'est la providence, ou peut-être la main de Dieu, qui m'a guidé.

– Taisez-vous ! Vous blasphémez !

– Je suis en confession et vous êtes là pour m'entendre !

– Je… je vous écoute.

– Non, Dieu m'écoute.

– … Oui.

– Si j'ai un regret et un seul, c'est d'avoir tué peut-être le seul ami que j'aie jamais eu depuis toujours. Dès le début, une grande complicité nous a liés. J'aimais son humour et son côté décalé, il a fallu que je le tue car il avait tout deviné.

– Mais de qui parlez-vous ? Quelle nouvelle ignominie allez-vous m'annoncer ?

*

* *

Le flic et le vicaire sont assis l'un en face de l'autre dans le salon du presbytère.

– Thierry, je souhaite que vous me fassiez une dernière faveur…

– Laquelle ?

– Puisque nous allons partir tous les deux, il est temps de tenir votre promesse du baby-foot.

– Dette de jeu, dette d'honneur ! Il y a du boulot, presque trente ans à reprendre. Ma confession va être longue.

Clément montre la porte d'un signe de main.

– Alors allons-y, maintenant.

– Clément, j'accepte parce que c'est vous. Vous êtes aussi une gousse d'ail dans votre genre.

Le père Clément éclate de rire et se lève à son tour. Ils prennent le couloir de la sacristie. Cuche se baisse pour passer la poutre, Clément non. Clément ouvre le vestiaire en métal pour mettre sa chasuble alors que la sonnerie du « 7e de cavalerie » retentit et tire Cuche de ses pensées. Il est soucieux. Comme mal à l'aise. Pourquoi ? Il ne sait pas… Pas encore.

– Oui, Starsky…

Alors qu'il est au téléphone, il se revoit quelques instants avant de passer la poutre.

– Il y a urgence ?

Clément ne s'est pas baissé ! C'est ça qui le perturbe. Il a passé les poutres sans se prosterner !

– Non… Tout va bien, je te rappelle demain.

Il raccroche le téléphone, de plus en plus soucieux, et le glisse dans la poche de son jean.

Clément face au placard, dos à Cuche, passe sa chasuble. Il est heureux, son visage est lumineux.

– Des nouvelles ?

– Dites-moi, Clément, il y a un truc que je trouve bizarre.

– Ah, quoi ?

– Vous ne vous « prosternez » plus en passant les poutres ?

Le flic, qui n'est pas assez sur ses gardes, ne voit pas le regard sombre du prêtre. Ce n'est plus le même. Clément aperçoit le ciboire en face de lui, sur l'étagère de l'armoire. En un éclair, il le saisit et se retourne en assenant un coup sur la tempe du capitaine. Ce dernier s'écroule sous la violence du choc. Il gît désormais sur le sol, la tempe marquée d'une plaie sanguinolente d'environ cinq à six centimètres. Le coup a provoqué une hémorragie interne. Son sang commence à s'écouler dans ses ventricules cérébraux. La fin est proche. Le prêtre s'accroupit au moment où le flic essaye d'attraper son arme. L'effort est insurmontable. À présent, il voit flou. Tout est mélangé dans sa tête. Il n'a même pas la force de résister lorsque le vicaire lui prend son arme.

– Tu es con, Thierry.

– Pourquoi ?

Le père Clément pose calmement son pied droit sur un banc, soulève sa chasuble et son aube : Cuche voit la jambe artificielle. Clément réajuste sa prothèse télescopique à sa taille habituelle. Ce geste terminé, il le réitère avec l'autre jambe…

– Mais pourquoi la police ne s'est pas inquiétée de sa disparition ?

– Parce qu'il n'y a pas de disparition, j'ai fait le nécessaire pour ça… J'ai rédigé un texto à l'attention de son équipière : « *Starsky, je suis fatigué par cette affaire, je prends des congés. Bye.* » Et le tour était joué !

– Qu'avez-vous fait du corps ?

– Dans la crypte de la Collégiale, les aïeux de la famille Saint-Preux l'ont accueilli dans la paix éternelle. Cuche a pris place parmi eux, aux côtés de Bohémond de Saint-Preux, dont la pierre tombale indique 1548-1624.

– Le diable est en vous ! Allez-vous laisser un pauvre innocent être condamné à votre place ?

Clément, cynique, sourit à cette réflexion.

– Je lui ai laissé cinquante mille euros. Moins « les intérêts » de Fabre… Tant pis pour lui s'il n'a pas su en profiter…

– Vous êtes un monstre.

– Éminence, cette confession me soulage.

– Taisez-vous !

La voix du cardinal Leroux résonne dans la cathédrale Saint-André.

– Éminence, pardonnez-moi parce que j'ai péché.

Le cardinal referme violemment le rideau et quitte le confessionnal.

Il est piégé par sa fonction.

*
* *

Tout est calme dans la cellule 28 de l'aile C. Si elle comporte deux lits superposés, elle n'abrite qu'un seul occupant. Les matons n'ont pas à se plaindre du détenu matricule 65234-D. Ça fait huit jours qu'il est là, en préventive. Si le juge retient les charges qui pèsent contre lui, son jugement d'assises devrait intervenir d'ici deux à trois ans. C'est l'heure des doutes. Comment Ange Dutour a pu tomber aussi bas ? À Saint-Émilion, c'est l'effroi. Un enfant du pays élimine ses anciens. C'est le criminel de la maison d'arrêt avec un grand C. Cinq meurtres ! Personne ici n'affiche un tel palmarès… Il risque de prendre perpète avec une peine incompressible de trente ans. Il va devoir s'habituer à ces cinq mètres carrés, et cette unique ouverture vers la lumière et la liberté. Malheureusement, ces sept barreaux sont un obstacle quasi infranchissable.

À midi, il n'a rien mangé. De toute façon, il n'aime pas les petits pois et la saucisse industrielle. Son plateau est posé sur la table, soigneusement. À côté, une lettre est ouverte, frappée d'une Marianne. On peut y lire : « Votre demande de remise en liberté est rejetée… »

Le détenu a annoté la feuille : « Putain de vie ! »

Le lit d'Ange est dépourvu de draps, ses affaires traînent sur le sol. Une flaque d'urine s'est répandue par terre, une chaise est renversée sur la tranche. À trente centimètres au-dessus du sol, le corps d'Ange se balance très légèrement de gauche à droite. Depuis trois minutes, il a décidé d'abandonner. Il n'assistera pas à son procès.

*
* *

Les cloches de la cathédrale de Bordeaux sonnent 13 heures, il fait beau. Il a l'esprit libre de l'homme qui a accompli son destin. Aucun remords, aucun regret.

Le vicaire sort sur le parvis de la cathédrale Saint-André. Il y a beaucoup de monde dans cette zone piétonne. La vie continue, tout est fini.

Tout ? Non !

Un homme l'observe dans son véhicule garé derrière les petits plots en aluminium. C'est une Mercedes, un joli modèle noir immatriculé en Gironde. Si les services de police devaient l'identifier, ils verraient qu'elle appartient à Antoine Chaney. Le prêtre passe dans l'alignement du sigle. Dans la voiture, le conducteur simule le bruit d'une balle. Il y a trop de monde, il reviendra. Désormais, il sait et n'est plus à une semaine près. L'assassin, il le tient. Son ami, le professeur, avait livré son meurtrier avant de mourir. Mais tout le monde était passé à côté. Le Laguiole qu'il lui avait offert était planté bien droit dans la terre. La croix du berger ornant le manche en buis était l'un des symboles de ce magnifique couteau. Autrefois, les bergers plantaient le couteau en terre pour prier. Ils pouvaient ainsi se recueillir devant la sainte Croix lorsqu'ils partaient en transhumance avec leur troupeau. C'était leur chapelet. Avec son Laguiole, Antoine Chaney avait procédé comme eux. Il n'était pourtant pas croyant. Il allait certes à l'église, mais uniquement pour honorer les règles de la confrérie. Son dernier geste avant de mourir désignait donc le coupable : un religieux.

Casimir André avait recoupé toutes les informations, et tout était clair. Il ne connaissait pas le mobile… Pas encore…

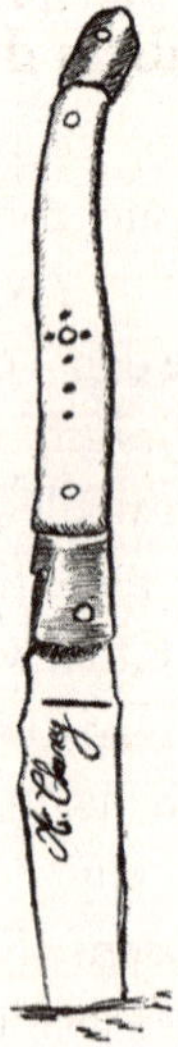

« ITE, MISSA EST »

Remerciements particuliers aux Chevaliers du Pressoir

Olivier Leroy
Stéphane Coëdel

Cyrille Marchesseau
Francois des Ligneris
Fabrice Fernandez

Éric Deray
Laurent Martin

Remerciements aux lecteurs

Élise & Yves L. B.
Serge M., Michèle E. & Patrick G.

&

Muriel & Jean-Yves B. – Yves B.
Fanny L. – Jean-Paul G. – Isabelle M.

Caroline D. – Jean-Pierre H.
Nicole C. – Isabelle G. – Gilles B.
Antoine A.
Aurélie A. – Martine F.
Jeanne Rose T. – Françoise T.
Lakdhar M. – Javier D. M.
Véra P. – Laurent C.
Régis D. – Hervé (D.) – Francis R.
Ménane H.
Richard B. D.
Lorraine L.
Jessica J. – Chantal L.
Aline G.
Brigitte M. – Alexandra M.
Alain G.
Lætitia G. – Laurent B. & Christelle
Christophe & Marcel B.
Jean-Christophe M.
Françoise D.
Patrick K.
Nadège C.
&
Caroline, Anne-Cécile & Inass
Victoria, Léa, Pauline, Julien et Arthur

Remerciements pour leurs précieux conseils

Marie-Amandine et la famille D.
Guy Pétrus & Catherine L.

Éric P. – Kiné
Le père C. & le père D.
Dr Michel G.
Dr Alain S.
Dr Nils A.
Philippe V.
Et à notre pharmacie préférée.

Remerciements particuliers à Sandrine F. qui pendant plusieurs mois a su canaliser nos « écarts potaches »… Merci à Michel Lafon et ses équipes pour la réalisation de ce projet.
Enfin un énorme MERCI à l'équipe de L'Envers du Décor.

Le comble pour A.O.C. *est d'avoir une éditrice qui s'appelle Margaux !*

Composition et mise en pages
Nord Compo à Villeneuve-d'Ascq

Imprimé en Espagne
Dépôt légal : avril 2020
ISBN : 979-10-224-0407-5
POC 0273